人文社会科学经典文库

Classic Library of Humanities and Social Sciences

本书为2022年度吉林省社会科学基金项目
"清代咏吉林诗词整理研究"（编号：2022C124）的阶段性成果

清代咏松花砚诗整理与研究

QINGDAI YONG SONGHUAYAN SHI ZHENGLI YU YANJIU

刘萱仪／著

东北师范大学出版社
·长 春·

图书在版编目（CIP）数据

清代咏松花砚诗整理与研究/刘萱仪著. --长春：
东北师范大学出版社，2024.11. -- ISBN 978-7-5771
-2009-6

Ⅰ. I207.227.49

中国国家版本馆 CIP 数据核字第 2024680FG7 号

□策划编辑：李　丹
□责任编辑：陆书玲　　□封面设计：张　然
□责任校对：李　丹　　□责任印制：侯建军

东北师范大学出版社出版发行
长春净月经济开发区金宝街 118 号（邮政编码：130117）
电话：0431—84568079
网址：http：//www.nenup.com
东北师范大学音像出版社制版
吉林省良原印业有限公司印装
长春市净月小合台工业区（邮政编码：130117）
2024 年 11 月第 1 版　2024 年 11 月第 1 次印刷
幅面尺寸：170mm×240mm　印张：18.25　字数：298 千

定价：78.00 元

前　言

　　松花砚历史文化底蕴丰富，堪称一代名砚。作为吉林省标志性特产，松花砚至今仍有一定产业规模，值得特别关注。但迄今为止，松花砚的资料发掘和考证研究工作还有相当大的空间。在清代咏吉林物产诗词中，已见有170首涉及松花砚（石），其中还不乏鸿篇巨制，这些作品对松花砚的记载、描述、欣赏和评价具有很高的历史和文化艺术价值，如果加以系统化归纳和整理，对于当代相关产业振兴和吉林省文旅事业的发展，或能有所助益。

　　针对松花砚"信史""正史"资料欠缺这一现实，有必要把已知的清代咏松花砚诗作为史料进行整理并开展研究。本书研究部分主要从清诗中的松花砚"砚史"和其文化意涵两个方面展开。"砚史"部分涉及清宫大量制作松花砚的时间、松花砚最早出现的时间、松花砚石材的产地和称谓演变几个方面的考述，文化意涵部分关注清诗中松花砚的皇家印记、总体评价、特征描绘和民间流行几个方面。为节省篇幅，突出重点，本书上篇所引诗作多非全文，相关诗作可参见下篇解析。下篇所录诗作，均注明出处，多依据影印刻本，另有部分录自当代整理排印本。小传多综合参照《清人别集总目》《清人诗文集总目提要》，小传给出诗人生卒、字号、籍贯（与今名有异者适当加注）、科举（加注公历）、职官等信息，对明显错误和缺漏做出订正。《清人别集总目》给出著录作者之文献，择其要而录，以资了解其人之文史地位、社会影响并方便扩展阅读。诗人大致按生年排序。《清人诗文集总目提要》对于生年不详者，通过编排实际上给出大致时间段（五年），除有新资料及明显不确者外，悉录之仅供参考（参照《清代人物生卒年表》后发现多有不确）。江庆柏《清代人物生卒年表》出版于2005年，一些作者生年赖以订补。无生年资料者，依据已有信息，尽量列置于合理年代。解析部分尽可能对创作背景特别是创作时间等要素加以考证，对一些诗作的创作意图、重要词句的意涵予以阐释，并附录一些扩展资料以方便理解。

　　相对于浩如烟海的清诗，本书所录咏松花砚诗难免挂一漏万，期待嗣后能与学界一道辑录更多作品。同时，希望大家对本书的研究多加批评指正，这对于深入认识松花砚的历史和文化将多有裨益。恩师高长山教授特为本书题写书名，兹将此书敬献恩师。

刘萱仪

2024 年 8 月 31 日于长春

目　　录

绪　论 / 001

上　篇　**清代咏松花砚诗研究** / 007

第一章　清诗中的松花砚"砚史" / 009

第一节　清宫大量制作松花砚的时间 / 010

第二节　松花砚最早出现的时间 / 013

第三节　松花砚石材的产地 / 015

第四节　松花砚称谓的演变 / 023

第二章　清诗中的松花砚文化意涵 / 029

第一节　清诗中松花砚的皇家印记 / 030

第二节　清诗对松花砚的总体评价 / 036

第三节　清诗中的松花砚特征描绘 / 039

第四节　松花砚在清代民间的流行 / 050

下　篇　**清代咏松花砚诗整理与解析** / 053

宋　荦（4首）/ 055

熊赐履（2首）/ 063

汪晋徵（1首）/ 066

劳之辨（1首）/ 067

陈廷敬（1首）/ 068

李振裕（1首）/ 070

廖腾煃（2首）/ 072

王顼龄（7首）/ 074

张玉书（1首）/ 086

彭定求（1首）/ 092

王鸿绪（5首）/ 093

顾　汧（2首）/ 102

尤　珍（3首）/ 105

张大受（1首）/ 107

陈奕禧（1首）/ 108

查慎行（4首）/ 109

陈元龙（3首）/ 116

蔡升元（2首）/ 119

吴廷桢（2首）/ 124

张廷枢（15首）/ 125

释元璟（6首）/ 131

汤右曾（2首）/ 136

宫鸿历（1首）/ 138

许贺来（1首）/ 145

宋　至（2首）/ 145

杨　瑄（3首）/ 147

元　弘（1首）/ 151

鲁　瑗（1首）/ 152

史申义（2首）/ 153

吴　暻（1首）/ 155

沈　堡（1首）/ 157

吴士玉（1首）/ 159

顾嗣立（1首）/ 161

李蟠瑞（1首）/ 164

励廷仪（1首）/ 168

魏廷珍（1首）/ 168

纳兰揆叙（2首）/ 169

彭廷训（1首）/ 174

郑任钥（1首）/ 175

张　汉（1首）/ 176

朱稻孙（1首）/ 176

吴应棻（2首）/ 177

吴应枚（2首）/ 180

万承苍（1首）/ 181

纳兰常安（2首）/ 182

赵大鲸（1首）/ 183

戴永椿（1首）/ 184

钱陈群（2首）/ 185

张鹏翀（5首）/ 186

张　照（3首）/ 191

汪由敦（3首）/ 194

杭世骏（2首）/ 197

周长发（1首）/ 198

方学成（1首）/ 199

允　礼（1首）/ 201

方观承（1首）/ 202

闻　棠（1首）/ 208

周正思（1首）/ 209

许佩璜（1首）/ 210

彭启丰（1首）/ 210

沈廷芳（4首）/ 211

齐召南（3首）/ 213

周天度（1首）/ 217

蒋　溥（1首）/ 218

胡　定（1首）/ 218

弘　历（6首）/ 219

冯　浩（4首）/ 234

张九钺（1首）/ 236

纪　昀（1首）/ 237

王　杰（1首）/ 240

彭元瑞（3首）/ 242

蒋元龙（1首）/ 246

姚　颐（2首）/ 250

和　珅（1首）/ 251

胡长龄（1首）/ 252

颙　琰（3首）/ 253

龚守正（2首）/ 263

李宗昉（2首）/ 265

沈承瑞（1首）/ 268

张　燮（1首）/ 270

王贞仪（1首）/ 271

童　槐（1首）/ 272

刘位坦（1首）/ 273

马瑢林（1首）/ 275

刘文麟（1首）/ 276

沈兆禔（1首）/ 279

黄兆枚（1首）/ 280

余　论 / 282

绪　论

在我国数千年砚文化历史长河中，松花砚属于新贵。松花石形成于距今约 8 亿年新元古界青白口系南芬组地层中，岩性为微晶灰岩，其理化指标与顶级砚石相仿，乃地理历史原因导致其充当砚材较晚。松花砚在清初由皇帝赏识、倡导、监制，宫廷造办处生产，由此一鸣惊人，力压群芳，但由于石材枯竭，百余年即归于沉寂。直到二十世纪七八十年代，随着新原料的发现，它才又风靡一时。二十一世纪初，松花砚雕刻技艺被列入吉林省非物质文化遗产保护名录，2011 年，国家质检总局（今"国家市场监督管理总局"）批准对松花石实施地理标志产品保护，如今松花石在吉林省东部多地已经形成特色产业。吉林省文化厅、吉林省国土资源厅联合出台过《吉林省松花石产业发展规划（2012—2020 年）》，2021 年，吉林省文旅厅正式将松花石文化产业开发纳入《吉林省文化和旅游发展"十四五"规划》之中。对于吉林省而言，"松花石不仅仅是一种矿产资源，更是我省的'文化名片'。推广松花石，不仅能够为我省带来经济效益，也是'讲好吉林故事，传播吉林声音'的渠道之一"。① 名砚之所以成名，材质特色和文化底蕴缺一不可。松花砚虽为砚林的后起之秀，却也不乏历史文化内涵，对这些内涵的发掘整理，古为今用，是吉林人当仁不让的责任。清代咏松花砚诗不仅数量多，而且所包含的信息量很大。在文本细读和阐释归纳基础上，本书运用文学地理学、考据学的方法，尽可能进行版图复原、场景还原、精神探原，一方面以诗证史，为松花砚历史文化研究提供很多前所未见的旁证；另一方面，文史互证，丰富松花砚的文化内涵，可以为当今文旅产业发展提供可靠的基础资料。

松花砚之"品埒端歙"，语出《西清砚谱》，但直至当代仍广为沿用。如果说《西清砚谱》以及本书辑得的清代松花砚诗有逢迎皇帝之嫌，那么现当

---

① 吉林人大融媒体. 让吉林松花石走向全国［J］. 吉林人大，2022（2）：28.

代关于砚材的地质和物理化学论证足以说明松花砚的地位和价值。而从外观看，松花砚之温润和净度不让端歙，其色泽之清纯又不输绿端和洮砚。纹理更是独具特色，不必水湿即展露无遗，名砚当中可与松花砚比肩纹理者唯有红丝砚，而红丝砚因多纹隙，外观以至块度往往又不及松花砚。然而几百年来，松花砚这一高品质砚种为什么实至而名不归呢？一方面有松花砚发现较晚的原因，名砚之所以成名，需要长期的过程和积淀；另一方面，稀缺性或许也是原因之一。清初宫廷制作松花砚，使其红极一时，然而砚料很快枯竭，这有清代史料和清代诗歌为证。在砚仍具有实用性的清代（文房四宝，唯砚最耐用），松花砚的昙花一现和销声匿迹，对自身的声望无疑造成巨大打击。二十世纪晚期，松花砚在吉林获得新生，是以砚材资源的新发现为基础的，这一时期的开发适逢国家外汇稀缺之际，大量珍品流向海外。① 而且这次新生生不逢时，砚的实用性已今非昔比，随着上好砚材迅速耗尽，奇石资源大量分流，松花砚又开始走向消沉。松花砚这两次起伏，其实都是因其稀缺性拉开了与大众的距离。

　　与上述的稀缺性有关，研究和宣介的欠缺或是影响松花砚声望的另一个因素。纵观清代至民国文献，涉及松花砚者其实寥寥。《格致镜原》（成书于1704—1714 年间）和《西清砚谱》（1778）较为著称，其他如《砚史》(1746)、② 《谢氏砚考》(1792)、③ 《砚林脞录》(1936)④ 则很少提及。笔记类的《享金簿》《香祖笔记》对松花砚有记载，再有一些志书、档案，如《盛京通志》(1736)《钦定盛京通志》《吉林通志》《黑龙江志稿》《吉林分巡道造送会典馆清册》《鸡林旧闻录》《吉林汇征》等曾提及松花石或松花砚。当代论砚、赏砚著作中提及松花砚者甚多，而作为专著，董佩信、张淑芬的《大清国宝：松花石砚》(2004) 出版较早，刘祖林也有关于松花砚的著作出版，而

---

① 王中辉，李洪平. 松花石砚传奇档案 [J]. 参花（文化视界），2012 (7)：4-11. "通化工艺美术厂每年供给日本精华堂株式会社松花石砚商品 20 万美元，供应 10 年，1990 年以后停止供应。1980 年到 1990 年，松花石砚一直没有在国内市场销售。"

② 林在峨. 砚史 [M] //桑行之，等. 说砚. 上海：上海科技教育出版社，1994：331-410.

③ 谢慎修. 谢氏砚考 [M] //桑行之，等. 说砚. 上海：上海科技教育出版社，1994：567-621. "砚表"列"松花江绿石"，又有分地区表，于盛京仅列"松花江绿石"一种，正文首列"松花江绿石"条，录玄烨《制砚说》。

④ 马丕绪. 砚林脞录 [M]. 北京：中国书店，1992：129, 202-203. 卷三引《格致镜原》"松花江砥石山石"记述，附表"各砚时代表"中"松花江绿石"列清代第一。

以《中华砚文化汇典·砚种卷·松花砚》(2019)为新。松花石专著则有郑光浩的《中国松花石》《松花石与江源》、李英和李英睿主编的《中国长白山松花石文化传承与发展》、袁毅的《中国松花石之最》等。其中《中国长白山松花石文化传承与发展》从文化审美角度对于当代松花砚艺术鉴赏有较深入的论述。

当代专题论文研究松花砚的角度很多。在历史考证方面,傅秉全的《松花石砚》(1981)把研究指向宁古塔,今天看来仍属比较确切之论。台湾省学者嵇若昕的《松花石砚研究》(1987)[①] 也属早期研究成果,影响较广,后期又有《雍正皇帝御赐松花石砚》,[②] 作者立足于台北故宫藏品和故宫旧档,对于东北史地考证方面尚余空间。另有《清代松花砚三考》《清康熙松花石砚研究》《康熙制作、赏赐松花石砚考》《皇帝的砚台:清代前期"宫作砚"的几个问题》《故宫藏清代松花石砚概述》《康熙制作松花石砚年代考》《品埒端歙松花石砚》《松花砚的历史传承与发展研究》《清宫"松花石砚"定名考》等。在松花砚艺术特征和形制雕饰方面,早期有周南泉的《松花石砚》(1980),后来又有《故宫藏清代松花石砚概述》《清康熙松花石砚研究》《康熙制作、赏赐松花石砚考》《皇帝的砚台:清代前期"宫作砚"的几个问题》《雍正皇帝御赐松花石砚》《乾隆皇帝、百什件和松花石砚》《艺术与权术:清康雍乾三朝的宫作松花砚》等。在地质、理化分析方面,有《吉林省松花石矿床地质特征及成矿条件》《吉林省松花石质量特征及开发利用价值》《松花石砚与辽砚制砚用石品质及色系研究》《吉林松花砚石产状及矿物学特征研究》等。文化研究方面有《松花砚文化初探》《国家级非物质文化遗产——松花石砚制作技艺的研习六要》《论当代制砚工艺的发展方向》《中国传统文化视阈中松花石(玉)人文美构建》等。产业规划方面有《吉林省松花石资源概况及开发利用形势》《松花石概况及前景》《关于升级发展松花石文化创意产业、厚实吉林省标志性新兴产业的建议》《精美的石头会唱歌——对我省松花石产业的调查与思考》等。值得特别指出的是,2017 年佟大群的《清代松花砚三考》以诗证史,提及咏松花砚清诗最多,而该文对于许多关于松花砚的讨论,既点明了核心焦点,又具有方向性指导意义。刘祖林的《中华砚文化汇典·砚

---

① 嵇若昕. 松花石砚研究 [J]. 故宫学术季刊, 1987 (3):87. 该文修订后收录于 1993 年台北"故宫博物院"出版的《品埒端歙——松花石砚特展》一书中。

② 嵇若昕. 雍正皇帝御赐松花石砚 [J]. 故宫文物月刊, 2009 (318):42-51. 该文 2011 年经修订后收入台北"故宫博物院"2011 年版《双溪文物随笔》一书中。

种卷·松花砚》也针对松花砚这些基本、核心问题进行了论述。郭长清的《浅谈中国诗词对松花石文化的影响》① 虽未提及清代咏松花砚诗，但指出松花砚的构思和创作离不开诗词文化，设计和创作以诗词内容为主题的石砚艺术作品，提升作品艺术品位和价值取向，使得作品意境深远。王正光的《论当代制砚工艺的发展方向》② 一文强调砚是文化载体，应进入高端文化市场。徐磊、李羽婧的《中国传统文化视阈中松花石（玉）人文美构建》一文"开展文化再解释，不断提升松花石（玉）的文化自信"的观点发人深省。

　　已见研究成果留有的研究空间也是显而易见的。一是由于资料所限以及地方本位等因素，有关松花砚历史的一些认识难以达成共识。二是一些观点基于传说、想象和假说，缺少文字实证。三是疏于核订，引用史料讹误较多。此外，就清代咏松花砚诗来讲，除佟大群外，很少有作者加以关注。人们似乎只对弘历的《盛京土产杂咏十二首有序·松花玉》情有独钟，《中国松花石之最》引用全诗，刘祖林的《中华砚文化汇典·砚种卷·松花砚》引用小序，《大清国宝：松花石砚》引用全诗，夏德政的《品埒端歙松花石》③ 引用诗句，李方正的《松花石与松花砚》④ 引用全文，刘彦臣、李昕亮的《砚文化的源流与松花石砚》⑤ 提及该诗的小序，罗扬的《清康熙松花石砚研究》也提及小序。吴晓彬的《松花石石品特征解析》⑥ 引用了弘历《翠云砚》中的诗句。常建华的《康熙制作、赏赐松花石砚考》引用了查慎行一首咏松花砚诗，提及张玉书手写诗稿，又引上述弘历诗小序。《中国长白山松花石文化传承与发展》引用了上述弘历诗小序和诗句，提及颙琰《盛京风土联句》。佟大群的《清代松花砚三考》提及查慎行、揆叙、励廷仪、弘历、王杰、周长发、陈廷敬、沈堡、顾汧、吴暻、允礼、齐召南等人诗作。李彤彤的《国家级非物质文化遗产——松花石砚制作技艺的研习六要》⑦ 第五方面"要有文化界精英群体介入"之第三点"松花砚诗文"中，只举出"说"与"铭"，并无诗句列

① 郭长清. 浅谈中国诗词对松花石文化的影响 [J]. 劳动保障世界，2015（S3）：102-105.
② 上海博物馆. 砚学与砚艺学术研讨会论文集 [M]. 上海：上海书画出版社，2016：303.
③ 夏德政. 品埒端歙松花石 [J]. 地球，2002（3）：19.
④ 李方正. 松花石与松花砚 [J]. 地球，2003（6）：18.
⑤ 刘彦臣，李昕亮. 砚文化的源流与松花石砚 [J]. 学术交流，2006（11）：190-192.
⑥ 吴晓彬. 松花石石品特征解析 [J]. 宝藏，2021（10）：102-103.
⑦ 李彤彤. 国家级非物质文化遗产：松花石砚制作技艺的研习六要 [J]. 大众文艺，2020（20）：1-2.

出。而事实上，诗作所含信息量巨大，有必要对清代咏松花砚诗的历史文化价值给予足够的关注，清诗作为书面文学，其实证和旁证意义不言而喻，正是学界孜孜以求的补白释疑的宝贵资料。

总的来说，清代咏松花砚（石）诗呈现以下几个特点：

首先，清代吉林物产丰富，多入诗咏，已辑得者以咏人参为最多，咏松花砚（石）次之，共170首（作者共87人），其中有160首咏松花砚，10首咏松花石（因涉及松花石产地和特征，兹一并辑录研究，包括宋荦1首，纳兰常安1首，弘历3首，王贞仪1首，李宗昉1首，张燮1首，童槐1首，黄兆枚1首），地域性和代表性非常突出。这其中张照1712年2首出自当代拍品，铭文有疑点，宜谨慎看待。

其次，此类诗创作时期集中，成为松花砚在清代的兴衰的真实写照。除清末民初沈兆褆、黄兆枚依据史志所作2首和刘位坦、马玶林、刘文麟作于道光、同治各1首外，其他均作于康雍乾嘉四朝。其中作于康熙朝最多，共92首（作者共42人），占55%，作于雍正朝8首（作者共6人），占5%，作于乾隆朝52首（作者共29人），占31%，作于嘉庆朝13首（作者共7人），占8%。作者中张照、弘历有重计。

再次，清代咏松花砚诗多溢美之词，多古体诗，或与多咏赐砚有关。

最后，砚作为当时的基本文房用品，又是手工业产品，其原料产地、加工、装饰、铭文等背后的历史文化意蕴丰富，清诗在这方面提供了大量的一手书面资料，也为当代文创提供了宝贵的素材和启发。

上篇 / SHANGPIAN
QINGDAI YONG SONGHUAYAN SHI YANJIU

清代咏松花砚诗研究

第一章／清诗中的松花砚"砚史"

第一节 清宫大量制作松花砚的时间

第二节 松花砚最早出现的时间

第三节 松花砚石材的产地

第四节 松花砚称谓的演变

松花砚是诸多名砚中出现最晚的，它在清代开始才被砚谱类书籍收录，这比端砚、歙砚、洮砚、红丝砚晚了数百年。清代砚谱记述松花砚的文字内容也十分有限，因而目前学界对于松花砚历史的一些基本问题尚存在诸多争议。相对于其他名砚的历史积淀，松花砚首先亟待补全自己的"砚史"，这种补全，不能通过传说和想象来支撑，"砚史"应该是"信史"，而不是野史和传奇。清代咏松花砚诗以及由其引申的相关考述，确实可以为松花砚"砚史"的建构提供一些基础资料和信息。

第一节　清宫大量制作松花砚的时间

关于清初松花砚宫廷制作的开始时间，一直众说纷纭，大致上有 1682年、1691 年、1702 年等。武默纳踏查长白山带回松花石的传说，出现在多位学者的著述中，然尚缺实据。罗扬《清康熙松花石砚研究》根据《香祖笔记》认为松花石砚产生于 1702 年。[①] 王嘉乐《清宫"松花石砚"定名考》认为康熙二十年至三十年间，皇帝以东北"龙兴之地"之石试制松花石砚成功。[②] 2011 年，《东方收藏》曾刊出一文，认为康熙帝 1682 年东巡发现松花石可为砚材，即命采石，由武英殿造办处制出第一批松花砚，并写出《制砚说》；又言 1691 年康熙帝亲自设计、监制第一方松花砚，《中国松花石之最》《中国长白山松花石文化传承与发展》《中华砚文化汇典·砚种卷·松花砚》等书也持此论。李尧编著的《砚鉴》一书也认为清宫制作松花砚始于 1691 年。上述文中对这两个时间点的出处交代较少，经查，1682 和 1691 年这两个说法可能是本照《大清国宝：松花石砚》一书的讲述得来的。[③] 常建华《康熙制作、赏赐松花石砚考》认为康熙帝第二次东巡（1682）发现了松花石可以制砚，[④] 理由是玄烨《御制文二集》中的文章系康熙二十二年至三十六年所作，《制砚说》的写作以及御制砥石砚亦应在这一时期。陈锋《皇帝的砚台：清代前期"宫

① 罗扬. 清康熙松花石砚研究 [J]. 中国历史文物，2008（5）：38-45.
② 王嘉乐. 清宫"松花石砚"定名考 [J]. 人文论丛，2022，37（1）：98-108.
③ 董佩信，张淑芬. 大清国宝：松花石砚 [M]. 北京：地质出版社，2004：95.
④ 常建华. 康熙制作、赏赐松花石砚考 [J]. 故宫博物院院刊，2012（2）：6-20.

作砚"的几个问题》发表稍晚，观点与常建华相同，但其"最有可能在这期间发现松花石，并携石回京制砚"①，仍未见有实证支持。2017 年版高彦颐《砚史：清初社会的工匠与士人》引用常建华的说法，也认为玄烨 1682 年东巡发现了松花石。嵇若昕则通过宽泛之说避免失误："松花石第一次被清圣祖命名工匠琢制成砚之时间，可能在康熙二十八年至四十一年间，即西元 1689 年至 1702 年间，为康熙朝中期偏后的十多年内。总之，至迟在康熙四十一年十至十一月间，宫中已开始琢制松花石砚。"②

佟大群较早对常建华的观点提出疑问，指出《制砚说》作成时间的上限，肯定晚于康熙二十五年（1686），未必早于康熙三十六年（1697）③。但 1697 年这个时间点，尚不足以在常建华关于玄烨 1682 年东巡发现砚材的说法之外另立新说。《御制文二集》卷四十八、卷四十九载有玄烨 1698 年东巡诗，卷四十九、卷五十又载玄烨 1699 年南巡诗，这些时间点通过《清实录》《起居注》都不难查明。如此情况下，用常建华的推论方法（"第三次东巡已经出了写作《制砚说》的时间范围"），就不能排除玄烨 1698 年东巡时发现砚材、其《制砚说》也作于 1698 年之后的可能性。方晓阳《康熙制作松花石砚年代考》④ 和吴丹彤《品埒端歙松花石砚（上）》⑤，通过《词林典故》和当代拍卖的高士奇御赐砚，已将清宫制作松花砚时间上推至 1699 年。虽然对当代此类拍品概应持谨慎态度，但本书辑得的陈元龙 1699 年作《初秋侍直畅春园蒙恩赐内制松花江绿石砚恭纪》，确实可以印证《词林典故》的记述，诗题中"内制"二字就可以改写"1689 年至 1702 年间"这一时间段，使之变成"1689 年至 1699 年间"。如果能为当代拍卖的高士奇御赐松花砚找到所谓《霖村砚录》抄本之外的旁证，那么砚铭中 1699 年春圣谕"此朕去冬巡行乌喇山中所得石，治为砚二，颇能适用，一留御前，此特赐尔，以旌文学侍从之劳"已经足以证明玄烨是在 1698 年东巡时发现的松花石砚材。而该旁证确实存在，详见刘位坦的《乌喇绿石砚》。

———————————

① 陈锋. 皇帝的砚台：清代前期"宫作砚"的几个问题 [J]. 辽宁大学学报（哲学社会科学版），2019，47（6）：154-169.

② 嵇若昕. 品埒端歙：松花石砚特展 [M]. 台北：国立故宫博物院，1993：60. // 嵇若昕. 松花石砚研究 [J]. 台北（故宫学术季刊），1987（3）：87-116.

③ 佟大群. 清代松花砚三考 [J]. 明清论丛，2017（1）：478-495.

④ 方晓阳. 康熙制作松花石砚年代考 [J]. 文物鉴定与鉴赏，2010（5）：20-22.

⑤ 吴丹彤. 品埒端歙松花石砚（上）[J]. 文艺生活（艺术中国），2013（10）：81-88.

综观清代咏松花砚诗，至少还可以得出以下几个结论：其一，清宫大量制作、皇帝开始赏赐松花砚肯定是在 1698 年玄烨东巡之后。其二，经过对已知康熙朝咏松花砚诗考证纪年，未见有支持玄烨 1682 年发现松花石砚材、1691 年开始制作松花砚观点者。其三，提及玄烨发现砚材事的诗作，均创作于 1699 年之后（含 1699 年）。详见下表。

表 1　康熙朝咏松花砚诗创作时间表

年份	作者、作品数	年份	作者、作品数
1699	2 人 3 首	1713	3 人 5 首
1700	3 人 3 首	1716	3 人 5 首
1702	4 人 4 首	1719	2 人 3 首
1703	7 人 18 首	1699—1703	1 人 1 首
1704	4 人 5 首	1699—1705	1 人 1 首
1705	7 人 7 首	1700 之后	1 人 1 首
1706	3 人 3 首	约 1703	1 人 1 首
1707	6 人 10 首	1703 之后	1 人 1 首
1708	2 人 2 首	1704 之后	1 人 3 首
1709	1 人 1 首	1706 之后	2 人 2 首
1712	6 人 9 首	1713 之后	1 人 1 首

据表中数据可见，康熙朝有 13 首诗咏及玄烨发现松花砚石一事，皆作于 1699 年之后。其中宋荦 1700 年《松花江绿石砚歌》有"天家妙选职端明，伏飞或取归鞍压"句，"伏飞"即伏非，指勇士。宫鸿历诗"方箱大橐后车载，山灵夜徙秋云孤"句可为旁证，句中"秋"字尤其显眼，因为玄烨 1682 年东巡到吉林是在春季，而 1698 年到吉林是在秋季。如果玄烨是在 1698 年东巡发现松花石且带回砚材，当年冬返京即开始制砚，1699 年秋有松花砚赐出，是完全可能的。同样，作于 1699 年陈奕禧的《纪恩诗有序》其七诗序记载七月十一日太子赐观松花砚之事，诗尾注云："松花江石出乌喇，皇上以其石琢砚，色淡绿，质润细发墨，雕刻精致可赏。皇太子云：'我甚爱之，过于端溪。'示观良久。"观砚本身显示松花砚是新奇之物，而"皇上以其石琢砚"一句，也不似讲述十多年前的举动。上述陈元龙诗其一首句"松花江底产奇

珉，睿赏雕磨作席珍"，张廷枢 1703 年的"一自翠华临御后，遂令声价等闲加"、1707 年的"一自宸游亲拂拭，遂令片石价连城"，蔡升元 1704 年的"我皇一见非凡材，惜兹美质空沉埋"，看上去也都不似回忆十多年前的旧事。张玉书《赐砥石山绿石砚诗》作于 1702 年，详述玄烨发现松花石、命工雕琢装匣等事，且提及《制砚说》，而同时期的王鸿绪诗中也出现"磨礲山"字样，这是已知最早记录《制砚说》的清诗。这里还要特别提到揆叙 1703 的诗作，《康熙癸未正月三日奉旨召臣揆叙等翰林院官六十七人齐集南书房钦赐砥石山绿砚人各一方恭纪圣恩诗二十四韵》对于玄烨发现松花砚的地点有一个特别的记述，"瑞毓兴王地，光腾驻跸时"，即玄烨是在驻跸时发现松花石的。这是十几首咏玄烨发现松花石诗中唯一提及"驻跸"的。玄烨 1698 年东巡时，随扈者中就有揆叙，而 1682 年时，揆叙还不满十岁。值得一提的是，所有咏及玄烨东巡发现松花石的诗作，均未见关于 1682 年东巡的任何信息。

第二节　松花砚最早出现的时间

松花石最早何时成为砚材，是另一桩关于松花砚的公案。

傅秉全《松花石砚》一文就认为，松花石砚不是发端于明初，而是始自康熙年间。[①] 刘祖林《中华砚文化汇典·砚种卷·松花砚》认为说松花砚早于清朝出现也不为过，但说产于康熙年间更为准确和妥当。[②] 吴丹彤《品埒端歙松花石砚（上）》通过厘清松花石与松化石（硅化木），既排除了松花砚兴始于唐代的说法，也对《西清砚谱》所记元赵孟頫松花（化）石砚进行了辩正，进而依据孔尚任《享金簿·九龙山人绿端砚》所记，认为明初已有松花石砚是可信的。《吉林通史·第二卷》也有"以松花石制作砚台，始于明朝"的表述。[③]

通过清代咏松花砚诗厘清清宫大量制作松花砚的时间，其实大大增加了孔尚任《享金簿》记载的可信度。

---

① 傅秉全. 松花石砚 [J]. 故宫博物院院刊，1981（3）：95-96.
② 刘祖林. 中华砚文化汇典·砚种卷·松花砚 [M]. 北京：人民美术出版社，2019：25.
③ 孙乃民. 吉林通史·第二卷 [M]. 长春：吉林人民出版社，2008：348.

孔尚任记云:"慈仁寺廊下购得绿端砚,式甚古雅,质尤细润,旁镌'绿玉馆家珍',又刻'孟端氏',盖九龙山人王绂物也。宋时为玉堂新样,王介甫诗云:'玉堂新制世争传,称以蛮溪绿石镌',或即此耳。金殿扬辨是辽东松花江石,较绿豆端色尤旧润。殿扬琢砚名手,供奉内廷,制松花石砚甚伙,予得一小者,名曰'春波',不啻径寸之珠矣。"① 王绂(1362—1416),字孟端,无锡人。《明史》有传,其工诗能书,乃永乐间中书舍人,未仕时隐居九龙山,自号九龙山人。据史料记载,正是永乐年间,明加强了对今安图、敦化、通化等地的控制。慈仁寺,即北京西城报国寺,始建于辽代,明成化二年(1466)重修,改名慈仁寺,俗称报国寺。明末清初,报国寺是京城最著名的书市。由"春波"一名可知,孔所得(不知是否经金殿扬流出)也是绿色松花石砚,似有水波纹,"不啻径寸之珠"言此小砚之价值。由此可知,孔离京前,已有两方松花砚。吴丹彤推测孔尚任得砚时间为康熙二十九年至四十一年之间。此外,"辨"砚时间也十分重要,金殿扬能够"供奉内廷,制松花石砚甚伙",必在1698年玄烨东巡之后,"辨"砚时间大约就在1699年至1702年(孔尚任1700年被罢,1702年冬离京归曲阜,详见1987年版袁世硕《孔尚任年谱》和2000年徐振贵《孔尚任评传》)之间,这时内府制作松花砚开始不久,尚未广为人知,孔尚任将松花砚称为绿端,不令人意外。但此时金殿扬应该已经颇有经验,其辨砚结论显然具有可信度。

孔尚任的记述也不是孤证。《西清砚谱》卷二十二附录"松花石双凤砚"按语云:"松花石,出混同江边砥石山,绿色,光润细腻,品埒端歙。自明以前无有取为砚材者,故砚谱皆未之载。"《西清砚谱》编者在此已经讲清楚明代开始就有取松花石为砚材者了,恰可作为孔尚任所述之旁证,即便《西清砚谱》所据就是《享金簿》,也说明编者认可孔尚任的记载。不过,吴丹彤对于孔尚任文中无松花砚字样,而把松花砚称为绿端,似乎还存有疑虑,又提及有人认为金殿扬可能误认绿端石为松花石。《清康熙松花石砚研究》《砚铭与砚雕》《论砚·中华砚文化高峰论坛》中也有观点认为松花江石砚是清代新开创的砚石品种。在弄清金殿扬辨砚发生在1699年至1702年清宫大量制作松花砚期间后,金殿扬的判断的可信度无疑大大提高。另外,孔尚任记述中

---

① 黄宾虹,邓实.中华美术丛书初集第七辑 [M].北京:北京古籍出版社,2013:233.

的另一个重要内容，是金的判断是有自己的根据的，即松花砚的色泽与绿端是不同的，"较绿豆端色尤旧润"，绿端通常为浅绿色，亦称"绿豆端"，王绂砚显然颜色更深、更润。其实两者最明显的区别不是颜色而是刷丝纹，分辨十分简易。由此可见，孔尚任所记明初已有松花石砚是可信的。

此外，元末倪瓒（1301—1374）有一首《赋翠涛砚》^① 诗，有"翠涛沄沄生縠纹，云章龙文发奇变"句。此诗句用来形容松花石十分恰当，该诗通篇未提及此砚之砚种，而且诗中还有一句"米芾砚山徒自惜，此砚颠应未曾见"。诗中"颠"指米芾，那么米芾未曾见到的会是什么砚呢？米芾《砚史》"端州岩石"条曾提及绿石，"通远军漟石砚"条又提及洮河绿石，又有"归州绿石砚"条，既然这些被排除了，更令人浮想联翩。《西清砚谱》载有"宋翠涛砚"，却是澄泥砚，"砚色如黄玉"，显然与倪瓒砚无关。倪瓒或许亦不知自己的翠涛砚是何砚种，虽然他还有一首《以龙尾砚寄钱征士》，显得于砚颇有知。倪瓒诗言翠涛砚曾因避乱而失，应作于1352年之后（《清闷阁集》以体分卷，未纪年，此书前言记倪瓒避乱事），与王绂时代相去不远。倪瓒此诗是否与松花砚有关，俟考。

第三节　松花砚石材的产地

关于松花砚石产地，佟大群《清代松花砚三考》^② 强调玄烨《制砚说》中"盛京之东"这一方位，属于正本清源，其关于混同江即松花江的结论性说法是基于对东北史地的谙熟，对讨论松花砚产地的歧径给予纠偏。刘祖林《中华砚文化汇典·砚种卷·松花砚》也认为"盛京之东，砥石山麓"的说法是正确的。《故宫藏清代松花石砚概述》^③ 一文先是认同宁古塔河边的说法，继而认为混同江应是指汇合嫩江之后之江段，接着又说"传世的松花石砚之石材，主要来自吉林松花江畔的松花石和辽宁本溪的松花石"，是论述产地极尽面面俱到者。然而学者们在产地的具体位置上的分歧还是相当大的。

---

① 倪瓒. 清闷阁集 [M]. 杭州：西泠印社出版社，2010：110.
② 佟大群. 清代松花砚三考 [J]. 明清论丛，2017（1）：478.
③ 罗扬. 故宫藏清代松花石砚概述 [J]. 收藏家，2011（3）：55-60.

一、松花江流域

《大清国宝：松花石砚》一书认为："清朝宫廷用的松花石确实出自混同江边的砥石山。具体地点在长白山天池二道白河以下——二道松花江的区段内，砥石山就是江边的'磨石山'，具体位置在吉林省安图县境内二道江边的山上。"[①] 刘祖林却认为当时（康雍乾）没有"松花江"这一说法，"也就无人把松花江砚与松花江相提并论"，进而得出"松花石不是产在松花江，故松花砚的名字与松花江完全无关"[②] 的结论。两种观点泾渭分明。

本书对清代咏松花砚诗进行了严格筛选，不考察诗中没有特指的"松花"二字者，只考察诗（含题、序、自注）中明确有"松花江""混同"字样者，以及据诗意可知"松花"二字明确指江者，得到以下数据：作于康熙朝的咏松花砚诗，至少有 16 人 21 首诗明确提到了松花江；作于雍正朝的咏松花砚诗，至少有 2 人 2 首诗明确提到了松花江；作于乾隆朝的咏松花砚诗，至少有 9 人 11 首诗明确提到了松花江；作于嘉庆朝的咏松花砚诗，至少有 5 人 8 首诗明确提到了松花江；作于道光朝的有 1 人 1 首诗提到了松花江；另有清末民初 2 人 2 首。合计至少有 34 人（弘历只计 1 人）45 首诗明确提到了松花江，分别占作者数和作品数的 40% 和 27%。这里的作者数比作品数更能说明问题，比如张廷枢共有 15 首咏松花砚诗，只有 3 首提及松花江，但张廷枢显然认为松花砚就产于松花江流域。另外顾汧诗有"混同江源发长白，原名松阿里重译。宋瓦松花递相释，旧史音讹莫考核"句，专门交代了松花江的别称。查慎行 1712 年诗首句"砥石青山麓，松花碧水滨"与诗题中的"松花江绿石砚"相照应。诗人们这种普遍性的认知值得重视。

同时，重要作者的观点也值得关注。佟大群《清代松花砚三考》指出，无论清初皇帝还是近臣，都不可能不掌握松花石的产地。[③] 显然最值得关注的作者是弘历和颙琰。弘历有《松花石砚铭》见于《御制文二集》卷三十九卷首，铭文小序云："吉林松阿里江产此石。松阿里者，汉语'天汉'之谓，江源出长白山，故自古以美名称之。"弘历除了 3 首咏松花砚诗外，还有 1 首咏

---

① 董佩信，张淑芬. 大清国宝：松花石砚 [M]. 北京：地质出版社，2004：55.
② 刘祖林. 中华砚文化汇典・砚种卷・松花砚 [M]. 北京：人民美术出版社，2019：30.
③ 佟大群. 清代松花砚三考 [J]. 明清论丛，2017（1）：480.

松花石屏诗，都提到松花江。顾琰 3 首咏松花砚诗都提及松花江，其中 1817 年的《文房杂咏》"清坚耐久产松花"句后特别注有"江名"二字。上述 33 人除了皇帝多为近臣，但也有例外，那就是吉林本土诗人沈承瑞，其诗句"长白山下一泓水，流出松花几万里。松花江上一片石，割取长白千古碧"，显然更具说服力。此外，据康熙朝《盛京通志·山川》（1684）①中对"混同江""辉发河""鸭绿江""佟佳江"等河流的描述可知，当时对松花江水系和鸭绿江水系的基本认识已经是正确的了，换言之，即便一般知识分子对东北地理知识严重缺失，但清朝皇帝提及松花江时的说法仍值得采信。而乾隆朝《钦定盛京通志》（1789）物产部分就出现了"松花玉"："松花玉，亦曰松花石，出混同江边砥石山，玉色净绿，光润细腻，品埒端歙，可充砚材。又有浮金石，亦可为砚。乾隆四十三年有御制《盛京土产诗》，四曰《松花玉》，恭载天章门。"②光绪《吉林通志》对此有部分引录，语序有变。

清代咏松花砚诗对于今吉林市地区亦有所指。1699 年陈奕禧《纪恩诗有序》诗注所言"松花江石出乌喇"，实际应是出自太子之口，具有很高的可信度。上文提到的㧑叙诗中的"驻跸"大概率也是指今吉林市，因为玄烨东巡路线和松花江的交叉处就在那一带。方观承《〈松花江行〉送给谏赵奏功先生巡察稽林》作于雍正元年，由小序可知，诗就是咏船厂，所提及诸多物产中就有松花砚。1754 年，汪由敦有两首和弘历的诗作于今吉林市，咏吉林物产，都提及松花砚。另外，刘位坦还有《乌喇绿石砚》诗。

"松花江"（"混同江"）在清代咏松花砚诗中出现频次如此之高，在讨论清初松花石产地时不应该被忽视。根据《钦定盛京通志》松花玉"出混同江边砥石山"的记述可知，至少砚石产地之一，就在松花江流域。纪晓岚《阅微草堂砚谱》记载 1790 年砚工所述，松花江流域产砚石也有新坑、老坑之别，石质差异明显，亦即当时松花江流域仍有产出。③乾隆《钦定大清会典则例》卷一百三十九载盛京将军拨兵护送"松花江绿石"等物，《吉林通志》卷五十七也有引述，这一称谓显然有所依据。

---

　　①　孙成，等纂.盛京通志［M］.董秉忠，等修.康熙二十三年刻本，卷九：50，54.

　　②　阿桂，等.钦定盛京通志［M］//纪昀，永瑢.文渊阁《四库全书》：第 503 册.台北：台湾商务印书馆，1986：207.

　　③　刘金柱，杨钧.纪晓岚全集：第十卷［M］.郑州：大象出版社，2019：85.

二、宁古塔诸河边

"绿端石"把松花石与宁古塔诸河边联系到了一起。傅秉全早在四十多年前的《松花石砚》一文中就曾提出"宁古塔河边"的指引性论述。雍正《盛京通志》(1736)物产部分最末记载："绿端石，出宁古塔。"到了乾隆朝《钦定盛京通志》物产部分除了"松花玉"之外，又云："绿端石，出宁古塔诸河边。"（光绪《吉林通志》有引录）一般志书介绍石料时都言其用途，此处"端"字，其实已经说明这是砚材。此外，相关记述还有《吉林汇征》(1914)云："又松花玉宁古塔山有之，今俱不能得。"①

不仅志书中以"端"称之，诗人也常以"端""端溪"代指松花砚。清代咏松花砚诗中，熊赐履较早使用"端溪砚"代称松花砚，他的《东宫赐端溪砚一方》作于1699年至1703年间，首句"端溪来自大荒西（口外物也）"道出这是松花砚。其另一首《壬午冬月初十日特赐御用内制龙尾砚一方》有"龙尾端溪御制新"句，根据同时受赐者张玉书、查慎行、王鸿绪、陈廷敬诗作可知，所赐皆为松花砚。1703年，宋荦有诗咏"松花江绿端石"。1740年，纳兰长安作有一首《绿端石》，收入其《沈水三春集》中。此外，有的诗人也以"黎溪"（溪在广东英德，即端砚的产地之一）形容松花砚。1716年，汤右曾有《丙申四月三日奏事苑西蒙恩宣赐大学士以下黎溪石砚一方归示儿子学殖》二首，1762年沈廷芳《题汤西崖少宰〈赐研诗〉卷后次原韵四首》其一也有"黎溪"字样，但其四夹注写明"砚产松花江"，故所谓"黎溪"应是形容砚色。沈廷芳诗其三所记康熙丙申也与汤右曾诗相符。据诗韵可知，沈诗四首，实为次汤诗二首韵各二首。

宁古塔诸河边，其实也在"盛京之东"，不过较通化县更远且稍偏北而已。大量资料显示，清初松花石是由吉林将军（或宁古塔将军）搜集提供的。②"乌拉将军"进呈的松花石也有档案记载，如雍正八年十二月二十九日，

① 李澍田. 吉林纪略初集 [M]. 长春：吉林文史出版社，1993：233.
② 顺治十年（1653），宁古塔驻防官升为"昂邦章京"，即"宁古塔昂邦章京"，沙尔虎达为首任。康熙元年（1662）更名为"镇守宁古塔等处将军"，简称"宁古塔将军"。康熙十五（1676）年移驻吉林乌拉（今吉林市），称"吉林将军"，宁古塔改置副都统一人。从雍正十三年（1735）至乾隆二十二年（1757），宁古塔将军、吉林将军、船厂将军三个名称经常混用，乾隆二十二年（1757），正式更名为镇守吉林乌拉等处将军，简称"吉林将军"。

内务府总管海望奏称：

> 造办处做砚之录（绿）端石，原系乌拉将军所进。现今本库收
> 贮录（绿）端石不敷应用，欲传与乌拉将军送些来，以备陆续做砚
> 用等语，奏闻。奉旨：着乌拉将军送些来，钦此。于二月初十日做
> 成印文一件，交兵部堂主事己尔岱持去，业赴乌拉将军衙门讫。于
> 雍正九年七月十七日，镇守宁古塔等处地方将军常德，差委骁骑校
> 他古图送来录（绿）端石大小五十一块，随印文一件。于本日将印
> 文一件，着笔帖式宋宁在圆明园呈户部侍郎兼内务府总管海望看过。
> 随谕：着与押送官收文回去。记此。①

"乌拉石""绿端石"（关于"乌拉石""绿端石"的进一步辨析详见下文）
等称谓在雍正间清宫内务府造办处档案中多有所见，学者们对"乌拉石""绿
端石"系吉林将军所进送也不持疑义。乾隆朝档案也记载宫中有"康熙年制
各式乌拉石盒、石砚四十方"，直到乾隆中期才有盛京将军进送松花石的文字
记载。因此，今通化"老坑"是否就是康熙时代松花砚的石材产地，尚需要
更多佐证，因为今通化很多地区当时并不属于吉林将军辖境，而是在奉天辖
境。宁古塔显然也不是单指今宁安市，而是指宁古塔将军（副都统）辖区，
包括今敦化及附近地区，《钦定盛京通志》中一个"诸"字就清楚表明这是在
讲一个区域，而不是一个城镇（志中"东珠"条也有"今出混同江及乌拉诸
江河中"的类似表述）。《宁安县志》（1924）物产部分，仅在"物产旧闻杂
志"中引用了《盛京通志》"绿端石，出宁古塔诸河边"，原文东珠条引用
《吉林通志》有"出混同江及乌拉宁古塔诸河中"语。② 蔡升元 1704 年的《蒙
恩特赐御用嵌玉漆匣松花石砚恭纪》开篇云："皇娲五色石补天，一片堕落东
海边。孕星吸月亘万古，浑沌凿破知何年。流入松花江水碧，星月时时动灵
魄。"诗中没有提宁古塔和绿端，但提到了"东海"和"松花江"，东海即朝
鲜所称之"东海"，今地图通常标为"日本海"，清初三姓副都统和宁古塔副
都统辖境都濒临东海，诗中的地理指向十分清楚。顾汧曾任奉天府丞，其两
首关于松花砚的诗，都把产地指向松花江，而《戊子春传集内务府颁赐松花

---

① 朱家潜，朱传荣. 养心殿造办处史料辑览·第一辑·雍王朝 [M]. 北京：故宫出版社，2013：259.
② 梅文昭. 宁安县志 [M]. 台湾：成文出版社有限公司，1974：823.

石砚谢恩恭纪》的"采石遥浮黑水东"（此处"黑水"指松花江，详见本书下篇对该诗的解析）则更加具体，玄烨《制砚说》中砥石山的参照系是盛京，顾汧将范围进一步缩小到北流松花江以东，结合蔡升元的"东海"一说，松花砚石材的产地已经呼之欲出了，正在今延边地区。弘历作于 1741 年的《松花石屏歌》有"松花之源产石子（松花江自长白山而流），由来王气常钟美"句，也明确将产地指向了松花江上游。因此，清初在宁古塔将军和吉林将军辖下的松花江流域存在松花石产地，似乎不应再被质疑。这其实倾向于支持《大清国宝：松花石砚》一书的观点。《吉林通史·第 2 卷》有"松花石产于吉林省通化二道江仙人洞"① 的表述，未注明出处，但该书并没有否定其他产地之意。

三、砥石山

玄烨的《制砚说》让人们关注的焦点集中到了砥石山。《淮南子·墬形训》云："辽出砥石。"高诱注："山名，在塞外，辽水所出。"《水经注·大辽水》言："辽水亦言出砥石山，自塞外东流，直辽东之望平县西……屈而南流，入于海。""东流"二字，显然指西辽河，望平县在今辽宁新民境，则砥石山应在今内蒙古境，与松花石无关。陈元龙和沈堡诗显然受上述两书误导。实际上，清初东北山河之名，多为满语，至今音译者仍颇多，翻阅《吉林省自然地名志》就会发现，"砥石"这个名字尤显突兀。"砥石"是磨石之意，《淮南子·说山训》云："砥石不利，而可以利金。"如果说那时吉林有个小山被当地人叫作"磨石山"倒是可能的，而"砥石"作为书面语言太过雅致了。《大清国宝：松花石砚》一书认为砥石山即今安图二道江边磨石山，且有"松花石化学成分全分析结果表"② 为证。查阅《安图县志》（1929）又见有"磨石沟子，城西北五十里"③ 的记载。也有学者认为，玄烨所言"砥石山"系无名之山。

清代咏松花砚诗中，最早出现"砥石山"字样的，是在 1702 年 11 月，张玉书等多位臣僚受赐松花砚。查慎行诗称松花砚，张玉书诗称砥石山绿石

① 孙乃民. 吉林通史·第二卷 [M]. 长春：吉林人民出版社，2008：348.
② 董佩信，张淑芬. 大清国宝：松花石砚 [M]. 北京：地质出版社，2004：55，72.
③ 陈鸿谟，等. 安图县志 [M] // 凤凰出版社，选编. 中国地方志集成·吉林府县志辑：第 4 册 [M]. 南京：凤凰出版社，2006：125.

砚（产地提及松花江和砥石山），熊赐履诗称龙尾砚、端溪砚，陈廷敬诗称砥石砚。唯有王鸿绪称磨礲山石砚。磨礲，亦作磨砻、磨垄，即磨石。唐黄滔《书怀寄友人》诗："此生如孤灯，素心挑易尽。不及如顽石，非与磨砻近。"王鸿绪诗中磨礲山就是砥石山，1729 年吴英棻诗也有"星精出磨礲"句。统计显示，清代咏松花砚诗中，共有 18 人 26 首在诗中（含题、序、自注）提及砥石山，其中 6 人 7 首明确将砥石山与松花江相联系，这也与《钦定盛京通志》的记载不谋而合。张廷玉《赐砥石山绿石砚诗》特别值得关注，该诗夹注提及玄烨的《制砚说》，诗首句"留都东指气郁积，江走松花伏山脉"中的"留都东指"是指方位，与《制砚说》的"盛京之东"完全符合，"江走松花"则显然是对具体区域的确认。

还有一个现象值得注意。26 首诗中，颙琰 1 首作于嘉庆朝，黄兆枚 1 首作于民初，其他皆作于康、雍两朝。颙琰《盛京风土联句有序》，"松花孕石佐文房"一句后有注："松花玉亦曰松花石，出混同江边砥石山，圣祖时始创为砚……能使松烟浮艳，毫颖增辉，允属文房异品云。"注中强调的其实也是康熙朝，而黄兆枚诗注系抄录史志。如果不考虑吴英棻作于雍正朝的 1 首，就会发现，咏砥石山的诗作，明显集中于康熙朝，乾隆朝则是空白。弘历有 6 首诗咏及松花砚和松花石屏，也不乏小序和自注，却绝口不提砥石山。

因此可以推测出一种可能性，即砥石山砚材发现得比较早，在康熙朝清宫大量制作松花砚的初期名噪一时，却因石材迅速枯竭而昙花一现，砥石山也就湮没无闻了。这一点，在下面论述松花砚的称谓时还有涉及。

四、鸭绿江流域

刘祖林在《中华砚文化汇典·砚种卷·松花砚》中提出"混同江"为今浑江的论点，郑光浩的《松花石与江源》一书亦及此。佟大群论《制砚说》时也指出，通化县就在盛京正东。因清代咏松花砚诗涉及鸭绿江流域的不多，以下将一改上述针对"松花"的严格限定，对已见所有相关"鸭绿"的诗句都加以辨析。

宋荦《松花江绿石砚歌》诗题有注："即鸭绿江。"然而诗中有"松花江远银涛翻，绿玉英英此中拾"句，可知作者把鸭子河与鸭绿江混淆了。其子宋至同题诗附于《西陂类稿》，首句为"鸭绿江深鼍窟冷"，然而在其自己的

《纬萧草堂诗》中已经改为"江流绝域鼍窟冷",可为旁证。同样,顾嗣立观看宋荦松花砚时的诗句"传看鸭绿研,秀骨铲玉斧"也应被视为传讹。类似的还有沈廷芳,其诗有"品高鸭绿等鹪鹩（砚产松花江）,铜雀香姜未敢齐"句。王杰《恭和御制〈盛京土产杂咏十二首〉元韵》咏松花玉时,诗中出现了"鸭江"二字,根据弘历原作,此处应指鸭子河,即松花江。吴廷桢1712年的《三月十五日恩赐松花石砚恭纪》（其一）颔联为"塞北有江通鸭绿,岭南无石比松花",不禁让人想起浑江（佟佳江）,现今白山市的江源区到通化市,沿江松花石产地密布,该江又确为鸭绿江支流。然而,查慎行作于同日的《三月十五日恩赐翰林院讲读编检诸臣松花江绿石砚中使宣旨查慎行吴廷桢廖赓谟宋至吴士玉五人向在武英殿纂修着拣式样佳者给与臣慎行得夔龙大砚一方恭纪二十韵》首句"砥石青山麓,松花碧水滨"又与之存在矛盾。

此外,相关说法还有魏廷珍作于1713年之后的《赐松花砚恭纪》,首句为"贡来鸭绿化工镂,锦匣函光灵耀天"。方学成《刘翼屏孝廉以松花石寄许大玉载属好手琢砚作诗报谢索和适玉兄时以玉带砚见觊并成长句寄之》作于康熙末或雍正间,诗有"长白山接昆仑邸,下有鸭绿水油油。珣玗琪出医无闾,松花石应比琳球"句。这两首诗中的"鸭绿"作颜色讲指鸭头绿,作产地讲指鸭绿江,都可以说通。纪昀《郑编修际唐出其曾祖赐砚见示敬赋古诗二十六韵》一诗中有"三江注大瀛,艮维钟浩气。珠胎既炜煌,砚璞尤瑰异。土贡或效珍,词臣恒被赐"句,三江指松花江、鸭绿江和图们江。

2011年2月21日,原国家质检总局批准对"松花石"实施地理标志产品保护。地域保护范围为吉林省白山市江源区、浑江区、临江市、靖宇县,通化市东昌区、二道江区、通化县、柳河县、辉南县、集安市,延边朝鲜族自治州敦化市、安图县12个市区县。值得注意的是,一是这些地区其实连为一体,产地区域特点十分鲜明,与地质勘查的矿带吻合。二是上述地区处于松花江流域的有靖宇县、辉南县、柳河县（哈泥河属鸭绿江水系）、敦化市和安图县,皆在流域上游;其他地区均在鸭绿江流域,主要沿浑江（佟佳江）分布。松花石属于海相沉积岩,在以龙岗山脉（两大水系分水岭）为标志的地壳隆起后,受江河切割冲刷,方以姿彩示人。三是这些地方,有些清初属封禁地,有的还曾属盛京将军辖境。四是已知清代咏松花砚诗所涉及的砚石产地,就集中在这两个流域。

第四节 松花砚称谓的演变

吴丹彤《品埒端歙松花石砚（上）》对松花砚的名称演变进行了梳理，包括绿石研、松花绿石砚、松花江石砚、砥石砚、砥石山绿砚和松花石砚。佟大群《清代松花砚三考》认为"清代松花石砚在历史上，曾有绿石研、松花绿石砚、砥石砚、砥石山绿砚、松花江石小砚、松花江石砚、松花砚、松花石砚不下 8 种称谓。这些名称，看似繁乱，实则有内在规律。其所展现的是松花砚文化在康乾时代形成、发展，以及传播的特殊进程"。① 通过对清代相关诗歌的辑录整理，可以对上述称谓加以佐证，且有另外的资料可以补充。这里只考察诗人们对松花砚的称谓，至于清宫内务府造办处对砚石原料的称谓，会在后文论及。

一、"松花"的意涵与松花砚最初的命名

佟大群《清代松花砚三考》指出："亲历、亲闻者的表述中，'松花'的字样多见，达到 54 处。其他诸如'砥石''绿石'的表述只有 11 处，其中'砥石'字样出现了 9 处、'绿石'字样只出现 2 处。由此可见，'松花'二字为时人所普遍认可的现象，是客观存在的。"② 然而，学者们对于"松花"二字的意涵却众说纷纭。《中国松花石之最》《中国长白山松花石文化传承与发展》皆提到民间以石色同松花而名之，又言康熙帝有"色如松花"之赞。《中华砚文化汇典·砚种卷·松花砚》引据《西清砚谱》"如松皮纹"之说认为"松花砚就是因松树而得名"③，《品埒端歙松花石砚》一文也认为"松花"一词"应该是对砚石外观形态的描述"，即指东北松树的针叶，为此作者还曾把一簇针叶"用手理成一个叶片彼此平行的平面"来对照松花砚的刷丝横纹。《中国名砚·地方砚》一书认为松花石砚由松花江得名是一种误解，"与松花江没有任何关系""倒是一些资料上所说，松花石是以石料上的刷丝纹理如同

---

① 佟大群. 清代松花砚三考［J］. 明清论丛，2017（1）：485.
② 佟大群. 清代松花砚三考［J］. 明清论丛，2017（1）：493.
③ 刘祖林. 中华砚文化汇典·砚种卷·松花砚［M］. 北京：人民美术出版社，2019：35.

松木化石中'木理犹存'的刷丝状年轮一般，因而得名"①。李尧编著的《砚鉴》一书的概述部分坚持认为"松花砚因产地位于松花江流域而得名"②，王嘉乐《清宫"松花石砚"定名考》一文持相同观点。而《砚鉴》一书松花砚部分的编者则认为，究竟是因为石纹似松花还是产于松花江边，已不可考。

通过对清代咏松花砚诗的考察，可为上述"松树"观点作支撑的诗作不多，但也将所见录出备查。许贺来1703年的《癸未正月初三日召入南书房蒙恩赐砚一方恭纪》有"晶莹似玉光含润，苍劲如松质自坚（砚名松花绿玉）"句。童槐1805年的《盛京篇嘉庆十年恭进代》有"绿玉松纹缠宿海"句咏松花玉。沈承瑞《松花石砚歌》有"石纹觇缕松纹鲜，青花片片凝寒烟"句。然而，以上三首诗咏松花石的色与纹，都仅仅反映了松花砚的众多特点之一。如果一定要用颜色纹理特点称呼松花砚，其实完全可以像红丝砚一样直接精准取名"绿丝砚""绿云砚""松纹砚"。"松花"二字代指颜色和纹理，其实是很吃力的。首先，当时民间并未流行松花砚，"松花"二字无法来自民间。松树花的黄白色也不是松花石的主色调，所谓石色类松花，似乎只能是指色如松花江水而言，与松树花无关。至于所谓康熙帝"色如松花"之赞，还需要找到出处的文本。"松皮纹"之说，则需要圆通"松花"与松纹、松皮、松树的巨大差别。《品埒端歙松花石砚》作者对松针一说也没有信心，补充说道："问题是松树的针叶是否曾被古人们称之为松花。"③ 查阅各种字典可知，"松花"真的没有松树针叶的含义。就诗言诗，清诗中咏松花者不少，却多是言及他事。而更显而易见的是，东北松树的针叶并非自然平行类似刷丝，需要人为摆出才行。此外，刘文麟咏松花砚诗涉及松树（松化石），但自知为讹。

事实上，已知的清代咏松花砚诗，约40%的作者提到松花江。因此，李尧、王嘉乐的观点得到清代咏松花砚诗的有力支持是显而易见的，因为以产地命名的名砚比比皆是。然而根据清代咏松花砚诗的文本，"松花砚"一名的内涵，却不只是标识产地，这个名字还指示了玄烨发现砚石的地方也是松花江。陈元龙1699年的《初秋侍直畅春园蒙恩赐内制松花江绿石砚恭纪》（其一）有"松花江底产奇珉，睿赏雕磨作席珍"句。宋荦作于1700年的《松花

---

① 关键. 中国名砚·地方砚［M］. 长沙：湖南美术出版社，2010：41.
② 李尧. 砚鉴［M］. 太原：三晋出版社，2011：3.
③ 吴丹彤. 品埒端歙松花石砚（上）［J］. 文艺生活（艺术中国），2013（10）：85.

江绿石砚歌》有"松花江远银涛翻，绿玉英英此中拾"句，吴士玉和诗有
"松花江水鸭头绿，宝气熊熊孕绿玉。翠蛟飞涎喷浸足，谁探珠宫斫鳞屋，片
璧截来光炫目"句。上述蔡升元诗中还有"流入松花江水碧，星月时时动灵
魄。偶然巨璞出人间，但以砮刀同弃掷。我皇一见非凡材，惜兹美质空沉埋"
句。齐昭南《松花砚歌》有"长白之麓千里松，江流直北趋黑龙。下有水玉
不受攻，千年光炯烛银虹。真人受命开紫濛，拜图始观绿芙蓉。制为砚石凡
石空，譬猎陈仓获其雄"句。劳之辨、李振裕、张廷枢等人诗中也用了"江上"
二字。这些诗都指向一种可能，就是玄烨是在松花江岸发现了松花石砚材。

松花江采石，最适宜的季节是江水清浅的秋季。细读1682年玄烨东巡诗
可知，春季松花江在大雨中涨水，浪涛汹涌，因此1698年发现砚石的可能性
更大。最明确记述江中产石的正是玄烨的孙子弘历，《翠云砚歌》云：

> 松花江水西北来，摇波鼓浪殷其雷。波收浪卷滩石出，高低列
> 翠如云堆。蜀相八阵此其种，江间水流石不动。日月临照晶光华，
> 波涛濯洗如璧珱。长刀槎枒绳修蛇，刀割绳缚出滩沙，他山之石为
> 之碬。毡包车载数千里，远自关东来至此。横理庚庚绿玉篸，长方
> 片片清秋水。爰命玉人施好手，质坚不受相攻剖。磨礲几许研乃成，
> 贮以檀匣陈左右。龙尾凤味且姑置，铜雀旧瓦今何有。自憙得此迥
> 出群，锡以嘉名传不朽。

诗小序云："松花江之涯有石，质坚色绿，磨而为砚，不减端溪，爰以翠
云名之而歌以诗。"诗中"滩石出""出滩沙"写的都是松花江，"爰命玉人施
好手"之前，其实都是讲述采挖、运回松花石的过程。

与上述诗作直接相关的是，松花砚最初就是以"松花江"命名的，而不
是以"松花"命名的。

表 2　早期咏玄烨发现松花石诗主要信息表

作者	陈奕喜	陈元龙	宋荦	吴士玉
背景	观赏太子砚	御赐	受友人馈赠	和宋荦诗
诗题	《纪恩诗有序》（其七）	《初秋侍直畅春园蒙恩赐内制松花江绿石砚恭纪》二首	《松花江绿石砚歌》	《松花江绿石砚歌》

续　表

作者	陈奕喜	陈元龙	宋荦	吴士玉
时间	1699 年七月十一日	1699 年初秋	1700 年冬	1700 年冬
砚名	松花江石砚	松花江绿石砚	松花绿石砚	松花绿石砚
砚石出处	松花江石剖琼英	松花江底产奇珉	松花江远银涛翻，绿玉英英此中拾	松花江水鸭头绿，宝气熊熊孕绿玉
御选	自是天家工采择	睿赏雕磨作席珍	天家妙选职端明，伏飞或取归鞍压	

由上表可知，最早的陈奕禧、陈元龙诗，创作背景完全不同，但主要内容一致，原因显然在于信息来源的权威性。宋荦之砚为友人所赠，根据诗意，宋荦对玄烨发现和制作松花砚的经过非常了解，该砚很可能也是出自宫中。此外，有学者认为，最早记录松花砚的是王士禛的《香祖笔记》（刊于 1705 年），该书卷一记录了 1702 年十一月赐砚事，然而细读文本就会发现，王士禛所用称谓并不是"松花砚"，而是"松花江石小研"①。《香祖笔记》确实记载过"松花砚"，却是在卷七，所记事发生在 1704 年。② 在学者们发现更早的松花砚称谓之前，"松花江"这一最初冠名是无法撼动的。松花砚的命名，客观上确实托名"有名之江"，附骥以传，但非刻意附会，而是松花砚一开始就和松花江有实质性的不解之缘。最初的命名，应该就是玄烨做出的，依据就是他东巡时在松花江发现了松花石砚材。

二、称谓的演变

松花砚最初的名字是"松花江石砚"，也称"松花绿石砚"，紧接着就有了新名字。

上文已经介绍，清代咏松花砚诗中，最早出现"砥石山"字样的，是在 1702 年十一月。紧接着是 1703 年正月初三，皇帝赐砚给翰林院 60 余人，堪称文林盛事，其中有多人诗作咏及此事。详见下表。

---

① 王士禛. 香祖笔记 [M] // 纪昀，永瑢. 文渊阁四库全书：第 870 册. 台北：台湾商务印书馆，1986：392.

② 王士禛. 香祖笔记 [M] // 纪昀，永瑢. 文渊阁四库全书：第 870 册. 台北：台湾商务印书馆，1986：469.

表3 咏1703年正月初三赐砚诗主要信息表

	查慎行	张廷枢	许贺来	史申义	揆叙	《康熙起居注》
砚名	砥石山绿砚		松花绿玉砚	松花石砚	砥石山绿砚	砥石山石砚
产地	砥石山	松花江上		松花江	松花江、砥石岫	

由上表可见，受赐者对于砚名虽无统一认识，但对于产地松花江、砥石山基本认同。而《康熙起居注》也予以了印证。据上述引述的清诗推之：玄烨1698年东巡，在松花江岸发现松花石砚材并收集一些带回北京制砚，即以"松花江"名之。当时尚不知道砥石山出产此石。玄烨命吉林将军寻找类似石材，很快在砥石山发现石材并进送，玄烨此时才写下《制砚说》，清宫制砚因名砥石山石砚。《制砚说》中有"于制砚成而适有会"语，即言作于宫中制砚成功之后。清诗中最早提及《制砚说》的是张玉书1702年的《赐砥石山绿石砚诗》。随着砥石山石材的枯竭，这个名字也逐渐淡出，代之以更加纷纭的称谓。

表4 已见清诗松花砚（石）称谓表（很多诗作并无明确称谓）

松花砚（石）称谓（多在诗题）	诗作者及创作时间
松花江石砚	顾汧1699—1705，陈奕禧1699
松花江绿石砚（研）	陈元龙1699，宋荦1700，宋至1700，吴士玉1700，查慎行1712
松花江绿端石	宋荦1703
砥石砚（研）	宋荦1708，陈廷敬1702，陈元龙1705，释元璟1703，释元璟1703，释元璟1703—1718，释元璟1718后，杨瑄1704后，杨瑄1704后，释元弘1705，沈垍1705，郑任钥1706后，张照1712
砥石山砚	杨瑄1704后
砥石山绿石砚	张玉书1702
砥石山绿砚	查慎行1703，励廷仪1700—1732，纳兰揆叙1703
磨礲山石砚	王鸿绪1702

续　表

松花砚（石）称谓（多在诗题）	诗作者及创作时间
松花砚（研）	宋荦（1705，谢恩疏称"松花石绿端砚"），李振裕 1704（松花五云砚），王顼龄 1707，王顼龄 1713，王鸿绪 1719，查慎行 1702，查慎行 1709，鲁瑗 1703，魏廷珍 1713 后，朱稻孙 1705，纳兰常安 1734，张鹏翀 1743，允礼 1711，闻棠 1742，周正思雍乾间，齐昭南 1748，齐昭南 1742，胡定 1742，胡长龄 1805
松花石砚	汪晋徵 1707，劳之辨 1707，廖腾煃 1707，王顼龄 1713，王顼龄 1716（松花石萍实池），王顼龄 1719，彭定求 1713，王鸿绪 1705，顾泧 1708，蔡升元 1704，蔡升元 1704，吴廷桢 1712，张廷枢 1707，史申义 1703，吴暻 1706，彭廷训 1712，吴应棻 1733，汪由敦 1743，汪由敦 1754，周长发 1742，方学成康雍间，冯浩 1783，彭元瑞 1796，姚颐乾隆间，沈承瑞 1804—1817，刘文麟 1862
松花绿玉	许贺来 1703
松花玉	弘历 1741 石屏，弘历 1744 石屏，弘历 1778，弘历 1792，王杰 1778，龚守正 1805，龚守正嘉庆间
端溪砚	熊赐履 1702，熊赐履 1699—1702
绿端石	纳兰常安 1740（称松花石），马犿林 1846
黎溪石砚	汤右曾 1716，沈廷芳 1762

由上表可以明显看出，一是"松花江"冠名最早；二是"松花砚""松花石砚"最通行；三是"松花砚""松花石砚"在康熙朝已经广为使用，且为主流；四是"砥石山"虽然在康熙朝以后诗作中还有出现，但作为对松花砚的称谓，仅在康熙朝出现了大约十年；五是康熙朝的称谓最杂乱，各种称谓几乎都出现在康熙朝；六是《清代松花砚三考》中"到了乾隆年间，'松花石砚'开始成为部分官方文献中的'标准表述'"的观点，得到了清代咏松花砚诗的支持，在已知清诗中，雍乾嘉三朝的称谓都已经规范到"松花砚""松花石砚""松花玉"上面来了，与康熙朝形成鲜明对比。

第二章／清诗中的松花砚文化意涵

第一节　清诗中松花砚的皇家印记

第二节　清诗对松花砚的总体评价

第三节　清诗中的松花砚特征描绘

第四节　松花砚在清代民间的流行

曾任天津市文物鉴定委员会委员、天津市文史馆馆员的蔡鸿茹对于古砚鉴定颇有心得，她主张在阅读文献资料的基础上，从砚的造型、质地、纹饰、铭文、装潢诸方面着眼。① 本章对松花砚的这几个方面都有涉及，侧重点则放在文化意涵方面。如果上一章为的是让当代所讲的松花砚故事更加真实可信，那么这一章是为了把松花砚的故事讲得更加精彩。

第一节　清诗中松花砚的皇家印记

皇家印记是松花砚最鲜明的文化特色。古代帝王与砚发生联系不在少数，但如同清代皇家如此深度卷入砚文化当中的，却是绝无仅有。松花砚能够独树一帜、脱颖而出，离不开其特殊的皇家印记。清代咏松花砚诗为我们系统认识这种印记提供了更多资料。

一、产地光环

纵览清代咏吉林诗词，咏满清发祥（如朱果传说等）的作品在乾嘉朝密集出现。《西清砚谱》（1778）凡例云："惟我朝发祥东土，混同绿砥，德比玉温，琢砚进御。经列圣暨皇上御题者甚富。谨择其质良制佳者，谱诸附录之首，以见大运肇兴，扶舆彰瑞。"② 这与卷二十二附录"松花石双凤砚"的编者按语"松花石，出混同江边砥石山……我朝发祥东土，扶舆磅礴之气，应候而显……恭采六万，绘图著说，冠于砚谱之首，用以照耀万古云"相呼应。弘历1778年的《盛京土产杂咏十二首有序》总序云："盛京山川浑厚，土壤沃衍。盖扶舆旁薄，郁积之气所钟，洵乎天府之国，而佑我国家亿万年灵长之王业也。是以地不爱宝，百产之精，咸萃于斯……嘉珉可以兴文……爰举十二事，各纪以诗，且系之引具梗概云。"《松花玉》小序云："混同江产松花玉，色净绿，细腻温润，可中砚材，发墨与端溪同，品在歙坑之右。"诗云："长白分源天汉江（混同江发源长白山，国语曰松阿哩江，松阿哩，汉语天河

---

① 刘红军. 论砚·中华砚文化高峰论坛 [M]. 北京：中国书店出版社，2011：43-46.
② 上海书店出版社. 西清砚谱 [M]. 上海：上海书店出版社，2010.

也，俗呼为松花江。而金史乃有宋瓦江之称，皆音转之讹耳)，方流瑞气孕灵庞。琢为砚佐文之焕，较以品知歙可降。起墨益毫功有独，匪奢用朴德无双。昨来偶制龙宾谱，宝重三朝示万邦(近集内府所藏旧砚，绘图系说，辑为《西清砚谱》，而松花玉砚，则择其曾经皇祖、皇考题识，及余所铭咏者入之)。"《西清砚谱》和弘历诗语气措辞大致相同，而弘历诗最后的自注更是交代了《西清砚谱》收录松花砚之事。其实弘历早在1741年即有《松花石屏歌》，中有"松花之源产石子(松花江自长白山而流)，由来王气常钟美。含奇韫灵正此时，疑有烟云绕江水"句。松花砚能够冠于《西清砚谱》附录之首，"照耀万古"，与其产地光环密不可分。颙琰《盛京风土联句有序》作于1818年，"松花孕石佐文房"句后有注，录上述弘历诗正文全部和关于《西清砚谱》的尾注。乾隆朝大臣张照、沈廷芳、纪昀，嘉庆朝的彭元瑞也都有把松花砚产地与清朝发祥联系在一起的诗作。

实际上，起初玄烨《制砚说》并没有给松花砚装戴有关发祥的光环，盖因其时南北已定，玄烨踌躇满志，自信自强，不需要炫耀出身。然而玄烨的下属却想得更多，竟然有7位臣僚和1位僧侣的咏松花砚诗涉及发祥，蔡升元的"兴朝王地神物聚，运际文明光焰吐"，释元璟的"兴王地产绿琼英"都具有代表性。

历代咏砚诗不乏言过其实者，但清代十多首咏松花砚诗把松花砚和王朝发祥联系在一起，殊为特别。

二、御赏、御用和御评

历史上皇帝赏砚不乏其事，皇帝发现砚材却并不常见，尤其是玄烨这样的有道之君。其发现松花砚石的时间更有讲究，是在平定噶尔丹、力克雅克萨、统一台湾岛之后。已知有包括弘历和颙琰在内的16位作者18首诗咏及玄烨东巡发现松花石，13首作于康熙朝1699年之后，3首作于乾隆朝，1首作于嘉庆朝，1首作于道咸间，上文已多有介绍。玄烨有时会把自用松花砚拿来赐予臣属。已见有8位作者在诗中提及接受过"御用"松花砚的赏赐，或咏他人受赐御用松花砚。其中1702年王鸿绪受赐御用砚最富传奇性，其《十一月初十日赐磨礲山石砚一方并西洋漆匣御墨四锭恭纪》以"须臾中使天语宣，兹砚特为朕所选。为绿遍赏数不敷，撤与鸿绪供书缮"句记录此事，即绿砚数不够了，玄烨赏出了自己的松花砚。此事有查慎行诗和《香祖笔记》为旁证。1796 年彭元瑞受赐一方松花砚，该砚"黄纸签记，曾陈静明园之影湖楼"，应该也是御用砚，彭诗有"犹认尧年修内制，曾陈舜殿影湖楼"句记此事。

"龙兴之地"的产地光环下，清帝对松花砚的评语，特别是在名砚中的定位的差异也颇耐人寻味。《制砚说》明明说松花砚"远胜绿端，即旧坑诸名产亦弗能出其右"，而到了弘历钦定并作序的《西清砚谱》，变成了"品埒端歙"（"埒"即"等同"之意），此语虽为于敏忠等编者所言，弘历也应有过目。弘历诗可为旁证，《翠云砚歌》小序言松花砚"不减端溪"，《盛京土产杂咏十二首有序·松花玉》小序云："发墨与端溪同，品在歙坑之右。"诗中有"较以品知歙可降"句。到了嘉庆朝，颙琰《盛京风土联句有序》"松花孕石佐文房"句后自注仅言"允属文房异品"。可见"御评"也有差异化和层次化的体现。不过，弘历对松花石以"松花玉"相称，不只是给予松花石的一份殊荣，也说明弘历真的是由衷喜爱松花石。早在 1744 年，弘历就有《松花玉石屏歌》。《盛京土产杂咏十二首有序·松花玉》作于 1778 年东巡，此诗是最正式的一首，主要是咏松花砚。其实早在 1732 年的《翠云砚歌》、1741 年的《松花石屏歌》和 1757 年的《松花石屏》，诗中已有多处以玉比松花砚。《题乾清宫所藏五砚》作于 1792 年，以"翠云（五松花江玉翠云砚）松花玉（是砚乃松花江玉，予即位以前所用，雍正壬子曾为长歌），书屋陪予旧（叶）"句做出了重申，可见弘历对松花石的喜爱之情。

三、御制

清宫制作松花砚，动用国家机器参与原料采集，汇集国家级能工巧匠设计制作，以国家财力予以支持，由皇帝亲自指导监督，松花砚的艺术成就一跃而登峰造极，这些均为砚史前所未见。诗人们面对这样的艺术精品，叹为观止是十分自然的。有 18 位作者诗中明确提到了"御制""尚方""内府""九天""天府""内制""宫样"等，皆是咏赐砚，康熙朝作者占大多数。有 10 位作者的 13 首诗直接歌咏松花砚的精工巧制。共有 30 位作者 40 首诗作咏及松花砚的形制雕饰方面。既有咏式表端方、圆璧方圭者，也有咏随形砚者。见有咏荷叶形松花砚 5 首（涉及 3 方砚，其一或非赐砚），咏钟形松花砚 1 首，编钟形 1 首，又有咏萍实池（萍实即水果）、半桃形池、卧蚕边如意池、长圆形、龙池浴日、弯月龙池等。其中也有咏砚面微凹的松花砚的诗作。在雕饰方面，以咏蛟螭夔龙为最多，包括砚匣和砚本身。王顼龄有诗咏砚池内有嵌珠，比较特别，与今天可见之故宫藏砚相同。

　　颙琰诗特别咏及宫中松花石暖砚。《文房四事联句》中有黄钺联句"砥石擎来碧草芊（松花石砚）。七宝温炉嵌凤味（大暖砚砚海常用暖砚）"句，戴殿泗联句后有注云："砚之属，古铜珐琅砚海各一分，一为松花江绿砥石，一为紫端石。每分为砚二，一刳深为沼，一平治如常砚。规为正圆，范铜为函。此供大书所用……文房之富，古未有也。"颙琰《文房杂咏》诗中也有注云："嘉平书福所用墨海二分，一松花江绿砥石，一紫端石。每分砚二，一平治如常砚，一刳深为沼，皆范铜为匣三层，上为盖，中贮水承砚，下宿火取温。广积陠廪，取之不尽，用以浓濡宝渖，普锡春和，盖纵笔所之，无不如意云。"周南泉的《松花石砚》较早提及此暖砚，包括钻镂技术。故宫博物院赵丽红《清乾隆宫廷用砚的制作及其来源》[①] 有详细介绍，常建华《雍正制砚赏砚散论》和罗扬《故宫藏清代松花石砚概述》也论及暖砚，但均未涉及颙琰诗。

　　砚匣是御制松花砚的又一标志性特点。已见有 30 首诗咏及砚匣，绝大多数咏赐砚。其中 7 首咏漆匣，包括倭漆、洋漆、彩漆、髹漆、泥金漆等，以王鸿绪 1702 年诗对倭漆砚匣描述最细："东嵎海国邻扶桑，奇琛百宝来梯航。其中漆匣炯可鉴，粉金沁地含晶光。山川草木及人物，营丘妙笔争毫芒。"晋以后中国漆器技艺传入日本，唐宋间又从中国引入描金、螺钿、雕漆、戗金等制漆技法，逐渐形成了自己的风格。日式漆器多以泡桐木、桧木等做胎，"莳绘"技术娴熟，通常有金粉饰图，康熙间日本漆器进入中国较多，后来清宫也进行了仿制，并从宫廷审美角度重新设计纹饰。诗中的洋漆，也是指日本风格的漆器。蔡升元诗题提及嵌玉漆匣。石匣松花砚很多，王鸿绪 1705 年诗注言："石质中绿，而上下砚匣黄色如朝霞。"彭元瑞诗有"松花琢玉碧翡翠，文石装池黄栗留"句，与王鸿绪所咏类似。关于砚匣的雕饰则有花鸟、蛟螭等记述。1742 年张鹏翀受赐松花砚轰动一时，张诗虽没有明确咏及砚匣，但由他人和诗可知砚有石匣，据杭世骏诗砚匣似有嵌珠，一如故宫藏砚。故宫博物院林欢《乾隆朝"造办处"档案中所见清代宫廷御砚的整理活动》一

---

　　① 上海博物馆. 砚学与砚艺学术研讨会论文集 [M]. 上海：上海书画出版社，2016：281.

文讲述："在松花玉石砚上嵌蚌丁是自康熙以来清宫御砚装饰的一个特色，据档案记载，凡松花石砚配石盒者，其砚所嵌者为'蚌丁'，松花砚配漆匣者，其砚所嵌者为'银母'。"① 另有 3 首诗提及杏木砚匣，均作于康熙朝，其中杨瑄诗提到的是文杏匣，即银杏木所做。还有 2 首诗提及檀木匣。

高彦颐指出："在雍正主导下制成的配套盒砚，在材质和设计上都算是同时代独一无二的。无论是用料、造法、质感，还是视觉效果，这些官造砚台与江南和广东的民间作品截然不同，尽管造办处的砚匠主要来自这些地区。我们只能总结得出，雍正努力通过界定'内廷'和'外造'之差异，从而建立一种'内廷恭造式样'，这种尝试在其砚作上取得了莫大的成功。"② 其实不唯雍正朝，康雍乾三朝都是如此。据颙琰诗可知，嘉庆朝也用既有石材制作许多松花砚。颙琰《文房四事联句》诗注对康雍乾三朝御制砚有较为详细的总结，诗句"三朝法物耀珠躔"后有注云："其砚悉以松花江绿砥石为之，三朝各四十余枚，其体式为方为圆，为椭为壶，为瓿为瓶，为尊为凤池，为玉堂为叠璧，为天然为石函，为瓜瓞为竹根，为花药为竹胎，为鱼为蝉。其石函有错以琉璃螺蚌瑟瑟之属。就石质黄紫间色，雕几为文彩，有树石有人物，有禽鱼有花鸟，有古篆文有连环佩。"罗扬的《清康熙松花石砚研究》《故宫藏清代松花石砚概述》和王嘉乐的《艺术与权术：清康雍乾三朝的宫作松花砚》③ 等文章对于这方面也有较为详细的介绍。

四、御铭

颙琰《文房四事联句》诗注中对康雍乾几朝松花砚铭有总结：砚背函盖间有镌铭，曰："寿古而质润，色绿而声清，起墨益毫，故其宝也。"又铭曰："以静为用，是以永年。"又铭曰："出天汉，胜玉英。琢为研，纯粹精，敕几摘藻屡省成。"砚铭是砚文化的重要组成部分，砚谱往往对砚铭也广加辑录。松花砚的御铭，自然也成为受赐者关注的焦点之一，诗中多有咏及。

已见有 30 人 36 首诗咏及松花砚御铭（另有张照 1 首疑似咏御铭）。其中汪晋徵、王顼龄、蔡升元、彭廷训、张照、彭元瑞等人咏康熙间赐砚，铭为

---

① 上海博物馆. 砚学与砚艺学术研讨会论文集 [M]. 上海：上海书画出版社，2016：303.
② 高彦颐. 砚史：清初社会的工匠与士人 [M]. 詹镇鹏，译. 北京：商务印书馆，2022：59-60.
③ 王嘉乐. 艺术与权术：清康雍乾三朝的宫作松花砚 [J]. 清华大学学报（哲学社会科学版），2019，34（5）：75-87.

"寿古而质润，色绿而声清，起墨益毫，故其宝也"。更常见的御铭是"以静为用，是以永年"，顾汧、王鸿绪、尤珍、查慎行、张廷枢、汤右曾、杨瑄、揆叙等人咏康熙间赐砚都有提及。冯浩、蒋元龙所咏为雍正元年赐砚，铭尚为玄烨手书，冯浩还有 1 首咏雍正五年赐砚。周正思所咏是康雍间赐砚。吴应棻 1733 诗咏及胤禛隶书砚铭，与《西清砚谱》中"松花石壶庐砚"条记述相同。另有纪昀咏雍乾间赐砚，张鹏翀咏 1742 年赐砚，也都提及此八字砚铭。

"以静为用"八字铭有本，宋唐庚《古砚铭》曰："不能锐，因以钝为体；不能动，因以静为用。惟其然，是以能永年。"铭并小序，均可见于《解人颐·遣兴集》，又见于明陈继儒《小窗幽记·集醒篇》（该书刊于天启六年，作者一说为陆绍珩）。高似孙《砚笺》载有唐子西（唐庚）砚。"寿古"十八字铭，或化自宋李朴《端砚》诗："岩石凝清粹，端然绝世珍。声清轻楚玉，色润胜燕珉。"唐褚遂良端砚铭云："润比德，式以方，绕玉池，注天潢，永年宝之斯为良。"

此外，弘历的《翠云砚歌》也属于御铭。《西清砚谱》记载："覆手……上镌'翠云砚'三字隶书，中镌上在潜邸时所题诗一首，楷书，钤宝二，曰'会心不远'，曰'德充符匣'。盖并镌'翠云研'及是诗，钤宝二，曰'得佳趣'曰'乐善堂'。"砚背《翠云研》诗全文后署"雍正壬子春长春居士题"，《西清砚谱》未及。

据查慎行、汤右曾、尤珍等人诗可知，"以静为用"之铭初为玄烨御书。王顼龄 1707 年的《十一月二十九日赐汉尚书侍郎松花砚各一方恭纪二十韵》诗后注云："余所得者天然砚，杏根为匣，砚背有御铭，铭云：'寿古而质润，色绿而声清。起墨益毫，故其宝也。'下镌康熙御铭二小玺。"王顼龄 1712 年又有《三月十四日上御经筵后赐内阁九卿松花砚各一方恭纪》（其一）有"砚铭同典诰（研阴刻御铭），宝篆勒蛟螭（下有二小玺）"句，《西清砚谱》康熙朝"松花石双凤砚"条记载，"寿古"十八字铭为玄烨楷书，钤宝二，一双龙图玺，上下乾坤二卦，中曰体元主人。一曰万几余暇。王顼龄诗中所言，或即此。

五、御赐

已见清代咏松花砚 170 首诗中，明确咏御赐的就有 128 首，咏太子赐 1

首，作者共 66 人（包括非本人受赐），诗作和作者数竟然都占四分之三。这种情况不仅反映出松花砚的内制垄断和民间稀见，其实也从另一角度彰显内制松花砚品质优良、做工精良。而受赐者也具有鲜明的群体性，即以达官显贵尤其是皇帝近臣为主，正如王鸿绪诗中所言，"宝砚常蒙赐近儒"。就咏御赐松花砚诗作而言，最早的赐砚发生在 1699 年，最晚的发生在 1796 年。然而诗中所记赐砚较为集中的时期是 1699—1742 年间，这其中尤以康熙年朝1699—1713 年间为多。这段时间发生过数次多人同时受赐的情况，以至于诗作可以相互参证。这与康雍间砚材资源尚多，而至乾隆趋于枯竭的实际情况相符合。王鸿绪、王顼龄、尤珍、吴廷桢、张廷枢等人诗作对宫中赐砚的经过和场面都有记述，也是难得的史料。

第二节　清诗对松花砚的总体评价

一、比之如玉

上文介绍了弘历诗中对松花石以玉相称的历程。然而用玉来形容和赞赏松花砚的诗作其实早已有之，甚至早就是普遍共识。已知陈奕禧、陈元龙、宋荦、吴士玉创作了最早的咏松花砚诗，他们竟然不约而同都将松花砚比之如玉。这种最初的观感和惊艳其实正是松花砚石质特征的最真实反映。已见有 46 位作者的 69 首咏松花砚（石）诗用到了与玉相关的词语，这个比例高得惊人，这些词语包括璞、玉、璧、瑕、圭璋、珉、璠玙、琛、琼、琳珉、瑜瑾、琨瑜、瑷瑰、蒸栗黄、琼玖、琳球等，有的一首诗中还同时用到多个这类词语。可见弘历的"松花玉"之称，绝非独出心裁。这种比喻也并非空穴来风的想当然，这与松花石的石质相关。

二、视同珍宝

比之如玉，自然视同珍宝，大量咏松花砚诗中出现"珍""宝"两语也就是顺理成章的事。至少有 36 位作者的 47 首诗用到这两个字。而既然视同珍宝,就要"传家"。见有18位作者的20首咏松花砚诗中,有将宝物世代相传的意思表达。虽然不能排除阿谀逢迎的成分,但这种意思表达的可信度还是相当大的。由下表可知,清代将松花砚世代相传的事迹,是确实存在的。

表5 清代咏传世松花砚诗主要信息表

作者	创作年代	赐砚或制作年代	备注
彭元瑞	1796	1712 赐砚	父亲受赐
沈廷芳	1763	1716、1737 赐砚	汤右曾受赐、自己受赐
纪昀	乾隆晚期	约康雍时期	郑际唐曾祖受赐
冯浩	1783	1723、1727	戚麟祥和自己先祖
蒋元龙	乾隆间	1723	戚麟祥
颙琰	1807、1817、1818	康雍乾三朝制作	
刘位坦	道咸间	康熙朝	外祖母家传

颙琰《文房四事联句》有注云:"端凝殿为乾清宫之东配殿,其南三楹尊贮圣祖世宗高宗三朝收藏砚墨。其砚悉以松花江绿砥石为之,三朝各四十余枚。"《文房杂咏》《盛京风土联句有序》诗注也有相关记述。

三、对比砚种和名砚

流光溢彩的松花砚一自宫廷脱颖而出,即身价不凡,直接跻身名砚行列。至少26位作者的31首诗将松花砚与端歙洮红等名砚作比。

表6 部分清诗将松花砚与其他砚种作比表

砚种	对比
端砚	"北宋端溪品未如""青花蕉叶润德同""西坑北岩那足拟""岭南无石比松花""剑浦端溪输此宝""爵台老瓦端溪紫,置置乌皮箧卿贰""鸲眼村俗马肝劣""端溪歙井漫须夸""端溪蕉叶敢同论""坚良且迈端溪紫""玉堂洗出蛮溪春""下岩惭紫玉""端溪羞晕碧""端溪新琢逊寒光""红丝马肝讵寡俦""荆公绿石工雕搜""歙洞端溪俱避席""金坚玉润割端溪""端溪歙岭徒费工""发墨与端溪同""删除黄络美称双""何必琳之腴""斧柯山暮铜台荒""价比端溪重"

续　表

砚种	对比
歙砚	"南唐龙尾名诚陋""高出鼍矶与洮歙""龙尾驼基难比迹""眉子殊难匹""龙尾羊肝须拨置""端溪歙井漫须夸""歙岭螺纹宁比价""温润无殊歙穴青""端溪歙岭徒费工""歙洞端溪俱避席""较以品知歙可降""品在歙坑之右""品争龙尾歙溪雄""珍教歙水降"
洮砚	"高出鼍矶与洮歙""摩挲雅爱含风漪""洮河旧石惭形丑""漪漪含风洮州玟""翠若龙幽鹦鹉衣""洮河秀色夸葱茏""色夺鸭头洮水活"
红丝砚	"东海陋红丝""青社愧丝红""红丝马肝讵寡俦""品胜红丝腻""压倒红丝名第一"
澄泥砚	"碧瓦澄泥未足珍""澄泥青铁尽捐弃"
鼍矶砚	"高出鼍矶与洮歙""龙尾驼基难比迹"
陶砚	"陶泓讵足多"
瓦砚	"碧瓦澄泥未足珍""邺瓦相传空古色"
南剑石砚	"剑浦端溪输此宝"
淄砚	"淄砚徒传海岱邦"

诗语多用夸张，知其用意即可。上文提到的《吉林松花砚石产状及矿物学特征研究》《吉林省松花石质量特征及开发利用价值》都分析了各主要砚种的化学成分，而《松花石砚与辽砚制砚用石质品及色系研究》一文中又有"名品砚石矿物学及物理力学特征表（经验值）"，对比端歙洮红和松花砚，得出"优质松花石雕制成的松花砚完全可以列为名品砚台之一"的结论，"证实了品埒端歙御断之说"①。参阅多篇论文可知，最保守的判断也是松花砚各方面都不输红丝砚。相较端歙，应该说各有千秋，作为实用性，端歙或有所长，但就观赏性而言，显然松花砚、红丝砚略胜一筹。所以，清诗中的砚种比较，不能简单凭阿谀奉承的成见而认为是夸大其词。王士禛在《香祖笔记》卷七记载："甲申七月，门人李子来（先复）自奉天少京兆迁少廷尉，归京师，遗松花砚一，绀色白文，遍体作云锦形，试之细润宜墨，类端溪之下岩。

① 惠怀全，张永华，杜宇，等. 松花石砚与辽砚制砚用石质品及色系研究 [J]. 辽宁科技学院学报，2016，18（1）：26-28.

后有续《砚谱》者，品当列洮河龙尾红丝之上。"① 此事发生在 1704 年，与赐砚无关，王士禎的评语应为真切实在的感受。朱彝尊卒于 1709 年，其《曝书亭集》卷六十一有《松花江石砚铭》，也将松花砚与美玉和洮砚相比。

而将松花砚与古代名人名砚对比，则更多地将侧重点由材质上转移到文化上的比附，借以推重年轻的松花砚。已见有 22 人 24 首诗作将松花砚与古代名砚作比，兹举数例如下："雀台澄滑未为珍，龙尾元苍拒堪录""雀台遗瓦非琼质，凤味惊珍岂玉肤""爵台老瓦端溪紫，虽置乌皮篷卿贰""凤味休相诧，龙鳞讵足誉""未效元章乞（米元章因宋主命书乞御用研），先邀壮武知（晋武帝赐张华青铁砚）""漫道玉堂新样好，争如雅制出丹宸""临川新样输匠巧""曾颁片玉压洮琼""龙尾凤味将无同""荣逾青铁颁""何必太公符黄帝纽，李氏为邻唐人友"。将松花砚与铜雀台瓦砚等名砚以及米芾等名人相提并论，这既反映了对松花砚的宝贵性的体认，攀附名家也顺便抬高了作者本人，有的甚至还能起到奉承皇帝的效果。

第三节　清诗中的松花砚特征描绘

石质特征是松花砚成为一代名砚的重要物质基础，也是上述有关松花砚御评、诗人总体评价的具体体现和诠释。清诗在这方面的吟咏，不仅有助于我们深入了解当时松花砚的风貌，而且对于当今松花砚的鉴赏也有参考意义。

一、颜色

李东见等人的《松花石基本特征及其分布》② 一文指出，松花石颜色以绿色为主（包括黄绿、灰绿、蓝绿等），其次为紫色（包括紫灰、紫红等）。秦宏宇等人的《吉林松花砚石产状及矿物学特征研究》③ 一文进而总结松花石有五个纯色色系，即绿色、青色、黄色、褐色、紫色；共生色系则有黄绿色、

---

① 王士禎. 香祖笔记［M］// 纪昀，永瑢. 文渊阁四库全书：第 870 册. 台北：台湾商务印书馆，1986：469.

② 李东见，李春成，张成国，等. 松花石基本特征及其分布［J］. 吉林地质，2003（4）：36-40.

③ 秦宏宇，徐强，曹妙聪. 吉林松花砚石产状及矿物学特征研究［J］. 长春工程学院学报（自然科学版），2014，15（4）：96-98.

紫绿色、紫黄绿色等多色色系。在清代咏松花砚（石）诗中（含题、序、自注），对于颜色的描绘，呈现以下几个特点：

第一，绿色是松花砚的基本颜色。已见有 55 人 74 首诗咏及颜色，绿色（含"青""苍"等词语）占绝大多数，只有数首明确提及了绿色之外的颜色。这与《西清砚谱》强调"绿色"相符。

第二，深绿色出现频率较高。其中"碧"字出现在 11 首诗中，"翡翠""青""苍""翠""鸭头"等也可见。这也应是前文所述作者多以玉比松花砚的原因之一。

第三，明确提及浅绿色的诗作不多。最早的松花砚是淡绿色的，见于陈奕禧 1699 年诗注。其后，赐砚的色差就出现了，比如 1702 年十一月的赐砚，王士禛《香祖笔记》记录赐陈廷敬、励杜讷、查昇砚"色淡绿如洮石"，几乎同时张玉书诗中却出现"深碧"字样。此外，张燮 1783 年诗注中有"淡绿"之语。

第四，其他颜色的松花砚也是存在的，如五色、黄绿、紫绿等。顾汧《松花江石砚歌》有"质理腻泽纹奇特，五色陆离采错出"句。陈元龙 1705 年的《十六日恩赐臣父臣陈之暗内制砥石砚一方恭纪》有"砥石山临辽水滨，琢成宝砚色璘霏。阴阳两面分红碧，云雾千年产玉珉"句。张廷枢 1705 年《南巡扈从纪恩诗十首·赐砚大小二方》诗题有注云："赐砚大小二方，小者绿色是日赐。大者黄色，四月十六日赐。"宫鸿历《赐砚纪恩诗》有"蒸栗黄间鸭头绿，白虹紫电萦星枢"句，据诗意应是指松花石发现之初的情景。杨瑄《睿赐砥石砚一方恭纪》有"文回蕉叶红千缕，光腻春波碧一痕"句，似咏紫绿相间松花石。魏廷珍《赐松花砚恭纪》有"玉案翠霞拖凤尾，碧池金晕出龙涎"句，似咏黄绿相间松花石。方学成《刘翼屏孝廉以松花石寄许大玉载属好手琢砚作诗报谢索和适玉兄时以玉带砚见贶并成长句寄之》有"今入天府最难得，紫岩有此如珍投"句，紫岩通常代指隐居之所，此处是否取本意指石材颜色，存疑。颙琰《盛京风土联句有序》诗注有云："予曾于嘉庆乙丑年检阅旧藏及此，因思先朝制作皆足垂为法守，亦简点内府旧有诸砚松花石者若干枚，合之端石绿玉诸制，亦成四十之数，继藏室中。其石温润如玉，绀绿无瑕，质坚而细，色嫩而纯，滑不拒墨，涩不滞笔，能使松烟浮艳，毫颖增辉，允属文房异品云。"此段诗注应是抄自陈元龙所编《格致镜原》。

从若干枚松花砚中挑取绿色，反向证明杂色松花砚的存在。

上述几个特点方面表明，绿色和杂色松花砚同为清宫所制，亦即绿色之外的松花石不光被制为砚匣，也用来直接制砚。这又涉及清宫造办处对松花砚原材料的认知和记载。

吴兴涛《吉林省松花石矿床地质特征及成矿条件》一文认为，松花砚品质等级依次为绿色、黄绿色、紫色松花石，深绿色松花石是上等砚材，发墨性最好。"绿端"这个松花砚（石）的称谓不只清诗中可见。"绿端"本是端石的一种，北宋始产肇庆北岭山附近，后移至端溪朝天岩和斧柯山，广东原高要县沙浦桃溪，当代仍有绿端砚坑。① 欧阳修《有赠余以端溪绿石枕与蕲州竹簟皆佳物也余既》以绿玉比绿端石。《西清砚谱》载有"宋绿端兰亭砚"和"旧绿端浴鹅砚"。清初"绿端石"的提法，广被官方文献采用，除上文提及的雍正《盛京通志》和乾隆《钦定盛京通志》外，《皇朝词林典故》卷二十九言，乾隆二年，"赐优等翰詹诸臣御制《喜雪》诗墨刻，及宫纱文葛、端溪松花石砚、笔墨等物"。"绿端"一语在清宫造办处更是屡见不鲜，有时称绿端石，有时又写作"录端石"。中国第一历史档案馆与香港文物馆合编的《清宫内务府造办处档案汇总》（故宫出版社《养心殿造办处史料辑览》）辑录了大量关于雍乾两朝制砚的资料，稽若昕、常建华和王嘉乐对此颇有研究，皆涉及松花石与"乌拉石""绿端石""关东石"的关系。实际上，"关东石""乌拉石"与松花石关系的疑问还很多，既然清诗证明了御制松花砚颜色的多样性，那么从颜色视角去解析造办处对砚材的称呼也许是可行的。

其一，学者们认为档案中的"绿端石""乌拉石"是指松花石，王嘉乐认为雍正朝"绿端石"为品质上好者。只要结合档案上下文从严辨析"绿端石"和广东端石即可。清诗咏绿色松花砚居多，也是旁证。

其二，清代咏松花砚诗不算少，却从中看不出松花石有在今吉林省境之外的产地。实际上，不能排除"关东石"产于今吉林省境的可能性，即"关东石""乌拉石"和某些"绿端石"，甚至包括部分"黄端石""紫端石"，均为今吉林省境所产松花石的别称，用以区分石材品质或颜色。有人认为"关东石"是指今辽宁桥头石，但这还需要石质化验（如通化、安图做过的相关

---

① 张亚彬. 砚林集说 [M]. 太原：三晋出版社，2009：9.

化验）以外的文字实证，相关学者似乎都没有在造办处档案发现与"桥头石"相关的文字记载。① 经查，《关东辽砚古今谱》也未找到"桥头石"与清宫松花砚联系的确切证据，② 那么也就不能排除"关东石"是产于今吉林省境的松花石在造办处的另一种称谓的可能性。从造办处档案看，"关东石"多用来制作砚盒，③ 既然"绿端石"是松花石中的上品，那么"关东石"不能排除是松花石中的下品或原材料的可能性。《各作成做活计清档》乾隆三十九年记载："十二月初四日……太监胡世杰传旨：'查送到松花石用过多少块？现有多少块？查明，呈览。'钦此。随查得：吉林三次送到松花石三十八块，内用过五块，做砚盒八件，砚八方，尚存三十三块。持进交太监胡世杰呈览。奉旨：'仍持出有用处用。'钦此。"④ 该记载不只说明是年松花石来自吉林，更重要的是说明吉林松花石有做砚盒的用途。同年清档还记载"乌拉石"在康熙朝做砚盒事，详见下文。而颙琰《文房四事联句》诗注更是力证："端凝殿为乾清宫之东配殿，其南三楹尊贮圣祖世宗高宗三朝收藏砚墨。其砚悉以松花江绿砥石为之，三朝各四十余枚，其体式为方为圆，为椭为壶，为匏为瓶，为尊为凤池，为玉堂为叠璧，为天然为石函，为瓜瓞为竹根，为花药为竹胎，为鱼为蝉，其石函有错以琉璃螺蚌瑟瑟之属。就石质黄紫间色，雕几为文彩，有树石有人物，有禽鱼有花鸟，有古篆文有连环佩。"该注还特别指出用黄紫色松花石为函。稽若昕认为《香祖笔记》中李先复从盛京带回的紫色砚为紫云石，唯产本溪。然而乾隆朝的"乌拉石"就有紫色的，详见下文。其实《松花石砚重放异彩三十年》的第一页介绍松花石的十六种石品就有"紫云烟"⑤，而当代吉林多地都产紫色松花石。1980年通化松花石砚在京鉴赏会上，就有"紫绿色中泛着白晕的，似微风吹拂水面，如云雾缭绕山川"者。⑥

其三，"关东石"也是可以用来制砚的，但品质与"绿端"不同。"关东

① 稽若昕. 松花石砚研究［J］. 故宫学术季刊，1987（3）：87-116. 王嘉乐. 清宫"松花石砚"定名考［J］. 人文论丛，2022，37（1）：98-108.

② 姜峰. 关东辽砚古今谱［M］. 沈阳：辽海出版社，2011：1-47.

③ 稽若昕. 松花石砚研究［J］. 故宫学术季刊，1987（3）：87-116.

④ 周南泉. 松花石砚［J］. 文物，1980（1）：86.

⑤ 宋文采. 松花石砚重放异彩三十年［M］. 长春：吉林教育音像出版社，2011：1.

⑥ 伊秀丽，毕玮琳，李信. 吉林往事［M］. 长春：吉林人民出版社，2021：191. // 刘祖林. 中华砚文化汇典·砚种卷·松花砚［M］. 北京：人民美术出版社，2019：48.

石"用来制砚,见载于雍正六年造办处记录,分别是关东石双夔龙砚一方和关东石长如意砚一方。① 雍正五年九月初六郎中海望拿绿端石砚做样品,让砚匠依样做砚,而没有要求一定做成绿端石砚,因而雍正六年八月才做成关东石仙芝祝寿砚。②"绿端石"和"关东石"是不能等同的。

其四,"乌拉石"既适合做砚匣,又适合做砚,"乌拉石"的称呼历时比"关东石"为久。《各作成做活计清档》记载:乾隆三十九年,奉弘历旨意,对松花石砚进行一次核查,"十二月初二日,员外郎四德、库掌五德、笔帖式福庆来说,太监胡世杰交康熙年制各式乌拉石盒、石砚四十方,内二十件盒盖上各嵌玻璃一块。雍正年制各式松花石盒、石砚四十方。乾隆年制各式松花石盒、石砚四十方"③。此处"乌拉石"看似独与康熙朝相关,但造办处雍正朝和乾隆朝初期档案中乌拉石砚仍有多次出现。乾隆三十一年做造办处档案记载:"六月初三日催长四德、笔帖式五德来说,太监胡杰传旨:著做松花石砚几方,先挑松花石呈览。钦此。于本月十五日催长四德、笔帖式五德将挑得库贮紫石一块料,估足做砚十二方,松花石二块料,估足做砚盒十个持进,安在奉三无私呈览。奉旨:照样准做,其砚盒上花纹,著如意馆起稿,得时陆续做。钦此……于十一月二十四日催长四德、笔帖式五德将做得松花石盒乌拉石砚二方持进,交太监胡世杰呈进。"④ 这里比较明确的是"乌拉石"包含紫色松花石,而此处做盒之"松花石",则更似雍正朝所谓的"关东石"。"关东石"在造办处档案多见于雍正七年前,到了雍正十二年《养心殿造办处收贮物件清册》提到"关东石"时,前面有"旧存"二字。王嘉乐在《清宫"松花石砚"定名考》中指出,乾隆朝"关东石"仅在《收贮清册》中出现,并未在《活计档》中出现,乾隆初年收贮册内的"关东石"或是雍正朝留下的。

其五,"关东石"和"乌拉石"并称、"绿色端石"与"乌拉石"并称、"乌拉石"与"松花石"并称的问题。雍正十二年(1734)《养心殿造办处收

---

① 朱家溍. 养心殿造办处史料辑览·第一辑·雍正朝 [M]. 北京:紫禁城出版社,2003:86.

② 朱家溍,朱传荣. 养心殿造办处史料辑览·第一辑·雍正朝 [M]. 北京:故宫出版社,2013:123.

③ 周南泉. 松花石砚 [J]. 文物,1980(1):86.

④ 张荣. 养心殿造办处史料辑览·第九辑·乾隆朝 [M]. 北京:故宫出版社,2018:53.

贮物件清册》记载："旧存……关东石板一百八块、关东石砚丕七百六十二块、乌拉石十三块、湖广石板七块……"① 既然有五块松花石就可做砚盒八件、砚八方的记录，此处"关东石"的库存太大，与"乌拉石"不成比例，不排除"关东石"就是泛指松花石原料或是杂色系（如黄色、紫色），而"乌拉石"则是指浅绿色系或紫色系砚材的可能性。雍正三年《活计档·砚作》记载："六月初四日，总管太监张起麟交仿洋漆盒四件……传旨：将盒内隔断去了，照盒形式配做，或绿端石砚、或乌拉石砚……于十二月二十九日将原交漆盒四件内配做绿端石砚四方，怡亲王、裕亲王、信郡王呈进。"② 这里"绿端石砚"如果是指类似"绿豆端"的翠绿色或深绿色，那么"乌拉石砚"显然会有所不同，但石品相仿。两者接近的另一个证据是，雍正五年，"二月二十四日，首领太监李统忠传做乌拉石葫芦式砚二方。记此。于三月十四日做得绿端石葫芦式砚二方，交太监赵朝凤持去讫"③。乾隆八年（1743）《活计档》载："十月二十七日，员外郎常保、司库白世秀、七品首领萨木哈来说，太监胡世杰传旨：着做石头对子一副，钦此。于乾隆九年二月初九日，司库白世秀将库乌拉石一块，因此石硬，难以做字，并石头折片一件持进，交太监胡世杰奏闻。奉旨：着用松花石做字，并边线镶在乌拉石上，做五言对一副，钦此。"④ 此处的"乌拉石"较硬，似是绿色系的松花石，此处的"松花石"相对容易雕刻，应是绿色系之外的松花石，很可能就是雍正朝所谓的"关东石"。

《大清国宝：松花石砚》书中"松花石的物理特性表"显示，绿色松花石、黄绿色松花石、紫色松花石在吸水率、孔隙率、硬度指标上差异明显，⑤ 古人虽不知道这些指标，但在制砚实践中，不难形成根据颜色区分主次取舍的经验。总之，本书认为，"绿端石""乌拉石""关东石"可能都指松花石。"绿

① 中国第一历史档案馆，香港中文大学文物馆. 清宫内务府造办处档案总汇：第6册 [M]. 北京：人民出版社，2005：561. // 王嘉乐. 清宫"松花石砚"定名考 [J]. 人文论丛，2022，37（1）：98-108.

② 朱家溍，朱传荣. 养心殿造办处史料辑览·第一辑·雍正朝 [M]. 北京：故宫出版社，2013：66.

③ 朱家溍，朱传荣. 养心殿造办处史料辑览·第一辑·雍正朝 [M]. 北京：故宫出版社，2013：122.

④ 中国第一历史档案馆，香港中文大学文物馆. 清宫内务府造办处档案总汇：第6册 [M]. 北京：人民出版社，2000：593-594. // 王嘉乐. 清宫"松花石砚"定名考 [J]. 人文论丛，2022，37（1）：98-108.

⑤ 李东见，李春成，成战国，等. 松花石基本特征及其分布 [J]. 吉林地质，2003（4）：37-38. // 董佩信，张淑芬. 大清国宝：松花石砚 [M]. 北京：地质出版社，2004：75.

端石"石品最好；"乌拉石"次之，可为砚亦可为匣，可能是指浅绿或紫色系松花石；"关东石"可为砚亦可为匣，应是泛指松花石原料或杂色系松花石。此外，值得说明的是，造办处档案记载，乾隆三十四年盛京将军恒鲁、乾隆四十年盛京将军弘晌都曾送到松花石，但盛京将军所送松花石不一定产于今辽宁省境，因为今通化、安图地区当时同样是盛京将军辖区。

二、纹理、光泽与净度

纹理实际上是砚石中矿物按一定规律排列组合而成，是岩石的结构和构造的反映。石砚纹理是砚种的标志之一，其鉴赏意义十分重要，端砚、歙砚、红丝砚尤其如此。松花石质地细腻，加工时利用其纹理构造，可以从水平和垂直不同角度进行雕琢，从而呈现不同的层理或刷丝。

清诗咏及松花砚纹理者，已见有 20 人 22 首，"翠纹结秀生瑶光""松花江石绿纹妍""宝砚清含碧玉纹""质理腻泽纹奇特"等虽不失为称佳句，但那些细致的描写更加生动鲜活，如"美石生成漾碧纹""入手波纹翠犹湿""绿晕浮来几案春""开匣试看纹似水""绿孕云纹结赤霞"显然都是写云水纹，而"石肌莹净美可鉴""肌理腻滑兼丰融""肤理精莹翠绿匀""纹簇湘筠流滑腻""肌理滑筎坚而腴""横理庚庚绿玉篸""文回蕉叶红千缕"，则更似咏刷丝。杨瑄的"春蕉纹细缕回萦"最传神，确实见有松花砚细纹缠绕砚堂覆手和两侧者。

松花砚的光泽也是突出特征。马雪、马玉胜的《吉林省松花石质量特征及开发利用价值》发表于 2011 年，文中认为砚石光泽以油脂光泽、丝绢光泽为佳。松花砚外观引人瞩目的另一特点正是富有光泽，这与"质润"紧密相关，只不过"润"所侧重的是质地和作为砚材的内在属性而已。清代咏松花砚（石）诗中频现"光""莹""玉"等词语，已见有 22 人 23 首诗有这方面的关注，比如"青光奕奕照虹霓""晶莹映石渠""莹比清冰出寒泽""瑶华到眼金碧炫""琢磨精莹费擘画""波光绿漾苹""石肌莹净美可鉴""绿玉凿成光灿烂""晶莹似玉光含润""云根截断光炯炯""绿玉新莹切鹡鸰""光凝涅不侵""精莹疑剖璞""宝砚光莹受宠惊""光夺青铜凛毛发""一方暖玉如凝酥"等，这与玄烨《制砚说》中的"色绿而莹"相符合。

另外，松花砚的光泽也与净度相关。好的砚材应该没有裂隙，没有石英或方解石充填的矿脉（黄铁矿白铁矿微晶产生的金银星、线除外）。① 红丝砚品质与松花砚颇多类似，唯节理过多，逊于松花砚。《格致镜原》卷三十七云："松花石砚温润如玉，绀绿无瑕。"弘历的《盛京土产杂咏十二首有序·松花玉》小序特别强调松花玉"色净绿"。已见有 12 首清诗提及松花砚的净度，如"无瑕抱质纯""石肌莹净美可鉴""皎洁还同校士情""龙渊采献净纤瑕""质润理细肌无粟""石肌莹净美可鉴""截得云根不染瑕""绿质无玭浮玉色""产来绿玉色无庞"等。

净度又关系到块度。马雪、马玉胜的《吉林省松花石质量特征及开发利用价值》强调砚石必须具有一定的块度，块度越大越好，可增加砚的珍贵性。不唯当代松花砚屡现巨大形制，清代大型松花砚也见诸诗中。颙琰《文房杂咏》诗中就提及宫中的墨海，"嘉平锡福溥春和"句后有自注："墨海，嘉平书福所用墨海二分，一松花江绿砥石，一紫端石。每分砚二，一平治如常砚，一刳深为沼，皆范铜为匣三层，上为盖，中贮水承砚，下宿火取温。"这与《文房四事联句》的注释略同。顾沅诗中有"小者数寸大懂尺"句，查慎行 1712 年受赐得"夔龙大砚"一方，1729 年吴应棻蒙赐"泥金洋漆大砚"一方。王鸿绪 1707 年蒙赐一方大砚，诗有"巧制昔容孤管运，大方今可四人俱"句，可见其体积之大。

三、坚润与发墨

西晋傅玄《砚赋》云："木贵其能软，石美其润坚。"明陆树声《清暑笔谈》云："砚材惟坚润者良，坚则致密，润则莹细，而磨墨不滞，易于发墨。故曰坚润为德，发墨为才。"可见坚润与发墨是衡量砚材的重要标准。

第一，"润"的特点。清代将松花砚（石）比之如玉者大有人在，上文已经述及，其实是松花石本身石质特征的真实反映，这就是"润"。"润"是把松花石和玉联系起来的重要媒介。《礼记·聘义》载子贡向孔子问玉事，孔子言君子比德如玉，共有十一个方面，其中第一个就是"温润而泽，仁也"。《说文解字》释为"润泽以温，仁之方也"。通过"润"把砚与玉联系起来，古已有之。唐褚遂良《题端溪石渠砚》云："润比德，式以方，绕玉池，注天

---

① 石磊. 如何评价砚的质量 [J]. 珠宝，1992（1）：53.

潢。永年宝之斯为良。"苏轼《孔毅甫龙尾砚铭》云:"涩不留笔,滑不拒墨,瓜肤縠理,金声玉德。"《西清砚谱·凡例》所称"混同绿砥,德比玉温"即是本此。

清代将松花砚与其他砚种比较的诗作也很多,上文亦已经述及,这也与"润"密切相关。因为"润"是名砚的基本特征之一。宋叶樾的《端溪砚谱》云:"石性贵润,色贵青紫。"宋赵希鹄《洞天清禄集》云:"端溪中岩旧坑,石色紫如新嫩肝,细润如玉。"宋苏易简《研谱》言端溪砚"水中者石色青,山半者石色紫,山顶者石尤润,色如猪肝者佳"。清朱彝尊《说砚》云:"上岩者质纯而艳,微紫;中岩者质润而凝,色渐青。"清吴兰修《端溪砚史》云:"体重而轻,质刚而尤,摩之寂寂无纤响,按之若小儿肌肤温软,嫩而不滑,秀而多姿。"唐代文嵩以砚拟人曾作《即墨侯石虚中传》,写石虚中为南越高要人,遇之于端溪,有"体貌紫光,嘘呵润澈,颇负材器"语。宋代唐积《歙州砚谱》云:"猎人叶氏逐兽至长城里,见垒石如城垒状,莹洁可爱,因携之归。刊粗成砚,温润大过端溪。"宋赵希鹄《洞天清禄集》云:"歙溪龙尾旧坑色淡青黑,湛如秋水,并无纹,以水湿之,微似紫,干则否;细润如玉,发墨如泛油,并无声,久用不退锋。"又云:"洮河石北方最贵重,绿如蓝,润如玉,发墨不减端溪下岩。然石在临洮大河深水之底,非人力所致,得之为无价之宝。"将松花砚与其他砚进行比较,也是基于"润"这一重要特征。

已见有 36 位作者的 46 首诗咏及松花砚(石)的"润",如宋荦的"青花蕉叶润德同",汪晋徵的"石润遥从塞北至",李振裕的"润流青玉小池分",王鸿绪的"未曾天府见清腴",彭定求的"磨琢分明进德如",陈元龙的"德含温润自长春",查慎行的"润流花上露""肤腻不留尘",宫鸿历的"金声玉德泂兼备",蔡升元的"纹簇湘筠流滑腻""华腴古色追帝鸿",释元璟的"温润偏怡毛颖情""绿玉浴来腴",杨瑄的"流润松花波尚腻,含珍砥石德尤温",沈堡的"温润无殊歙穴青",史申义的"比德琅玕匠体新",李峄瑞的"砚润沾花雨",揆叙的"润比无瑕玉""细腻极凝脂",姚颐的"春波润久滋",许佩璜的"绿玉云腴琢砚成",纪昀的"品胜红丝腻",沈承瑞的"何必琳之腴",刘文麟的"又如贞女肌理腻"等,无论句中有无"润"字,其实都在说松花砚的这一石质特点。玄烨《制砚说》言松花砚"握之则润液欲滴"。古人称端溪老坑(水岩)砚可以"呵气研墨",宋赵抃《歙砚诗》有"叩声清而长，触手生汗液"句。清代宋荦咏松花砚诗就有"入手波纹翠犹湿"句，便是直言这一特点。

第二，"坚"的特点。这也是诸多名砚的重要特征。唐黎逢《石砚赋》云："一拳之石取其坚。"《广东新语》卷五云："蕉叶白者……其石之质欲化，而冰之体益坚，此其端溪之精英，其价过于瑶琼荐也。"《砚笺》卷二转载《歙砚说》云："龙尾石产水中，极温润，性坚密。"宋杜绾《云林石谱》云："徽州婺源石，产水中者皆为砚材，品色颇多，一种石现有星点，谓之龙尾，盖出于龙尾溪。其质坚劲，大抵多发墨……又徽州歙县地名小清出石亦青润，可作砚，但石理颇坚，不甚锉墨，其纹亦有刷丝者，土人不知贵也。"苏轼《洮砚铭》云："洗之砺，发金铁。琢而泓，坚密泽，郡洮岷，至中国。"汪彦章《红丝砚铭》有"千龄不败坚且滋"语。玄烨较早注意到松花砚这一特质，在《制砚说》有"质坚而温"的陈述。

已见有 15 位作者的 18 首诗提及松花砚（石）的"坚"，弘历《翠云砚歌》诗序中的"质坚色绿"就是代表，诗中还有"质坚不受相攻剖"句，颙琰的"清坚耐久产松花"句也有此意。其他如"温润精坚比印泥""松花石骨坚""负质刚而润""性刚偏漱润""坚凝玉质含温腴""肌理滑笏坚而腴""松花融结坚贞质""肌理滑笏坚而腴""贞如不变铜""论心于此亦同坚""金坚玉润割端溪""苍劲如松质自坚""气象刚懔殊嫭娜"等，也突出了松花砚这一特性。

第三，易于发墨。宋米芾《砚史·用品》认为"器以用为功""石理发墨为上，色次之；形制工拙，又其次"，体现了古人对于砚的实用性即研磨效果的重视。清朱栋《砚小史》卷三专门论发墨："发墨非易磨，墨在砚中，生光发艳，随笔旋转，涤之泮然立尽，乃石性坚润能发起，不滞于砚耳，故识者以易磨为下墨，墨如油泛为发墨。"清施闰章《砚林拾遗》总结概述砚学著述，也认为"发墨"不是指易于磨墨，而是指以笔带墨不涩滞。

清诗咏松花砚发墨者已见有 6 人 7 首。比较典型的是弘历《盛京土产杂咏十二首有序·松花玉》小序中"发墨与端溪同，品在歙坑之右"的说法，诗中又有"起墨益毫功有独"句。另外，蔡升元诗中强调了玄烨《制砚说》中"起墨益毫"的说法。释元璟在《应诏诗二十首有序》（其十七）诗注中有"恩赐砥石研温润发墨"语，又在《喜砥石砚成》（其一）中有"端严足发松烟性，温润偏怡毛颖情"句，都言及松花砚易于发墨这一特点。

然而，在这一问题上也有不同的声音。清梁巘《承晋斋积闻录》云："端石之弊，过细而不发墨；歙石之弊，发墨而嫌过粗。"宋高似孙《砚笺·洮石砚》云："洮河绿石，性软不起墨，不耐久磨。"对于松花砚的实用性问题也有不同观点。傅秉全《松花石砚》一文认为，清宫松花砚"石质过于坚硬，砚面太光滑，不易受墨。如有的松花石砚，砚面开为砚堂，不再细磨上蜡，就是一例。从使用此砚的情况看，适宜用硃（墨），不宜用墨，发墨不如端、歙"。罗扬《故宫藏清代松花石砚概述》也认为"因为松花石砚的石质过于坚硬，砚面太光滑，不易受墨；只适宜用硃墨，不宜用黑墨……由此可见在发墨这一点上松花石砚是略逊于端砚和歙砚的"。确实有清诗印证了上述学者的观点。顾沅可能是最早质疑松花砚发墨的诗人，他的《松花江石砚歌》结句为"庶堪雅玩耳目役，犹恐用之不发墨"。沈堡诗中的"坚良且迈端溪紫"一句，竟与现代石质硬度分析相符合。端砚的硬度约为摩氏3—3.5，是最适合为砚的，歙砚略高，而红丝砚和松花砚可达4或以上，显得稍硬。顾琰《文房杂咏》中有"朱晕圆融时洒翰"句咏松花砚，自注云："朱砚……其石清坚耐久，用以磨丹洒翰，举实点华，朱晕霞圆，绿纹云起，允属文房异品云。"然而，很多学者从石磊的《如何评价砚的质量》一文出发，对松花砚的实用性都有非常正面的认识。马雪、马玉胜的《吉林省松花石质量特征及开发利用价值》根据郑辙的自磨刃发墨理论，从矿物成分、粒径、硬度等方面分析，认为石英和黄铁矿在方解石中的星点状均匀分布，使松花砚柔中有刚，细中有锋，从而得出松花砚发墨益毫、贮墨不涸、磨之无声、涩不留笔、滑不拒墨的结论。吴兴涛的《吉林省松花石矿床地质特征及成矿条件》又补充从抗压强度、抗冻系数、耐酸碱度、密度、吸水率低等方面分析，得出同样结论。而诗人们在这方面也有体会，揆叙诗中就言松花砚"坚岂拒隃糜"，意为松花砚并不拒墨。

欧阳修《砚谱》记蔡襄品砚语云："端石莹润，惟有铓者尤发墨；歙石多铓，惟腻者佳，盖物之奇者，必异其类也。"对于松花砚也不能一概而论，不同坑口、不同批次差异明显。纪昀《阅微草堂砚谱》就记载，松花江旧坑"多顽"，也就是石质坚硬，而新坑则发墨。当代很多灰绿色松花砚，硬度明显不如早年深绿者，就发墨而言，或为更佳。

第四节　松花砚在清代民间的流行

上文已经讲述了清诗中反映的松花砚特有的皇家印记，这与众多著述中"清宫御用""大清国宝"等观念相符合。松花砚在清代"由于宫廷专属琢制，产地封禁，民间唯有传说，难得一见"①确实是不争的事实。然而，松花砚在民间的流行也难以阻绝。事实上，北京和盛京是松花砚流向民间的两个窗口，松花砚在民间的流行集中在康雍乾三朝。

民间松花砚来自北京的情况很多。根据孔尚任《享金簿》记载，他在1702年离京之前，曾经得到一小方名曰"春波"的松花砚，价值"不啻径寸之珠"。宋荦1700年冬得到友人馈赠的一方荷叶形松花砚，因与吴士玉、宋至同作《松花江绿石砚歌》。作者对玄烨发现松花石砚材大加书写，似乎此砚出自北京甚至宫中的可能性较大，但因未涉及御铭，似乎并不是御赐之物。释元璟曾在诗中自称有"砚癖"，1703年面圣后被召入京，1718年返乡，其间有多首咏御赐松花砚诗，返乡后又有《喜砥石砚成》二首，据诗题和诗中"兴王地产绿琼英，玉斧丁丁琢得成（研系许紫垣手制）"句可知，他应是从北京带回了松花石砚料，托人琢制。纪昀《阅微草堂砚谱》载有"松花石砚（澄绿）""砚背铭（篆书）：似出自然，而实雕镂，吾乃知人工之巧。幻态万千，赏鉴者慎旃。晓岚。砚匣铭（上隶书）：澄绿。（下行书）：张桂岩以此研见赠，云端溪绿石。余以其有芒，疑为歙产。老研工马生曰：是松花江新坑石也。松花江旧坑多顽，新坑则发墨。以其晚出，故赏鉴家多未知耳。此语昔所未闻，因镌志研匣，以资博识。庚戌六月，晓岚记"②。庚戌即乾隆五十五年（1790），张赐宁（1743—1818），字坤一，号桂岩，直隶沧州（今河北沧县）人，画家，游京师与罗聘齐名，曾任南通州判官。纪昀此砚应是得于北京，老研工马生对于松花砚老坑新坑如此谙熟，似应是清宫造办处人。

盛京也是民间松花砚的重要来源。顾汧的《松花江石砚歌》见于《凤池园诗集》卷二，诗云："混同江源发长白，原名松阿里重译。宋瓦松花递相

---

① 李英，李英睿. 中国长白山松花石文化传承与发展 [M]. 长春：吉林大学出版社，2014：39.
② 刘金柱，杨钧. 纪晓岚全集：第十卷 [M]. 郑州：大象出版社，2019：85.

释，旧史音讹莫考核。迩年好事采江石，巧制为砚供几席。质理腻泽纹奇特，五色陆离采错出。上充锡贡下私觊，访求购易不可得。将军符檄慎掎摭，搜剔虽广罕合式。小者数寸大懂尺，琢磨精莹费擘画。什袭藏之如拱璧。我来造士甚寥阒，石田播植难垦辟，何如采石文理密。庶堪雅玩耳目役，犹恐用之不发墨。"由"迩年好事采江石""将军符檄慎掎摭"句可知，诗作于清宫大量制砚之后。顾汧 1705 年六月任奉天府丞，十二月调回京城。《凤池园诗集》以体分卷不纪年，该诗在卷中位于《宋中丞重建沧浪亭和欧阳文忠原韵》（宋荦 1696 年重建沧浪亭）之后，又位于《射猎篇呈贝子苏将军》《扑交行》（两诗作于 1705 年冬任奉天府丞时①）之前，很有可能即作于盛京。诗中"上充锡贡""将军符檄慎掎摭"说的都是地方官员搜集松花石，"私觊"则揭示了松花砚在民间的私下流行，"访求购易不可得""搜剔虽广罕合式""什袭藏之如拱璧"等语表明资源的稀缺当时已经十分明显。顾汧此时显然见到过松花砚，几年后又得到御赐松花砚。王士禛《香祖笔记》卷七记载："甲申七月，门人李子来（先复）自奉天少京兆迁少廷尉，归京师，遗松花砚一。"②这是盛京流出松花砚的又一例证。林在峨《砚史》（1746）卷七载培风堂主人阿金有"松花石砚"铭云："江松花，源长白。余秀灵，产灵石。色坤黄，腰黛绿，轶端溪，陋鸲鹆。纵仙才，洒珠玉。作世宝，友毫墨。"③该砚铭于壬午（1702）春。阿金，郭罗洛氏，字云举，号鹤亭，满洲镶白旗人，康熙三十年进士，授检讨，读书殿内，曾为福建正主考，有《培风堂集》。铭后附有阿金乾隆癸亥（1743）就此砚拓片之题记，自言砚为巢可托在沈阳任上所寄。巢可托，字寄斋，满洲正蓝旗人，累官刑部尚书、詹事府少詹事，著有《花雨松涛阁诗文集》，曾任盛京刑部侍郎。纳兰常安《绿端石》见于《沈水三春集》，约作于 1740 年。诗云："绿石平于掌，肌理腻且滑。灵气毓云根，苍苍挺山骨。出穴宝光生，开匣奇彩发。却笑于阗人，不畏秋涛汩（于阗有绿玉河，每秋后国人捞玉于此）。"《沈水三春集》作于沈阳，咏今辽宁省风物，据"灵气毓云根"句和"开匣"一语，应是咏松花石。另外，张燮《奉天杂咏三十首》其十八，作于 1783 年前后，诗注言"松花江石浅绿色，淡墨文，细腻

① 张芙蓉. 顾汧及其诗文研究［D］. 兰州：西北师范大学，2023.

② 王士禛. 香祖笔记［M］//纪昀，永瑢. 文渊阁四库全书：第 870 册. 台北：台湾商务印书馆，1986：469.

③ 林在峨. 砚史［M］//桑行之，等. 说砚. 上海：上海科技教育出版社，1994：368.

无瑕"，但诗作于沈阳，似也是从沈阳得见。刘文麟《和马生〈松花石砚歌〉用昌黎〈石鼓歌〉韵》作于同治初，介绍了松花砚当时在辽东民间受到的追捧。

方学成《刘翼屏孝廉以松花石寄许大玉载属好手琢砚作诗报谢索和适玉兄时以玉带砚见贶并成长句寄之》作于康雍间，诗有"长白山接昆仑邱，下有鸭绿水油油。珣玕琪出医无间，松花石应比琳球。今入天府最难得，紫岩有此如珍投。欲成长吉青花砚，须求巧匠寻端州（李贺《青花紫石砚歌》有端州匠巧如神云云）。远寄檀干托攻错，上镂墨海蟠螭蚪"句，道出了松花砚在民间的稀贵。王嘉乐在《艺术与权术：清康雍乾三朝的宫作松花砚》中指出，宫廷物质文化制造的逻辑与清帝艺术统治的理念互为表里。宫作器物引领潮流的力量确实带动了民间松花砚的流行，但原料的迅速枯竭，导致松花砚终未能成为一个大众砚种。

以上从多个角度，对清代咏松花砚诗的历史和文化价值进行了粗浅的发掘和分析，然而松花砚历史资料欠缺严重，远不是百余首清诗就能补足的。比如康雍乾三朝的松花石具体产地，鲜有文字记载；又比如"乌拉石""关东石"的含义，尚存歧见。但也正因为此，更应该以严谨的态度，立足已知文献，深入考据，反复印证，尽可能向人们提供翔实、准确的松花砚历史文化信息。当代松花砚（石）产业的发展，必须建立在经得起推敲的历史文化陈述之上，才能真正取信于人。关于清代咏松花砚诗的辑录工作，也显然不会就此终结，期待未来会有更多的发现。

下篇 /

清代咏松花砚诗整理与解析

宋荦 / 4首　宫鸿历 / 1首　纳兰常安 / 2首　冯浩 / 4首

熊赐履 / 2首　许贺来 / 1首　赵大鲸 / 1首　张九钺 / 1首

汪晋徵 / 1首　宋至 / 2首　戴永椿 / 1首　纪昀 / 1首

劳之辨 / 1首　杨瑄 / 3首　钱陈群 / 2首　王杰 / 1首

陈廷敬 / 1首　元弘 / 1首　张鹏翀 / 5首　彭元瑞 / 3首

李振裕 / 1首　鲁瑗 / 1首　张照 / 3首　蒋元龙 / 1首

廖腾煃 / 2首　史申义 / 2首　汪由敦 / 3首　姚颐 / 2首

王顼龄 / 7首　吴暻 / 1首　杭世骏 / 2首　和珅 / 1首

张玉书 / 1首　沈堡 / 1首　周长发 / 1首　胡长龄 / 1首

彭定求 / 1首　吴士玉 / 1首　方学成 / 1首　颙琰 / 3首

王鸿绪 / 5首　顾嗣立 / 1首　允礼 / 1首　龚守正 / 2首

顾泃 / 2首　李嶟瑞 / 1首　方观承 / 1首　李宗昉 / 2首

尤珍 / 3首　励廷仪 / 1首　闻棠 / 1首　沈承瑞 / 1首

张大受 / 1首　魏廷珍 / 1首　周正思 / 1首　张燮 / 1首

陈奕禧 / 1首　纳兰揆叙 / 2首　许佩璜 / 1首　王贞仪 / 1首

查慎行 / 4首　彭廷训 / 1首　彭启丰 / 1首　童槐 / 1首

陈元龙 / 3首　郑任钥 / 1首　沈廷芳 / 4首　刘位坦 / 1首

蔡升元 / 2首　张汉 / 1首　齐召南 / 3首　马琤林 / 1首

吴廷桢 / 2首　朱稻孙 / 1首　周天度 / 1首　刘文麟 / 1首

张廷枢 / 15首　吴应棻 / 2首　蒋溥 / 1首　沈兆褆 / 1首

释元璟 / 6首　吴应枚 / 2首　胡定 / 1首　黄兆枚 / 1首

汤右曾 / 2首　万承苍 / 1首　弘历 / 6首

宋荦（4首）

宋荦（1634—1713），字牧仲，号漫堂，又号西陂、绵津山人，河南商丘人，宋权之子，以大臣子荫入充侍卫。康熙中，出为黄州府推官，迁江西巡抚，转江宁巡抚，官至吏部尚书。诗与王士禛齐名，为吴中风雅总持，有《西陂类稿》①，入《清史稿》《清史列传》《碑传集》《国朝耆献类征初编》《国朝先正事略》《国朝诗人征略初编》《汉名臣传》《清代七百名人传》《今世说》《新世说》《清代画史增编》《清画家诗史》等。

松花江绿石砚歌[1]

圣武孔昭大文洽[2]，宝物千年忽腾蛰[3]。松花江远银涛翻，绿玉英英此中拾[4]。故人辍赠意良厚[5]，入手波纹翠犹湿[6]。青花蕉叶润德同[7]，高出鼍矶与洮歙[8]。卷荷雅制凹有容[9]，毛颖托契墨卿狎[10]。老辈更有玉带生[11]，坟典发皇共几榻[12]。

【注释与解析】

[1] 见于《西陂类稿》卷十六《红桥集》，作于江宁巡抚任内江苏旅途中。《宋荦文学考论》一书记载："康熙三十九年（1700）八月至十二月间的诗作名为'红桥集'。"②作者自言督赈扬州时作。另见宋至诗注，可为旁证。宋荦虽数度蒙御赐松花砚，但据诗意可知，此首所言之砚，为友人所赠，《宋荦文学考论》也有记述，可与宋至、吴士玉诗参读。诗题有注："即鸭绿江"，辽金时松花江亦称作鸭子河，鸭绿江系作者误记，另见宋至诗解析，可为旁证。

[2] 圣武，圣明而有武功，此处指康熙帝。《尚书·伊训》云："惟我商王，布昭圣武，代虐以宽，兆民允怀。"《后汉书·黄琼传》："光武以圣武天挺，继统兴业，创基冰泮之上，立足枳棘之林。"孔昭，十分显著彰明。《诗经·小雅·鹿鸣》有"我有嘉宾，德音孔昭"句。郑玄笺云："孔，甚；昭，明也。"南朝宋宗炳《明佛论》云："今曾无暂应，皆咎在无缘而反诬，至法

① 宋荦. 西陂类稿［M］//《清代诗文集汇编》编纂委员会. 清代诗文集汇编：第135册. 上海：上海古籍出版社，2010：1-651.

② 刘万华. 宋荦文学考论［M］. 杭州：浙江古籍出版社，2014：136-138.

空构。呜呼，神鉴孔昭，侮圣人之殃，亦可畏也。"大文，与"圣武"对应，指宏大的文章，伟大的作品。《北史·薛道衡传》云："涉历经史，有才思，虽不为大文，所有诗咏，大致清远。"洽，广博，周遍。

[3] 宝物，指松花石。腾，升，起。蛰，动物冬眠，藏起来不食不动，《吕氏春秋·孟春》有"蛰虫始振"语。《易·系辞下》云："龙蛇之蛰，以存身也。"虞注："蛰，潜藏也。"

[4] 英英，光彩鲜明的样子。唐皎然《答裴集阳伯明二贤》有"何似双琼璋，英英曜吾手"句，清吴士玉《玉带生歌奉和漫堂先生》有"英英紫玉晕痕透，有如白虹贯日昭精诚"句。

[5] 辍赠，取物相赠，辍，同"掇"。宋李纲《张子公以圆鉴见寄作诗报之》有"英英张子公，辍赠意独厚"句。清王士禛《居易录谈》卷上："偶谒巡抚中丞，见屏风画美人绝肖，屡目之。中丞曰：'颇爱此乎？'张因自言其故，中丞即辍赠焉。"

[6] "入手"句，指绿色松花砚有水波纹，石质润泽，玄烨《制砚说》言松花砚"握之则润液欲滴"，即指此。

[7] 青花蕉叶，代指端砚。端砚石品有青花、鱼脑冻、蕉叶白、天青、冰纹、冰纹冻、火捺、胭脂晕、石眼、金线、银线、黄龙纹、玉带、麻雀斑、油涎光、五彩钉、珠砂斑、砂钉、虫蛀等。《砚林脞录》① 卷一"青花"条云："石之极细处精华所发也，朱碧蒨丽紫翠欲滴者为佳。""蕉叶白"条云："石之最嫩处膏液所成也。以纯洁明莹、大片无斑驳者为佳。"又云："水坑东洞下层之石，质极细嫩，色渐近白，谓之蕉叶白。以莹洁明净无斑驳者为佳。"屈大均《广东新语》卷五端石条云："其美也以有青花微细如尘，隐隐浮出，或如蚊虱脚者为上，粗点成片者次之。盖石细极乃有青花，青花者石之精华也……蕉叶白以纯白成大片者，黄龙文以黄气散布，鸿鸿濛濛者，麻鹊斑以点黄如粟者，朱砂翡翠以红绿分明者为上。"又云："蕉叶白者，石之嫩处，膏之所成，故其色白。其一片纯洁无斑纇，真紫碧青，微有青花，如秋云绵密，或如水波微尘，视之不见，浸于水中乃见，必须心如毫发，乃知其妙。"朱彝尊《说砚》云："沉水观之，若有萍藻浮动其中者，是曰青花。"清吴兰

---

① 马不绪. 砚林脞录 [M]. 北京：中国书店，1992：30.

修《端溪砚史》云："青花欲细不欲粗，欲活不欲枯，欲沉不欲露，欲晕不欲结，欲浑不欲破。"润德，《礼记·聘义》载，孔子言君子比德如玉，共有十一个方面，第一个就是"温润而泽，仁也"。《说文解字》释为"润泽以温，仁之方也"。唐褚遂良《题端溪石渠砚》云："润比德，式以方，绕玉池，注天潢。永年宝之斯为良。"

[8] 鼍矶，指鼍矶砚，即砣矶砚，又称金星雪浪砚，始于北宋，盛于明清，属于山东名砚。以砚石产于鼍矶岛而得名。鼍矶岛又名驼基岛，今名砣矶岛，位于山东蓬莱长山列岛中。宋唐彦猷《砚录》云："登州海中驼基石，发墨类歙，文理皆不逮也。"宋李之彦《砚谱》云："鼍石质坚色黑，有雪浪纹，映日有金星，纹理类歙，下墨颇利。"佚名《砚品》云："宋时即以鼍矶石琢以为砚，色青黑，质坚细，下墨甚利，其有金星雪浪纹者最佳，极不易得。"清高凤翰《砚史》云："北方砚材青州红丝，登州鼍矶而已。"洮，洮砚产于甘肃省甘南州卓尼县洮砚乡，已有1300多年的历史。宋赵希鹄《洞天青录集》云："除端、歙二石外，惟洮河绿石，北方最贵重，绿如蓝，润如玉，发墨不减端溪下砚，然石在大河深水之底，非人力所致，得之为无价之宝。"《砚林脞录》云："洮河绿石砚猿头斑、瓜皮黄、虮子纹者佳。"又云："洮河石三种，黄白碧皆浅淡有韵。"歙，歙砚产于安徽黄山山脉与天目山、白际山之间的歙州，包括歙县、休宁、祁门、黟县、婺源等县。歙石的产地以婺源与歙县交界处的龙尾山（罗纹山）下溪涧为最优，所以歙砚又称龙尾砚。宋洪景伯《歙砚谱》记载唐开元年间已有制砚。唐苏易简《砚谱》云："今歙州之山有石，俗谓之龙尾石。匠铸之砚，其色黑，亚于端。若得其石心，见巧匠就而琢之，贮水之处圆转如涡旋，可爱矣。"

[9] 卷荷，荷叶形砚，叶边上卷，形成砚堂。凹，指砚堂。

[10] 毛颖，唐韩愈有《毛颖传》，此处指毛笔。托契，彼此信赖投合。墨卿，墨的戏称，苏轼《万石君罗文传》云："是时墨卿、褚先生，皆以能文得幸。而四人同心，相得欢甚，时人以为文苑四贵。"狎，玩耍。

[11] 玉带生，宋文天祥所用砚名。元张宪《玉带生歌序》云："'玉带生'，端人也，事文山丞相为文墨宾……丞相素重之，呼召不以名，但曰'玉带生'。"《西清砚谱》卷九记载："砚高五寸许，宽一寸七分，厚如之。形长而圆，旧端溪子石也。下砚面三分许，周界石脉一道，莹白如带。墨池上高寸许，镌'玉带生'三字篆书；侧面石脉下周，镌宋文天祥铭三十八字；末

署'庐陵文天祥制'六字。"清朱彝尊也有《玉带生歌并序》。①

[12] 坟典，三坟、五典的并称，泛指古书。《南史·丘巨源传》云："少好学，居贫，屋漏，恐湿坟典，乃舒被覆书，书获全而被大湿。"发皇，使开朗，显豁。汉枚乘《七发》有"分决狐疑，发皇耳目"语。几榻，桌与床。

扈从杂记十二首（其八）[1]

天厨珍品来络绎[2]，土木上药挹芳芬[3]。绿端眼镜万寿字[4]，郑重还从御佩分[5]（上取松花江绿端石炼作玻璃眼镜，皮函上有金丝绣'万寿'字，精妙绝伦）。

【注释与解析】

[1] 见于《西陂类稿》卷十七，1703 年作于迎驾巡河期间。

[2] 天厨，御厨。络绎，连续不断。

[3] 土木上药，指人参，详见《康熙乙酉扈从恭纪七首》（其五）注释。

[4] 绿端，清初人们不了解松花石，以绿端、绿端石称松花石。文人、清宫造办处、《盛京通志》等皆曾用此称谓。眼镜，据光绪《大清会典事例》卷一一七三《内务府·官制·养心殿造办处》记载，康熙三十五年奉旨设立玻璃厂，隶于养心殿造办处，设兼管司员一人……四十九年，设玻璃厂监造二人。该厂是否能炼松花石制眼镜，待考。

[5] 御佩，意指皇帝有同款眼镜。

康熙乙酉扈从恭纪七首（其五）[1]

吾皇天纵圣[2]，百事皆人师。咏歌振大雅[3]，染翰留芳规[4]。宸画乞可得[5]，云汉恒昭垂[6]。臣宝实最伙[7]，骊珠耀西陂[8]。忽惊福寿字，龙鸾下丹墀[9]。跋云老臣莘，年七十有奇。步履尚强健，特书以赐之。茅堂题鱼麦（赐"鱼麦堂"额），家庙表令仪（赐"世有令仪"额）[10]。楹帖勘出处（赐"地连江海屏藩重，赋甲东南节钺雄""儿孙歌舞诗书内，乡党优游礼让中"二联分悬公署西陂）[11]，双箑光陆离（赐二扇）[12]。解推有后命[13]，恩赍逾等

① 上海书店出版社. 西清砚谱［M］. 上海：上海书店出版社，2010：174.

夷（命臣与将军总督同受赐）[14]。衣冠宠封疆（龙纹袍褂貂帽）[15]，饮食怜衰迟（先后计赐二十二种）[16]。御研（先赐御用绿松花研一，后重赐大松花研一）上品药（高丽土木人参各一勋）[17]，骈颁及玻璃（计十八件）[18]。菽乳天厨珍[19]，方法谕使知（遣御厨官役授御用豆腐秘方）。禁篽动色告[20]，传写远道赍[21]。臣职未一效[22]，曷克承恩私[23]。感泣但泥首[24]，披陈拙言辞[25]。耿耿此寸衷[26]，惟同倾日葵[27]。

【注释与解析】

[1] 见于《西陂类稿》卷十八，1705 年作于扈从玄烨第五次南巡期间。宋荦《西陂类稿》卷三十七《奏疏六》中，有《谢恩疏四十四年闰四月二十八日上》记载自己三月初一在山东迎驾随行，至苏州驻跸时，"蒙赐御书圣制《柳梢青》词金扇一柄，泥金书圣制《喜雨诗》石青扇一柄，赐御书福寿二大字，题云：江宁巡抚宋荦年逾古稀，步履壮健，故特书福寿二字赐之。蒙允臣请，赐御书'鱼麦堂'扁额，赐御书'儿孙歌舞诗书内，乡党优游礼让中'对联，特赐御制松花石绿端砚一方，人参二斤……皇上由松江幸浙，臣随驾至松，复邀异数，念臣病初愈，命返吴门祗候。回銮之日，臣趋迎吴江境上……赐御书'世有令仪'四字，又赐御书'地连江海屏藩重，赋甲东南节钺雄'对联……松花石大绿端砚一方"。《清圣祖实录》卷二二〇①记载，康熙四十四年四月己卯（四月十六日），在苏州赐江宁将军鄂罗舜、杭州将军宗室诺罗布、京口将军一等侯马三奇、江南江西总督阿山、福建浙江总督金世荣、安徽巡抚刘光美、江苏巡抚宋荦、浙江巡抚张泰交、福建巡抚李斯义、提督江南学政张廷枢、浙江提督王世臣、福建水师提督吴英、陆路提督梁鼐衣各一袭，帽各一顶，砚各一方。《清圣祖实录》卷二二〇还记载，康熙四十四年四月戊寅，"赐江苏巡抚宋荦御书对联匾额"。

[2] 天纵，上天所赋予，才智超群。《论语·子罕》云："固天纵之将圣，又多能也。"晋孙绰《颍州府君碑》云："君天纵杰迈，奇逸卓荦，茂才亮拔，雅度恢廓。"南朝梁沈约《丞相长沙宣武王墓铭》云："戕戕哲人，寔惟天纵。"

[3] 大雅，《雅》为周王畿内乐调。《诗经》含《大雅》《小雅》。《左传·襄

---

① 日讲起居注官.清圣祖实录：第三册 [M].北京：中华书局，1985：219.

公二十九年》："吴公子札来聘……为之歌《大雅》。曰：'广哉，熙熙乎！曲而有体，其文王之德乎！'"旧训雅为正，谓诗歌之正声。《诗大序》云："雅者，正也，言王政之所废兴也。政有小大，故有《小雅》焉，有《大雅》焉。"后亦用以称闲雅淳正的诗篇。唐李白《古风》之一："大雅久不作，吾衰竟谁陈？"

[4] 染翰，以笔蘸墨。翰，笔。代指作诗文、绘画等。南朝宋谢惠连《秋怀》有"宾至可命觞，朋来当染翰"句。《魏书·崔玄伯传》云："玄伯自非朝廷文诰，四方书檄，初不染翰，故世无遗文。"杜甫《哭王彭州抡》有"赠诗焉敢坠，染翰欲无聊"句。芳规，前贤的遗规。《史记·乐毅列传》唐司马贞述赞云："闲乘继将，芳规不渝。"

[5] 宸，本指帝王住的地方，引申为王位、帝王的代称。

[6] 云汉，比喻美好的文章，有时特指帝王的笔墨。苏轼《送陈伯修察院赴阙》有"裕陵固天纵，笔有云汉姿"句。宋韩淲《浣溪沙·次韵昌甫》有"却忆手栽双柳句，真成云汉抉天章"句。明沈德符《野获编·内阁三·阁臣进御笔》云："然云汉天章，留之秘阁，使辅臣不时展阅。"昭垂，昭示，垂示。明叶盛《水东日记·黎恬记何忠诗并和》有"圣恩优渥褒何重，君道昭垂慰所期"。

[7] 伙，多。

[8] 骊珠，宝珠，比喻珍贵的人或物。《庄子·列御寇》云："夫千金之珠，必在九重之渊，而骊龙颔下。"唐元稹《赠童子郎》有"杨公莫讶清无业，家有骊珠不复贫"句。西陂，宋荦之别墅，坐落在商丘城西南史家河畔。

[9] 龙鸾，龙与凤，喻华美的文章。《文选·吴质〈答魏太子笺〉》云："摛藻下笔，鸾龙之文奋矣。"吕向注："鸾龙，有五色文章也。"丹墀，宫殿前的红色台阶及台阶上的空地，也指官府或祠庙的台阶。

[10] 家庙，即儒教为祖先立的庙，古时有官爵者才能建家庙，作为祭祀祖先的场所，上古叫宗庙，唐始创私庙，宋改为家庙。令仪，美好的仪容、风范。《诗经·小雅·湛露》有"岂弟君子，莫不令仪"句。

[11] 楹帖，楹联。勖，勉励。李白《古风》之二十有"勖君青松心，努力保霜雪"句。出处，指联中"江海""东南"语。

[12] 筵，扇子。

[13] 解推，慷慨赠人衣食，谓施惠于人。《史记·淮阴侯列传》云："汉王授我上将军印，予我数万众，解衣衣我，推食食我，言听计用，故吾得以至于此。"后命，续发的命令。《左传·僖公九年》记载："齐侯将下拜，孔曰：'且有后命'。"

[14] 赍，把东西送给人。逾，超越。等夷，同等、同辈或同等的人。《韩诗外传》卷六云："遇长老则修弟子之义，遇等夷则修朋友之义。"

[15] 封疆，统治一方的将帅，明清两代指总督、巡抚等，宋荦时任江宁巡抚。

[16] 衰迟，指衰年迟暮。唐郑谷《中年》有"衰迟自喜添诗学，更把前题改数联"句。

[17] 御研，即玄烨自用砚。研，即砚，汉刘熙《释名》云："砚，研也，研墨以和儒也。"许慎《说文》云："砚，石滑也。"清人段玉裁在《说文解字注》云："字之本义，谓石滑不涩。今人研磨者曰：砚。"砚在汉代以前被称作"研"，是为研磨用的器物，汉代起才改称为"砚"，但"研"也被一直沿用。先赐，指三月在苏州赐砚。后重赐，据《西陂类稿》卷三十六《谢恩疏》，应是四月十五日，玄烨由浙江返回苏州时。上品药，土木人参，据清代阮葵生（1727—1789）所著的笔记小说《茶余客话》（成书于1771年前）记载："人参肥而短者，产兴京以东诸山中，名东山货。瘦而长者，产宁古塔诸山中，名北山货……其称土木者，就所产之地言，混同江东有土木河（辽志云：在开元城东北六千余里，亦未确，然非大同府属边外之土木也）。曰清河者，当年通市之所，而非其产地。"① 又据明田汝成《辽纪》（另见于《明史》）"建州三卫女直比年入寇，上命赵辅等征之。师师五万，分为三军，左军出浑河、柴河、越石门、土木河至分水岭"的记载可知，当时（1467）土木河在今抚顺东北。今查清代有土门必拉，② 即今一统河，流经柳河县、梅河口市和辉南县，而分水岭则位于梅河口市和柳河县的交界，土木人参或产于今柳河县或梅河口市一带，"六千余里"或为"六百余里"之误。

[18] 骈，并列。玻璃，此处指玻璃器皿。

[19] 菽乳，指豆腐。

---

① 参见阮葵生《茶余客话》第10册卷二十，国家图书馆藏稿本。
② 邢国志. 吉林省自然地名志 [M]. 北京：气象出版社，1993：388.

[20] 禁籞，亦作"禁藥"，本指禁苑周围的藩篱，代指禁苑、宫廷，此处指宫廷侍卫。动色，脸上显出受感动的表情。杜甫《戏为韦偃双松图歌》有"绝笔长风起纤末，满堂动色嗟神妙"句。

[21] 传写，抄，转抄，此处指抄写豆腐秘方。

[22] 效，尽力、献出。

[23] 曷，何。克，能够。

[24] 泥首，此处指顿首至地。

[25] 披陈，陈述、表白。拙，拙于。

[26] 耿耿，一片忠心，宋文天祥《正气歌》有"顾此耿耿在，仰视浮云白"句。

[27] 倾日葵，向日葵。

恭和御制赐臣荦予告还里诗四首有序（其二）[1]

臣荦樗栎庸材，谬膺皇上特达之知[2]，隆恩渥典，备极殊荣。兹缘衰老乞身，荷蒙予告，重以圣制，宠行嘉奖，逾分旷古所无[3]。跪诵之余，益滋感愧。不揣愚昧，依韵恭和四首俾世世子孙不忘报称于万一云[4]。

宝气光腾篋[5]，龙媒步绝尘（赐砥石砚玻璃诸器御乘名马乌獬豸）[6]。便蕃中使界[7]，眷顾圣怀真。遇已超前代[8]，恩还感众臣。玉音传问答（宋胡宗简有玉音问答）[9]，一日足千春。

【注释与解析】

[1] 见于《西陂类稿》卷二十一《乐春园诗》，作于 1708 年。予告，汉代二千石以上有功官员依例给以在官休假的待遇，谓之予告。告，休假。后代凡大臣因病、老准予休假或退休的都叫予告。

[2] 樗栎，语出《庄子·内篇·逍遥游》，指两种树，古人认为木质不佳，不能成材，后以"樗栎"喻才能低下，亦为自谦之辞。膺，承受。

[3] 逾分，超越本分、过分。《尉缭子·将令》云："左中右军，皆有分职，若逾分而上请者死。"

[4] 俾，使。

[5] 篋，小箱子。

[6] 龙媒，骏马，《汉书·礼乐志》有"天马徕龙之媒"语。砥石砚，即

松花砚。砥石即磨石，据玄烨《制砚说》（见张玉书诗注附），砥石山在盛京之东，系松花石产地之一。砥石山之名过于雅化，不似当时东北地名，学者一般认为，砥石山系无名之山。《淮南子·墬形训》《水经注·大辽水》所记之砥石山，在今内蒙古境，与松花砚无关。《大清国宝：松花石砚》一书认为："清朝宫廷用的松花石确实出自混同江边的砥石山。具体地点在长白山天池二道白河以下——二道松花江的区段内，砥石山就是江边的'磨石山'，具体位置在吉林省安图县境内二道江边的山上。"①

[7] 便蕃，亦作"便烦""便繁"，频繁、屡次。《左传·襄公十一年》云："乐只君子，福禄攸同，便蕃左右，亦是帅从。"杜预注："便蕃，数也。言远人相帅来服从，便蕃然在左右。"中使，宫中派出的使者，多指宦官。畀，给予。《诗经·鄘风·干旄》有"彼姝者子，何以畀之"句。

[8] 遇，礼遇。

[9] 玉音传问答，宋胡铨有《经筵玉音问答》一卷，记隆兴癸未五月三日侍宴后苑内阁与皇帝互动事。宋荦此处以此作比。

熊赐履（2首）

熊赐履（1635—1709），字敬修、敬存、青岳，号素九，别号愚斋，湖广汉阳府孝感人，世籍南昌。顺治十五年（1658）进士，选为庶吉士，进弘文院、秘书院侍读，历任国史院、翰林院学士、经筵讲官、武英殿大学士、刑部尚书、吏部尚书，任修撰《圣训》《平定朔漠方略》《实录》《方略》《明史》总裁官，赠太子少保，谥文端。有《经义斋集》《些余集》《澡修堂集》② 等，入《清史稿》《清史列传》《碑传集》《国朝耆献类征初编》《国朝先正事略》《清代七百名人传》《汉名臣传》《词林辑略》《皇清书史》《国朝诗人征略二编》等。

壬午冬月初十日特赐御用内制龙尾砚一方[1]

龙尾端溪御制新[2]，内官捧出赐儒臣。朝朝染翰曾无补[3]，视草深惭掌

---

① 董佩信，张淑芬.大清国宝：松花石砚［M］.北京：地质出版社，2004：55.

② 熊赐履.澡修堂集［M］//《清代诗文集汇编》编纂委员会.清代诗文集汇编：第139册.上海：上海古籍出版社，2010：291-398.

丝纶[4]。

【注释与解析】

[1] 见于《澡修堂集》第十四卷《纪恩赐诗十二首》中，1702 年作于北京，冬月就是十一月。关于此次赐砚，张玉书所记日期与熊相同。据《香祖笔记》卷一记载，所赐为"松花江石小研一方，色淡绿如洮石，腹有御书砚铭八字，云以静为用，是以永年"。本来这次"观宸翰"赐砚只有查慎行、陈廷敬、励杜讷、查昇几人，后来又赐张玉书、吴琠、熊赐履、王鸿绪各一方，"时十一月，偶召张及王入南书房编次御书，得赐，因及吴、熊二公云"。① 据王鸿绪所记，所赐均为松花砚，以至于不够数。由诗中"龙尾端溪御制新，内官捧出赐儒臣"句可知，为内府新制。内制，内府所制。可参见劳之辨诗注"内府"。

[2] 龙尾，本星宿名，即箕宿，二十八宿之一。居东方苍龙七宿之末，故称。《左传·僖公五年》："童谣云：'丙之晨，龙尾伏辰，均服振振，取虢之旂。'"杜预注："龙尾，尾星也。"汉张衡《天象赋》："历龙尾以及箕，跨北燕而在兹。"此处为砚名，亦泛指砚。宋苏轼《龙尾砚歌》："君看龙尾岂石材，玉德金声寓于石。"清钱谦益《赠砚》有"紫纯端砚镇书楼，牛后真令龙尾羞"句。清蒋士铨《一片石·宴阁》有"取麟毫麝煤龙尾凤笺来"句。歙石的产地以婺源与歙县交界处的龙尾山（罗纹山）下溪涧为最优，龙尾山是大部分存世歙砚珍品的石料出产地，所以歙砚又称龙尾砚。张岱《夜航船·文学部·文具》云："唐玄宗时，叶氏始取龙尾溪石为研，深溪为上。南唐时始开端溪坑石作研，北岩为上，有辟雍样、郎官样。宋仁宗时，端溪石、龙尾溪石并竭。"清徐毅《歙砚辑考》记载："不曰龙尾而曰歙者，统于同也。"叶氏发现龙尾溪砚石故事见于宋洪景伯《歙砚谱》和宋唐积《歙州砚谱》。苏易简《砚谱》云："歙州龙尾山石，亦端溪之亚。"此处"龙尾"代指名砚。端溪，详见熊诗《东宫赐端溪砚一方》注。

[3] 染翰，见宋荦诗注。

[4] 视草，词臣奉旨修正诏谕一类公文，后亦称词臣起草诏谕为视草。

① 王士禛. 香祖笔记 [M] // 纪昀，永瑢. 文渊阁四库全书：第 870 册. 台北：台湾商务印书馆，1986：392.

《汉书·淮南王传》云："时武帝方好艺文，以安属为诸父，辩博善为文辞，甚尊重之。每为报书及赐，常召司马相如等视草乃遣。"丝纶，皇帝诏书。《礼记·缁衣》云："王言如丝，其出如纶。"孔颖达疏："王言初出，微细如丝，及其出行于外，言更渐大，如似纶也。"后两句为作者自谦之语。

东宫赐端溪砚一方[1]

端溪来自大荒西（口外物也）[2]，温润精坚比印泥[3]。试把兰烟调玉管[4]，青光奕奕照虹霓[5]。

【注释与解析】

[1] 作于北京，时间不详。据《澡修堂集》卷十四其他诗题可知，作者是己卯（1699）春二月朔二日入侍太子。此诗亦见于《纪恩赐诗十二首》中，咏东宫赏赐诗列于咏御赐诗之后，该诗位于咏1699年五月二十三日东宫赏赐诗之后，又在咏1703年正月初二东宫赏赐诗之前。端溪，代指绿色松花石砚，由诗中"大荒西""口外"可知，此处"端溪"与广东高要无涉。《艺术与权术：清康雍乾三朝的宫作松花砚》一文认为，雍正朝"一般而言，凡称'某色端石'的往往指松花石"。而台湾省学者嵇若昕则认为雍正朝松花砚仅指涉"绿端石砚"一种。因此，用"端"来代称松花砚，并不奇怪。东宫，指太子。本为古代宫殿指称，因方位得名。后借指居住东宫的储君。

[2] 大荒，此处指长白山，《山海经·大荒北经》云："大荒之中有山，名曰不咸，有肃慎氏之国。"张福有《长白山诗词史话》一书中有《大荒小考》可参阅。口外，泛指长城以北地区。

[3] 印泥，在封泥上盖章。南朝梁刘勰《文心雕龙·物色》云："故巧言切状，如印之印泥，不加雕削，而曲写毫芥。"明陶宗仪《辍耕录·印章制度》云："赵彦卫云：古印文作白文，盖用以印泥。"

[4] 兰烟，指墨。玉管，毛笔的美称。

[5] 虹霓，本为雨后或日出、日没之际天空中所现的七色圆弧。虹霓常有内外二环，内环称虹，也称正虹、雄虹；外环称霓，也称副虹、雌虹或雌霓。宋玉《高唐赋》有"仰视山巅，肃何千千，炫燿虹霓"句。晋葛洪《抱朴子·嘉遁》有"思眇眇焉若居乎虹霓之端，意飘飘焉若在乎倒景之流"句。又有以虹霓色彩艳丽，比喻人的才华藻绘，如范仲淹《与谢安定屯田书》云："先生胸中之奇，屈盘虹霓。"

汪晋徵（1首）

　　汪晋徵（1639—1709），字符尹，号涵斋，安徽休宁双溪人。康熙十八年（1679）进士，历任翰林院庶吉士、乙丑科会试同考官、吏科给事、光禄寺少卿、光禄寺正卿、户部左侍郎等，有《双溪草堂诗集》[①]，入《碑传集》《词林辑略》等。

长至日上亲祀南郊礼成赐阁部诸臣松花石砚恭纪[1]

　　葭管初回阳德亨[2]，圣人盥荐乐和鸣[3]。卿僚竞庆休祥集[4]，遝穆方加雨露荣[5]。石润遥从塞北至[6]，制精巧自哲工成[7]。恩光普得传家宝，每遇临池荷圣情（御铭曰："寿古而质润，色绿而声清。起墨益毫，固其宝也。"）[8]。

【注释与解析】

　　[1] 见于《双溪草堂诗集》卷十，1707年十一月二十九日作于北京。可参见王顼龄相关诗作。长至，冬至。

　　[2] 葭管，装有葭莩灰的玉管。葭莩之灰，古人烧苇膜成灰，置于律管中，放密室内，以占气候。某一节候到，某律管中葭灰即飞出，示该节候已到。《后汉书·律历志上》云："候气之法，为室三重，涂衅必周，密布缇缦。室中以木为案，每律各一，内庳外高，从其方位，加律其上，以葭灰抑其内端，案历而候之，气至者灰动。其为气所动者其灰散，人及风所动者其灰聚。"阳德，阳气、生长万物之气。《周礼·春官·大宗伯》云："以天产作阴德，以中礼防之，以地产作阳德，以和乐防之。"亨，通达，元亨利贞，是乾卦之四德。

　　[3] 盥荐，"盥"是指祭祀前洗净双手。"荐"，其本义为"草垫子"，后引申为祭祀时进献，敬献。《卦辞》曰："观，盥而不荐，有孚颙若。"《魏书·武帝纪》云："临祭就洗，以手拟水而不盥。"宋刘克庄的《白湖庙二十韵》有"轮奂拟宫省，盥荐皆公侯"句。

---

　　① 汪晋徵.双溪草堂诗集［M］//《四库全书存目丛书》编纂委员会.四库全书存目丛书：集部第252册.济南：齐鲁书社，1997：202-317.

[4] 休祥，吉祥。《尚书·泰誓中》云："朕梦协朕卜，袭于休祥，戎商必克。"《史记·孝武本纪》云："赞飨曰：'德星昭衍，厥维休祥。寿星仍出。渊耀光明。信星昭见，皇帝敬拜泰祝之飨。'"

[5] 遝�，杂草。

[6] 塞北，长城以北。

[7] 哲工，有智慧的工匠。

[8] 临池，《晋书·卫恒传》谓张芝"凡家之衣帛，必书而后练之。临池学书，池水尽黑"，后以"临池"指学习书法，或作为书法的代称。杜甫《殿中杨监见示张旭草书图》有"有练实先书，临池真尽墨"句。曾巩《墨池记》言："羲之尝慕张芝，临池学书，池水尽黑。"苏轼《石苍舒醉墨堂》有"不须临池更苦学，完取绢素充衾裯"句。荷，感谢、感戴。御铭，铭文末句应为"故其宝也"，同时受赐者诗作可为旁证。《砚笺》载宋李朴《端砚》诗云："岩石凝清粹，端然绝世珍。声清轻楚玉，色润胜燕珉。"御铭似本此。

劳之辨（1首）

劳之辨（1639—1714），字书升，号介岩、介庵，浙江石门（今浙江桐乡）人。康熙三年（1664）进士，选庶吉士，授户部主事，官至左副都御史，有《静观堂诗集》①，入《清史稿》《碑传集》。

十一月三十日上赐京卿翰詹诸臣五十三人松花石砚之
辨得莲叶式镌康熙年制盛有文杏匣纪恩诗[1]

江上产球琳[2]，来供翰墨林。磨礲由内府[3]，锡赉及朝簪[4]。分得青莲叶，须知不染心。流传为世宝，岂直抵南金[5]。

【注释与解析】

[1] 见于《静观堂诗集》卷二十七，1707 年作于北京。可参见王顼龄、汪晋徵相关诗作。文杏，银杏，木质纹理坚密。司马相如《长门赋》："刻木兰

---

① 劳之辨. 静观堂诗集［M］//《清代诗文集汇编》编纂委员会. 清代诗文集汇编：第 153 册.
上海：上海古籍出版社，2010：565-777.

以为榱兮，饰文杏以为梁。"

[2] 江上，指松花江。球琳，玉名。《尚书·禹贡》云："（雍州）厥贡惟球琳琅玕。"孔传："球、琳，皆玉名。"《淮南子·墬形训》："西北方之美者，有昆仑之球琳琅玕焉。"高诱注："球琳琅玕，皆美玉也。"

[3] 磨礲，磨制。汉赵晔《吴越春秋·勾践阴谋外传》："一夜天生神木一双，大二十围，长五十寻，阳为文梓，阴为楩柟，巧工施校，制以规绳，雕治圆转，刻削磨礲。"《太平广记》卷三九八引唐张鷟《朝野佥载》："赵州石桥甚工，磨礲密致，如削焉。"宋黄庭坚《谢王仲至惠洮州砺石黄玉印材》诗："磨礲顽钝印此心，佳人持赠意坚密。"清王士禛《池北偶谈·谈异七·沧溟见梦》："愚山适将往南山购石，见墓道间有石仆地，磨礲如新，遂刻己文。"内府，指清宫内务府。造办处于康熙十九年（1680）设立，专门负责制造、修理、保管帝后及宫廷需用的各项器物。因此，四十四年之前，武英殿造办处设有"砚作"，康熙帝最初御制的松花石砚应当是武英殿造办处"砚作"的作品。四十四年（1705）之后，归入养心殿的"砚作"继续为康熙帝生产松花石砚等砚台。

[4] 锡，同"赐"。《诗·商颂·烈祖》有"申锡无疆，及尔斯所"句，《庄子·列御寇》云："人有见宋王者，锡车十乘。"《左传·隐公元年》有"孝子不匮，永锡尔类"句。朝簪，朝廷官员的冠饰，常用以借指京官。张说《襄州景空寺题融上人兰若》有"何由侣飞锡，从此脱朝簪"句，宋苏舜钦《寄守坚觉初二僧》有"师方传祖印，我欲谢朝簪"句。

[5] 直，同"值"。南金，指南方出产的铜，后亦借指贵重之物。《诗经·鲁颂·泮水》有"元龟象齿，大赂南金"句，毛传："南谓荆扬也。"郑玄笺："荆扬之州，贡金三品。"孔颖达疏："金即铜也。"

陈廷敬（1首）

陈廷敬（1640—1712），初名敬，字子端、参野，号说岩、午亭，山西泽州人。顺治十五年（1658）进士，改庶吉士，授检讨，康熙间任吏部侍郎，官至文渊阁大学士，谥文贞。有《尊闻阁集》，晚年手定为《午亭文编》，与

《午亭山人第二集》并见于《清代诗文集汇编》①，今又有《陈廷敬集》②，入《清史列传》《汉名臣传》《国朝诗人征略初编》《昭代名人尺牍小传》《清代七百名人传》《皇清书史》等。

赐砥石砚恭纪[1]

王气留京奕叶隆[2]，五丁遗石自鸿濛[3]。削成宝砚天开辟，制出文思帝化工[4]。玉几依光加洗濯[5]，清班分赐并磨砻[6]。承恩真比丘山重，岁岁三呼万岁嵩[7]。

【注释与解析】

[1] 参见查慎行相关诗作可知，陈廷敬曾于康熙四十一年（1702）得赐砥石砚，其后康熙帝又多次赐砚给大臣。此诗见于《午亭文编》卷十八，据卷中位置又似作于 1704 年底或 1705 年初。砥石砚，见宋荦诗注。

[2] 王气，旧指象征帝王运数的祥瑞之气。《东观汉记·光武帝纪》："望气者言，春陵城中有喜气，曰：'美哉王气，郁郁葱葱。'"唐刘禹锡《西塞山怀古》有"王濬楼船下益州，金陵王气黯然收"句。《古今小说·临安里钱婆留发迹》："这术士唤做廖生 …… 忽一日夜坐，望牛斗之墟，隐隐有龙文五采，知是王气。"此处指清王朝发祥于长白山区。留京，即留都，古代帝都迁都后，于旧都常设官留守，行其政事，称留都。明张居正《答应天抚院》云："府官始则措置乖方，致人怨忿，终则擅离职守，逃往留都。"清侯方域《壮悔堂文集》云："金陵为明之留都。"清留都即盛京（今沈阳）。奕叶，累世，代代。汉蔡邕《琅邪王傅蔡郎碑》云："奕叶载德，常历宫尹，以建于兹。"《隋书·礼仪志七》云："宣尼制法，云行夏之时，乘殷之辂。奕叶共遵，理无可革。"

[3] 五丁，神话传说中的五个力士。在蜀开明王朝时，负担劳役的劳动人民被称为五丁或五丁力士，后来传说为五个力士。《艺文类聚》卷七引汉扬雄《蜀王本纪》记载："天为蜀王生五丁力士，能献山，秦王（秦惠文王）献

① 陈廷敬. 午亭文编［M］//《清代诗文集汇编》编纂委员会. 清代诗文集汇编：第 153 册. 上海：上海古籍出版社，2010：1-564.

② 陈廷敬. 陈廷敬集［M］. 太原：三晋出版社，2015.

美女与蜀王，蜀王遣五丁迎女。见一大蛇入山穴中，五丁并引蛇，山崩，秦五女皆上山，化为石。"《西清砚谱》有"宋端石五丁砚""砚高六寸六分，宽四寸，厚二寸五分，旧坑蕉白端石侧理为之，左上方斜界火捺纹一道，墨池墨锈深厚可鉴，左边微有刓缺，覆手刻柱，长短凡五柱，各有眼"。鸿濛，宇宙形成前的混沌状态。《庄子·在宥》云："云将东游，过扶摇之枝，而适遭鸿蒙。"成玄英书："鸿蒙，元气也。"《淮南子·道应训》："西穷窅冥之党，东开鸿濛之先。"

[4] 化工，自然形成的工巧。明李贽《杂说》云："《拜月》《西厢》，化工也；《琵琶》，画工也。夫所谓画工者，以其能夺天地之化工，而其孰知天地之无工乎？"清陈廷焯《白雨斋词话》卷七有"方回笔墨之妙，真乃一片化工"语。

[5] 玉几，玉饰的矮桌。《尚书·顾命》："相被冕服，凭玉几。"汉张衡《东京赋》云："左右玉几，而南面以听矣。"

[6] 清班，清贵的官班，多指文学侍从一类臣子。白居易《初授拾遗献书》云："岂意圣慈，擢居近职……未申微功，又擢清班。"唐朱庆余《秋宵宴别卢侍御》有"清班无意恋，素业本来贫。明发青山道，谁逢去马尘"句。磨砻，见劳之辨诗注。

[7] 三呼万岁嵩，典出"嵩岳三呼"，表示对帝王祝颂。《汉书·武帝纪》记载："（元封元年）春正月，（武帝）行幸缑氏……翌日亲登嵩高，御史乘属、在庙旁吏卒咸闻呼万岁者三。"宋姚述尧《减字木兰花·圣节鼓子词》有"嵩岳三呼，父子唐虞今古无"句。

李振裕（1首）

李振裕（1641—1707），字维饶，号醒斋，江西吉水人。李元鼎之子，康熙九年（1670）进士，官至户部尚书，有《白石山房集》[①]，入《国朝耆献类征初编》《国朝诗人征略初编》《词林辑略》等。

---

① 李振裕. 白石山房集［M］//《四库全书存目丛书》编纂委员会. 四库全书存目丛书：集部第243册. 济南：齐鲁书社，1997：575-851.

赐松花五云砚一方[1]

松花江上气氤氲[2]，美石生成漾碧纹[3]。巧作文鸳双砚合[4]，润流青玉小池分[5]。班行共羡连城宝[6]，宫样惊看五朵云[7]。学殖就荒须砥砺[8]，研丹披卷到斜曛[9]。

【注释与解析】

[1] 见于《白石山房集》卷十二，作于 1704 年。五云，五色瑞云，多作吉祥的征兆，又代指皇帝所在地。《南齐书·乐志》云："圣祖降，五云集。"唐王建《赠郭将军》有"承恩新拜上将军，当值巡更近五云"句。

[2] 氤氲，指湿热飘荡的云气，烟云弥漫的样子，也有"充满"的意思。唐代张九龄《湖口望庐山瀑布泉》有"灵山多秀色，空水共氤氲"句。

[3] 漾碧纹，指松花砚绿色云水纹。

[4] 文鸳，即鸳鸯，以其羽毛华美，故称。宋张先《减字木兰花》有"文鸳绣履，去似杨花尘不起"句。

[5] 池，砚池。

[6] 班行，朝班的行列，朝官的位次。宋黄庭坚《次韵宋懋宗僦居甘泉坊雪后书怀》有"汉家太史宋公孙，漫逐班行谒帝阍"句。明文肇祉《上林斋宿》有"自愧衰年通仕籍，强随鹓侣缀班行"句。

[7] 宫样，宫廷里的式样。

[8] 学殖，原指学问的积累增进，后泛指学业、学问。《左传·昭公十八年》云："夫学，殖也；不殖将落。"杜预注："殖，生长也；言学之进德，如农之殖苗，日新日益。"就，接近。荒，荒废。宋俞德邻《赠丹阳邢尉》有"我老学殖荒，久嗟诗力退"句，明王祎《国宾黄先生之官义乌主簿因赋诗奉赠义乌乃仆乡邑故为语不觉其过多然眷眷之情溢于辞矣》有"学殖反荒落，宦业亦何裨"句。砥砺，磨炼。《荀子·王制》云："案平政教，审节奏，砥砺百姓。"汉刘向《列女传·齐女傅母》云："（傅母）砥厉女之心以高节。"

[9] 研丹，研磨朱砂供书写用。披卷，开卷，读书。《宋书·后妃传·孝武文穆王皇后》云："至于夜步月而弄琴，昼拱袂而披卷，一生之内，与此长乖。"陆游《纵笔》之三有"归从册府犹披卷，了却官书更赋诗"句。斜曛，黄昏、傍晚。陆游《次韵李季章参政哭其夫人》有"万里毡车入凤城，岂知遽已迫斜曛"句。

廖腾煃（2首）

廖腾煃（1641—1717），字占五，号莲山，福建将乐人。康熙八年（1669）举人，曾任奉天府尹三年，1711 年升左副都御史，次年任户部右侍郎，有《慎修堂诗集》① 八卷，见于《四库全书》集部，序在 1716 年，集中有吕履恒评语。《清代人物生卒年表》生年作 1652 年。

丁亥长至日上赐松花石砚编钟式背镌御铭恭纪二律[1]

长至欣宣赐[2]，松花石骨坚[3]。匣中珍琬琰[4]，席上展云烟[5]。湾月龙池曲，平台凤味圆[6]。笔耕疏旧业[7]，黾勉冀余年[8]。

负质刚而润[9]，颁来自九天。箴铭敷睿藻[10]，翰墨洒鸿编[11]。巧匠钟为式，书生砚是田。承恩重金石[12]，世宝永相传。

【注释与解析】

[1] 见于《慎修堂诗集》卷五《燕台草》，1707 年冬至作于北京。据其二可知，砚有铭，应为"寿古而质润，色绿而声清。起墨益毫，故其宝也"。

[2] 长至，冬至。宣赐，帝王赏赐。唐韩偓《湖南绝少含桃偶有人以新摘者见惠感事伤怀因成四韵》有"金銮岁岁长宣赐，忍泪看天忆帝都"句。

[3] 石骨，坚硬的岩石。宋王炎《游砚山》有"涧水抱石根，石骨多绀碧"句。

[4] 琬琰，美玉。《楚辞·远游》云："吸飞泉之微液兮，怀琬琰之华英。"洪兴祖补注："琬音宛，琰音剡，皆玉名。"《淮南子·说山训》："琬琰之玉，在洿泥之中，虽廉者弗释。"

[5] 云烟，松花砚花纹。

[6] 龙池、凤味，皆砚名，此处指砚的形制。龙池，《西清砚谱》载"旧蕉白龙池砚""墨池中刻出水龙一，左有鸲鹆眼一，如龙之戏珠，势极飞动"，匣盖外镌"龙池"二字。此砚系经顺治朝大学士梁清标鉴藏。又，福建省将

---

① 廖腾煃. 慎修堂诗集［M］//《四库全书存目丛书》编纂委员会. 四库全书存目丛书：集部第 242 册. 济南：齐鲁书社，1997：504-585.

乐县产龙池砚，亦名龟石砚。凤咮，凤凰的嘴，咮，鸟嘴。凤咮砚，产于福建北苑凤凰山，石苍黑而玉质。苏轼《书凤咮砚》："山如飞凤下舞之状，……疑其太滑，然至益墨。"宋苏轼《凤咮砚铭》序云："北苑龙焙，如翔凤饮下之状。当其咮，有石苍黑，致如玉。熙宁中，太原王颐以为砚。余名之曰凤咮。"明高明《琵琶记·孝妇题真》："凤咮马肝，和那鹦鸪眼，无非奇巧。"

[7] 笔耕，以砚为田，以笔代耕，谓以笔墨工作谋生。南朝梁任昉《为萧扬州作荐士表》云："既笔耕为养，亦佣书成学。"疏，不熟练。

[8] 黾勉，也作"黾俛"，坚持、努力。宋苏辙《杭州龙井院讷斋记》云："事闻于朝，明年俾复其旧。师黾俛而还，如不得已。"冀，希望。

[9] 负质，禀赋。清周亮工《读画录·杨龙友》云："（杨）工画，善用墨，初为华亭学博，从董文敏，精画理，然负质颇异。"刚而润，西晋傅玄《砚赋》云："木贵其能软，石美其润坚。"明陆树声《清暑笔谭》云："砚材惟坚润者良，坚则致密，润则莹细，而磨墨不滞，易于发墨。故曰坚润为德，发墨为才。"

[10] 箴铭，文体名。箴是规诫性的韵文，铭在古代常刻在器物上或碑石上，兼用于规诫、褒赞。南朝梁刘勰《文心雕龙·铭箴》云："箴铭异用，罕施于代。"敷，铺叙、陈述。睿藻，指皇帝或后、妃所作的诗文。唐宋之问《夏日仙萼亭应制》有"睿藻光岩穴，宸襟洽薜萝"句。宋夏竦《奉和御制玉清昭应宫玉皇大殿告成》有"宸游悦豫同襄野，睿藻昭回迈柏梁"句。

[11] 翰墨，笔和墨，借指文章书画等。汉张衡《归田赋》有"挥翰墨以奋藻，陈三王之轨模"句。鸿编，大作。

[12] 金石，金和美石之属。又以比喻事物的坚固、刚强，心志的坚定、忠贞。《大戴礼记·劝学》云："故天子藏珠玉，诸侯藏金石，大夫畜犬马，百姓藏布帛。"

（附：苏轼《凤咮砚铭并叙》："北苑龙焙山，如翔凤下饮之状。当其咮，有石苍黑，致如玉。熙宁中，太原王颐以为砚，余名之曰凤咮。然其产不富。或以黯黮滩石为之，状酷类而多拒墨。时方为《易传》，铭曰：陶土涂，凿山石。玄之蠹，颖之贼。涵清泉，闷重谷。声如铜，色如铁。性滑坚，善凝墨。弃不取，长太息。招伏羲，捐西伯。发秘藏，与有力。非相待，为谁出。"《延平志考异》云："延平砚材产斫崎者为上，东坡得之喜甚，遂目为凤咮。"

又云："斫崎石在剑浦县东三十里，东坡取名凤咮者，此也。"延平，今福建南平市有延平区。又苏轼《书凤咮砚》云："建州北苑凤凰山，山如飞凤下舞之状。山下有石，声如铜铁，作砚至美，如有肤筠然，此殆玉德也。疑其太滑，然至益墨。熙宁五年，国子博士王颐始知以为砚，而求名于余。余名之曰凤咮。且又戏铭其底云：'坐令龙尾羞牛后'，歙人甚病此言。"龙尾，见熊赐履诗注。玉德，参见宋荦《松花江绿石砚歌》诗注"润德"。）

王顼龄（7 首）

王顼龄（1642—1725），字颛士、容士，号瑁湖，晚号松乔老人。华亭（今上海松江）人，康熙十五年（1676）进士，历任侍讲、侍讲学士、礼部右侍郎、工部尚书，授武英殿大学士。雍正年间加太子太傅，卒后皇帝亲自下诏书哀悼，谥文恭。有《世恩堂诗集》①，入《清史稿》《清史列传》《汉名臣转》《清七百名人传》《国朝耆献类征初编》《国朝诗人征略初编》《词林辑略》《昭代名人尺牍小传》《新世说》等。

十一月二十九日赐汉尚书侍郎松花砚各一方恭纪二十韵[1]

今节逢长至（是日冬至），恩纶下玉除[2]。传宣趋殿陛[3]，次第集簪裾[4]。日射觚棱直[5]，风飘刻漏徐[6]。荣依三阁老[7]，班亚六尚书[8]。宝砚陈瑶席[9]，中官出禁庐[10]。分颁沾帝泽，擎捧拜宸居[11]。奇石松花产，良工内府储[12]。温文同美玉，巧作类雕琚[13]。凤咮休相诧[14]，龙鳞讵足誉[15]。鸿章瞻御制[16]，鸟篆逼秦初[17]。制自轩皇肇（黄帝得玉一纽，制为墨海，其上篆文曰"帝鸿氏之砚"）[18]，灵当圣代舒[19]。右文亲翰墨[20]，好古乐清虚[21]。爰法方圆象[22]，因教砮琢如[23]。含毫装翡翠[24]，滴水润蟾蜍[25]。朴雅供绨几[26]，晶荧映石渠[27]。推恩加宰执[28]，荷德及山樗[29]。窃被张华宠（张华《博物志》成，晋武赐以青铁砚）[30]，翻怜米芾疏（米芾奉命书屏，书成捧砚请曰：此砚经赐臣芾濡染，不堪复以进御。上大笑，因以赐之）[31]。叨

① 王顼龄. 世恩堂诗集［M］//顾梦游. 四库全书存目丛书补编：集部第 005 册. 济南：齐鲁书社，2001：1-336.

光连九锡[32]，结伴过三余[33]。老学全资尔[34]，闲吟或起余[35]。还当勖孙子[36]，什袭等璠玙（余所得者天然砚，杏根为匣，砚背有御铭，铭云：寿古而质润，色绿而声清。起墨益毫，故其宝也。下镌康熙御铭二小玺)[37]。

【注释与解析】

[1] 见于《世恩堂诗集》卷二十四，1707 年作于北京。汉，此处与"满"相对。

[2] 恩纶，恩诏。《礼记·缁衣》云："王言如丝，其出如纶。"玉除，玉阶，用玉石砌成或装饰的台阶，亦用作石阶的美称，又借指朝廷。曹植《赠丁仪诗》有"凝霜依玉除，清风飘飞阁"句。李善注："玉除，阶也。"

[3] 陛，帝王宫殿的台阶。

[4] 簪裾，指古代显贵者的服饰，代指显贵。《南史·张裕传》："而茂陵之彦，望冠盖而长怀；渭川之旰，伫簪裾而竦叹。"北周庾信《奉和永丰殿下言志》之二："星桥拥冠盖，锦水照簪裾。"

[5] 觚棱，亦作"柧棱"，宫阙上转角处的瓦脊成方角棱瓣之形。

[6] 刻漏，古计时器，以铜为壶，底穿孔，壶中立一有刻度的箭形浮标，壶中水滴漏渐少，箭上度数即渐次显露，视之可知时刻。汉荀悦《汉书·哀帝纪》有"漏刻以百二十为度"语。颜师古注："旧漏昼夜共百刻，今增其二十。"

[7] 阁老，据《新唐书·百官志》，唐朝以中书舍人年资久者为阁老，掌管中书省事务，行使宰相权力。明清两朝称内阁大学士为阁老，明朝时是对台阁宰相之尊称，清初入阁实际上就是拜相，后期逐渐被军机处所取代。

[8] 班，职位等次、位次、等级。《左传·文公六年》有"班在九人"语，注："位也。"六尚书，指清中央行政机构中直接对皇帝负责的吏部、户部、礼部、兵部、刑部和工部，各部置尚书一人，下有左右侍郎各一人，为尚书之副。初以贝勒（亲王、郡王）分别总理各部部务，雍正元年以后，常以大学士兼管各部，尚书以下各官时有增减。

[9] 瑶席，形容华美的席面。

[10] 中官，本为古官名，后又指宫内、朝内之官，又指宦官。禁庐，宫廷侍从官员寓值的官舍。明张居正《送初幼嘉年兄还郧》之一有"乾坤岁岁浮春色，环佩相将侍禁庐"句。

[11] 宸居，帝王居所，又指帝位，又借指帝王。唐李远《赠弘文杜校书》有"高倚霞梯万丈余，共看移步入宸居"句。《旧唐书·哀帝纪》云："今则正位宸居，未崇徽号。"唐高彦休《阙史·周丞相对扬》云："台座略奏事后，诸司及待制官并不召对，盖虑宸居之疲倦也。"

[12] 内府，本为周官名，掌管王室库藏。《周礼·天官·内府》："内府掌受九贡、九赋、九功之货贿，良兵，良器，以待邦之大用。"此处指清内务府。见劳之辨诗注。

[13] 琚，古人佩戴的一种玉，系在珩和璜之间。《诗经·卫风·木瓜》有"投我以木瓜，报之以琼琚"句。

[14] 凤咮，见廖腾煃诗注。诧，惊异。

[15] 龙鳞，歙砚罗纹的一种，纹理如龙身上的鳞片，折光较强，看上去起伏不平，实则平整光滑。优质龙鳞因数量少，纹理奇特而成为罗纹中一种特殊石品。讵，岂。誉，赞扬。

[16] 鸿章，大作，此处指砚上御铭。

[17] 鸟篆，篆体古文字，形如鸟的爪迹，故称。《后汉书·酷吏传·阳球》云："或献赋一篇，或鸟篆楹简，而位升郎中，形图丹青。"李贤注："八体书有鸟篆，象形以为字也。"《晋书·索靖传》云："仓颉既生，书契是为科斗鸟篆，类物象形。"唐韩愈《喜雪献裴尚书》有"阵势鱼丽远，书文鸟篆奇"句。秦初，秦统一后推行"书同文，车同轨"，统一度量衡的政策，由丞相李斯负责，对秦国原大篆籀文进行简化，创制了统一文字小篆，西汉末年逐渐被隶书所取代。

[18] 肇，肇始。黄帝得玉一纽，事见于宋苏易简《文房四谱》和多种砚史、砚谱。

[19] 灵，精神。圣代，旧时对于当代的谀称。晋陆云《晋故豫章内史夏府君诔》云："熙光圣代，迈勋九区。"舒，伸展、展现。

[20] 右文，崇尚文治。宋欧阳修《谢赐〈汉书〉表》云："窃以右文兴化，乃致治之所先。"

[21] 清虚，清净虚无。《文子·自然》："老子曰：'清虚者天之明也，无为者治之常也。'"

[22] 爰，于是。法，效法。方圆，方形和圆形，此句指依据自然界的方圆形制雕琢砚形和砚堂。

[23] 砻琢，磨砻雕琢。

[24] 毫，笔。翡翠，砚名，朱栋《砚小史》卷二引《韵石斋笔谈》云："随州何青邱家藏此砚，磨以金，霏霏成屑如墨沈，乃其尊人阁学公宗彦遗物。张六花云，此产滇南，不及于阗之精洁，色翠可爱。其佳者价等羊脂，而于近日尤重。"

[25] 蟾蜍，《西京杂记》卷六云："（晋灵公冢）唯玉蟾蜍一枚，大如拳，腹空，容五合水，光润如新，王取以盛书滴。"唐李贺《李夫人》有"玉蟾滴水鸡人唱，露华兰叶参差光"句。此指砚滴。另杜甫诗有"宫砚玉蟾蜍"句，则指蟾蜍式砚，《砚林胜录》卷四载端溪石名紫蟾蜍，李商隐有蟾蜍砚，《谢氏砚考》有"蟾蜍砚"条，所记略同。宋代端砚、歙砚通用的砚式中，亦有"蟾蜍样"的名称。《西清砚谱》卷二十二录"宋哥窑蟾蜍砚"。

[26] 绨几，铺上绨锦的几案，古为天子专用。

[27] 石渠，阁名。西汉皇室藏书之处，在长安未央宫殿北。此处代指御书房。

[28] 推恩，施恩。宰执，指宰相等执掌国家政事的重臣。唐陆龟蒙《自怜赋》云："丞相府不开，平津阁不立，布衣之说无由自通乎宰执。"宋王禹偁《拟贬萧瑀出家诏》云："朕失任贤之道，昧则哲之明，遂令宰执之中，互生猜忌，以致君臣之际，有是睽离。"

[29] 荷德，感恩戴德。山樗，谦辞，同"樗栎"，喻无用之材。宋无名氏《六州歌头·寿徐枢密》有"想公门桃李，应不弃山樗，愿借嘘枯"句。

[30] 被，遭遇。青铁砚，宋李之彦《砚谱》有"铁砚"条云："青州熟铁砚甚发墨，有柄可执。晋桑维翰铸生铁砚。"

[31] 疏，与"宠"相对，李白《上之回》有"恩疏宠不及，桃李伤春风"句，朱熹《挽梁文靖公二首》有"疏宠无前比，腾章又凤心"句。

[32] 叨光，客气话，沾光、遇到好处。明陈汝元《金莲记·觐圣》云："叨光遇主，金莲虽宠微躬；借照成仇，玉烛实招谤口。"九锡，是中国古代皇帝赐给诸侯、大臣有殊勋者的九种礼器，是最高礼遇的表示。《礼记》载九

种特赐用物分别是：车马、衣服、乐县、朱户、纳陛、虎贲、斧钺、弓矢、秬鬯。

[33] 三余，《三国志·王肃传》："明帝时大司农弘农董遇等，亦历注经传，颇传于世。"裴松之注引三国魏鱼豢《魏略》："遇言：'（读书）当以三余。'或问三余之意。遇言：'冬者岁之余，夜者日之余，阴雨者时之余也'。"后以"三余"泛指空闲时间。晋陶潜《感士不遇赋》："余尝以三余之日，讲习之暇，读其文。"

[34] 资，依靠、凭借。《资治通鉴》云："若据而有之，此帝王之资也。"《世说新语·文学》云："夫无者，诚万物之所资。"尔，指砚。

[35] 起，扶持。《国语》云："世相起也。"韦昭注："起，扶持也。"余，我。

[36] 勖，勉励。

[37] 什袭，原指把物品一层层地包起来，后形容珍重地收藏。什，十。宋张守《跋〈唐千文帖〉》："此书无一字刓缺，当与夏璜、赵璧，什袭珍藏。"璠玙，美玉名。《初学记》卷二七引《逸论语》："璠玙，鲁之宝玉也。"杏根，或为银杏根，参见杨瑄诗注。或为普通杏树根，类似樱桃木，但比樱桃木更硬、更重、更稀有，心材一般呈浅棕色，质地细腻均匀，具有适度的自然光泽，尺寸非常有限。

（附：米芾乞砚事。《画鉴》记载："米芾元章天姿高迈，书法入神，宣和立书画学，擢为博士。初见徽宗，进所画《楚山清晓图》，大称旨，复命书《周官篇》于御屏。书毕掷笔于地，大言曰：'一洗二王恶札，照耀皇宋万古。'徽宗潜立于屏风后，闻之不觉步出，纵观称赏。元章再拜，求索所用端砚，因就赐。元章喜拜，置之怀中，墨汁淋漓朝服。帝大笑而罢。"[①] 米芾事更早见于宋人何薳《春渚纪闻》："米元章为书学博士。一日，上幸后苑，春物韶美，仪卫严整，遽召芾至。出乌丝栏一轴，宣语曰：'知卿能大书，为朕竟此轴。'芾拜舞讫，即绾袖笔伸卷，神韵可观。大书二十言以进，曰：'目眩九光开，云蒸步起雷。不知天近远，亲见玉皇来。'上大喜，锡赉甚渥。又一日，上与蔡京论书艮岳，复召芾至，令书一大屏。顾左右，宣取笔砚，而

---

① 汤垕. 画鉴 [M] //纪昀，永瑢. 文渊阁四库全书：第 814 册. 台北：台湾商务印书馆，1986：432.

上指御案间端砚，使就用之。芾书成，即捧砚跪请曰：'此砚经赐臣芾濡染，不堪复以进御，取进止。'上大笑，因以赐之。芾蹈舞以谢，即抱负趋出，余墨沾渍袍袖而喜见颜色。上顾蔡京曰：'颠名不虚传也。'"①）

三月十四日上御经筵后赐内阁九卿松花砚各一方恭纪（二首）[1]

经筵听讲后，宣赐集彤墀[2]。凤味瑠璃匣（凤味古砚名，余所得砚盛以彩漆匣）[3]，龙文绿玉池（砚池镌夔龙文）[4]。砚铭同典诰（研阴刻御铭）[5]，宝篆勒蛟螭（下有二小玺）[6]。拜舞天街上[7]，欢声动一时。

未效元章乞（米元章因宋主命书乞御用研）[8]，先邀壮武知（晋武帝赐张华青铁砚）。荷恩真忝窃[9]，拜赐叠蒙慈（余年来两拜赐砚之恩）。怡老资清玩[10]，传家世宝持[11]。晴窗聊试墨，龙尾恐难追（东坡有龙尾研诗）[12]。

【注释与解析】

[1] 见于《世恩堂诗集》卷二十七，1712年作于北京。经筵，指汉唐以来帝王为讲论经史而特设的御前讲席。宋代始称经筵，置讲官以翰林学士或其他官员充任或兼任。元、明、清三代沿袭此制，而明代尤为重视。清经筵讲官，为大臣兼衔，于仲秋仲春之日进讲。九卿，是中国古代中央部分行政长官的总称。《史记》云："闻古之圣人，不居朝廷，必在卜医之中。今吾已见三公九卿朝士大夫，皆可知矣。试之卜数中以观采。"清代九卿指哪些官，说法不一。如小九卿指宗人府丞、詹事、太常寺卿、太仆寺卿、光禄寺卿、鸿胪寺卿、国子监祭酒、顺天府尹、左右春坊庶子。又有以吏、户、礼、兵、刑、工六部尚书，都御史，大理寺卿、通政司使为九卿。又有指都察院、大理寺、太常寺、光禄寺、鸿胪寺、太仆寺、通政使司、宗人府、銮仪卫的长官。

[2] 彤墀，即丹墀，又借指朝廷、皇宫。唐韩愈《归鼓城》有"我欲进短策，无由至彤墀"句。

[3] 凤味，见廖腾煃诗注。瑠璃，即琉璃，一指有色半透明的玉石。《后汉书·西域传·大秦》云："土多金银奇宝，有夜光璧、明月珠、骇鸡犀、珊瑚、虎魄、琉璃、琅玕、朱丹、青碧。"《西京杂记》卷一："杂厕五色琉璃为

---

① 何莲. 春渚纪闻 [M] // 纪昀，永瑢. 文渊阁四库全书：第863册. 台北：台湾商务印书馆，1983：510.

剑匣。"又指巴利语 veluriya 或梵文俗语 verulia 的译音。用铝和钠的硅酸化合物烧制成的釉料，常见的有绿色和金黄色两种，多加在黏土的外层，烧制成缸、盆、砖瓦等。《隋书·何稠传》云："时中国久绝瑠璃之作，匠人无敢厝意，稠以绿瓷为之，与真不异。"又指玻璃。《魏书·西域传·大月氏》云："其国人商贩京师，自云能铸石为五色琉璃。于是采矿山中，于京师铸之。既成，光泽乃美于西来者……自此中国琉璃遂贱。"宋洪迈《夷坚丁志·瑠璃瓶》云："瑠璃为器，岂复容坚物振触？"

[4] 夔龙文，商晚期和西周时期青铜器的装饰上，夔龙文是主要纹饰之一，形象多为张口、卷尾的长条形，外形与青铜器饰面的结构线相适合，以直线为主，弧线为辅，具有古拙的美感。《西清砚谱》有"宋澄泥夔龙纹砚""宋澄泥蟠夔石渠砚""旧端石蟠夔钟砚"。

[5] 砚铭，指御铭。典谟，《尚书》中《尧典》《汤谟》等篇的并称，亦泛指经书典籍。

[6] 宝篆勒蛟螭，此处指篆文钤印（即诗中"小玺"）。《西清砚谱》康熙朝"松花石双凤砚"条记载："钤宝二，一双龙图玺，上下乾坤二卦，中曰体元主人。一曰万几余暇。"王顼龄诗中所言，或即此。蛟螭，指蛟龙或螭形图案。

[7] 拜舞，下跪叩首之后舞蹈而退，古代朝拜的礼节。天街，指帝都的中轴线，韦庄《秦妇吟》有"内库烧为锦绣灰，天街踏尽公卿骨"句。

[8] 元章，即米芾，事见《十一月二十九日赐汉尚书侍郎松花砚各一方恭纪二十韵》注附。

[9] 邀，希求、谋取。荷恩，蒙受恩惠。忝窃，谦言辱居其位或愧得其名。晋羊祜《让开府表》云："且臣忝窃虽久，未若今日兼文武之极宠，等宰辅之高位也。"

[10] 怡，使愉快。资，资助、供给。《韩非子·说疑》有"资之以币帛"语。清玩，供赏玩的雅致的东西，欧阳玄《题山庄所藏东坡画古木图》有"山庄刘氏富清玩"句。

[11] 世宝，世代相传的珍宝。《三国志·魏志·张䢿传》云："古皇圣帝所未尝蒙，实有魏之祯命，东序之世宝。"

[12] 龙尾，见熊赐履诗注。

（附：苏轼《龙尾砚歌并引》：余旧作《凤味石砚铭》，其略云：苏子一见名凤味，坐令龙尾羞牛后。已而求砚于歙，歙人云：子自有凤味，何以此为？盖不能平也。奉议郎方君彦德，有龙尾大砚，奇甚。谓余若能作诗少解前语者，当奉饷，乃作此诗。"黄琮白琥天不惜，顾恐贪夫死怀璧。君看龙尾岂石材，玉德金声寓于石。与天作石来几时，与人作砚初不辞。诗成鲍谢石何与，笔落钟王砚不知。锦茵玉匣俱尘垢，捣练支床亦何有。况瞠苏子凤味铭，戏语相嘲作牛后。碧天照水风吹云，明窗大几清无尘。我生天地一闲物，苏子亦是支离人。粗言细语都不择，春蚓秋蛇随意画。愿从苏子老东坡，仁者不用生分别。"龙尾砚，歙砚的一种，产于江西婺源。《新安志》载："龙尾山，在婺源县东南。"《砚林脞录》卷二载："婺砚出龙尾山。""龙尾多种，性坚密，叩之有声，苍黑色浅深不一。"明陈继儒《珍珠船》卷一云："李后主留意笔札，所用澄心堂纸，李廷珪墨，龙尾砚，三者为天下冠。"黄琮白琥，指玉。贪夫，《左传·桓公十年》记载："初，虞叔有玉，虞公求旃。弗献。既而悔之，曰：'周谚有之：匹夫无罪，怀璧其罪。吾焉用此，其以贾害也？'"乃献之。贾谊策曰：贪夫死利。玉德，参见宋荦《松花江绿石砚歌》诗注"润德"。金声，古人通过敲击鉴定砚的质量，如《砚笺》和米芾《砚史》言端石"叩之清越"，《高要县志》和清吴兰修《端溪砚史》言端石"扣之作金声"。鲍谢，鲍照和谢朓。杜甫《遣兴》（其五）有"赋诗何必多，往往凌鲍谢"句。宋姚宽《西溪丛语》卷上云："《南史》谓鲍照谢元晖为鲍谢。"石何与，指与砚石无关。书，书法。钟王，钟繇和王羲之。捣练，《集古录》有《捣练石记》。支床，杜甫《季秋江村》有"登俎黄甘重，支床锦石圆"句。况，何况。瞠，瞪眼。凤味铭，见廖腾煃诗注附。牛后，《史记·苏秦传》云："谚云：宁为鸡首，不为牛后。"我，此处指砚，此诗拟人，通篇以砚的口吻叙事。支离人，语出在《庄子·人世间》，支离疏，畸形之人，庄子云："夫支离其形者，犹足以养其身，终其天年，又况支离其德者乎。"春蚓秋蛇，比喻字写得不好。《晋书·王羲之传》："行之若萦春蚓，字字如绾秋蛇。"仁者句，《维摩诘所说经》云："尔时天女问舍利弗'何故去华'答曰：'此华不如法，是以去之。'天曰：'勿谓此华为不如法。所以者何？是华无所分别，仁者自生分别想耳。'"）

康熙五十二年春恭遇皇上六旬大庆万国来朝绅士耆民嵩呼祝圣者麇集阙下自西直门至畅春园彩幛数十里蝉联不断百戏交陈城以内建坛设醮为天子祝万万岁者街填巷溢为亘古所未有皇上轸念耆老数千里跋涉而来特举养老之典于三月二十五日大宴在京大小臣工及外来在籍诸臣举贡生监耆民年六十五岁以上者于畅春园正门外命皇子视席皇孙赐酒上复御门召官民九十以上者近前赐酒又召诸臣入门内赐七十以上者貂帽袍褂松花石砚各一六十五岁至六十九岁者砚各一并赐耆老白金有差恭纪六首（其四）[1]

松花宝砚重瑶琨[2]，拜赐曾邀两度恩。今日又蒙天宠叠[3]，盘螭双拥墨池痕（余蒙赐砚二次今又得双螭虎池研一方）[4]。

【注释与解析】

[1] 见于《世恩堂诗集》卷二十七，1713 年作于北京。《万寿盛典初集》卷十八《典礼五·养老一》记载："（康熙五十二年三月二十五日）赐七十岁以上大学士李光地、王掞，尚书吴一蜚、陈诜，左都御史赵申乔，侍郎王项龄、王原祁、廖腾煃，致仕尚书宋荦……松花石砚各一方……赐六十五岁以上尚书张鹏翮、胡会恩，侍郎李旭升、阮尔询、刘谦，内阁学士彭始抟、邹士璁，郎中许康锡，员外郎夏畴，监副臧积德，致仕尚书徐潮，原任尚书王鸿绪，原任侍郎李录予，原任副都御史劳之辨，原任通政杨笃生，原任少卿朱廷铉，原任侍讲彭定求，原任谕德杨大鹤，原任赞善田成玉、尤珍，原任御史鹿宾松花石砚各一方。"设醮，道士设立道场祈福消灾。宋曾敏行《独醒杂志》卷六云："王德升名窊，困踬场屋，遂入玉笥山，依道士潘与龄，独居白云斋十余年。予闻其名久矣，因与诸子入山设醮。"轸念，深深的思念。《梁书·沈约传》云："思幽人而轸念，望东皋而长想。"《旧唐书·忠义传上·王同皎》云："陛下虽纳隍轸念，亦罔能救此生灵。"耆老，六十曰耆，七十曰老，原指六七十岁的老人，也泛指老年人。后把德行高尚、受人尊敬的老人也称为"耆老"。白金，银子。

[2] 瑶琨，即美玉，《尚书·禹贡》云："厥贡惟金三品，瑶、琨、筱、簜。"孔传："瑶、琨皆美玉。"

[3] 天宠，皇帝的宠幸。南朝梁刘孝绰《侍宴》有"自昔承天宠，于兹被人爵"句。唐韦应物《送冯著受李广州署为录事》有"州伯荷天宠，还当翊丹墀"句。

[4] 双螭虎池研，螭，传说中没有角的龙，龙的九子之一。古代建筑或工艺品上常用它的形状做装饰，造型多呈盘曲蜿蜒、攀缘匍匐状，故人们又称它为蟠螭。近有学者持螭或即为虎的观点。① 螭、虎造型常见于砚，《西清砚谱》载有"汉砖虎伏砚""宋四螭澄泥砚""宋澄泥虎符砚""松花石蟠螭砚""旧蕉白双螭砚"等。诗中所谓"虎池"应是以虎体为砚池，形制可参看"宋澄泥虎符砚"第三砚。

四月朔日蒙赐松花石萍实池砚一方随诣畅春园东门谢恩恭纪[1]

一门荷宠锡文房[2]，御砚高擎出尚方[3]。壮武曾传青铁赐（张华《博物志》成，晋武赐以青铁砚），卫公常近结邻光（李德裕有砚名结邻，言与砚结为邻也）[4]。弟兄拜泽天施渥[5]，父子承恩圣德长（余与弟俨斋儿子图炳同日各蒙赐一砚）[6]。什袭珍藏期世守[7]，龙宾麟角共相将[8]。

【注释与解析】

[1] 见于《世恩堂诗集》卷二十九，1716 年作于北京。可参读王鸿绪相关诗作。萍实，水果。汉刘向《说苑·辨物》："楚昭王渡江，有物大如斗，直触王舟，止于舟中。昭王大怪之，使聘问孔子。引孔子曰：'此名萍实，令剖而食之，惟霸者能获之，此吉祥也。'"后遂以"萍实"谓甘美的水果。晋左思《娇女诗》："红葩掇紫蒂，萍实骤抵掷。"南朝梁刘孝标《送橘启》："南中橙甘……甘逾萍实。"唐刘知几《史通·补注》："观其书成表献，自比蜜蜂兼采，但甘苦不分，难以味同萍实者矣。"

[2] 锡，同"赐"。文房，书房，借指笔、墨、纸、砚文房四宝，宋苏易简有《文房四谱》。此处指砚。

[3] 尚方，古代制造帝王所用器物的官署。《史记·绛侯周勃世家》："条侯子为父买工官尚方甲楯五百被可以葬者。"司马贞索隐："工官即尚方之工，所作物属尚方，故云工官尚方。"

[4] 卫公，李德裕受封卫国公。结邻，高似孙《砚笺》载"李德裕砚"，张岱《夜航船·文学·文具》云："李卫公收研极多，其最妙者名结邻，言相与结为邻也。按结邻，乃月神名，其研圆而光，故取以为喻。"

---

① 张明华. 龙虎辨：说蟠螭 [J]. 收藏家，2019（1）：37-40.

[5] 弟兄，王鸿绪为作者弟。天施，天所施设。唐苏颋《秋夜寓直中书呈黄门舅》有"恩渥迷天施，童蒙慰我求"句。渥，优厚。

[6] 俨斋，即王鸿绪。

[7] 什袭，见《十一月二十九日……二十韵》注。

[8] 龙宾，守墨之神。唐冯贽《云仙杂记·陶家瓶余事》："玄宗御案墨曰龙香剂。一日，见墨上有小道士如蝇而行。上叱之。即呼'万岁'，曰：'臣即墨之精，黑松使者也。凡世人有文者，其墨上皆有龙宾十二。'上神之，乃以分赐掌文官。"后因用指名墨。元泰不华《桐花烟为吴国良赋》诗有"龙宾十二吾何有，不意龙文入吾手"句，元本高明《琵琶记·五娘书馆题诗》有"芸叶分香走鱼蠹，芙蓉妆粉养龙宾"句。麟角，笔名。晋王嘉《拾遗记·晋时事》云："赐麟角笔，以麟角为笔管，此辽西国所献。"

再和俨斋弟先字韵一首[1]

老去犹然守一编[2]，壁经奥窔费钻研[3]。忽蒙赐砚琼霄下，应为修书圣主怜[4]。雕镂墨池萍实古[5]，辉煌奎藻御铭镌[6]。丹铅镇日相为伴[7]，宝爱还当胜米颠（米元章有研山，平生宝爱）[8]。

【注释与解析】

[1] 背景同上。可参读王鸿绪《丙申四月朔日蒙赐紫檀木匣荷叶砚一方诣畅春苑谢恩恭纪》。

[2] 一编，编，用来穿联竹简的绳子，代指书籍。韩愈《进学解》云："手不停披于百家之编。"又陆游有《一编》诗。

[3] 壁经，亦称"壁书"，指汉代发现于孔子宅壁中藏书。近人认为这些书是战国时的写本，至秦始皇焚书坑儒时，孔子八世孙孔鲋（或谓鲋弟腾）藏入壁中的。《汉书·艺文志》载："《古文尚书》者，出孔子壁中。武帝末，鲁恭王坏孔子宅，欲以广其宫，而得古文尚书及礼记、论语、孝经凡数十篇，皆古字也。"奥窔，室隔深处，亦泛指堂室之内。《荀子·非十二子》："奥窔之间，簟席之上，敛然圣王之文章具焉。"

[4] 修书，编写书籍。圣主，指康熙帝。

[5] 萍实，参见作者《四月朔日蒙赐松花石萍实池砚一方随诣畅春园东门谢恩恭纪》。

[6] 奎藻，指帝王诗文书画。宋岳珂《桯史·宣和御画》："（康与之）书一绝于上曰：'玉辇宸游事已空，尚余奎藻绘春风。'"

[7] 丹铅，指点勘书籍用的朱砂和铅粉，亦借指校订之事。唐韩愈《秋怀诗》之七有"不如觑文字，丹铅事点勘"句。

[8] 米颠，即米芾，事见《十一月二十九日赐汉尚书侍郎松花砚各一方恭纪二十韵》注附。研山，即山形砚台，依随砚材天然形状，底凿为砚，刻石为山，砚附于山，故称"砚山"。南唐宫廷砚山曾被米芾收藏，明毛晋曾调侃米芾得砚山"抱之眠三日"，未知真假。蔡絛《铁围山丛谈》卷五记载："江南李氏后主宝一研山，径长尺逾咫，前耸三十六峰，皆大如手指，左右则引两阜坡陀，而中凿为研。及江南国破，研山因流转数士人家，为米元章得。"① 米芾曾以砚山在今镇江易得宅地，建成"海岳庵"。米芾还曾书《砚山铭》："五色水，浮昆仑。潭在顶，出黑云。挂龙怪，烁电痕。下震霆，泽厚坤。极变化，阖道门。宝晋山前轩书。"《古今图书集成·字学典·砚部汇考》引元陶宗仪《辍耕录》之"砚山图"。米芾与砚山、砚铭事颇多歧议，可参读刘磊《砚、山、铭、图——米芾研山的文化书写与经典追忆》② 一文。

十二月二十九日召大学士臣王掞臣王项龄尚书臣王鸿绪同入南书房颁赐法瑯诸器臣项龄得西番莲钵盂炉一箸瓶香合全缠枝牡丹花瓶一松花石砚一法瑯砚匣全蚌珠笔架一鼻烟壶一火镰袋一内制合包二圣恩优异悚愧曷胜恭纪八首（其五）[1]

小砚松花绿玉奇，装成砚匣胜琉璃[2]。校书终日随身具[3]，照眼明珠嵌水池（松花砚砚池内嵌一蚌珠）[4]。

【注释与解析】

[1] 见于《世恩堂诗集》卷二十九，1719 年初作于北京。

[2] 琉璃，见王项龄《三月十四日……恭纪》注释。

[3] 校书，校勘书籍。《三国志·蜀志·向朗传》："年逾八十，犹手自校书。"随身，与"小砚"呼应。

① 蔡絛. 铁围山丛谈 [M]. 冯惠民，沈锡麟，点校. 北京：中华书局，1983：96.
② 刘万磊. 砚、山、铭、图：米芾研山的文化书写与经典追忆 [A]. 两宋金石学与印学国际学术研讨会论文集 [C]. 杭州：西泠印社出版社，2021：160-178.

[4] 松花砚砚池内嵌一蚌珠，故宫藏砚中可见与此类似者。

张玉书（1首）

张玉书（1642—1711），字素存，号润甫，江苏丹徒（今江苏镇江）人。顺治十八年（1661）进士，精于史学。历任翰林院编修、国子监司业、侍文华殿大学士、刑部尚书、兵部尚书、户部尚书，谥文贞。有《张文贞公集》《京江相公诗稿真迹》，入《清史稿》《清代七百名人传》《汉名臣传》《皇清书史》《国朝诗人征略初编》等。

赐砥石山绿石砚诗[1]

留都东指气郁积[2]，江走松花伏山脉。砥石嵯峨类削成[3]，山霭江烟蕴奇石。蒙茸蔓草翳云根[4]，礧砢参差卧沙碛[5]。西坑北岩那足拟[6]，龙尾驼基难比迹[7]。坚凝玉质含温腴，红紫罗纹逊深碧[8]。荒微抱璞几岁月[9]？徒作砺具刀刃峇[10]。圣主遭遇物色殊[11]，砚材岂容轻弃掷！命工砻琢肌理见[12]，莹比清冰出寒泽。方圆相度准古制[13]，蛟螭环互澈沥液[14]。睮靡试润笔吐芒[15]，装匣精研光照席。一从幽石造天府[16]，譬若寒畯跻鸳披[17]。大哉奎文抄隐沦（有御撰《制砚说》）[18]，欲使遗贤如砚尽征辟[19]。小臣盥沐读宸藻[20]，深庆贡珍来络绎[21]。此砚只应玉案列[22]，宁许蓬荜共昕夕[23]。特旨颁赉及近臣[24]，华星散采逾拱璧[25]。衰迟自始学殖落[26]，朽钝无能文史役[27]。丹黄遗经订三豕[28]，研索微言究一画[29]。头白还思静用理[30]，永绝缁磷慎无斁[31]。

【注释与解析】

[1] 该诗作于1702年，《清宫述闻》记载："康熙四十一年十一月十日，南书房编次御书，蒙赐砥石山绿石大砚。"按语云："京江相公张玉书手写诗稿。"① 此事又见于王士禛《香祖笔记》："御赐内直吏部尚书陈廷敬、副都御史励杜讷、右谕德查昇各松花江石小研一方，色淡绿如洮石，腹有御书研铭八字，云'以静为用，是以永年'。继又赐大学士张玉书、吴琠、熊赐履，工

---

① 章乃炜. 清宫述闻（卷四·述内廷一·南书房）[M]. 北京：北京古籍出版社，1988：212.

部尚书王鸿绪各一方。鸿绪所得有倭漆研匣，匣中有御用墨四笏。时十一月，偶召张及王入南书房编次御书，得赐，因及吴、熊二公云。"诗题《中国古代书画鉴定实录》记载为《行书〈赐砥石山绿石砚（松花砚）纪〉轴》①，《中国古代书画图目》② 和《中国古代书画鉴定笔记》③ 记载为《行书〈赐砥石山绿石砚诗〉》。砥石山，见附玄烨《制砚说》。

　　[2] 留都，见陈廷敬诗注，首句依照《制砚说》所述，指出松花江在盛京之东。

　　[3] 砥石，指《制砚说》中砥石山，详见宋荦诗注。

　　[4] 蒙茸，蓬松、杂乱的样子。翳，遮盖。云根，指山石。杜甫《瞿塘两崖》有"入天犹石色，穿水忽云根"句。《分门集注杜工部诗》注："唐人多使云根字名石。"宋梅尧臣《次韵答吴长文内翰遗石器》有"掘地取云根，剖坚如剖玉"句。

　　[5] 礌砢，很多东西堆积的样子。唐陆龟蒙《太湖石》有"或裁基栋宇，礌砢成广殿"句。沙碛，可以指沙滩、沙洲，也可指沙漠。结合首句，在此显然与沙漠无关。北周庾信《奉和泛江》有"锦缆回沙碛，兰桡避荻洲"句。

　　[6] 西坑，端砚产地。宋魏泰《东轩笔录》卷十五云："余为儿童时，见端溪砚有三种，曰岩石，曰西坑，曰后历。石色深紫，衬手而润，几於有水，扣之声清远，石上有点，青绿间，晕圆小而紧者谓之鸲鹆眼，此乃岩石也，采于水底，最为土人贵重。又其次，则石色亦赤，呵之乃润，扣之有声，但不甚清远，亦有鸲鹆眼，色紫绿、晕慢而大，此乃西坑石，土人不甚重。又其下者，青紫色，向明侧视，有碎星，光照如沙中云母，石理极慢，干而少润，扣之声重浊，亦有鸲鹆眼，大而偏斜不紧，谓之后历石，土人贱之。西坑砚三当岩石之一，后历砚五当西坑之一，则其品价相悬可知矣。自三十年前，见士大夫言亦得端溪岩石砚者，予观之，皆西坑石也。迩来士大夫所收者，又皆后历石也。岂惟世无岩石，虽西坑者亦不可得而见矣。"西坑又为歙砚产地，宋唐积《歙州砚谱·道路第八》云："自歙州大路一百八十里至西坑口，入山三十里至罗纹山，皆山谷大林莽……入小路七十里至婺源。"今仍有

① 劳继雄. 中国古代书画鉴定实录：第四册 [M]. 上海：东方出版中心，2011：1858.
② 中国古代书画鉴定组. 中国古代书画图目：第十二册 [M]. 北京：文物出版社，1993：349.
③ 杨仁恺. 中国古代书画鉴定笔记 [M]. 沈阳：辽宁人民出版社，2014：1551.

西坑口、西坑村、西坑岭等地名。结合诗下句可知，此处西坑北岩都应是指端砚产地。北岩，端砚产地，宋欧阳修在《砚谱》中说："端溪以北岩为上，龙尾以深溪为上，较其优劣，龙尾远出端溪上。"明曹昭《新增格古要论》卷七《古砚论》引南宋陈元靓《事林广记》云："端砚出端溪，有上下岩西坑，余处悉其下也。惟北岩为上，北岩即上岩，色理莹润，有铓者尤发墨。"① 清阮元《端州北岩绿砚石歌》云："端溪北岩藏砚璞，苔满烟生暖如玉。何人剖玉出山来，更比端州江水绿。春波绿净唾不可，山石绿肥有云裹。清风吹落笔床边，还是沈沈云一朵。窗前蕉叶接梧桐，可怜颜色绝相同。李贺休歌踏天紫，南唐漫品细丝红。结邻稍远灵羊峡，墨池装入香檀匣。怕传新样出蛮溪，岂有荆公可为法。"诗有小序："绿石岩在高要七星岩北，在羚羊峡西北数十里。粤人以绿石为不锲墨，然余所凿之研，殊腻而发墨，王安石诗云：凤池新样世争传，况以蛮溪绿石镌。是北宋已有绿端石矣。宋人皆称端溪为蛮溪，故梅尧臣《端溪圆砚诗》云：案头蛮溪砚，其状若圆璧。"

[7] 龙尾，见熊赐履诗注。驼基，见宋荦诗注。比迹，齐步、并驾，谓彼此相当。《后汉书·皇后纪上·和熹邓皇后》云："齐踪虞妃，比迹任姒。"唐刘知几《史通·疑古》云："盖欲比迹尧舜，袭其高名者乎？"

[8] 罗纹，回旋的花纹或水纹等。又因罗纹山往往代指歙砚，江西又有罗纹砚。但此处应是指砚石之花纹，而非单指某名砚。

[9] 荒徼，荒远的边域。唐杨衡《送人流雷州》有"不知荒徼外，何处有人家"句。抱璞，典出《韩非子·和氏》，后因以喻怀才不遇或喻保持质朴淡泊的天性。汉东方朔《七谏》云："和抱璞而泣血兮，安得良工而剖之。"《晋书·应詹传》云："而泓抱璞荆山，未剖和璧。"

[10] 砺具，磨刀石，见玄烨《制砚说》。砉，象声词，此处指磨砺声。

[11] 圣主，指康熙帝。

[12] 砻琢，磨砻雕琢。肌理，此处指松花石纹理。汉蔡邕《弹棋赋》云："设兹文石，其夷如砥。采若锦缋，平若停水。肌理光泽，滑不可屡。"

[13] 古制，古时的法式制度。

[14] 蛟螭，器物上的螭形图案，唐韩愈《岳阳楼别窦司直》有"蛟螭露

笋簴，缟练吹组帐"句。此处指砚的雕饰。可参见王顼龄《康熙五十二年……恭纪六首》诗注"双螭虎池研"。环互，缠绕。

[15] 隃糜，古县名，故地在今陕西千阳东，东汉为侯国，晋并入汧县，因隃糜泽而得名，隃糜又为墨的古称。东汉时，隃糜地区有大片松林，盛行烧烟制墨，墨的质量很好，名"隃糜墨"。后世借指墨或墨迹。玄烨《制砚说》曾用隃糜代指墨。

[16] 幽石，指此前藏而未露的松花石。唐吴融《太湖石歌》有"洞庭山下湖波碧，波中万古生幽石"句，唐皎然《桃花石枕歌赠康从事》有"卞山幽石产奇璞，荆人至死采不著"句。造，到。天府，此处用本意，即天子的府库。《周礼·春官·天府》云："天府，掌祖庙之守藏与其禁令。"

[17] 寒畯，寒微，又喻出身寒微而才能杰出的人。五代王定保《唐摭言·好放孤寒》云："李太尉德裕颇为寒畯开路。"宋赵彦卫《云麓漫钞》云："若本朝尚科举，显人魁士皆出寒畯。"鸾掖，宫殿边门，借指宫殿。南朝梁江淹《齐太祖高皇帝诔》云："褫缠鸾掖，悲赴紫扃。"

[18] 奎文，御书。宋王阮《同张安国游万杉寺》有"昭陵龙去奎文在，万岁灵山守百神"句，诗题注："寺有昭陵御书。"轸，伤痛。屈原《九章》有"出国门而轸怀兮"句。隐沦，隐者。杜甫《赠韦左丞丈》有"此意竟萧条，行歌非隐沦"句。

[19] 遗贤，指弃置未用的贤才。《书·大禹谟》云："野无遗贤，万邦咸宁。"唐张九龄《奉和圣制早发三乡山行》有"遗贤一一皆羁致，犹欲高深访隐沦"句。征辟，谓征召布衣出仕，朝廷召之称征，三公以下召之称辟。《后汉书·儒林传下·蔡玄》："学通五经，门徒常千人，其著录者万六千人，征辟并不就。"

[20] 盥沐，沐浴，此处指虔诚恭敬。宋郭象《睽车志》云："湖妓杨韵，手写《法华经》，每执笔必先斋素，盥沐更衣。"宸藻，帝王的诗文。

[21] 络绎，连续不断。"深庆贡珍来络绎"，庆贺产地不断有砚材进送。

[22] 玉案，玉饰的几案。

[23] 蓬荜，"蓬门荜户"的省语，指贫陋的居室。晋葛洪《〈抱朴子内篇〉自序》云："蔾藿有八珍之甘，而蓬荜有藻棁之乐也。"此处为自谦语。昕夕，朝暮、终日。宋沈括《贺年启》云："祈颂之诚，昕夕于是。"

[24] 颁赉，颁赐。《南史·梁纪中·武帝》云："诏赐兰陵老少位一阶，并加颁赉。"

[25] 采，同"彩"。拱璧，大璧，泛指珍贵的物品。《左传·襄公二十八年》云："与我其拱璧，吾献其枢。"孔颖达疏："拱，谓合两手也，此璧两手拱抱之，故为大璧。"

[26] 衰迟，见宋荦诗注。自始，从来。学殖，见李振裕诗注。

[27] 役，劳役，工作。

[28] 丹黄，旧时点校书籍用朱笔书写，遇误字，涂以雌黄，故称点校文字的丹砂和雌黄为丹黄。《周髀算经》卷上云："青黑为表，丹黄为里。"此处代指点校。遗经，指古代留传下来的经书。《晋书·王湛荀崧等传论》云："崧则思业该通，缉遗经于已紊。"清仇兆鳌《杜诗详注》之《进书表》云："臣少习遗经，粗通章句，壮游艺圃，谬握丹黄。青琐追趋，何有郊坛之三赋；白头尸素，曾无春殿之七言。"订，订正。三豕，用"三豕涉河"典，指文字讹误或传闻失实。《吕氏春秋·察传》云："子夏之晋，过卫，有读史记者曰：'晋师三豕涉河。'子夏曰：'非也，是己亥也。夫己与三相近，豕与亥相似。'至于晋而问之，则曰晋师己亥涉河也。"

[29] 研索，研究探索。微言，精深微妙的言辞。《逸周书·大戒》云："微言入心，凤喻动众。"朱右曾校释："微言，微眇之言。"一画，相传伏羲画八卦，始于乾卦"乾为天"，即所谓"一画开天"。陆游《读易》有"无端凿破乾坤秘，祸始羲皇一画时"句。

[30] 头白，到老。静用理，所赐砚似有"以静为用，是以永年"的御铭。宋唐庚《古砚铭》序云："砚与笔墨，盖器类也。出处相近，任用宠遇相近也，独寿夭不相近也。笔之寿，以日计；墨之寿，以月计；砚之寿，以世计。其故何也？其为体也，笔最锐，墨次之，砚钝者也，岂非钝者寿而锐则夭乎？其为用也，笔为动，墨次之，砚静者也，岂非静者寿而动则夭乎？吾于是而得养生焉，以钝为体，以静为用。或曰：'寿夭数也，非钝锐动静所致。即令笔不锐不动，吾知其不能与砚久远也。'虽然，宁为此勿为彼也。"铭曰："不能锐，因以钝为体；不能动，因以静为用。惟其然，是以能永年。"可见于《解人颐·遣兴集》，又见于明陈继儒《小窗幽记·集醒篇》（该书作者一说为陆绍珩，刊于天启六年）。高似孙《砚笺》载有唐子西（唐庚）砚。

又，高士奇有"兰斋藏砚"①，刻有唐庚《古砚铭》。

[31] 永绝缁磷，喻操守坚贞。《论语·阳货》云："不曰坚乎？磨而不磷。不曰白乎？涅而不缁。"何晏集解引孔安国曰："磷，薄也；涅，可以染皁。言至坚者磨而不薄，至白者染之于涅而不黑。君子虽在浊乱，浊乱不能污。"无斁，不厌倦。《诗经·周南·葛覃》有"为绨为绤，服之无斁"句，郑玄笺："斁，厌也。"汉枚乘《七发》有"高歌陈唱，万岁无斁"语。

（附 1：玄烨《制砚说》："盛京之东砥石山麓，有石垒垒，质坚而温，色绿而莹，文理灿然，握之则润液欲滴。有取作砺具者，朕见之，以为此良砚材也。命工度其小大方圆，悉准古式，制砚若干方，磨隃糜试之，远胜绿端，即旧坑诸名产亦弗能出其右。爰装以锦匣，胪之掔几，俾日亲文墨，寒山磊石，洵厚幸矣。顾天地之生材甚伙，未必尽见收于世，若此石终埋没于荒烟蔓草而不一遇，岂不大可惜哉。朕御极以来，恒念山林薮泽必有隐伏沉沦之士，屡诏征求，多方甄录，用期野无遗佚，庶惬爱育人材之意，于制砚成而适有会也。故濡笔为之说。"唐文嵩以砚拟人作《即墨侯石虚中传》，玄烨或取其"明天子御四海，六合之内无不用之材，无不中之器"之意。玄烨此篇文辞浅显，不必多注。通篇重点在一个"东"字。本着实事求是的态度，从文学地理学角度看问题，康熙年间的松花砚石，必出自今吉林省境。欲滴，以手握松花石，石即起潮晕，此与红丝石同。砺具，磨刀石。隃糜，指墨。《制砚说》想说的重点不是制砚，而是以发现砥石喻纳贤。自古就有文人把砚与砥石相联系，唐张少博《石砚赋》有"或外圆而若规，或中平而如砥"句，唐黎逢《石砚赋》有"琢而磨之，其滑如砥"句。）

（附 2：李贺《杨生青花紫石砚歌》："端州石工巧如神，踏天磨刀割紫云。佣刓抱水含满唇，暗洒苌弘冷血痕。纱帷昼暖墨花春，轻沤漂沫松麝薫。干腻薄重立脚匀，数寸光秋无日昏。圆毫促点声静新，孔砚宽顽何足云。"青花紫石砚，有青色纹理的紫石端砚。宋赵希鹄《洞天清禄集》云："世之论端溪者，唯贵紫色，而不知下岩旧坑唯有漆黑青花二种。"屈大均《广东新语》卷五《石语·端石》云："盖石细极乃有青花，青花者石之精华也。"清吴兰修《端溪砚史》云："青花欲细不欲粗，欲活不欲枯，欲沉不欲露，欲晕不欲结，

① 林在峨. 砚史［M］//桑行之，等. 说砚. 上海：上海科技教育出版社，1994：367.

欲浑不欲破。"紫云，代指端石。佣刬，整齐地削磨。抱水，注满水。唇，砚唇。苌弘，《庄子·杂篇·外物》云："苌弘死于蜀，藏其血，三年而化为碧。"句中"血痕"指砚堂中显现的青花纹，旧注曾言为端砚的"眼"，误。纱帷，纱帐。《北史·卢思道传》云："道虔从弟元明隔纱帷以听焉。"沤，浸泡，此处指沾水磨墨。松麝，古以松烟为墨，中和以麝。薰，香气。腻，润。薄，淡。重，浓。立脚，墨脚。数寸，指砚堂。光，指发墨，光秋形容墨汁如光洁的秋空。圆毫，笔蘸了墨以后变得圆润饱满。促点，用笔蘸墨。声静新，指不伤毫。孔砚，一解为孔子床前有石砚一枚，盖孔子平生时物；一解为尼山砚；一解为孔方平之歙砚。宽顽，大而坚。姚仙期本作"宽硕"。何足云，不值得称道。)

彭定求 (1首)

彭定求（1645—1719），字勤止，号访濂、南畇，晚号止庵，江苏长洲（今苏州）人。康熙十五年（1676）进士，授修撰，历任国子监司业、翰林院侍讲，有《南畇诗稿》①，入《清史稿》《国朝耆献类征初编》《国朝诗人征略初编》《词林辑略》《昭代名人尺牍小传》《皇清书史》等。

万寿纪事十二首（其十一）[1]

颁来宝砚重璠玙[2]，磨琢分明进德如[3]。衰晚腐儒蒙记忆[4]，夔龙珮接凤池余（赐定求松花石砚一方，为夔龙格水池式）[5]。

【注释与解析】

[1] 见于《南畇诗稿》癸巳集上，1713年三月作于北京，可参见尤珍相关诗作。

[2] 璠玙，美玉，见王顼龄《十一月二十九日……二十韵》诗注。

[3] 进德，增进道德。《易经·乾卦·九三》云："君子进德修业，忠信所以进德也。"晋葛洪《抱朴子·勖学》云："进德修业，温故知新。"如，类似。

---

① 彭定求. 南畇诗稿［M］//《清代诗文集汇编》编纂委员会. 清代诗文集汇编：第167册. 上海：上海古籍出版社，2010：1-250.

［4］腐儒，指迂腐之儒者。《荀子·非相》："故《易》曰：'括囊，无咎无誉。'腐儒之谓也。"杜甫《江汉》有"江汉思归客，乾坤一腐儒"句。

［5］夔龙，见王顼龄《三月十四日……恭纪》诗注。凤池，砚名，《谢氏砚考》有附图二。《西清砚谱》有"旧端石凤池砚""墨池首两旁刲各分许，如人'凤'字形。覆手亦如之……下为凤足二，离几约三分许"。又有"明苍雪庵凤池砚"，砚整体"中微敛"，亦有二足。李文会《浅谈凤池砚、风字砚和箕形砚》认为："风字砚、凤池砚、箕形砚为不同的砚台形制，而不是同一种砚台的不同名称。三者有相似之处，但也有明显的区别。凤池砚，上窄下阔，中腰微敛，砚堂、砚池分明，且均有两砚足，足的形状多样，有狭长形足，有阔柱形足，也有如枣形足。而风字砚更强调平面形状，其平面如书风字，但底部却差异较大，行底部正平无足者，也有下附砚足的，宋叶樾《端溪砚谱》中记载的有脚风字、琴足风字等应是下附砚足的。箕形砚，砚面如簸箕，头窄尾宽，砚首多为圆弧形，砚莒至砚尾呈缓坡状，尾部下附两足。"①

王鸿绪（5首）

王鸿绪（1645—1723），初名度心，中进士后改名鸿绪，字季友，号俨斋，别号横云山人，华亭（今上海金山）人。榜籍娄县，康熙十二年（1673）进士，授编修，升侍读，历官左都御史、户部、工部尚书，曾任明史馆《明史》总裁，后居家与万斯同核定《明史稿》，工书，谥文恭。有《横云山人集》②，入《清史稿》《昭代名人尺牍小传》《汉名臣传》《皇清书史》《国朝诗人征略初编》等。

十一月初十日赐磨礲山石砚一方并西洋漆匣御墨四锭恭纪[1]

磨礲之山石如玉，质润理细肌无粟[2]。蕃人止作治剑具，帝珍良材采岩曲[3]。将作经营倍匠心[4]，砚光一片春波绿。阴镌御铭仅两言[5]，繁缛不尚精义足[6]。雀台澄滑未为珍[7]，龙尾元苍讵堪录[8]。追琢既成曷贮之[9]，珠

---

①　上海博物馆. 砚学与砚艺学术研讨会论文集［M］. 上海：上海书画出版社，2016：90.

②　王鸿绪. 横云山人集［M］//《清代诗文集汇编》编纂委员会. 清代诗文集汇编：第168册. 上海：上海古籍出版社，2010：1-330.

匮金奁犹恐俗[10]。东峤海国邻扶桑[11]，奇琛百宝来梯航[12]。其中漆匣炯可鉴[13]，粉金沁地含晶光[14]。山川草木及人物，营丘妙笔争毫芒[15]。周围长短约三寸，内小四匣同精良。薄如脱胎外施彩[16]，峭如截角坚成方[17]。韶州退红应让色[18]，魏宫银镂惭无章[19]。至尊见之心悦怡[20]，斯器何减琉璃装。位置结邻稳相称[21]，端凝风范居中央[22]。下藏乌玉检四玦[23]，配以侧理更数张[24]。文房盛事允备美[25]，笔床香案同辉煌[26]。一日九重传赐砚[27]，群臣俱集麒麟殿[28]。体制古雅各种殊，拜捧胥欢感深眷[29]。须臾中使天语宣[30]，兹砚特为朕所选。为绿遍赏数不敷[31]，撤与鸿绪供书缮[32]。纶言婉豫意醇厚[33]，堵墙学士人争羡[34]。臣也稽首跪而领，瑶华到眼金碧炫[35]。涵星紫云世亦有[36]，似此清纯未曾见。太平文物满四陲[37]，韩碑柳雅无不为[38]。小臣得砚何所事，愿草七十二代封禅仪[39]，更定太庙明堂辟雍礼[40]，昭示盛德垂来兹[41]。自顾笔弱乏雄藻[42]，黼黻终非燕许姿[43]。缩手怀椠负斯宝[44]，锦绮什袭逾琼支[45]。咏歌圣恩如海岳，若比崇深无尽时[46]。

【注释与解析】

[1] 见于《横云山人集》卷二十一，1702 年作于北京，所记时间与张玉书相同，所赐为松花砚，背景详见张玉书诗。因此，诗中所谓"磨礲山"其实就是"砥石山"，两者字意相同。王鸿绪受赐最特殊，因为绿砚不够，把御用的都赏出来凑数了。该砚有漆匣，匣中还有纸墨。磨礲，亦作磨砻、磨垄，即磨石。南朝梁元帝《金楼子·杂记下》："枚乘有之：磨砻不见其损，有时而尽。"唐黄滔《书怀寄友人》诗："此生如孤灯，素心挑易尽。不及如顽石，非与磨砻近。"清钱谦益《保砚斋记》："以磨礲比德焉，以介石比贞焉。"磨砻砥砺，是指四种质地和颜色不同的磨石。汉枚乘《上书谏吴王》云："据其未生，先其未形，磨砻砥砺，未见其损。"此处为山名，即砥石山。

[2] 肌无粟，即"玉肌无粟"，汉伶玄《赵飞燕外传》记载："夜雪……飞燕露立，闭息顺气，体温舒，亡疹粟。"陆游《雪后寻梅偶得绝句十首》（其六）有"商略前身是飞燕，玉肌无粟立黄昏"句。

[3] 蕃人，即番人，古代对周边少数民族的称呼。唐王建《凉州行》有"蕃人旧日不耕犁，相学如今种禾黍"句。止，只。岩曲，山的曲折处。南朝梁沈约《游钟山诗应西阳王教》之四有"八解鸣涧流，四禅隐岩曲"句，唐李峤《和同府李祭酒休沐田居》有"筑室俯涧滨，开扉面岩曲"句。

［4］匠心，精巧的心思。唐王士源《〈孟浩然集〉序》："文不按古，匠心独妙。"

［5］阴镌，阴刻是从文字下刀，阳刻则是从背景下刀。御铭，指"以静为用，是以永年"。

［6］繁缛，文辞华丽，亦谓不简洁。南朝梁刘勰《文心雕龙·议对》云："文以辨洁为能，不以繁缛为巧。"尚，崇尚。

［7］雀台，指铜雀台瓦砚。铜雀砚，宋苏易简《文房四谱》云："魏铜雀台遗址，人多发其古瓦，琢之为砚，甚工，而贮水数日不渗。世传云：昔人制此台，其瓦俾陶人澄泥以缔绤滤过，碎胡桃油方埏埴之，故与众瓦有异焉。即今之大名，相州等处，土人有假作古瓦之状砚，以市于人者甚众。"明张岱《夜航船·文学部·文具·铜雀研》记载与此略同。宋梅尧臣有《铜雀砚》诗。《西清砚谱》载"汉铜雀瓦砚"共有六条，其二砚背印"建安十五年"五字，此砚"质理细润，黄如蒸粟，滴水不干，触手生润，雨后气凝如露，盖久承檐溜，滋液渗漉所致，如端溪水岩，石液内含，水气外溢也"。铜雀台，建于东汉建安十五年，位于今河北省邯郸市临漳县，曹操击败袁绍后营建邺都，修建了铜雀、金虎、冰井三台，即史书中之"邺三台"。南朝陈张正见《铜雀台》有"凄凉铜雀晚，摇落墓田通"句，唐杜牧《赤壁》有"东风不与周郎便，铜雀春深锁二乔"句。

［8］龙尾，指歙砚。见宋荦、熊赐履诗注。讵，岂。

［9］追琢，雕琢，追，同"雕"。《诗经·大雅·棫朴》有"追琢其章，金玉其相"句。毛传："追，雕也。金曰雕，玉曰琢。"曷，何。

［10］匮，同"柜"。奁，匣。

［11］东崵，即东隅，此处指东方日出之地。《后汉书·冯异传》有"失之东隅，收之桑榆"语。扶桑，古代神话传说中的地名。《梁书·诸夷传·扶桑国》云："扶桑大汉国东二万余里，地在中国之东，其土多扶桑木，故以为名。"《海内十洲记·扶桑》云："多生林木，叶如桑。又有椹，树长者二千丈，大二千余围。树两两同根偶生，更相依倚，是以名为扶桑也。"

［12］琛，珍宝，《诗经·鲁颂·泮水》有"来献其琛"句。梯航，"梯山航海"的省语，也作"梯杭"，谓长途跋涉。唐玄宗《赐新罗王》有"玉帛遍天下，梯杭归上都"句。

[13] 炯，明亮。

[14] 粉金，指磨金成粉，以胶水调匀后，可供作字画用。《宣和书谱·五蕴论》云："审于《内景经》，必粉金而写之，盖亦非率尔而作也。"日本漆器使用的是描金或洒金技法，日语称作"莳绘"，通常利用漆的黏性，敷以致密丰厚的金粉饰图。地，指漆底。

[15] 营丘，宋画家李成，营丘人，以山水画知名。苏轼《王晋卿所藏著色山》（其一）有"缥缈营丘水墨仙，浮空出没有无间"句，陆游《舍北晚眺》（其一）有"樊川诗句营丘画，尽在先生拄杖边"句。毫芒，喻极细微。唐裴铏《传奇·裴航》云："有玉兔持杵臼，而雪光辉室，可鉴毫芒。"

[16] 脱胎，鄱阳脱胎漆器始于先秦，有造胎、上漆、加金属金口、彩绘、打磨、退光检验等工序。胎质主要有木胎、夹纻胎、皮胎、籐胎等。

[17] "峭如"句，截角即直角，日式漆器大多以泡桐木或桧木等做胎，质地柔软轻盈，无须缠麻、糊布、抹灰等附加工序，可塑之形甚多。

[18] 韶州退红，唐韶州（今韶关）用红花染色，名"退红"，唐薛昭蕴《醉公子》有"床上小熏笼，韶州新退红"句。唐王建《宫词一百首》（其九十七）有"缣罗不著索轻容，对面教人染退红"句。

[19] 魏宫银镂，庾信《镜赋》云："镜台银带，本出魏宫……镂五色之盘龙，刻千年之古字。"章，花纹。

[20] 至尊，最尊贵、最崇高，亦指至高无上的君、后之位，此处用为皇帝的代称。唐张祜《集灵台》（其二）有"却嫌脂粉污颜色，淡扫蛾眉朝至尊"句。

[21] 位置，布置、安排。清孙枝蔚《题方尔止四壬子图》有"位置不敢乱后先，列坐宛如师弟子"句。结邻，见王顼龄《四月朔日……谢恩恭纪》诗注。

[22] 端凝，庄重。《旧唐书·冯定传》云："文宗以其端凝若植，问其姓氏。"

[23] 乌玉玦，墨的别名。苏轼《孙莘老寄墨》（其三）："近者唐夫子，远致乌玉玦。"查初白注引南唐造墨名家李庭珪《藏墨诀》："赠尔乌玉玦，泉清砚须洁。"

[24] 侧理，纸名，即苔纸。晋王嘉《拾遗记·晋时事》云："侧理纸万番，此南越所献。后人言陟理，与侧理相乱。南人以海苔为纸，其理纵横斜

侧，因以为名。"然而宋赵希鹄《洞天清禄·古翰墨辨真》则云："北纸用横帘造，纹必横，其质松而厚，谓之侧理纸。桓温问王右军求侧理纸是也。"

［25］允，确实。

［26］笔床，卧置毛笔的器具。南朝陈徐陵《〈玉台新咏〉序》云："翡翠笔床，无时离手。"

［27］九重，指宫门、宫禁、朝廷。唐卢纶《秋夜即事》有"九重深锁禁城秋，月过南宫渐映楼"句。

［28］麒麟殿，汉代宫殿名，此处用作代指。《汉书·佞幸传·董贤》云："后上置酒麒麟殿，贤父子亲属宴饮。"

［29］体制，此处指砚的形制。胥，皆、都。眷，恩顾、器重。

［30］中使，宫中派出的使者，多指宦官。天语，天子诏谕、皇帝所语。唐刘禹锡《送源中丞充新罗册立使·侍中之孙》有"身带霜威辞凤阙，口传天语到鸡林"句。

［31］"为绿"句，绿色松花砚遍赐群臣数量不够。

［32］撤，从御案撤下。书缮，书写、抄写。

［33］纶言，帝王诏令的代称。《礼记·缁衣》云："王言如丝，其出如纶；王言如纶，其出如綍。"郑玄注："言言出弥大也。"豫，快乐。醇厚，淳朴厚道。

［34］堵墙，本意墙垣，引申言围观者密集众多，排列如墙。《礼记·射义》云："孔子射于矍相之圃，盖观者如堵墙。"唐杜甫《莫相疑行》有"集贤学士如堵墙，观我落笔中书堂"句。宋苏轼《次韵赵令铄》有"故人年少真琼树，落笔风生战堵墙"句。

［35］瑶华，指美玉。晋葛洪《抱朴子·勖学》云："故瑶华不琢，则耀夜之景不发。"金碧，金和玉，或金黄碧绿。

［36］涵星，砚名。宋代何薳《春渚纪闻·龙尾溪研不畏尘垢》云："涵星研，龙尾溪石，'凤'字样，下有二足，琢之甚薄。"《西清砚谱》载"宋龙尾石涵星砚"，"色纯黑，密布银星，墨池刻作荷叶形，碧筒倒垂入池，亦朴亦雅"。又载"宋紫端涵星砚"，"受墨处微洼，墨池中刻石柱一，悬朗如星"。苏轼《题冯通直明月湖诗后》有"呼儿净洗涵星砚，为子赓歌堕月湖"句。紫云，代指端砚，见张玉书诗注附李贺《杨生青花紫石砚歌》。又屈大均《广

东新语》卷五引黄冈云："此地耕桑少，人人割紫云。"

[37] 四陲，指天下。陲，边疆。宋喻良能《上叶参政二绝》有"君臣相得同鱼水，剩把勋名镇四陲"句，明宋濂《阅江楼记》有"四陲之远，益思所以柔之"语。

[38] 韩碑柳雅，指唐元和十二年（817）平定淮西吴元济叛乱后韩愈奉诏撰写的《平淮西碑》和柳宗元呈献朝廷的四言雅诗《平淮夷雅》，两者皆为称颂功业的经典之作。

[39] 七十二代封禅仪，《史记·封禅书》云："管仲曰：'古者封泰山、禅梁父者，七十二家，而夷吾所记者，十有二焉。'"《汉书·郊祀志》与此同。《史记·封禅书》又云："每世之隆，则封禅答焉，及衰而息。"又云："故其仪阙然堙灭，其详不可得而记闻云。"

[40] 太庙明堂，帝王的祖庙，夏称"世室"，商称"重屋"，周称"明堂"（周公旦在洛邑建造，为天子接受朝见的宫室，兼有祭祀功能），秦汉以后称"太庙"。《孟子·梁惠王下》云："夫明堂者，王者之堂也。"北朝《木兰辞》有"归来见天子，天子坐明堂"句。《论语·八佾》云："子入太庙，每事问。"唐韩愈《请迁玄宗庙议》云："新主入庙，礼合祧藏太庙中第一夹室。"辟雍礼，辟雍本为周天子所设大学，校址圆形，围以水池，前门外有便桥。西周《礼制·王制》："大学在郊，天子曰辟雍。"东汉以后，历代皆有辟雍，作为尊儒学、行典礼的场所，除北宋末年为太学之预备学校（亦称"外学"）外，均为行乡饮、大射或祭祀之礼的地方。据《后汉书·儒林列传》，东汉辟雍始建于光武皇帝中元元年（公元56年），尚未来得及亲临其境，光武帝便驾崩了。到了明帝即位，才亲行其礼。汉班固《白虎通·辟雍》："天子立辟雍何？所以行礼乐宣德化也。辟者，璧也，象璧圆，又以法天，于雍水侧，象教化流行也。"北魏郦道元《水经注·谷水》云："又迳明堂北，汉光武中元元年立，寻其基构，上圆下方，九室重隅十二堂，蔡邕《月令章句》同之，故引水于其下，为辟雍也。"又有辟雍砚，亦称璧水砚，是南北朝至唐初盛行的一种砚式，多为陶瓷质，圆形，砚面凸起，砚面与砚壁之间形成一圈环形砚池，砚足一般为蹄形、水滴形或圈足。东汉蔡邕《明堂月令记》云："辟雍之名，取其四面周水，圆如璧。"辟雍砚取其形，成为晋代的流行用砚形式。宋苏易简《文房四谱》记载："《繁钦砚赞》云：……盖今制之，或有

全良石之材，工其内而质其外者；或规如马蹄，锐如莲叶，上圆下方，如圭如璧者。圆如盘而中隆起，水环之者，谓之辟雍砚。"

[41] 来兹，今后。《古诗十九首·生年不满百》有"为乐当及时，何能待来兹"句。

[42] 雄藻，指气势雄阔、才情横溢的辞章。

[43] 黼黻，修饰文辞。唐杨炯《崇文馆宴集诗序》云："黼黻其辞，云蒸而电激。"燕许，唐玄宗时名臣燕国公张说、许国公苏颋的并称。两人皆以文章显世，时号"燕许大手笔"，见《新唐书·苏颋传》。唐李涉《题温泉》有"当时姚宋并燕许，尽是骊山从驾人"句。

[44] 椠，古时记事的木板。

[45] 什袭，见王顼龄《十一月二十九日……二十韵》诗注。琼，美玉。支，支机石，传说为天上织女用以支撑织布机的石头。

[46] 崇深，山高海深。

十二月二十七日蒙恩赐御书春帖二副松花石砚一匣土木人参一劲鹿一只鹿尾四个羊二只上酒二尊野雉八只辽鱼六尾哲绿鱼一尾细鳞鱼一尾恭纪（其二）[1]

宝砚清含碧玉纹，良工巧琢满霞氛（石质中绿而上下砚匣黄色如朝霞）。蛟龙绕匣思吞墨（匣盖有双螭盘云）[2]，圭璧镌池欲吐云[3]。一缕中分天地色（砚匣石质具青黄二色中分若线），两铭重勒典谟文（砚与匣皆有御制铭）[4]。席珍何幸频承赐[5]，书苑恩荣古未闻（前岁蒙恩赐砚一方）。

【注释与解析】

[1] 见于《横云山人集》卷二十一，1705 年初作于北京。春帖，即春帖子，立春日剪贴在门帐上写有吉祥诗句的贴纸。土木人参，或产于今柳河县、梅河口市一带，详见宋荦诗注。哲绿鱼，即哲罗鲑，当时东北特产。细鳞鱼，产于东北的一种鳟鱼。

[2] 蛟、螭，见王顼龄《康熙五十二年……恭纪六首》（其四）诗注"双螭虎池研"。

[3] 圭璧，贵重的玉器。此处指砚石如玉。

[4] 典谟，《尧典》《舜典》《大禹谟》《皋陶谟》等篇的并称，代指经典、

法言。

[5] 席珍，即席上珍，座席上的珍宝，比喻儒者美善的才学。《礼记·儒行》云："儒有席上之珍以待聘。"

十一月十六日赐砚一方[1]

日趋秘殿五云衢[2]，宝砚常蒙赐近儒。巧制昔容孤管运，大方今可四人俱[3]。雀台遗瓦非琼质，凤咮惊珍岂玉肤[4]。漫道东坡能品物（铜雀凤咮东坡俱有砚铭），未曾天府见清腴[5]。

【注释与解析】

[1] 见于《横云山人集》卷二十三，1707 年作于北京，据"宝砚常蒙赐近儒""清腴"之谓，可知仍为松花砚，只是此砚较大，"大方今可四人俱"。

[2] 秘殿，奥深的宫殿。唐李华《含元殿赋》云："其后则深闿秘殿，曼宇疏楹。"唐皇甫冉《华清宫》有"凿山开秘殿，隐雾闭仙宫"句。五云，见李振裕诗注。衢，四通八达的道路。明何景明《王寿夫过分韵得吾字》有"向来飞动意，执手五云衢"句。

[3] 管，笔。运，用笔。大方，指砚的形制巨大。

[4] 雀台遗瓦，指铜雀台瓦可制砚，见王鸿绪诗注。凤咮，见廖腾煃诗注。玉肤，此处指松花砚细润如玉的质地。

[5] 天府，天子的府库。

十二月二十九日召大学士臣王掞臣王顼龄尚书臣王鸿绪同入南书房颁赐鸿绪得法瑯香炉一花瓶一砚匣一松花砚一蚌珠笔架一御用合包一圣恩优意廷臣未有也恭纪（其五）[1]

绿沉岷石实精纯，巧匠雕磨迥绝伦[2]。昔侍禁庐霑赐渥[3]，今随纶阁拜恩频[4]。铸成花鸟为华盖[5]，图就夔龙作合唇[6]。更睹天池云起处[7]，几层银浪是珠津[8]。

【注释与解析】

[1] 见于《横云山人集》卷二十七，作于戊戌年十二月底，其时应为

1719 年初，可参读王顼龄当时诗作。合包，即荷包。

　　[2] 迥，远。

　　[3] 侍，侍奉。禁庐，见王顼龄《十一月二十九日……二十韵》诗注。

　　[4] 纶阁，中书省的代称，为代皇帝撰拟制诰之处。

　　[5] 华盖，指砚盖。

　　[6] 夔龙，见王顼龄《三月十四日……恭纪》诗注。唇，砚唇。

　　[7] 天池，指砚池，或指池形雕饰，也未可知。

　　[8] 银浪，指雕饰图案。珠津，水面。明汤显祖《赴帅生梦作有序》有"青云覆嘉林，明月映珠津"句。此处指砚池。

丙申四月朔日蒙赐紫檀木匣荷叶砚一方诣畅春苑谢恩恭纪[1]

经馆丹铅事简编[2]，颁来宫砚自瑶天。那知内值蒙新赉[3]，犹记臣名似往年。铭勒奎文腾舞凤[4]，池涵墨液漾垂莲。勉思著述酬恩遇[5]，好把蟾蜍手细研[6]。

【注释与解析】

　　[1] 见于《横云山人集》卷二十六，1716 年作于北京。因端溪、澄泥也有荷叶砚，单凭诗本身无法断定是否为松花砚。不过，据揆叙、劳之辨记载，确有莲叶松花石砚，且王顼龄同日受赐为松花砚，详见王顼龄诗。故权且视此为疑似咏松花砚诗。

　　[2] 经馆，指宫中保存经书、文献和资料的场所，王鸿绪曾任明史馆总裁。丹铅，代指校订，见王顼龄《再和俨斋弟先字韵一首》诗注。简编，书籍、典籍。唐韩愈《符读书城南》有"灯火稍可亲，简编可卷舒"句。

　　[3] 内值，被指派在宫廷内值勤、值班。赉，赐赠。

　　[4] 铭，砚铭。奎文，见张玉书诗注。

　　[5] 勉思，努力深思。《文选·孙楚·为石仲容与孙皓书》云："勉思良图，惟所去就。"著述，撰写文章、编纂。《汉书·卷四八·贾谊传》云："凡所著述五十八篇，掇其切于世事者著于传云。"

　　[6] 蟾蜍，指砚，见王顼龄《十一月二十九日……二十韵》诗注。

顾汧（2首）

顾汧（1646—1712），字伊在，号芝岩，大兴（今北京）人，祖籍苏州。康熙十二年（1673）进士，改庶吉士，授编修，历任侍讲学士、内阁学士、礼部侍郎、河南巡抚等，有《凤池园诗集》①，入《国朝学案小识》《词林辑略》等。

松花江石砚歌[1]

混同江源发长白[2]，原名松阿里重译[3]。宋瓦松花递相释，旧史音讹莫考核。迩年好事采江石[4]，巧制为砚供几席。质理腻泽纹奇特，五色陆离采错出[5]。上充锡贡下私觌[6]，访求购易不可得。将军符檄慎揹摭[7]，搜剔虽广罕合式[8]。小者数寸大懂尺，琢磨精莹费擘画[9]。什袭藏之如拱璧[10]。我来造士甚寥闃[11]，石田播植难垦辟[12]。何如采石文理密[13]，庶堪雅玩耳目役[14]，犹恐用之不发墨[15]。

【注释与解析】

[1] 见于《凤池园诗集》卷二。《凤池园诗集》以体分卷，该诗在卷中位于《宋中丞重建沧浪亭和欧阳文忠原韵》（宋荦1696年重建沧浪亭）之后，由"迩年好事采江石"可知该诗作于清宫大量制砚之后，即1699年作者在苏州时北上姚湾迎驾之后。该诗又位于《射猎篇呈贝子苏将军》（该诗作于1705年冬任奉天府丞时②）之前，疑似即作于奉天境。作者1705年六月任职奉天，十二月返京。

[2] 混同江，即松花江，弘历《盛京土产杂咏十二首有序·松花玉》有夹注云："混同江发源长白山，国语曰松阿哩江，松阿哩，汉语天河也，俗呼为松花江。而金史乃有宋瓦江之称，皆音转之讹耳。"

[3] 重译，辗转翻译。《尚书大传》卷四云："成王之时，越裳重译而来朝，曰道路悠远，山川阻深，恐使之不通，故重三译而朝也。"南朝梁沈约《〈佛记〉序》云："剪叶成文，重译未晓。"

---

① 顾汧. 凤池园诗集［M］//《四库未收书辑刊》编纂委员会. 四库未收书辑刊：第7辑第26册. 北京：北京出版社，2000：207-446.

② 张芙蓉. 顾汧及其诗文研究［D］. 兰州：西北师范大学，2023.

［4］迩，近。

［5］陆离，光彩绚丽。《淮南子·本经训》云：“五采争胜，流漫陆离。”高诱注：“陆离，美好貌。”采，同“彩”。错，交叉着。

［6］锡贡，指待天子有令而后进贡，有别于常贡。《书·禹贡》：“厥包橘柚锡贡。”孔颖达疏：“此物……须之有时，故待锡命乃贡，言不常也。”蔡沈集传引张氏曰：“必锡命乃贡者，供祭祀，燕宾客则诏之。”作者这个用词很准确，松花石并不是打牲乌拉常供的物品。私觌，《礼记·聘仪》云：“君亲礼宾。宾私面私觌，致饔饩。”陈澔集说：“私觌，私以己礼物觌见主国之君。”《荀子·大略》：“聘，问也；享，献也；私觌，私见也。”王先谦集解：“私觌，以臣礼见，故曰私见。”唐储光羲《尚书省受誓诫贻太庙裴丞》有“裴回念私觌，怅望临清汜”句。唐李德裕《〈黠戛斯朝贡图传〉序》云：“乃诏太子詹事韦宗卿、秘书少监吕述往莅宾馆，以展私觌，稽合同异。”《续资治通鉴·宋孝宗隆兴二年》云：“今日养兵之外，又有岁币；岁币之外，又有私觌；私觌之外，又有正旦、生日之使。”《南史·萧惠基传》：“尚书令王俭朝宗贵望，惠基同在礼阁，非公事不私觌焉。”此处指同僚间非公事相见之礼物。

［7］将军，指盛京将军或吉林将军。符檄，官符移檄等文书的统称。晋葛洪《抱朴子·勤求》云：“阳敦同志之言，阴挟蜂虿之毒，此乃天神所共恶，招祸之符檄也。”《宋书·沈怀文传》云：“世祖入讨，劲呼之使作符檄，怀文固辞。”掎摭，摘取，取得。唐韩愈《石鼓歌》有“孔子西行不到秦，掎摭星宿遗羲娥”句，宋范成大《上元纪吴中节物俳谐体三十二韵》有“掎摭成俳体，咨询逮里甿”句。

［8］搜剔，搜寻。唐杜牧《黄州准赦祭百神文》云：“绍功嗣德，搜剔幽昧。”宋韩维《同曼叔游高阳山》有“喜我萧散人，幽奇共搜剔”句。合式，合乎一定的规格、程式。明谢肇淛《五杂组·人部一》云：“余在福宁，见戎幕选力士，以五百斤石提而绕辕门三匝者为合式。”

［9］擘画，亦作“擘划”，筹划，安排。《淮南子·要略》云：“《齐俗》者，所以一群生之短修，同九夷之风气，通古今之论，贯万物之理，财制礼义之宜，擘画人事之终始者也。”宋范仲淹《奏乞救济陕西饥民》云：“若不作擘画，即百姓大段流移，殍亡者众。”

[10] 什袭，见王顼龄《十一月二十九日……二十韵》诗注。拱璧，见张玉书诗注。

[11] 造士，本意为造就学业有成就的士子。《汉书·食货志上》云："诸侯岁贡少学之异者于天子，学于大学，命曰造士。"《礼记·王制》："顺先王诗、书、礼、乐以造士。"寥闃，即"寥阒"，孤寂。杜甫《夜听许十损诵诗爱而有作》有"君意人莫知，人间夜寥阒"句。宋周密《志雅堂杂钞·图画碑帖》云："及机士登焉，则寥阒悄怳，愁怀情累矣。"

[12] 石田，虽有石砚之意，但此处系指以多石而不可耕之地，喻无用之材。

[13] 何如，哪如。采，采集；此处也可解为与"彩"通。文理密，或指松花砚的刷丝。

[14] 庶堪，或许可以。耳目役，观赏。

[15] 发墨，朱栋《砚小史》卷三专门论发墨："发墨非易磨，墨在砚中，生光发艳，随笔旋转，涤之泮然立尽，乃石性坚润能发起，不滞于砚耳，故识者以易磨为下墨，墨如油泛为发墨。""端石莹润，惟有铓者尤发墨。歙石多铓，惟腻理者特佳。"

戊子春传集内务府颁赐松花石砚谢恩恭纪[1]

采石遥浮黑水东[2]，一经内制诧天工[3]。钟形浑璞双追蠡[4]，杏匣韬藏五色虹[5]。墨沈浓添掌上露，彩毫挥试腋生风[6]。勒铭静永夸宸藻（御铭"以静为用，是以永年"）[7]，窃愿祈年长乐宫[8]。

【注释与解析】

[1] 见于《凤池园诗集》卷五，作于 1708 年。

[2] 采，同"彩"。黑水，此处指松花江。《契丹国志》卷二十六认为混同江"即古之粟末河、黑水也"，卷二十七长白山条有云："黑水发源于此，旧云粟末河，太宗破晋，改为混同江。"《金史·地理志》云："生女直地有混同江、长白山。混同江亦号黑龙江，所谓白山黑水是也。"

[3] 内制，内府所制。见劳之辨诗注。诧，夸耀，惊讶。

[4] 浑璞，即浑朴，朴实，淳厚。唐皎然《郑容全成蛟形木机歌》有"浑朴无劳剜厕工，幽姿自可蛟龙质"句。追蠡，钟纽欲断貌。《孟子·尽心

下》："高子曰：'禹之声，尚文王之声。'孟子曰：'何以知之？'曰：'以追蠡。'"赵岐注："追，钟钮也，钮磨啮处深矣。蠡，欲绝之貌也。"朱熹集注引丰氏曰："追，钟纽也，《周礼》所谓旋虫是也。蠡者，啮木虫也。言禹时钟在者，钟纽如虫啮而欲绝，盖用之者多。"一说，为器物剥蚀貌。宋赵希鹄《洞天清禄集·古钟鼎彝器辨》云："追者，琢也……今画家滴粉令凸起，犹谓之追粉。所谓追蠡，盖古铜器款纹追起处漫灭也。赵氏释蠡为绝，亦非，盖剥蚀也。今人亦以器物用久而剥蚀者为蠡。"

[5] 杏匣，见王顼龄《十一月二十九日……二十韵》诗注"杏根"。

[6] 墨沈，墨汁。陆游《初寒在告有感》（其一）有"银毫地绿茶膏嫩，玉斗丝红墨沈宽"句。掌上露，汉金掌承露盘中的露水，代指墨汁。腋生风，用唐代卢仝《走笔谢孟谏议寄新茶》"唯觉两腋习习清风生"诗意，表达轻逸欲飞之感。

[7] 宸藻，帝王的诗文。以静为用，是以永年，见张玉书诗注。

[8] 长乐宫，取意"长久快乐"，是西汉第一座正规宫殿，位于西汉长安城内东南隅，始建于高祖五年（公元前 202 年）。

尤珍（3首）

尤珍（1647—1721），字谨庸、慧珠，号沧湄，江苏长洲人，尤侗之子。康熙二十一年（1682）进士，官右春坊右赞善。有《沧湄类稿》四十五卷，其中《沧湄诗稿》① 三十卷，诗补遗三卷，诗余二卷。入《清史列传》《国朝诗人征略初编》《昭代名人尺牍小传》等。

赐彩漆匣卧蚕边如意池砚一方恭纪（二首）[1]

大酺共饮太和春[2]，宠命传宣入紫宸[3]。高捧绿签陈御赏[4]，分颁碧砚及微臣。卧蚕宛转丝纶出[5]，如意提携拜舞亲[6]。圣主恩深思报答[7]，磨礲尚有百年身[8]。

惟静方能得永年，两言昭示万方传。奎文俨睹星云灿[9]，玉字真看琬琰

---

① 参见尤珍《沧湄诗稿》康熙五十三年刻本，国家图书馆藏。

镌[10]。臣矢靖恭依舜日，民敦淳朴戴尧天[11]。绎思圣训终身诵[12]，子子孙孙宝砚田。

【注释与解析】

[1] 见于《沧湄诗稿》卷二十九《宝砚斋集》，作者北上京城祝贺康熙皇帝六十寿诞，1713年三月二十五日得赐此砚。据《万寿盛典初集》卷十八记载，除尤珍外，同时还有多人获赐，皆为松花砚。① 当时盛况详见王顼龄诗。诗题后有小注云："御书铭曰：'以静为用，是以永年。'"也证明为内制松花砚。其一言其为"碧砚"记述雕琢形制，其二结句为"绎思圣训终身诵，子子孙孙宝砚田"，作者该集集名即为《宝砚斋集》。

[2] 大酺，大宴饮。《史记·秦始皇本纪》记载："五月，天下大酺。"张守节《正义》："天下欢乐大饮酒也。"《后汉书·明帝纪》："令天下大酺五日。"太和，天地间冲和之气，出自《易·乾》。

[3] 宠命，恩命。《文选·李密·陈情表》有"过蒙拔擢，宠命优渥"语。紫宸，帝王居所。杜甫《冬至》有"杖藜雪后临丹壑，鸣玉朝来散紫宸"句。

[4] 陈，放置。

[5] 卧蚕，以及下句的"如意"，均指砚的雕饰。丝纶，见熊赐履诗注，此处一语双关。

[6] 拜舞，见王顼龄《三月十四日……恭纪》诗注。

[7] 淓，水流的样子。

[8] 磨礲，见劳之辨诗注。

[9] 奎文，见张玉书诗注。俨，俨然。

[10] 琬琰，见廖腾煃诗注。

[11] 矢，发誓。舜日、尧天，指尧、舜在位的时期，也比喻天下太平的时候。宋文珦《梅雨》有"尧天舜日远，怀抱若为舒"句。敦，崇尚。

[12] 绎思，推究思考。明谢肇淛《五杂俎·物部四》云："礼之节度，尚可绎思；而乐之旨趣，茫无着落也。"

---

① 王原祁，等. 万寿盛典初集 [M] //纪昀，永瑢. 文渊阁四库全书：第653册. 台北：台湾商务印书馆，1986：196-199.

途次书怀次张日容太史送别韵二首（其一）[1]

恭逢圣寿赴京朝，客路三千敢惮遥[2]。喜入班联随拜舞[3]，重依殿陛听箫韶[4]。衰躯幸受金茎赐，朽质难同玉砚雕[5]。闲照青铜循累发[6]，长途辛苦倍飘萧[7]。

【注释与解析】

[1] 见于《沧湄诗稿》卷二十九《宝砚斋集》，作于1713年作者赴京贺寿之时，张大受有送别诗，此为和作。

[2] 惮，惧怕。

[3] 班联，朝班的行列。宋李纲《谢宰执复大观文启》云："奉香火于琳宫，已负素餐之责；冠班联于书殿，更贻非据之讥。"拜舞，见王顼龄《三月十四日……恭纪》诗注。

[4] 陛，阶。箫韶，舜乐名，泛指美妙的仙乐。《书·益稷》云："《箫韶》九成，凤皇来仪。"

[5] 金茎，承露盘或盘中的露，出自《文选·班固》。明叶宪祖《碧莲绣符》第五折有"泼阳乌放威刚此时，渴病争如是。倾将石髓流，胜却金茎赐"句。朽质难同玉砚雕，张大受原诗中有"赐砚文从内府雕"句。

[6] 青铜，指镜。累，连续。

[7] 飘萧，鬓发稀疏貌。与上句"累发"照应。杜甫《义鹘》有"飘萧觉素发，凛欲冲儒冠"句。

张大受（1首）

张大受（1660—1723），字日容，号匠门、拙斋，江苏嘉定（今上海）人。康熙四十八年（1709）进士，改庶吉士，官翰林院检讨、贵州学政。有《张大受诗选》《匠门书屋文集》，入《清史列传》《碑传集》《国朝耆献类征初编》《国朝先正事略》《国朝诗人征略初编》《词林辑略》等。

送别（其一）[1]

先生清德冠中朝[2]，廿载林居兴寄遥[3]。并祝尧年看击壤，仍依舜日和鸣韶[4]。开筵醴自亲王设[5]，赐砚文从内府雕。缱绻君恩成逸志，双车南去雨萧萧（同南畇先生先诸公归里）。

【注释与解析】

[1] 见于尤珍《沧湄诗稿》卷二十九《宝砚斋集》附，作于尤珍1713年赴京贺寿时，诗题据尤珍诗拟，此首咏及尤珍御赐松花砚。

[2] 清德，指高洁的品德。《后汉书·列女传·皇甫规妻》云："妾之先人，清德奕世。"中朝，朝廷、朝中。《三国志·魏志·杜畿传》云："中朝苟乏人，兼才者势不独多。"唐韩愈《石鼓歌》有"中朝大官老于事，讵肯感激徒嗟婳"句。

[3] 林居，下野闲居。杜甫《寄刘峡州伯华使君四十韵》有"林居看蚁穴，野食待鱼罾"句。兴寄，即寄兴，寄寓情趣。明汪廷讷《狮吼记·叙别》云："因此陶情诗酒，寄兴烟霞。"

[4] 尧年、舜日，见尤珍诗注。击壤，古游戏名。东汉王充《论衡·艺增篇》："传曰：有年五十击壤于路者，观者曰：'大哉，尧德乎！'击壤者曰：'吾日出而作，日入而息，凿井而饮，耕田而食，尧何等力！'"鸣韶，即箫韶，见尤珍诗注。

[5] 醴，甜酒。亲王，皇室贵族中地位仅次于皇帝的高级爵位，此处指皇子，参见王顼龄相关诗题。

陈奕禧（1首）

陈奕禧（1648—1709），字六谦、子文，号香泉、葑叟，浙江海宁人，由贡生官至江西南安知府。有《春蔼堂集》①，入《清史列传》《国朝耆献类征初编》《国朝诗人征略初编》《昭代名人尺牍小传》《皇清书史》等。

纪恩诗有序（其七）[1]

松花江石剖琼英[2]，制研争传古未名。自是天家工采择[3]，也知良璞要

① 陈奕禧. 春蔼堂集［M］//《清代诗文集汇编》编纂委员会. 清代诗文集汇编：第173册. 上海：上海古籍出版社，2010：1-164.

裁成（松花江石出乌喇，皇上以其石琢砚，色淡绿，质润细发墨，雕刻精致可赏。皇太子云：'我甚爱之，过于端溪。'示观良久）[4]。

【注释与解析】

　　[1] 见于《春蔼堂集》卷五《含香集》，1699 年七月作于北京。诗序云："己卯七月十一日，皇太子谒陵，由大通桥登舟，命监督臣陈奕禧侍驾随行至通州，示读睿制诗集并观松花石砚，赐坐赐食，且命作书，恭呈纪恩十二章即献睿览，荷蒙嘉叹，小臣何幸得受宠知，存此瓦缶之音用志感遇云。"当时胤礽尚受父皇宠信，言时距玄烨 1698 年东巡（时胤礽留守京师）归来甚近，可知 1699 年松花砚属于新奇之物，因而才会示观。另据诗注可知，康熙帝就是在今吉林市发现的松花石。

　　[2] 琼英，似玉的美石。《诗经·齐风·著》云："尚之以琼英乎而。"毛传："琼英，美石似玉者。"

　　[3] 工，擅长。采择，选用。《三国志·吴志·吴主传》云："若小臣之中，有可纳用者，宁得以人废言而不采择乎？"

　　[4] 璞，含玉的石头，没有琢磨的玉。发墨，见顾汧诗注。

❧ **查慎行（4 首）** ❧

　　查慎行（1650—1727），初名嗣琏，字夏重，号查田，一号他山，后改今名，字悔余，号初白，赐号烟波钓徒，浙江海宁人。康熙四十二年（1703）进士，改庶吉士，官翰林院编修，有《敬业堂诗集》①。《瓯北诗话》列唐以来十二家诗，以查慎行为殿军。入《清史稿》《清史列传》《国朝耆献类征初编》《国朝诗人征略初编》《碑传集》《昭代名人尺牍小传》《国朝先正事略》《词林辑略》《清代七百名人传》《皇清书史》等。

南书房敬观宸翰恭纪有序（其九）[1]

　　朝退香烟护紫宸[2]，御床缃帙展佳辰[3]。绿云新斫松花砚，特撤文房赐老臣[4]。

---

　　① 查慎行. 敬业堂诗集［M］. 上海：上海古籍出版社，1986.

【注释与解析】

[1] 见于《敬业堂诗集》卷二十九，序云："康熙四十一年（1702）十一月初八日，上御乾清宫，发御书一千四百二十七幅，命大学士臣张玉书、吏部尚书臣陈廷敬、工部尚书臣王鸿绪、副都御史臣励杜讷、右谕德臣查昇展阅分类，以备颁赐。臣慎行亦得随诸臣后，仰瞻天日之光，洵有生之奇遇，人世所罕觏者也。钦惟我皇上天亶圣姿，日新盛德，法乾行之健，殚圣学之勤，业懋功纯，光华炳耀，深宫无逸，游艺入神。自真书以及行草，由小楷以至擘窠，或临仿诸家，或亲书圣制，有美毕萃，无体不兼。此虽古来专工八法，终身矻矻，自名一家，未有如是之多而且精者。而臣于拜观宸翰之下，仰见我皇上神功圣德，冠绝千古者，更有蠡测焉。伏读御制《北征》《凯旋》诸诗，庙谟独断，胜算万全，首恶伏辜，余宽祝网，辟版图未辟之地，臣史策未臣之邦，我皇上宏猷伟略，冠绝千古者，其一也。伏读御制《巡视河工》《省方》《问俗》诸诗，莫九有以救宁，恐匹夫之不获，万姓已共安于耕凿，一人恒自处于先劳，遂致湖海安流，黄淮底绩。我皇上仁民阜物，冠绝千古者，又其一也。伏睹御书《大学》圣经一章，旁至往哲先贤，格言铭序，抉其精微，摘其奥义，采诸儒之懿训，成昭代之典谟，独于程朱二子，则不书其名。我皇上崇儒重道，冠绝千古者，又其一也。伏睹御书，于晋魏六朝以逮唐宋元明诸臣名迹，无不手模心赏，要皆弃所短而取所长，集古今之大成，为帝书之第一。而纸尾必署云临某某书，我皇上圣不自圣，冠绝千古者，又其一也。臣一介微贱，遭逢盛事，千载一时，舞蹈讴吟，自不能已。譬诸秋虫春鸟，生覆载之内，亦知鸣天地之恩。恭赋七言绝句十二章，以纪荣遇，谨拜手稽首以献。"诗其九咏王鸿绪事，可参见王鸿绪诗。宸翰，帝王的墨迹。

[2] 紫宸，帝王居所。

[3] 御床，皇帝用的坐卧之具。《三国志·魏志·曹真传》云："先帝诏陛下、秦王及臣升御床，把臣臂，深以后事为念。"缃帙，浅黄色书套，亦泛指书籍、书卷。南朝梁萧统《序》云："词人才子，则名溢于缥囊；飞文染翰，则卷盈乎缃帙。"

[4] 撤文房，玄烨将自用松花砚撤下赐给王鸿绪。

恩赐砥石山绿砚恭纪十韵[1]

扁石登廊庙[2]，良工费网罗[3]。出应逢盛际[4]，名始著岩阿[5]。养璞埋云雾[6]，呈材仰琢磨[7]。润流花上露，青刷雨中荷。眉子殊难匹[8]，陶泓讵足多[9]。祗宜供玉案[10]，敢望赐銮坡[11]。染翰恩长被[12]，含毫分已过[13]。拜嘉诚异数[14]，荣捧并词科[15]。彩笔濡双管，隃糜试一螺[16]。便应焚旧砚，涓滴溢余波[17]。

【注释与解析】

[1] 见于《敬业堂诗集》卷二十九，此诗 1703 年正月初三作于北京，背景详见楔叙相关诗题。诗又见录于杨秉杷《应体诗话》（《清诗话三编》）卷十。砥石山，见宋荦诗注。

[2] 扁石，指松花石砚材。廊庙，指殿下屋和太庙，后指代朝廷。《国语·越语下》云："谋之廊庙，失之中原，其可乎，王姑勿许也。"

[3] 工，工匠。

[4] 出，指松花石被发现开采。盛际，盛时、盛世。魏曹植《七启》云："此霸道之至隆，而雍熙之盛际。"

[5] 岩阿，山的曲折处。汉王粲《七哀诗》："山岗有余映，岩阿增重阴。"

[6] 璞，没有琢磨的玉。

[7] 仰，借助。

[8] 眉子，砚石有两两相对如眉之纹理，此处代指歙砚。宋唐积《歙州砚谱·品目》记载眉子石其纹七种。眉子坑，歙砚优质坑口，在罗纹山中，唐开元时开采（见宋唐积《歙州砚谱》），宋代前期继续开采，以后未见再采，1984 年重新开采，很快枯竭。

[9] 陶泓，本指陶瓷砚台。泓，指池墨、蓄水处。瓷砚出现于东汉时期，造型、生产工艺已经成熟，历代各地窑口皆有制作。陶砚主要有陶砚、澄泥砚、瓦砚、砖砚、缸砚、紫砂砚等。澄泥砚在唐朝是四大名砚之一。其中景德镇的青花瓷砚因为装饰工艺独特在明清时期较为盛行。韩愈作《毛颖传》云："毛颖与绛人陈玄、弘农陶泓，及会稽褚先生友善，相推致，其出处必偕。上召颖，三人者不待诏，辄俱往，上未尝怪焉。"把毛笔、墨、砚台、纸四者取名拟人立传。讵，岂。

[10] 祗，只。

　　[11] 敢，哪敢。《玉台新咏·古诗为焦仲卿妻作》有"奉事循公姥，进止敢自专"句。銮坡，唐德宗时，尝移学士院于金銮殿旁的金銮坡上，后遂以銮坡为翰林院的别称。宋王安石《送郓州知府宋谏议》有"纶掖清光注，銮坡茂渥沾"句。

　　[12] 染翰，见宋荦诗注。

　　[13] 含毫，含笔于口中，此处比喻构思为文。分，本分。

　　[14] 拜，拜谢。嘉，嘉奖。异数，特殊的礼遇。唐钱珝《代史馆王相公谢加食邑实封表》云："无补艰难，方怀惭惧。讵谓圣慈，忽被异数。"

　　[15] 捧，指捧砚。词科，本指清代博学鸿词科，根据揆叙相关诗题可知，此处指翰林院众词臣。

　　[16] 隃糜，见张玉书诗注。螺，螺墨，圆形的墨、墨丸。宋苏易简《文房四谱》引《抱朴子》云："友人元伯先生以濡墨为城池，以机轴为干戈。汲太子妻与夫书曰：并致上墨十螺。"明陶宗仪《辍耕录·墨》云："上古无墨，竹挺点漆而书。中古方以石磨汁，或云是延安石液。至魏晋时，始有墨丸，乃漆烟松煤夹和为之，所以晋人多用凹心砚者，欲磨墨贮渖耳。自后有螺子墨，亦墨丸之遗制。"

　　[17] 涓滴，极少的水，也比喻极小或极少的事物。此处指报效。浥，沾湿。余波，此处似代指余生。

三月十五日恩赐翰林院讲读编检诸臣松花江绿石砚中使宣旨查慎行吴廷桢廖赓谟宋至吴士玉五人向在武英殿纂修着拣式样佳者给与臣慎行得夔龙大砚一方恭纪二十韵[1]

　　砥石青山麓[2]，松花碧水滨。天文联析木[3]，地产富琳珉[4]。蕴作岩间璞，来为席上珍。自蒙官采择[5]，顿发玉精神[6]。有用逢时出[7]，无瑕抱质纯。性刚偏漱润[8]，肤腻不留尘。露气鲜流叶，波光绿漾苹。铭辞周雅古（背有御书铭，其辞曰：以静为用，是以永年）[9]，形制帝鸿新[10]。规矩方圆合[11]，廉隅节角匀[12]。雕龙由哲匠[13]，箧凤贲儒臣（赐砚有泥金漆匣）[14]。忆昨随班久[15]，曾经拜赐频（前在内廷两蒙颁赐）。隃糜兼月给[16]，棐几亦时陈[17]。延阁披香夕[18]，山庄珥笔晨[19]。诗多呈乙览[20]，赋每达枫宸[21]。自罢文昌直[22]，仍叨窃禄因[23]。微劳蒙记忆，末路慰沈沦[24]。优旨宣中使[25]，殊荣逮五人[26]。枯鱼咸仰泽，病树稍知春[27]。臣分增惭恧[28]，君恩视笑嘅[29]。捧归怜手颤，增重为丝纶[30]。

【注释与解析】

[1] 据《敬业堂诗集》卷四十，此诗 1712 年作于北京，《康熙起居注》记载三月十五日"赐翰林官砚"。《词林典故》卷四误记为 1716 年，而《皇朝词林典故》所记时间为是，两书均作"松花绿石砚"。查慎行 1716 年已返乡不在宫中，此诗后半部分已表明他有辞归之意。诗见录于杨秉杷《应体诗话》（《清诗话三编》）卷十。中使，宫中派出的使者，多指宦官。

[2] 砥石，砥石山，见宋荦诗注。

[3] 天文，日月星辰等天体在宇宙间分布运行等现象。《易·贲》云："观乎天文，以察时变。"《隋书·经籍志三》云："天文者，所以察星辰之变，而参于政者也。"析木，十二星次之一。配二十八宿为尾、箕二宿，古称析木之津，按《尔雅》，其标志星为箕、斗间的银河。后面颙琰《盛京风土联句有序》自注根据分野之说，认为"盛京为箕尾之躔"。此说详见《盛京通志·星野》（1684）。

[4] 琳珉，亦作"琳瑉"，精美的玉、石。《史记·司马相如列传》云："其石则赤玉，玫瑰、琳瑉、琨珸。"裴骃集解引《汉书音义》曰："琳，球也；瑉，石之次玉者。"

[5] 官，官家。采择，见陈奕禧诗注。

[6] 精神，风采神韵。周邦彦《烛影摇红》有"风流天付与精神，全在娇波眼"句。

[7] 逢时，谓遇上好时运。唐权德舆《奉和张仆射朝天行》有"逢时自是山出云，献可还同石投水"句。多年后《西清砚谱》言松花石"应候而显"，即指逢时而出。

[8] "性刚"句，咏松花砚石坚润。

[9] 周雅，指《诗经》中的《大雅》和《小雅》，因《诗经》均为周诗，故称。以静为用，是以永年，见张玉书诗注。

[10] 帝鸿，指黄帝"帝鸿氏之砚"的铭文，见王顼龄诗《十一月二十九日……二十韵》自注。

[11] 规矩方圆，此处咏砚的形制。《孟子·离娄上》："孟子曰：'离娄之

明，公输子之巧，不以规矩不能成方圆。'"

[12] 廉隅，棱角。《周礼·考工记·轮人》云："欲其帱之廉也。"郑玄注："帱，幔毂之革也。革急则裹木廉隅见。"唐孔颖达疏云："规以正圆，矩以正方……规之使圆，则外无廉隅。"节角，文字刻纹的棱角。唐韩愈《石鼓歌》有"剜苔剔藓露节角，安置妥帖平不颇"句。

[13] 哲匠，有智慧的工匠。

[14] 篚凤，指漆匣描凤。贲，装饰，使华美。

[15] 随班，依照官位等次入朝供奉。

[16] 隃糜，见张玉书诗注。兼月给，指发给两个月的墨。

[17] 棐几，用棐木做的几桌，亦泛指几桌。陈，放。

[18] 延阁，古代帝王藏书之所。南朝梁简文帝《上昭明太子集别传等表》云："请备之延阁，藏诸广内，永彰茂实，式表洪微。"披香，结合下句"珥笔"，此处并非指汉代披香殿，而是指身处香烟之中。唐羊士谔《南池荷花》有"湛露宜清暑，披香正满轩"句。

[19] 珥笔，古代史官、谏官上朝，常插笔冠侧，以便记录，谓之"珥笔"。曹植《求通亲亲表》云："安宅京室，执鞭珥笔。出从华盖，入侍辇毂。"李善注："珥笔，戴笔也。"

[20] 乙览，皇帝阅览文书。唐苏鹗《杜阳杂编》卷中载："文宗皇帝……谓左右曰：'若不甲夜视事，乙夜观书，何以为人君耶？'"宋洪皓《松漠纪闻续》云："今先定至官号，品次，职守，上进御府，以尘乙览，恭俟圣断。"

[21] 枫宸，宫殿。宸，北辰所居，指帝王的殿庭。汉代宫廷多植枫树，故称。三国魏何晏《景福殿赋》有"芸若充庭，槐枫被宸"语。

[22] 直，内直，在宫内值班。

[23] 叨，表示承受的谦辞。窃禄，犹言无功受禄，多用于自谦。唐杜荀鹤《自叙》有"宁为宇宙闲吟客，怕作乾坤窃禄人"句。因，沿袭。

[24] 末路，时查慎行即将退休。沈，同"沉"。

[25] 优旨，优待的诏命。

[26] 逮，及。五人，见诗题。

[27] 枯鱼、病树，作者自比。咸，全。

[28] 分，本分。惭恧，羞惭。《汉书·王莽传上》云："敢为激发之行，

处之不惭恧。"

[29] 笑颦，亦作"笑嚬"，谓欢笑或皱眉。明杨柔胜《玉环记·韦皋代任》有"登山涉水，云梯石凳，隔花笑颦，墙头红粉多丰韵"句。

[30] 丝纶，见熊赐履诗注。

少宗伯王璜湖先生别墅名甲秀园皇上南巡云间凡两幸焉先生作诗纪恩复属余继和次韵六章（其四）[1]

灵寿无烦借孔光[2]，朝回展卷好相徉[3]。书临敕赐松花砚[4]，笏聚家传鍮石床[5]。兰畹芝庭方竞秀[6]，石田茅屋岂全荒[7]。承明又召枚皋入[8]，始信乌衣世泽长（时长公麟昭被旨供奉内廷）[9]。

【注释与解析】

[1] 见于《敬业堂诗集》卷三十七，1709 年秋作于北京，所咏为王顼龄所受御赐松花砚。幸，皇帝亲临。

[2] "灵寿"句，相传灵寿木相似竹，有枝节，不须削，即可做手杖用。汉平帝时期，太后曾特赐太师孔光灵寿杖，见于《汉书·孔光传》。《山海经·海内经》亦有灵寿木的记述。后因以"灵寿"指老人用的杖。宋胡铨《寄题王氏佚老堂》有"于谨延年还可杖，孔光灵寿不须扶"句，苏轼《景纯复以二篇一言其亡兄与伯父同年之契一言》有"灵寿扶来似孔光，感时怀旧一悲凉"句。

[3] 朝回，朝见皇帝后返回家乡。常建《塞下曲四首》（其一）有"玉帛朝回望帝乡，乌孙归去不称王"句。

[4] 书，书法。临，临帖。

[5] 笏，朝笏。古代臣子朝见君主时手中所拿的狭长的板子，按等级分别用玉、象牙等制成，上面可以记事。鍮石，指铜与炉甘石（菱锌矿）共炼而成的黄铜。唐元稹《估客乐》有"鍮石打臂钏，糯米吹项璎"句。

[6] 兰畹芝庭，此处为对甲秀园的赞美。《孔子家语》卷四《六本》云："与善人居，如入芝兰之室，久而不闻其香，即与之化矣。"畹，古代地积单位，三十亩为一畹。芝，香草。古人常与兰草并列，喻指德行高尚或环境美好。宋曾几有《兰畹》诗。宋仲殊《满庭芳·晓日迎凉》有"细丝钩管，罗绮拥芝庭"句。宋楼钥《太淑人管氏挽词》有"钿轴恩何渥，芝庭泽不

穷"句。

[7] 石田，贫瘠的土地。

[8] 承明，古代天子左右路寝称承明，因承接明堂之后，故称。承明庐，汉承明殿旁屋，侍臣值宿所居，称承明庐。此处即以承明庐代指供奉内廷。《汉书·严助传》："君厌承明之庐，劳侍从之事，怀故土，出为郡吏。"颜师古注引张晏曰："承明庐在石梁阁外，直宿所止曰庐。"枚皋，字少孺，枚乘庶子，才思敏捷，擅辞赋，汉武帝拜为郎，曾使匈奴，长期做武帝文学侍从。此处作者以枚乘暗喻王顼龄。

[9] 乌衣，指乌衣巷，是晋代王谢两家豪门大族的宅第，两族子弟都喜欢穿乌衣以显身份尊贵，因此得名。世泽，祖先的遗泽，指地位、权势、财产等。《孟子·离娄下》云："君子之泽，五世而斩。"麟昭，王图炳，字麟照，王顼龄子，1707 年玄烨南巡，幸临张堰镇王鸿绪宅"赐金园"，王图炳为皇上进诗，获康熙帝赞赏，即命随驾入京，供奉内廷，1712 年成进士。

陈元龙（3 首）

陈元龙（1652—1736），字广陵，号乾斋，浙江海宁人。康熙二十四年（1685）进士，授编修，直南书房，官至广西巡抚、文渊阁大学士、礼部尚书，谥文简。工书，有《爱日堂诗集》①，入《清史稿》《国朝耆献类征初编》《国朝先正事略》《清代七百名人传》《汉名臣传》《皇清书史》《昭代名人尺牍小传》《词林辑略》等。

初秋侍直畅春园蒙恩赐内制松花江绿石砚恭纪（二首）[1]

松花江底产奇珉[2]，睿赏雕磨作席珍[3]。贮水乍看烟匼匝，含辉能助墨精神[4]。红云捧出圭璋重[5]，绿晕浮来几案春[6]。漫道玉堂新样好，争如雅制出丹宸（王介甫绿石砚诗"玉堂新样世争传"）[7]。

别苑朝朝染翰余[8]，新恩宣赐玉蟾蜍[9]。南唐龙尾名诚陋[10]，北宋端溪

---

① 陈元龙. 爱日堂诗集 [M] //《清代诗文集汇编》编纂委员会. 清代诗文集汇编：第 183 册. 上海：上海古籍出版社，2010：109-404.

品未如[11]。曾侍云霄承雨露[12]，携归蓬筚比璠玙[13]。高深未有涓埃助[14]，矢效坚贞一寸迂[15]。

【注释与解析】

[1] 见于《爱日堂诗》卷十（《环召集》四），康熙三十八年（1699）初秋作于北京，其事可见于《词林典故》卷四（作"松花绿石砚"）。

[2] 珉，如玉的美石。《荀子·法行》云："故虽有珉之雕雕，不若玉之章章。"

[3] 睿赏，指玄烨发现松花石砚材事。睿，智也、明也、圣也，即臣对君的敬辞。

[4] 匼匝，周匝环绕。白居易《仙娥峰下作》有"参差树若插，匼匝云如抱"句。精神，风采神韵。

[5] 红云，传说仙人所居之处，常有红云盘绕。此处指皇帝居处。张辑《贺新郎·代寿赵饶州》有"道骨仙风骑鲸客，合侍红云帝所"句。圭璋，两种贵重的玉制礼器。《淮南子·缪称训》云："锦绣登庙，贵文也；圭璋在前，尚质也。"

[6] 绿晕，指松花砚花纹。

[7] 争如，怎如。雅制，泛指雅正的式样。宋李上交《近事会元》卷一云："开元以来，文官仕任（伍）多以紫阜官绝为头巾、平头子，相效为雅制。"丹宸，宫殿、朝廷。明陈汝元《金莲记·射策》有"披褐陈王道，须委任元僚绝纷扰，惟丹宸静摄，洪恩骀浩"句。玉堂，玉堂砚，指抄手一字浅池形砚，为南宋官砚，称为玉堂式，又叫太史砚，玉堂和太史在宋代都是翰林院的别称。《西清砚谱》卷二十一有"旧歙溪金星石玉堂砚"图说。高似孙《砚笺》卷一古砚有"玉堂端砚""玉堂大砚"条。元张雨诗有"消得玉堂金砚匣，至今传入画图中"句。《谢氏砚考》载玉堂砚图，并记苏颂事，又有太史砚图，与玉堂式不同。唐秉钧《文房肆考》（1778）卷二砚图有"玉堂新样"条云："宋丁宝臣知端州，以诗偕端溪绿石砚送王荆公，谓之玉堂新样，介甫以诗报之云。"王介甫绿石砚诗，王安石有《元珍以诗送绿石砚所谓玉堂新样者》："玉堂新样世争传，况以蛮溪绿石镌。嗟我长来无异物，愧君持赠有佳篇。久埋瘴雾看犹湿，一取春波洗更鲜。还与故人袍色似，论心于此亦

同坚。"

[8] 别苑，专供帝王游猎的园林。五代齐己《和李书记》有"远蝶香抛别苑，野莺衔得出深宫"句。染翰，以笔蘸墨，代指作诗文、绘画等。

[9] 蟾蜍，指砚，见王顼龄《十一月二十九日⋯⋯二十韵》诗注。

[10] 南唐，宋唐积《歙州砚谱》云："至南唐，元宗精意翰墨，歙守又献砚并斫砚工李少微，国主嘉之，擢为砚官，今（令）石工周全师之，尔后匠者增益颇多。"元宗即李璟。龙尾，见熊赐履诗注。明陈继儒《珍珠船》卷一云："李后主留意笔札，所用澄心堂纸，李廷珪墨，龙尾砚，三者为天下冠。"

[11] 端溪，端砚产地。品，石品。

[12] 云霄，比喻极高的地位，此处指皇宫。雨露，比喻恩泽。唐高适《送李少府贬峡中王少府贬长沙》有"圣代即今多雨露，暂时分手莫踟蹰"句。

[13] 蓬荜，见张玉书诗注。璠玙，美玉，见王顼龄《十一月二十九日⋯⋯二十韵》诗注。

[14] 高深，指皇恩。涓埃，细流与微尘，比喻微小。《周书·萧撝传》云："臣披款归朝，十有六载，恩深海岳，报浅涓埃。"

[15] 矢，誓。一寸，指心。苏轼《次韵答王巩》有"十年尘土窟，一寸冰雪清"句。迂，迂腐，

十六日恩赐臣父臣陈之闇内制砥石砚一方恭纪[1]

砥石山临辽水滨[2]，琢成宝砚色璘霏[3]。阴阳两面分红碧[4]，云雾千年产玉珉。式表端方堪励节[5]，德含温润自长春[6]。捧归介寿君恩重[7]，原矢坚贞答紫宸[8]。

【注释与解析】

[1] 见于《爱日堂诗》卷十二（《南陔集》一），1705 年四月作于苏州。事见《词林典故》卷四，帝赐陈元龙父"内制松花绿石砚一方"，同时赐御书金扇一柄。

[2] 砥石砚，见宋荦诗注。辽水，作者被古书误导。《淮南子·墬形训》云："辽出砥石。"高诱注："山名，在塞外，辽水所出。"《水经注·大辽水》

言："辽水亦言出砥石山，自塞外东流，直辽东之望平县西……屈而南流，入于海。""东流"二字，显然指西辽河，望平县在今辽宁新民境，砥石山应在今内蒙古境，与松花石无关。

［3］璘霦，又作"璘彬"，光彩缤纷貌。汉张衡《西京赋》云："珊瑚琳碧，瑀珉璘彬。"薛综注："璘彬，玉光色杂也。"

［4］红，此处疑似指紫红。

［5］式表端方，指砚形端庄方正。励节，砥砺节操。励，同"砺"。《淮南子·脩务训》云："故君子积志委正，以趣明师，励节亢高，以绝世俗。"

［6］德含温润，见宋荦诗"润德"注。

［7］介寿，祝寿之词。《诗经·豳风·七月》有"为此春酒，以介眉寿"句，郑玄笺："介，助也。"后以"介寿"为祝寿之词。

［8］矢，誓。紫宸，宫殿名，帝王所居，借指帝王。

（附：陈元龙《格致镜原》简介。《格致镜原》成书于 1704 至 1714 年间。陈元龙自序于雍正乙卯（1735），但序中言此书编纂始于 1704 年奉旨编纂《历代赋汇》时，1714 年开雕，该书凡例署于 1717 年，甫竣还朝，藏版于家。陈元龙曾受赐松花石砚，也较早论述对松花石砚的看法，他在《格致镜原》卷三十八中指出："我皇上得松花江之砥石山石，赏识其佳，创自圣心，命工创制为砚。用佐玉几挥毫，间以颁赐词臣。温润如玉，绀绿无瑕，质坚而细，色嫩而纯，滑不拒墨，涩不滞笔，能使松烟浮艳，毫颖增辉。昔人所称砚之神妙，无不兼备，洵足超轶千古。砚虽一器，而上圣格物，山岳献琛，于此可验。臣用敢附记，以示来兹云。"）

蔡升元（2首）

蔡升元（1652—1722），字徵元，号方麓，浙江德清人。康熙二十一年（1682）进士，授编修，历官经筵讲官、内阁学士、礼部侍郎，有《恭纪圣恩诗》一卷①，汤右曾序于康熙癸巳五月。入《清史稿》《国朝耆献类征初编》《汉名臣传》《昭代名人尺牍小传》《词林辑略》《皇清书史》等。

---

① 蔡升元. 恭纪圣恩诗［M］//谢冬荣，陈红彦，萨仁高娃. 清代诗文集珍本丛刊：第172册. 北京：国家图书馆出版社，2017.

蒙恩特赐御用嵌玉漆匣松花石砚恭纪[1]

皇娲五色石补天[2]，一片堕落东海边[3]。孕星吸月亘万古[4]，浑沌凿破知何年[5]。流入松花江水碧，星月时时动灵魄。偶然巨璞出人间[6]，但以砦刀同弃掷[7]。我皇一见非凡材，惜兹美质空沉埋，命工采取探石窟，割云劚雪驱风雷[8]。兴朝王地神物聚[9]，运际文明光焰吐[10]。昔年剥落掩苔痕，今日磋磨登御府[11]。琢成绿玉砚玲珑，龙尾凤咮将无同[12]。因方遇圆夺天巧[13]，华腴古色追帝鸿[14]。圣人穷理物自格[15]，前民利用劳规画[16]。寻常砺石等碔砆[17]，一经睿制成圭璧[18]。山之骨兮水之精[19]，涅不缁兮磨不磷[20]。益毫起墨寿最古，煌煌御铭千秋珍（御铭云：寿古而质润，色绿而声清，起墨益毫，故其宝也）[21]。微臣何幸首蒙赐，同列传看夸盛事[22]。宣来天语更分明，松胶兰穗宜常试（蒙谕此砚常宜磨用）[23]。鬃漆为匣玻璃光[24]，蟠螭压纽瑜瑾良[25]。石肌莹净美可鉴，松干倔屈清而苍。此砚曾经列玉案[26]，烟云缭绕资挥翰[27]。拂拭犹带御墨香，绦缄常见荣光烂[28]。玉堂法物辉琨瑜[29]，传家瑰宝称球图[30]。砚田笔耕本儒业，况从天锡尤魁殊[31]。因思臣质本瓦砾[32]，椎鲁由来未雕饰[33]。甄陶感得造化功[34]，顿教璞石增颜色。愿托贞珉勒寸私[35]，难穷墨海纪洪慈[36]。一生忠义研磨老[37]，记取东坡石砚诗[38]。

【注释与解析】

[1] 见于《恭纪圣恩诗》，1704年作于北京。诗又见于《皇朝词林典故》卷三十四。这是记述松花砚诗中篇幅较长的一首，再次佐证首先发现松花石的地方，就在松花江流域。诗见录于杨秉杷《应体诗话》（见《清诗话三编》）卷十三。

[2] 皇娲，即女娲，《淮南子·览冥训》："往古之时，四极废，九州裂，天不兼覆，地不周载……于是女娲炼五色石以补苍天，断鳌足以立四极。"后遂用作典故，亦常以喻挽回世运。此首似化用唐庄南杰《寄郑碏叠石砚歌》："娲皇补天残锦片，飞落人间为石砚。孤峰削叠一尺云，虎干熊跪势皆遍。半掬走泉澄浅清，洞天彻底寒泓泓。笔头抢起松烟轻，龙蛇怒斗秋云生。我今得此以代耕，如探禹穴披峥嵘。披峥嵘，心骨惊，坐中仿佛到蓬瀛。"

[3] 东海，诗中重要地理方位指向，东海即朝鲜所称之"东海"，今地图通常标为"日本海"，清初三姓副都统和宁古塔副都统辖境都濒临东海。

　　[4] 孕星吸月，指长久吸收星月精华。

　　[5] 浑沌凿破，《庄子·应帝王》云："南海之帝为倏，北海之帝为忽，中央之帝为浑沌。倏与忽时相与遇于浑沌之地，浑沌待之甚善。倏与忽谋报浑沌之德，曰：'人皆有七窍以视听食息，此独无有，尝试凿之。'日凿一窍，七日而浑沌死。"此处浑沌指古代传说中世界开辟前元气未分、模糊一团的状态，凿破指开天辟地，形容年代久远。《三五历纪》记载："天地混沌如鸡子，盘古生其中。万八千岁，天地开辟，阳清为天，阴浊为地。"

　　[6] 璞，含玉的石头，没有琢磨的玉。

　　[7] 以，当作。砻刀，磨刀石。

　　[8] 割云劚雪，喻采石之艰。唐李贺《杨生青花紫石砚歌》有"端州石工巧如神，踏天磨刀割紫云"句，宋戴泰《戏友不识砚》有"千丈割云潭影湿，一泓贮水月光寒"句，宋程俱《谢人惠砚》有"割云镵玉巧如神，龙尾铜台可奴仆"句。

　　[9] 兴朝王地，指清王朝发祥兴起之地。

　　[10] 运际，时运或国运到达某一阶段。际，恰好遇到。文明，文教昌明。汉焦赣《易林·节之颐》："文明之世，销锋铸镝。"前蜀贯休《寄怀楚和尚》有"何得文明代，不为王者师"句。明高明《琵琶记·高堂称寿》："抱经济之奇才，当文明之盛世。"

　　[11] 御府，皇宫。

　　[12] 龙尾，见熊赐履诗注。凤味，见廖腾煃诗注。

　　[13] 因方遇圆，指砚的形制。夺天巧，人的精巧胜过天然，比喻技艺高超巧妙。元赵孟頫《赠放烟火者》有"人间巧艺夺天工，炼药燃灯清昼同"句。

　　[14] 华腴，原指文辞华美，此处形容砚的光润。帝鸿，指黄帝"帝鸿氏之砚"的铭文，见王顼龄《十一月二十九日……二十韵》诗自注。

　　[15] 穷理，穷究事物之理。《易·说卦》云："穷理尽性，以至于命。"《后汉书·胡广传》云："博物洽闻，探赜穷理。"物自格，格，推究格物，穷究事物的道理。《礼记·大学》云："致知在格物，物格而后知至。"

　　[16] 前民，引导人民。《易·系辞上》云："是以明于天之道，而察于民之故，是兴神物以前民用。"高亨注："前，先导也。此句言圣人取此神物蓍草以占事，作人民用以占事之先导。"规画，筹划、谋划。《三国志·蜀志·杨

仪传》云："亮数出军，仪常规画分部，筹度粮谷。"

[17] 砺石，磨刀石。等，等同。碔砆，亦作"珷玞"，又作"碔砆"，意为似玉之石。汉司马相如《子虚赋》有"碝石碔砆"语，李善注引张揖曰："碝石、碔砆，皆石之次玉者……碔砆，赤地白采，葱茏白黑不分。"

[18] 睿，通达明智，亦为对皇帝的敬辞。圭璧，泛指贵重的玉器。《诗经·大雅·云汉》云："靡神不举，靡爱斯牲。圭璧既卒，宁莫我听。"

[19] 山骨，山中岩石。唐刘师服、侯喜等《石鼎联句》："巧匠斫山骨，刳中事煎烹。"金元好问《十一月五日暂往西张》有"林烟漠漠鸦边暗，山骨稜稜雪外青"句。袁宏道《祝雨》有"洗山山骨新，洗花花色故"句。《砚笺》卷一有"玉堂端砚"条，记载古玉堂砚铭曰："琢山骨，维端溪，星晢晢，云袭之，悬绝壁，下斗池。"宋朱新仲《端砚诗》有"巧匠摩云斫山骨"句。水精，水的精气。汉王充《论衡·讲瑞》云："山顶之溪，不通江湖，然而有鱼，水精自为之也。"

[20] 不缁不磷，见张玉书诗注。松花砚在诸多上品砚中以质坚名，诗引《论语》誉之，恰如其分。

[21] 御铭，参见汪晋徵诗注。

[22] 同列，同一班列、同僚。《史记·屈原贾生列传》云："上官大夫与之同列，争宠而心害其能。"

[23] 松胶兰穗，代指墨。

[24] 髹漆，亦作"髤漆"，是雕漆工序之一，指将漆涂在器物上。

[25] 蟠螭，指砚雕，见王顼龄《康熙五十二年……恭纪六首》诗注"双螭虎池研"。纽，指砚，见王顼龄《十一月二十九日……二十韵》诗自注。

[26] 列，陈放。

[27] 资，助、供。挥翰，挥笔。《晋书·虞溥传》云："若乃含章舒藻，挥翰流离……亦惟才所居，固无常人也。"

[28] 绦缄，封包。

[29] 玉堂，见陈元龙诗注。但此处应解为玉饰的殿堂，即宫殿的美称。宋玉《风赋》云："然后徜徉中庭，北上玉堂，跻于罗帷，经于洞房，乃得为大王之风也。"《韩非子·守道》云："人主甘服于玉堂之中。"法物，本指古代帝王用于仪仗、祭祀的器物，此处泛指帝王所用器物。琨瑜，美玉。南朝

陈徐陵《同江詹事登宫城南楼》有"铿锵叶舞踏，照烂等琨瑜"句。

[30] 瑰宝，贵重而美丽的珍宝。晋左思《吴都赋》有"窥东山之府，则瑰宝溢目"语。球图，指天球与河图，皆古代天子之宝器。《尚书·周书·顾命》云："大玉、夷玉、天球、河图，在东序。"清纪昀《阅微草堂笔记·如是我闻四》云："赏鉴家得一砚，虽滑不受墨，亦宝若球图。"

[31] 天锡，御赐。魁殊，奇特、与众迥异。左思《魏都赋》云："至于山川之倬诡，物产之魁殊，或名奇而见称，或实异而可书。"

[32] 瓦砾，比喻无价值的东西，自谦语。

[33] 椎鲁，愚钝、鲁钝。苏轼《论养士》云："其力耕以奉上，皆椎鲁无能为者。"

[34] 甄陶，化育、培养、造就。《旧唐书·孝友传·裴守真》云："甄陶化育，莫匪神功，岂于乐舞，别申严敬。"造化，创造化育，亦指自然。晋张协《七命》云："功与造化争流，德与二仪比大。"

[35] 贞珉，石刻碑铭的美称。明孔贞运《明兵部尚书节寰袁公墓志铭》云："崇冈斧如，贞珉罔极。千百斯年，过者钦式。"寸私，微薄的心意。

[36] 洪慈，大恩。唐权德舆《送别沉泛》有"伊予谅无取，琐质荷洪慈"句。

[37] 研磨老，苏轼《龙尾石砚寄犹子远》有"文章工点缀，忠义老研磨"句。

[38] 石砚诗，即《龙尾石砚寄犹子远》。

蒙恩再赐松花石砚恭纪[1]

供奉清班拜宠多[2]，一年两赐玉烟螺[3]。汇成双璧真无价，勒并千秋永不磨。纹簇湘筠流滑腻[4]，匣涵髹漆细摩挲[5]。墨池罄写恩无极[6]，涓滴难消浩荡波[7]。

【注释与解析】

[1] 见于《恭纪圣恩诗》，1704 年作于北京。

[2] 供奉，侍奉。清班，见陈廷敬诗注。

[3] 玉烟螺，此处喻砚。

[4] 不磨，不磨损、不磨灭。湘筠，湘竹，代指帘。辛弃疾《江神子》有

"湘筠帘卷泪痕斑，佩声闲，玉垂环，个里柔温容我老其间"句。此指松花砚刷丝如同湘帘。

[5] 髹漆，见上首诗注。

[6] 罄，尽、用尽。

[7] 涓滴，喻极小或极少的事物，此处与"浩荡"对应。浩荡，指皇恩。

吴廷桢（2首）

吴廷桢（1654—?），一作廷祯，初名栋，字山扲，号南村，江苏长洲（今苏州）人。康熙四十二年（1703）成进士，改翰林院庶吉士，授编修，升左春坊左谕德，曾充江西乡试正考官，参与纂修《佩文韵府》等。有《古剑书屋诗钞》①，入《清史列传》《国朝诗人征略初编》《清朝名家诗钞小传》《国朝耆献类征初编》《皇清书史》等。

三月十五日恩赐松花石砚恭纪（二首）[1]

龙渊采献净纤瑕[2]，腻理应同碧玉夸[3]。塞北有江通鸭绿，岭南无石比松花[4]。桃镌半核池涵露，莲擢重台匣起霞（砚池半为桃形，漆匣绘画嘉莲，名极工巧）。拜赐捧归逾拱璧[5]，好将绨锦十重加[6]。

秘殿传宣诏旨温[7]，自天题署下西昆（上以臣廷桢等与修《佩文韵府》，于六十余砚中，命择佳者以赐，中有片纸署臣廷桢名）[8]。微劳未竟磨研力，钝质能忘砻琢恩[9]。墨沼春云看触石[10]，书田秋稼望登原[11]。家珍增得烦重数（臣自内直后凡三蒙赐砚矣），肯羡籝金遗子孙[12]。

【注释与解析】

[1] 见于《古剑书屋诗钞》卷七，1712年作于北京，背景可参看查慎行相关诗作。其一颔联容易让人联想到浑江，从白山市的江源到通化市，沿江松花石产地密布，该江确为鸭绿江支流。

[2] 龙渊，指石采于江中。净纤瑕，指松花砚的净度高，无瑕疵。

---

① 吴廷桢. 古剑书屋诗钞［M］//《四库全书存目丛书》编纂委员会. 四库全书存目丛书：集部第263册. 济南：齐鲁书社，1997：57-163.

[3] 腻理，纹理。宋陈善《扪虱新话·蔡君谟论砚》："歙石多铓，惟腻理特佳。"

[4] "岭南"句，指端砚比不上松花砚。

[5] 拱璧，见张玉书诗注。

[6] 绨锦，《汉书·文帝纪赞》有"身衣弋绨、绨锦"语。绨，光滑厚实的丝织品。锦，织有花纹图案的丝织品。此处指以丝织品多重包裹。

[7] 诏旨，诏书、圣旨。《后汉书·周举传》云："群臣议者多谓宜如诏旨。"

[8] 西昆，西方昆仑群玉之府，相传为古帝王藏书的地方。唐上官仪《为朝臣贺凉州瑞石表》云："详观帝箓，披册府于西昆。"

[9] 砻琢，磨砻雕琢。

[10] 触石，谓山中云气与峰峦相碰击，吐出云来。《文选·左思》有"冈峦纠纷，触石吐云"语，李善注："《春秋元命苞》曰：山有含精藏云，故触石而出也。"

[11] 书田，以耕田比喻读书，故称书为"书田"。宋王迈《送族侄千里归漳浦》有"愿子继自今，书田勤种播"句。秋稼，秋季的庄稼。汉桓宽《盐铁论·授时》云："今时雨澍泽，种悬而不得播，秋稼零落乎野而不得收。"登原，与上句"秋稼"似化用唐韦应物《秋郊作》"登原忻时稼，采菊行故墟"句。

[12] 籝金，喻指财富，古人以籝盛装金银财宝。《汉书·韦贤传》有"遗子黄金满籝，不如一经"语。

张廷枢（15首）

张廷枢（1654—1728），字景峰，号息园，陕西韩城人。康熙二十一年（1682）进士，改庶吉士，授编修，官至吏部、刑部尚书，乾隆朝谥文端。有《崇素堂诗稿》①，入《清史稿》《国朝耆献类征初编》《汉名臣传》等。

---

① 张廷枢. 崇素堂诗稿［M］//《四库未收书辑刊》编纂委员会. 四库未收书辑刊：第8辑第17册. 北京：北京出版社，2000：659-754.

丁亥至日赐砚恭纪（四首）[1]

南郊礼毕仗初回[2]，中使传呼赐砚来[3]。十数鹓行齐阙谢[4]，奇珍捧握胜瑗瑰（是日拜赐者尚书四人侍郎十二人）[5]。

松花融结坚贞质[6]，塞外谁怜抱璞情[7]。一自宸游亲拂拭[8]，遂令片石价连城。

天然佳致本虚中[9]，良匠规磨制更工[10]。八字铭言同典诰[11]，奎光常映雪窗红（御铭：以静为用，是以永年)[12]。

曾因内直窥天藻[13]，忆在词林拜赐多[14]。最是砚田称独渥[15]，十年四得奉恩波（翰林时已三蒙赐砚）[16]。

【注释与解析】

［1］见于《崇素堂诗稿》卷一（《越中集》附《蓟门诗稿》），1707年作于北京，可参见汪晋徵、王顼龄相关诗作。

［2］南郊，冬至天坛祭天。仗，仪仗。

［3］中使，宫中派出的使者，多指宦官。

［4］鹓行，指朝官的行列。《梁书·张缅传》："殿中郎缺。高祖谓徐勉曰：'此曹旧用文学，且居鹓行之首，宜详择其人。'"唐温庭筠《病中书怀呈友人》有"凤阙分班立，鹓行竦剑趋"句。阙，宫殿门前两边的楼台，泛指宫殿或帝王的住所。

［5］瑗，大孔璧。瑰，美玉、美石。

［6］融结，指江水融冰和结冰。

［7］抱璞，见张玉书诗注。

［8］宸游，帝王之巡游，此处指玄烨东巡。唐林宽《省试腊后望春宫》有"时见宸游兴，因观稼穑功"句。

［9］佳致，多指高雅的情趣或美好的景致，此处指松花砚石质之美。虚中，指砚，唐文嵩曾以砚拟人作《即墨侯石虚中传》。

［10］规，画圆，使符合制式。

［11］典诰，《尚书》中《尧典》《汤诰》等篇的并称，亦泛指经书典籍。

［12］奎光，奎宿天狼星之光。旧谓奎宿耀光为文运昌明、开科取士之兆。《史记·太史公自序》有"奎光照耀，燎原之势"句，明高明《琵琶记·蔡宅祝寿》有"奎光已透三千丈，风力行看九万程"句。以静为用，是以永年，

见张玉书诗注。

[13] 内直，在宫内值班。天藻，天子的文章。唐陈子昂《为陈御史上奉和秋景观竞渡诗表》有"帝歌爰作，天藻攸彰"语。

[14] 词林，翰林或翰林院的别称，如《词林典故》。宋王应麟《玉海·圣文五·康定赐翰林飞白书》云："至和元年九月，王洙为学士，仁宗尝以涂金龙水笺为飞白'词林'二字赐之。"元卢亘《送侍讲学士邓善之辞官归钱塘》有"昭昭日月揭，胡为厌词林"句。

[15] 渥，优厚。

[16] 奉，接受。恩波，帝王的恩泽。南朝梁丘迟《侍宴乐游苑送张徐州应诏》有"参差别念举，肃穆恩波被"句。

正月初三日南书房赐砚恭纪（十首）[1]

才过正元岁籥新[2]，九重优诏集词臣[3]。乾清门外多时立[4]，旋听传呼入紫宸[5]。

昨夜奎光映上台，深宫宣赉遍邹枚[6]。自惭珥笔曾无补[7]，墨海空擎碧玉材。

肤理精莹翠绿匀[8]，方圆成器式尤新[9]。为因采斫随良匠[10]，碧瓦澄泥未足珍[11]。

传闻兹石产龙沙[12]，璞玉山中人未夸（石产松花江上，人未尝为砚）[13]。一自翠华临御后[14]，遂令声价等闲加[15]。

从容退食出蓬莱[16]，六十人同拜赐回。瑞气葱葱黄袱裹[17]，绿云朵朵自天来[18]。

儒臣颁赐隋元老（赐砚止及阁相，未遍六乡）[19]，昭代恩辉驾盛唐[20]。明向玉堂还再拜（有旨赴翰林院谢恩）[21]，争裁锦绣制华囊[22]。

绸书每伴青镂管[23]，作赋能添彩笔花。顾我无文酬睿造[24]，徒依玉几望光华[25]。

为镌御制字当头（砚有"康熙御制"四小字），常有云霞绕案流。清赏若教逢薛稷[26]，不应但拜石卿侯[27]。

去年腊日拜恩频（十二月二十四日蒙恩赐御书朱子诗文，又赐御制诗），今岁新恩逮早春。为检琅函翻赐帖[28]，一旬三锡荷深仁[29]。

娟娟片石重连城[30]，皎洁还同校士情[31]。携遍江南桃李地[32]，好将砥砺共诸生[33]。

【注释与解析】

[1] 该诗在《崇素堂诗稿》卷一中编于《丁亥至日赐砚恭纪》之后，但却于1703年作于北京，背景详见揆叙相关诗作。

[2] 正元，正月初一。岁籥，即岁月。籥，指候气用的葭琯。宋裴万顷《闲居》诗有"大椿岁籥祈亲寿，断简生涯听子传"句，宋司马光《谢提举崇福宫表》有"再领于祠庭，遂十更于岁籥"语。

[3] 优诏，褒美嘉奖的诏书。《南齐书·张欣泰传》："上书陈便宜二十条，其一条言宜毁废塔寺。帝并优诏报答。"词臣，文学侍从之臣，为皇帝充当顾问参政的博学多识之臣即为词臣，如中书舍人与翰林学士等。唐刘禹锡《江令宅》有"南朝词臣北朝客，归来唯见秦淮碧"句。

[4] 乾清门，紫禁城内廷的正宫门，是连接内廷与外朝往来的重要通道，在清代又兼为处理政务的场所。

[5] 紫宸，帝王居所。

[6] 宣赉，发诏赏赐。《大宋高僧传》卷三十云："右宣副使张思广奏迹充乎赞导，悦怿上心，宣赉稠厚。"邹枚，汉邹阳、枚乘的并称，两人皆以才辩著名当时，后因以"邹枚"借指富于才辩之士，此处代指众臣。北魏郦道元《水经注·睢水》云："梁王与邹、枚、司马相如之徒极游于其上。"唐王维《奉和圣制赐史供奉曲江宴应制》有"侍从有邹枚，琼筵就水开"句，唐徐铉《题梁王旧园》有"门前不见邹枚醉，池上时闻雁鹜愁"句，宋张孝祥《西江月》词有"坐中宾客尽邹枚，盛事它年应记"句。

[7] 珥笔，戴笔，详见查慎行诗注。

[8] 肤理，指砚石纹理。

[9] 方圆，指砚的形制。式，样式。

[10] 采斫，采掘。

[11] 碧瓦，指瓦砚，又名"砚瓦"，汉魏未央宫、铜雀台等诸殿瓦，以及汉祖庙瓦、灌婴庙瓦等，面至背厚一寸弱，拱起的瓦背平可研墨，唐宋以来，去其身以为砚，俗呼"瓦头砚"。唐吴融有《古瓦砚赋》。《西清砚谱》录"汉未央宫瓦砚""铜雀台瓦砚"多条。瓦砚又是一种砚式。另可参见王鸿绪

诗注"雀台"条。澄泥，指澄泥砚，使用经过澄洗的细泥作为原料加工烧制而成，质地细腻，贮水不涸，发墨而不损毫，可与石质佳砚相媲美。高似孙《砚笺》载泽州、绛州澄泥砚，宋苏易简《文房四谱》专门有"作澄泥砚法"。米芾、苏轼、黄庭坚、陈与义等均曾提及吕道人澄泥砚。《西清砚谱》录宋澄泥砚甚多。

[12] 龙沙，泛指塞外漠北边塞之地，此处即是此意。唐杨炯《泸州都督王湛神道碑》有"旌节龙沙，轩旗象浦"语。龙沙有时也指荒漠，清代又特指今黑龙江省西部地区，尤其指齐齐哈尔一带。

[13] 璞，含玉的石头，没有琢磨的玉。

[14] 翠华，天子仪仗中以翠羽为饰的旗帜或车盖等，又为御车或帝王的代称。《文选·司马相如》有："建翠华之旗，树灵鼍之鼓。"李善注："翠华，以翠羽为葆也。"临御，皇帝坐朝或临幸至某地。此处指玄烨东巡。

[15] 等闲，无端、轻易。

[16] 退食，此处指退朝。《北史·高允传》云："（司马消难）因退食暇，寻季式，酣歌留宿。"蓬莱，指秘阁。唐杨炯《登秘书省阁诗序》有"周王群玉之山，汉帝蓬莱之室"语。此处指皇宫。

[17] 葱葱，形容草木茂密青翠或气象旺盛。黄袱裹，指松花砚的外包装。

[18] 绿云，喻指松花砚。

[19] 六乡，周制，王城之外百里以内，分为六乡，每乡设乡大夫管理政务。

[20] 昭代，政治清明的时代，常用以称颂本朝或当今时代。唐权德舆《寓兴》有"昭代未通籍，丰年犹食贫"句，唐崔涂《问卜》有"不拟逢昭代，悠悠过此生"句。恩辉，恩光。唐王昌龄《送郑判官》有"东楚吴山驿路微，轺车衔命奉恩辉"句。驾，凌驾、超越。

[21] 明，明天。玉堂，宋以后翰林院亦称玉堂。

[22] 华囊，华丽的口袋，此处指装砚用。

[23] 绡书，在绡子上书写。青镂管，青色玉雕的笔管，借指用这种笔管做成的毛笔。《南史·文学传·纪少瑜》云："少瑜尝梦陆倕以一束青镂管授之。"

[24] 无文，指言语、辞章没有文采。《左传·襄公二十五年》云："言以足志，文以足言，不言谁知其志？言之无文，行而不远。"睿造，皇帝的造就培养。

[25] 几，桌案。

[26] 薛稷（649—713），字嗣通，蒲州汾阴（今山西万荣）人，唐代书法家、画家、诗人，为人好古博雅，辞章甚美。政事之余，专力书画艺术。当时虞世南、褚遂良二人书法妙绝，海内翕然宗法。薛稷外祖魏徵为初唐名臣，家富收藏，其中虞褚墨迹颇多，薛稷得以日久观摩，进而"锐意模学，穷年忘倦"，最终学成，名动天下。

[27] 但，只。石卿侯，唐冯贽《云仙杂记》记载："薛稷为砚封九锡，拜离石乡侯，使持节即墨军事长史，兼铁面尚书。"

[28] 琅函，书匣的美称，此指砚匣。

[29] 锡，同"赐"。荷，承蒙。

[30] 娟娟，美好。杜甫《寄韩谏议注》有"美人娟娟隔秋水，濯足洞庭望八荒"句。

[31] 校士，考评士子。明胡应麟《少室山房笔丛·华阳博议下》云："六朝策事，唐宋校士，悉其遗风。"

[32] 桃李地，指有自己学生的地方。

[33] 砥砺，此处指皇帝的勉励。

南巡扈从纪恩诗十首（其四）[1]

松花江口水沄沄[2]，锦石崆岈散縠纹[3]。绿玉凿成光灿烂，黄云割取气氤氲[4]。砚田赐予畣畲得[5]，佳制传观大小分。剑浦端溪输此宝[6]，携归天禄侍吾君[7]。

【注释与解析】

[1] 见于《崇素堂诗稿》卷四，1705 年作于苏州府，诗题有注："赐砚大小二方，小者绿色是日赐。大者黄色，四月十六日赐。"

[2] 沄沄，水流汹涌貌。汉董仲舒《春秋繁露·山川颂》云："水则源泉混混沄沄，昼夜不竭。"

[3] 锦石，有美丽花纹的石头，此处指松花石。晋罗含《湘中记》云："衡山有锦石，斐然成文。"崆岈，山深的样子。梁元帝《玄览赋》有"崆岈谽开，背原面野"语。縠纹，绉纱似的皱纹，常用以喻水的波纹，此处指松花砚的花纹。苏轼《和张昌言喜雨》有"禁林夜直鸣江濑，清洛朝回起縠纹"句。

［4］绿玉、黄云，指两方松花砚。氤氲，烟云弥漫的样子。

［5］菑畲，耕耘，亦指耕稼为民生之本，此处喻指砚为文人的根本。唐韩愈《符读书城南》有"文章岂不贵，经训乃菑畲"句。

［6］剑浦，代指苏轼凤味砚，见廖腾煃诗注附苏轼《凤味砚铭并叙》。端溪，代指端砚。

［7］天禄，汉代阁名，后亦指皇家藏书之所。

释元璟（6首）

释元璟（1655—?），初名通圆，字借山，一字以中，号红椒、晚香老人，浙江平湖人。工诗，台州天童寺僧，平生游历南北，康熙四十二年南巡时，赴吴门接驾，后入京供奉，1730 年尚在世。有《完玉堂诗集》①，入《国朝松江诗钞》《续槜李诗纪》《皇清书史》等。

御舟应制毕赐砥石研[1]

砥石山开小砚田[2]，温于绿玉嫩于烟。摩挲忽拜君王赐，不用浣衣学米颠[3]。

【注释与解析】

［1］见于《完玉堂诗集》卷六《绿琼集》，据卷八《晚香集》中《康熙癸未二月二十日蒙恩召至吴门行宫备问法门渊源出世始末命随驾纪恩诗》诗题可知，该诗 1703 年作于苏州。结句用米芾索砚典。释元璟平生爱砚，据诗意可知并无言语，只是对松花砚好奇观赏，即蒙赐。应制，指应皇帝之命写作诗文。

［2］砥石山，见宋荦诗注。

［3］浣衣学米颠，事见王顼龄《十一月二十九日……二十韵》注附。

钦赐《制研说》手卷[1]

天地生材岂偶然[2]，得逢圣赏亦奇缘[3]。文章书法真双绝，藏在名山万古传。

---

① 释元璟. 完玉堂诗集［M］//《清代诗文集汇编》编纂委员会. 清代诗文集汇编：第 195 册. 上海：上海古籍出版社，2010：1-96.

【注释与解析】

[1] 背景同上首诗，诗亦相关松花砚。《制砚说》，见张玉书诗注附。

[2] 天地生材，指松花砚石材。

[3] 圣赏，指玄烨发现松花砚石材。

应诏诗二十首有序（其十七）[1]

臣僧元璟忆自夏炎遄趋凤阙[2]，逮乎秋爽，始抵玉京。盖以远途跋涉，饮食失调，疾发河鱼[3]，未能谒觐。时惟圣驾避暑塞外，校猎祁连，乃于季秋被见畅春园，谢恩乞归，伏蒙皇上天地宽函，温纶慰奖[4]，命内大人佛宝送在崇福寺棲止。诏曰：'留尔在京，以备顾问。善自调养，无庸苦辞。闲可赋诗，以副朕怀。'恭惟銮辂西巡[5]，省方咨岳[6]，仰承恩诏，曷胜感愧。香前月下，翘首低吟，积有廿篇，深惭芜拙，爰抒芹曝之私[7]，敢吁离明之鉴云[8]。

禅余无个事[9]，绿玉浴来腴（恩赐砥石研温润发墨）[10]。赐帖恭临拓[11]，濡毫作楷模（赐渊鉴斋法帖，八体六法，靡不兼擅）[12]。神光炳道德[13]，仙骨换麻姑[14]。终愧涂鸦手[15]，芭蕉费百株[16]。

【注释与解析】

[1] 吴门接驾后，应诏于1703年秋来到北京。

[2] 遄，迅速地。凤阙，汉宫阙名，代指皇宫、朝廷。晋王嘉《拾遗记·魏》云："青槐夹道多尘埃，龙楼凤阙望崔嵬。"

[3] 疾发河鱼，腹疾的隐称，因鱼腐烂是从腹中开始而得名，语出《左传·宣公十二年》"河鱼腹疾，奈何"。

[4] 温纶，皇帝诏令的敬称。

[5] 銮辂，即銮驾。

[6] 省方，巡视四方。《易·观》有"先王以省方观民设教"语，孔颖达疏："省视万方，观看民之风俗。"咨岳，典出咨岳试鲧，《史记·夏本纪第二》记载："尧求能治水者，群臣四岳皆曰鲧可。尧曰：鲧为人负命毁族，不可。四岳曰：等之未有贤于鲧者，愿帝试之。于是尧听四岳，用鲧治水。九年而水不息，功用不成。"四岳，分掌四方的诸侯领袖。唐独孤及《代书寄上李广州》有"天子咨四岳，仁公济方割"句。

［7］芹曝之私，献曝与献芹，谦言所献微薄。明唐玉《谢冠宾赞》云："谩有某物，少寓谢忱。愧非酬宾之礼，聊申曝芹之私。"

［8］吁，呼号。离明，日光，喻指君上的明察。

［9］个事，一事。

［10］绿玉，指松花砚。腴，油润。砥石研，见宋荦诗注。

［11］临拓，临摹。

［12］楷模，效法。

［13］炳，显示、照耀。

［14］仙骨换麻姑，脱胎换骨之意。

［15］涂鸦，唐卢仝《示添丁》有"忽来案上翻墨汁，涂抹诗书如老鸦"句，后用"涂鸦"比喻书法拙劣或胡乱写作。

［16］芭蕉，代指纸。芭蕉叶大，古时候贫家子弟有用以代纸写字。《南史·隐逸传》载："黎伯珍少孤贫，学书无纸，常以竹箭箬叶甘蕉及地上学书。"陆羽《怀素传》有"贫无纸，乃种芭蕉万余株以供挥洒"语。

砥石研歌[1]

弗羡南阳紫伽黎（唐太宗召南阳忠国师问道，称旨，赐紫伽黎衣），弗诧育王龙脑钵（大觉琏禅师住阿育王，宋仁宗召对便殿，赐龙脑钵）[2]。至尊手制砥石研，世间之宝皆超越。砥石山高云活活[3]，美石不用水底割。春波浴出嫩苔花[4]，玉斧劚开圆镜月。山僧自愧樗散材[5]，龙舟应制天颜开[6]。摩挲既久忽拜赐[7]，淋漓墨汁怀抱来[8]。御书一卷丽以陪[9]，诏就玉案读数回[10]。品题此研意郑重[11]，由来圣主怜人才。芭蕉窗北闲自试，麝煤香染猩毫利[12]。枯禅漫拟碧云篇[13]，洗掌敬写金经字[14]。爵台老瓦端溪紫[15]，虽置乌皮簏卿贰[16]。立言著述相砺须[17]，临碑拓帖浑游戏。歌长歌，镌短记，如山永镇楼心寺。

【注释与解析】

［1］见于《完玉堂诗集》卷七《京师百咏》，作于在北京期间。砥石研，见宋荦诗注。

［2］大觉琏禅师，云门宗，师嗣泐潭，讳怀琏。阿育王，指阿育王寺。

［3］活活，充满生机。

[4]"春波"句，指松花砚的花纹。

[5]樗散，典出《庄子·内篇·逍遥游》和《庄子·内篇·人间世》，樗木材劣，多被闲置。比喻不为世用，投闲置散，后常作谦辞。杜牧《郑瓘协律》有"广文遗韵留樗散，鸡犬图书共一船"句。

[6]龙舟应制，详见作者《御舟应制毕赐砥石研》一诗。

[7]摩挲，用手抚摩。

[8]淋漓墨汁，用米芾事，详见王顼龄《十一月二十九日……二十韵》注附。

[9]御书一卷，指《制砚说》。丽，辞采华丽。此句似化用扬雄《法言·吾子》"诗人之赋丽以则"的句式。陪，有所帮助。

[10]诏，见《应诏诗二十首有序》。

[11]"品题"句，见张玉书诗注附《制砚说》。

[12]麝煤，麝墨，含有麝香的墨。唐韩偓《横塘》有"蜀纸麝煤添笔媚，越瓯犀液发茶香"句。猩毫，用猩猩的毛做成的一种毛笔。《鸡林志》云："高丽笔，芦管黄毫，健而易乏，旧云猩猩毛笔。"

[13]枯禅，静坐参禅。碧云篇，江淹《杂体诗·休上人怨别》有"日暮碧云合，佳人殊未来"句，张铣注："碧云，青云也。"白居易《奉酬淮南牛相公思黯见寄二十四韵》有"惭无白雪曲，难答碧云篇"句，宋钱易《览越僧诗集有寄》有"莫学江淹拟惠休，碧云才调已难酬"句。

[14]掌，手。金经，指《金刚经》。

[15]爵台，铜爵台，即铜雀台，明曾棨有《铜爵瓦砚歌》。铜雀台瓦砚见王鸿绪诗注。端溪紫，宋苏易简《文房四谱》载："世传端州有溪，因曰端溪。其石为砚至妙，益墨而至洁……或云水中石其色青，山半石其色紫，山绝顶者尤润，如猪肝色者佳。"又载："端州石砚匠识山石之脉理，凿之五七里得一窟，自然有圆石青紫色，琢之为砚，可值千金。"李贺有《杨生青花紫石砚歌》。

[16]置，放置。乌皮，乌皮几，乌羔皮裹饰的小几案，古人坐时用以靠身，南朝齐谢朓有《同咏座上玩器乌皮隐几》。籢，副的、附属的。《左传·昭十一年》云："泉丘人有女，梦以其帷幕孟氏之庙，遂奔僖子，僖子使助蓬氏之籢。"《注》籢，副倅也。蓬氏之女为僖子副妾，故纳泉丘人女，令副助之。《张衡·西京赋》云："属车之籢，载猃猲獢。"《注》籢，副也。贰，指铜雀瓦砚和端砚。

[17] 立言，创立学说，成为名言，为后人传诵。《左传·襄公二十四年》："太上有立德，其次有立功，其次有立言，虽久不废，此之谓三不朽。"著述、编纂、撰写。砺，磨砺，此处指磨墨，即言松花砚主要为著述服务而不是为临碑拓帖的游戏服务。

喜砥石砚成（二首）[1]

兴王地产绿琼英[2]，玉斧丁丁琢得成（研系许紫垣手制）。直以文明开一代[3]，遂令声价重连城。端严足发松烟性[4]，温润偏怡毛颖情[5]。龙尾羊肝须拨置[6]，老禅挥洒慰平生。

三涤蕉窗雨乍晴[7]。小池潋滟碧无声[8]。应知间气材非易[9]，能砥狂澜任不轻。尘海得朋愁易破[10]，玉田有岁老堪耕[11]。典衣要制琉璃匣[12]，自缀新铭自品评[13]。

【注释与解析】

[1] 见于《完玉堂诗集》卷九《黄琮集》，据周小春《清代诗僧元璟研究》所附《元璟年表》① 可知，该诗作于作者离京南归（1718年秋）后。据诗意可知，元璟从北京带回了松花石砚料。元璟知砚爱砚颇深，曾在诗中自称有"砚癖"。砥石砚，见宋荦诗注。

[2] 兴王地产绿琼英，言松花石产于清王朝发祥之地。兴王，励精图治、勤于王业的君主。《国语·晋语六》云："兴王赏谏臣，逸王罚之。"琼英，似玉的美石。唐李商隐《一片》有"一片琼英价动天，连城十二昔虚传"句。

[3] 文明，见蔡升元诗注。

[4] 端严，端庄严谨，庄严。汉应劭《风俗通·十反·宗正南阳刘祖》云："太守公孙庆当祠章陵，旧俗常以衣冠子孙、容止端严、学问通览、任顾问者以为御史。"《北齐书·成帝纪》："帝时年八岁，冠服端严，神情闲远，华戎叹异。"松烟，松木燃烧后之黑灰，是制松烟墨的原料，此处代指墨。

[5] 毛颖，韩愈有《毛颖传》，考察了毛笔的发生、发展历史，并将之拟人化，取名为"毛颖"，为之立传，此后"毛颖"遂成为毛笔的代称。

[6] 龙尾，见熊赐履诗注。羊肝，代指端砚，唐李咸用《谢友生遗端溪

① 周小春. 清代诗僧元璟研究 [D]. 金华：浙江师范大学，2016.

砚瓦》有"鸲眼工谐谬，羊肝士乍刲"句。又可能代指洮河砚，喇嘛崖上层老宋坑产羊肝红。拨置，废置、搁置。晋陶潜《还旧居》有"拨置且莫念，一觞聊可挥"句，元汪元亨《雁儿落过得胜令·归隐》（其三）有"山翁醉似泥，村酒甜如蜜。追思莼与鲈，拨置名和利"句。

[7] 蕉窗，芭蕉种在窗下，与窗掩映搭配，形成雅致的景象，故称。明史鉴有《蕉窗》诗。

[8] 潋滟，水波荡漾或水满的样子。

[9] 间气，指英雄豪杰上应星象，禀天地特殊之气，间世而出，称为"间气"。《太平御览》卷三百六十引《春秋演孔图》云："正气为帝，间气为臣。"宋均注："间气则不苞一行，各受一星以生。"

[10] 朋，指以砚为友。

[11] 玉田，指砚。

[12] 琉璃，见王顼龄《三月十四日……恭纪》注释。

[13] 自缀新铭，自己要刻上铭文。

汤右曾（2首）

汤右曾（1655—1722），字西崖，浙江仁和（今杭州）人。康熙二十七年（1688）进士，改庶吉士，授编修，官至吏部右侍郎、掌院学士。工诗，继朱彝尊并为浙派领袖。有《怀清堂集》①，入《清史稿》《国朝耆献类征初编》《汉名臣转》《清代七百名人传》《国朝诗人征略初编》《昭代名人尺牍小传》《皇清书史》《国朝书人辑略》《清画家诗史》《清代画史增编》等。

丙申四月三日奏事苑西蒙恩宣赐大学士以下黎溪石砚一方归示儿子学殖

（二首）[1]

残书老眼两三行，伏猎犹存此侍郎[2]。东关杀青何日是（余承修书局盖五年矣），绿云一片愧分将[3]。

小儿困卧强书鬈[4]，苦念彭殇理未齐[5]。今日祥光生墨海[6]，永年两字

---

① 汤右曾. 怀清堂集［M］//《清代诗文集汇编》编纂委员会. 清代诗文集汇编：第195册. 上海：上海古籍出版社，2010：487-644.

自天题（砚背有"以静为用，是以永年"八字铭，盖御笔也）[7]。

【注释与解析】

［1］见于《怀清堂集》卷十七，1716 年作于北京。乍看题中"黎溪"二字，或以为与松花砚无关，但参看王顼龄《四月朔日蒙赐松花石萍实池砚一方随诣畅春园东门谢恩恭纪》可知，此砚为松花砚的可能性很大，而且汤右曾诗其二自注砚铭和其一的"绿云"二字也与松花砚相符合。沈廷芳《题汤西崖少宰〈赐研诗〉卷后次原韵四首》（其一）也有"黎溪"（溪在广东英德）字样，但其四夹注写明"砚产松花江"，故所谓"黎溪"应是指砚色。沈廷芳诗其三所记康熙丙申也相符。据诗韵可知，沈诗四首，实为次此处汤诗二首韵各二首。

［2］伏猎，唐户部侍郎萧炅曾将"伏腊"误读为"伏猎"。后因以"伏猎"为大臣不学无术之典实。清魏源《拟进呈》云："台省长官多其国人，及其判署，不谙文义，弄獐、伏猎，不得已始取汉人、南人以为之佐。"侍郎，作者自称，作者与萧炅皆官侍郎。

［3］杀青，古时把书写在竹简上，为防虫蛀须先用火烤干水分，曰"杀青"，后泛指写定著作。绿云，指松花砚。

［4］困，困惑。强，勉强。书鹜，语见苏轼《两桥诗并引·西新桥》"嗟我久阁笔，不书纸尾鹜"句。据《苏轼诗集合注》，王注次公曰："法帖中有王氏一帖，最后大书一'鹜'字，相传此帖之珍，所酬至五十余万云。"①

［5］彭殇，《庄子·内篇·齐物论》云："天下莫大于秋毫之末，而大山为小，莫寿于殇子，而彭祖为夭。"彭，彭祖，古代传说中的长寿之人。殇，夭折，未成年而死。杜牧《不饮赠酒》有"细算人生事，彭殇共一筹"句，白居易《赠王山人》有"彭殇徒自异，生死终无别"句。齐，齐物，庄子哲学思想，认为宇宙间一切事物，如生死寿夭，是非得失，物我有无，都应当同等看待。

［6］墨海，指砚。

［7］以静为用，是以永年，见张玉书诗注。

---

① 苏轼. 苏轼诗集合注 ［M］. 冯应榴，辑注. 上海：上海古籍出版社，2001：2079.

宫鸿历（1 首）

宫鸿历（1656—1718），字友鹿，一字樨麓，别字恕堂，江苏泰州人。康熙四十五年（1706）进士，改庶吉士，授翰林院编修。有《恕堂诗》[①]，入《词林辑略》《碑传集补》《清朝名家诗抄小传》。

赐砚纪恩诗[1]

扶桑晃朗通九区[2]，日浴先照天东隅[3]。襟山带海阨塞地[4]，郁葱佳气开雄都[5]。丰京镐邑萃灵秀[6]，往往孕结琼瑶瑜[7]。銮车时巡省方岳[8]，百神受职群山呼[9]。砥石巉岩若砥柱[10]，夭乔飞走俱魁殊[11]。蕴玉山辉传自古[12]，美璞岂得同碔砆[13]。世无卞和识神物[14]，地不爱宝谁能刳[15]。为础作砺等闲事[16]，何异石鼓疲春揄[17]。帝咨工倕登此石[18]，即墨封比躬桓蒲[19]。劚云劚玉有制作[20]，中规合矩随形模[21]。玉堂新样琢磨出[22]，肌理滑笏坚而腴[23]。金声玉德洵兼备[24]，呵冰蓊蓊云衣铺[25]。蒸栗黄间鸭头绿[26]，白虹紫电萦星枢[27]。鸲眼村俗马肝劣[28]，凤味龙尾真其徒[29]。方箱大橐后车载[30]，山灵夜徙秋云孤[31]。宝趺光芒玉几净[32]，丙夜拂拭研铅朱[33]。圣文典诰诗雅颂[34]，远跨周汉殷唐虞[35]。龙章迅扫千兔秃[36]，昭回银汉悬天衢[37]。高碑大碣遍抚勒[38]，人人竞宝隋侯珠[39]。微臣未登朝士籍[40]，捋撦章句惭通儒[41]。断砖破瓦每自惜[42]，砚蟾注水行将枯[43]。揭来金门初待诏[44]，果腹珍馔传天厨[45]。宠新地近但悚慄[46]，重以朽钝烦烘炉[47]。何期涣汗沛膏泽[48]，得与词馆同霑濡[49]。受赐百拜纳怀袖，一方暖玉如凝酥[50]。三重缇袭慎包裹[51]，砚北却立心踟蹰[52]。守静尚默乃可久[53]，不缁不磷无玷污[54]。品方质厚砚之德[55]，岂以瓦合矜时趋[56]。敬披御集读《砚说》[57]，寒蛰一一回昭苏[58]。作人造士轶三古[59]，宁有才俊留菰芦[60]。我朝太平矢文德[61]，共球八表来将输[62]。摩挲宝器不轻用，用作明堂王会图[63]。赓歌喜起赞圣德[64]，青藜照席看操觚[65]。传之千秋奕叶后[66]，上媲稷益皋陶谟[67]。

---

① 宫鸿历. 恕堂诗［M］//《清代诗文集汇编》编纂委员会. 清代诗文集汇编：第 196 册. 上海：上海古籍出版社，2010：439-490。

【注释与解析】

[1] 见于《皇清文颖》卷六十四。

[2] 扶桑，见王鸿绪《十一月初十日赐磨礲山石砚一方并西洋漆匣御墨四锭恭纪》诗注，此处代指东方日出之地。晃朗，明亮貌。晋潘岳《秋兴赋》有"天晃朗以弥高兮，日悠阳而浸微"语。"晃朗扶桑"出自唐代李乂的《奉和晦日幸昆明池应制》。九区，九州。汉刘騊駼《郡太守箴》云："大汉遵周，化洽九区。"

[3] 东隅，东角、东方。

[4] 襟山带海，山，指长白山；海，当时东北地区不光濒黄渤海，还在东海（现地图多标"日本海"）有漫长海岸线。阰，同"隘"。

[5] 郁葱，指林木茂盛，比喻气盛的样子。佳气，美好的云气，吉祥和兴旺的象征。汉班固《白虎通·封禅》云："德至八方则祥风至，佳气时喜。"雄都，指清旧都盛京。

[6] 丰京镐邑，以周旧都比盛京。

[7] 琼瑶，美玉。《诗经·卫风·木瓜》有"投我以木桃，报之以琼瑶"句。瑜，美玉。

[8] 銮车，銮驾。省方岳，见释元璟《应诏诗二十首有序》诗注。

[9] 受职，接受委派的职务。《周礼·春官·宗伯》有"壹命受职"语，贾公彦疏："郑司农云'受职治职事'者，谓始受王之官职，治其所掌之事也。"

[10] 砥石，见宋荦诗注。巉岩，险峻的山岩。战国楚宋玉《高唐赋》有"登巉岩而下望兮，临大阺之稸水"句，李白《蜀道难》有"问君西游何时还？畏途巉岩不可攀"句。砥柱，山名，比喻能坚守原则、支撑危局的人或力量。《文选·宋玉》："交加累积，重叠增益，状若砥柱，在巫山下。"李善注："砥柱，山名。"

[11] 夭乔，草木茁壮生长，借指草木。《尚书·禹贡》云："厥草惟夭，厥木惟乔。"孔传："少长曰夭；乔，高也。"飞走，飞禽走兽。魁殊，与众迥异。《文选·左思》云："至于山川之倬诡，物产之魁殊，或名奇而见称，或实异而可书。"

[12] 蕴玉山辉，出自晋陆机《文赋》："石韫玉而山辉，水怀珠而川媚。"

［13］璞，含玉的石头，没有琢磨的玉。碔砆，见蔡升元诗注。

［14］卞和，见张玉书诗注"抱璞"。

［15］地不爱宝，大地不吝啬它的宝藏。《礼记·礼运》云："故天不爱其道，地不爱其宝，人不爱其情。"高似孙《砚笺》载晁无咎《胡文恭公砚铭》"天不爱道生异人，地不爱宝物斯珍"。剞，剖开后挖空。

［16］础，垫在房屋柱下的石头。砺，磨刀石。等闲，平常。

［17］石鼓，即国宝陈仓石鼓，被康有为誉为"中华第一古物"，公元627年发现于凤翔府陈仓境内的陈仓山（今陕西省宝鸡市石鼓山），韩愈有《石鼓歌》。舂揄，指舂米。捣米于臼曰舂，自臼取出曰揄。《诗经·大雅·生民》有"或舂或揄"句。

［18］倕，古巧匠名。相传尧时被召，主理百工，故称工倕。《庄子·达生》云："工倕旋而盖规矩，指与物化，而不以心稽。"陆德明释文："工倕，尧工，巧人也。"唐韩愈《寄崔二十六立之》有"黄金涂物象，雕镂妙工倕"句。

［19］即墨，唐文嵩曾以砚拟人作《即墨侯石虚中传》。躬桓蒲，礼拜之意。桓蒲，祭祀用的大蒲席。

［20］劗云劂玉，喻采石之艰。可参见蔡升元诗注"割云劂雪"。

［21］中规合矩，合乎法度。《庄子·徐无鬼》云："吾相马，直者中绳，曲者中钩，方者中矩，圆者中规，是国马也。"随形，指根据砚石的自然形态进行设计制作。随形砚，也称异形砚，并不是指以自然平整岩石不加斧凿而直接为砚，而是随形雕琢，增加审美意趣。

［22］玉堂新样琢磨出，语出王安石《元珍以诗送绿石砚所谓玉堂新样者》，诗见陈元龙诗注，另可参见陈元龙诗注"玉堂"。

［23］滑笏，动荡不定的水波。此处指松花砚的纹理。唐元稹《赠刘采春》有"正面偷匀光滑笏，缓行轻踏破纹波"句。坚而腴，坚润。参见廖腾煃诗注"刚而润"。

［24］金声玉德，语出苏轼《龙尾砚歌并引》，参见王顼龄《三月十四日……恭纪》诗注附。

［25］蓊蓊，密集貌。《梁书·张缵传》云："望归云之蓊蓊，扬清风之飘飘。"宋梅尧臣《送谢师直南阳上坟》有"山下独徘徊，雨来云蓊蓊"句。云

衣，云气。宋姜夔《除放自石湖归苕溪》有"笠泽茫茫雁影微，玉峰重叠护云衣"句。

[26] 蒸栗黄，《玉纪》中记载："黄如蒸栗，曰玵。"《古玉辨》中有"色如甘栗，名曰玵黄"语。高似孙《砚笺》卷三载"黄玉砚如蒸栗"。鸭头绿，形容绿色，又为洮砚石品名，洮砚有"鸭头绿"，亦称"绿漪石"。宋黄庭坚《刘晦叔许洮河绿石砚》云："久闻岷石鸭头绿，可磨桂溪龙文刀。莫嫌文吏不知武，要试饱霜秋兔毫。"

[27] 白虹紫电，皆为孙权宝剑名，此处指砚色。星枢，北斗七星第一星天枢星。宋强至《贺吴枢府诗》有"治声一月满长安，直上星枢耸具观"句，明袁宗《夜游曲》有"井桐哑哑啼老乌，女垣欸见横星枢"句。

[28] 鸲眼马肝，皆端砚石品。鸲鹆眼，端石上的圆形斑点。其大如钱，小如芥子，形如八哥之眼，外有晕。以活而清朗，有黑精者为贵。欧阳修《砚谱》云："端石出端溪……有鸲鹆眼为贵。"陆游《无客》有"砚鸲鹆涵眼，香斯鹧鸪斑"句。宋苏易简《文房四谱》载："或云水中石其色青，山半石其色紫，山绝顶者尤润，如猪肝色者佳。其贮水处，有白赤黄色点者。世谓之鸲鹆眼。"《砚笺》载："石贵润，色贵青紫，眼贵翠绿圆正有瞳子。"又引欧阳修《砚谱》云："水中石青，山半石紫，绝顶者尤润，猪肝色者佳。"苏轼《孙莘老寄墨四首》有"溪石琢马肝，剥藤开玉板"句，赵次公注云："端州深溪之石，其色紫如马肝者为上。"宋郑刚中《沈商卿砚》有"眼明见此超万古，色如马肝涵玉质"句。

[29] 凤味，见廖腾煃诗注。龙尾，见熊赐履诗注。

[30] 橐，盛物的袋子。此句言将砚石运走。

[31] 山灵，山神。班固《东都赋》有"山灵护野，属御方神"语。李善注："山灵，山神也。"徙，迁徙。秋云，玄烨1682年东巡是在春季，1698年东巡在秋季。参读宋荦诗，可知砚石确实采于东巡且直接被带回北京。

[32] 宝趺，天子所用之笔。趺，指笔管下端栽毛的部分。玉几，指御案。

[33] 丙夜，三更时分。铅朱，也称朱色、丹色、朱红色，指朱砂的颜色，比大红活泼。

[34] 圣文，贤圣之文。典诰，《尚书》中《尧典》《汤诰》等篇的并称，

亦泛指经书典籍。

[35]"远跨"句,指周朝、汉朝、殷商、唐尧、虞舜。

[36]龙章,对皇帝文章的谀称。明何镗《重刻〈诚意伯刘公文集〉序》云:"天语焜烨龙章,具在《翊运篇》中。"迅扫千兔秃,指笔。宋苏轼《寄傲轩》有"先生英妙年,一扫千兔秃"句,宋许子绍《秀川馆联句》有"力举六鳌连,肘运千兔秃"句,明卞荣《述怀效生肖体》有"冯轩高吟坐虎皮,一扫顿令千兔秃"句,弘历《题马和之衰安卧雪图》有"笔耕千兔秃,皮相五羊单"句。

[37]银汉,银河。天衢,天空广阔,任意通行,如世之广衢,故称。南朝梁刘勰《文心雕龙·时序》云:"驭飞龙于天衢,驾骐骥于万里。"

[38]高碑大碣,此处指铭刻。碣,圆顶的石碑。明李存《美葛子熙》有"高碑大碣处处有,篆楷草行兼八分"句。抚勒,刻写。

[39]隋侯珠,《墨子》云:"和氏之璧,隋侯之珠,三棘六异,此诸侯之良宝也。"《庄子·让玉》载:"今且有人于此,以隋侯之珠,投千仞之雀,世必笑之。是何也?以其所用者重,而所要者轻也。"晋干宝《搜神记》卷二十记载:"隋县溠水侧,有断蛇丘,隋侯出行,见大蛇被伤中断,疑其灵异,使人以药封之,蛇乃能走,因号其处'断蛇丘'。岁余,蛇衔明珠以报之。珠盈径寸,纯白,而夜有光明,如月之照,可以烛室,故谓之'隋侯珠'。亦曰'灵蛇珠',又曰'明月珠'。"

[40]朝士,泛指中央官员。

[41]捋撦,拉撕剥取。特指在写作中对他人的著作率意割裂取用。宋刘攽《中山诗话》曾以之讽西崑体窃李商隐诗句。通儒,学识渊博的儒者。《尉缭子·治本》有"野物不为牺牲,杂学不为通儒"语。

[42]断砖破瓦,指作者自己的砚。

[43]砚蟾,蟾蜍形的砚滴,置水其中,则自蟾蜍口滴水入砚。宋何薳《春渚纪闻·铜蟾自滴》云:"古铜蟾蜍,章申公研滴也。每注水满中,置蜍研仄,不假人力而蜍口出泡,泡殒则滴水入研。"陆游《不睡》有"水冷砚蟾初薄冻,火残香鸭尚微烟"句。另可参见王顼龄《十一月二十九日……二十韵》诗注。

[44]竭来,来到。陆机《吊魏武帝文》云:"咏归涂以反旆,登崤渑而

竭来。"金门待诏，汉代时，朝廷征士还未正式任职，都在金马门的公车官署随时等待皇帝召唤。金马门，详见《史记·滑稽列传》。唐张说《李工部挽歌》有"锦帐为郎日，金门待诏时"句。

[45] 珍馔，珍美的食物。《晋书·任恺传》云："何劭以公子奢侈，每食必尽四方珍馔。"天厨，御厨。

[46] 地近，指所处之地接近皇帝。悚慄，恐惧战栗。

[47] 朽钝，自谦语。烘炉，比喻锻炼人的环境。

[48] 涣汗，喻帝王的圣旨、号令。《宋书·范泰传》云："是以明诏爰发，已成涣汗，学制既下，远近遵承。"沛，盛大。膏泽，比喻恩惠。《孟子·离娄下》云："谏行言听，膏泽下于民。"

[49] 词馆，翰林院。霑濡，蒙受恩泽、教化。汉司马相如《难蜀父老文》云："汉兴七十有八载，德茂存乎六世，威武纷云，湛恩汪濊，群生霑濡，洋溢乎方外。"

[50] 凝酥，形容砚的油润。

[51] 缇袭，即什袭。用赤色缯把物品重重包裹起来。《晋书·挚虞传》有"燕石缇袭以华国兮，和璞遥弃于南荆"语。

[52] 砚北，几案面南，人坐砚北，指从事著作。宋张邦基《墨庄漫录》卷十云："唐段成式书云'杯宴之余，常居砚北'。"宋晁说之《感事》有"干戈难作墙东客，疾病犹存砚北身"句。却，退。踟蹰，徘徊犹豫。

[53] "守静"句，赐砚似有"以静为用，是以永年"御铭。

[54] 不缁不磷，见张玉书诗注。

[55] 品方质厚，指端方敦厚的品格。

[56] 瓦合，不自卓然立异，而与众人相合。《礼记·儒行》云："举贤而容众，毁方而瓦合，其宽裕有如此者。"郑玄注："去己之大圭角，下与众人小合也，必瓦合者亦君子为道不远人。"矜，自夸、自恃。时趋，时尚、时俗。唐韩愈《秋怀》（其七）有"低心逐时趋，苦勉祇能暂"句。

[57] 披，翻阅。《砚说》，玄烨《制砚说》。

[58] 寒蛰，为越冬而蛰伏的小动物。昭苏，苏醒、恢复生机。《礼记·乐记》云："蛰虫昭苏，羽者妪伏。"郑玄注："昭，晓也；蛰虫以发出为晓，更

息日苏。"白居易《鸦九剑·思决壅也》有"为君使无私之光及万物，蛰虫昭苏萌草出"句。

[59] 造士，见顾汧诗注。轶，超越。三古，上古、中古、下古的合称，亦泛指古代。《汉书·艺文志》云："《易》道深矣，人更三圣，世历三古。"唐孔颖达疏："伏羲为上古，神农为中古，五帝为下古。"

[60] 菰芦，菰和芦苇，借指隐者所居之处。诸葛亮《称殷礼》云："东吴菰芦中，乃有奇伟如此人。"此处作者仍在阐发《制砚说》。

[61] 矢，同"施"，施行。《诗经·大雅·江汉》有"矢其文德，洽此四国"句。文德，指礼乐教化，与"武功"相对。

[62] 共球，大共小球，指各地。八表，指极远的地方。输，献纳。

[63] 明堂，见王鸿绪《十一月初十日赐磨碨山石砚一方并西洋漆匣御墨四锭恭纪》诗注。王会，旧时诸侯、四夷或藩属朝贡天子的聚会。《逸周书·王会》云："成周之会，埠上张赤帝阴羽。"孔晁注："王城既成，大会诸侯四夷也。"

[64] 赓歌，酬唱和诗。又有先秦乐府《赓歌》。唐李泌《奉和圣制重阳赐会聊示所怀》有"赓歌圣人作，海内同休明"句。唐权德舆《德宗神武孝文皇帝挽歌词三首》有"赓歌凝庶绩，羽舞被深恩"句。

[65] 青藜，夜读照明的灯烛。宋王安石《上元戏呈贡父》有"不知太一游何处，定把青藜独照公"句。操觚，执简，指写作。晋陆机《文赋》云："或操觚以率尔，或含毫而邈然。"李善注："觚，木之方者，古人用之以书，犹今之简也。"

[66] 奕叶，见陈廷敬诗注。

[67] 媲，媲美。稷益皋陶谟，语出《尚书·虞书·皋陶谟·益稷》。皋陶，后世奉为圣贤，东汉王充《论衡·讲瑞》云："夫凤皇，鸟之圣者也；骐骥，兽之圣者也；五帝、三王、皋陶、孔子，人之圣也。"本篇记载舜与禹的对话，篇名叫作"益稷"，是指本篇中大禹所说的话中有"暨益奏庶鲜食""暨稷播，奏庶艰食鲜食"，提及益、稷。孔颖达进一步解释说："禹称其二人，二人佐禹有功，因以此二人名篇。既美大禹，亦所以彰此二人之功也。禹先言'暨益'，故'益'在'稷'上。"

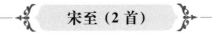

许贺来（1首）

　　许贺来（1656—1725），字燕公，号秀山，云南石屏人。康熙二十四年（1685）进士，改庶吉士，授编修，擢升侍讲，曾参与编纂《渊鉴类涵》。有《赐砚堂诗稿》收于《清代诗文集汇编》第 209 册，又有同名点校本①。入《词林辑略》。

癸未正月初三日召入南书房蒙恩赐砚一方恭纪[1]

　　楼雪初融湿晓烟，欣颁宝砚纪尧年（上镌康熙年号）[2]。晶莹似玉光含润，苍劲如松质自坚（砚名松花绿玉）。讵有鸿文堪点染[3]，空余鸠性借磨研[4]。传家留得耕千载[5]，生计何须负郭田[6]。

【注释与解析】

　　[1] 见于《赐砚堂诗稿》卷一，1703 年作于北京，可参读揆叙、张廷枢相关诗作。诗自注中砚名值得注意。

　　[2] 尧年，比喻盛世。南朝梁沈约《四时白纻歌·春白纻》有"佩服瑶草驻容色，舜日尧年欢无极"句。

　　[3] 讵，岂。鸿文，大作。明陈子龙《行路难》有"鸿文虽留千载后，大抵是非都茫茫"句。

　　[4] 鸠性，喻拙。《诗经·召南·鹊巢》："维鹊有巢，维鸠居之。"朱熹集传曰："鹊善为巢，其巢最为完固，鸠性拙不能为巢，或有居鹊之成巢者。"

　　[5] 耕，笔耕。

　　[6] 负，仪仗、凭借。结句鼓励后代读书，但作者不知作为文具的砚三百多年后就式微了。

宋至（2首）

　　宋至（1656—1726），字山言，号方庵，商丘人，宋荦次子。康熙四十二

---

　　①　许贺来. 赐砚堂诗稿 [M]. 杨颖，余俞，点校. 昆明：云南教育出版社，2018.

年（1703）进士，授编修，曾任湖南布政使。有《纬萧草堂诗》①，入《皇清书史》《国朝耆献类征初编》《国朝先正事略》《昭代名人尺牍小传》《词林辑略》等。

松花江绿石砚[1]

江流绝域鼍窟冷[2]，云根截断光炯炯。碧烟一片入手寒，腹作团荷背盘梗[3]。腧麋沈洒松花香[4]，咫尺波涛荡晴景。摩挲雅爱含风漪[5]，好仗濡毫联石鼎（山谷诗赠君洮州绿石含风漪）[6]。

【注释与解析】

[1] 见于《纬萧草堂诗》卷四，又见于《西陂类稿》卷十六《红桥集》附，系和其父宋荦同题诗。《纬萧草堂诗》无纪年，但按时间排序，该首位于卷四作于1700年的《庚辰元日试笔》之后，应是作于是年冬，另参读宋荦诗，可为旁证。在《西陂类稿》卷十六中，该诗起句作"鸭绿江深鼍窟冷"，《纬萧草堂诗》显然是认识到了宋荦同题诗题注"即鸭绿江"的讹误，做出了更正。

[2] 绝域，极远之地，此处指松花江流域。《管子·七法》云："不远道里，故能威绝域之民；不险山河，故能服恃固之国。"

[3] 腹，砚堂。背，砚背。

[4] 腧麋，见张玉书诗注。沈，汁。《说文解字·水部》云："沈，汁也。"元陶宗仪《南村辍耕录》卷二十九云："所以晋人多用凹心砚者，欲磨墨贮沈耳。"

[5] 风漪，微风吹拂水面形成的波纹，此处指松花砚纹理。唐孟郊《献襄阳于大夫》有"风漪参差泛，石板重叠跻"句。

[6] 毫，笔。联石鼎，即石鼎联句。韩愈《石鼎联句诗》小序记载："元和七年十二月四日衡山道士轩辕弥明自衡下来……弥明忽轩衣张眉，指炉中石鼎谓喜曰：子云能诗，能与我赋此乎……刘与侯皆已赋十余韵，弥明应之如响，皆颖脱含讥讽。夜尽三更，二子思竭不能续，因起谢曰：'尊师非世人

---

① 宋至. 纬萧草堂诗 ［M］//《四库全书存目丛书》编纂委员会. 四库全书存目丛书：集部第263册. 济南：齐鲁书社，1997：164-319.

也，某伏矣，愿为弟子，不敢更论诗。"山谷诗，黄庭坚《以团茶洮河绿石砚赠无咎文潜》云："洮河绿石含风漪，能淬笔锋利如锥。请书元祐开皇极，第八思齐访落诗。"

赐砚恭纪[1]

截得云根不染瑕[2]，端溪歙井漫须夸[3]。乍惊棐几风漪卷[4]，还喜儒林雨露赊[5]。秘阁雠书资点窜[6]，夜窗泚笔发清华[7]。只应制就琉璃匣[8]，常贮龙香墨一洼[9]。

【注释与解析】

[1] 见于《纬萧草堂诗》卷五，应作于1712年，是年三月十五日，与吴士玉、查慎行、吴廷桢、廖赓谟在武英殿纂修，可参看查慎行诗。据首句可知，砚非端歙，很可能就是松花砚，而"云根""风漪"语与《松花绿石砚歌》同。

[2] 云根，见张玉书诗注。

[3] 端溪歙井，代指端砚歙砚。

[4] 棐几，棐木几桌，也泛指几桌。风漪，见上首注。

[5] 雨露，此处指皇帝恩泽。

[6] 秘阁，古代宫中收藏珍贵图书之处。雠书，校书。唐柳宗元《唐故万年令裴府君墓碣》有"雠书宫闱，佐职于京"语。资，帮助。点窜，修整字句。《三国志·魏志·武帝纪》云："他日，公又与遂书，多所点窜。"

[7] 泚笔，以笔蘸墨。《新唐书·岑文本传》云："或策令丛遽，敕吏六七人泚笔待，分口占授，成无遗意。"清华，指文章清丽华美。《晋书·左贵嫔传》有"言及文义，辞对清华"语。

[8] 琉璃，见王顼龄《三月十四日……恭纪》注释。

[9] 龙香，指垂柏提炼的芳香剂或龙涎香，此处特指添加在墨中的芳香成分。

杨瑄（3首）

杨瑄（1657—1727），字玉符、玉斧，号楷庵，华亭（今上海松江）人。康熙十五年（1676）进士，改庶吉士，授翰林院编修。1690年遣戍沈阳，敕归后 1703 年充日讲起居注官，1706 年升内阁学士兼礼部侍郎，又充经筵讲官、詹事府詹事，1723 年谪黑龙江，卒于戍所。有《萝村集》，入《词林辑略》《皇清书史》。

赐砥石山砚一方恭纪七律八韵[1]

青瑶一片劚云根[2]，规作星泓墨雾屯[3]。流润松花波尚腻[4]，含珍砥石德尤温[5]。岳灵修贡登昭代[6]，文府书勋自至尊[7]。曾染香毫犹带馥，妙经月斧不留痕[8]。直方倍觉廉隅凛[9]，贞静从知矩矱存[10]。歙岭螺纹宁比价[11]，端溪蕉叶敢同论[12]。未妨余沈沾袍袖（用米芾事）[13]，长许荣光及子孙。日夕编摹虚报称[14]，还资默友答殊恩（顾元庆《十友图》：砚为默友）。

【注释与解析】

[1] 杨瑄诗 3 首见于《吴兆骞杨瑄研究资料汇编》① 之杨瑄卷（高凌云编），皆约作于 1704 年之后。杨秉杷《应体诗话》（见《清诗话三编》）卷二有该诗摘句。砥石山，见宋荦诗注。

[2] 青瑶，青玉。晋王嘉《拾遗记·瀛洲》有"以水精为月，青瑶为蟾兔"语。云根，见张玉书诗注。

[3] 规，合规而制。星泓，指砚。宋周必大《月石屏蛾月砚诗》有"苏公与范子，酬唱涵星泓"句。屯，蓄积、聚集。

[4] "流润"句，咏松花砚之润，亦指松花石产于松花江。

[5] 含珍，似应为"珍含"。德尤温，见宋荦《松花江绿石砚歌》诗注"润德"。

[6] 岳灵，山岳的灵气、精气。南朝梁沈约《游钟山诗应西阳王教》云："灵山纪地德，地险资岳灵。"修贡，献纳贡品。唐杜牧《题茶山（在宜兴）》云："山实东吴秀，茶称瑞草魁。剖符虽俗吏，修贡亦仙才。"宋张扩《谢人惠团茶》有"修贡之余远争寄，怀璧其罪渠敢当"句。昭代，见张廷枢《正月初三日南书房赐砚恭纪》（其六）注。

[7] 文府，文章的府库，指收藏图书的地方。《文选·王僧达》有"珪璋

---

① 李兴盛.吴兆骞杨瑄研究资料汇编 [M].哈尔滨：黑龙江大学出版社，2014.

既文府，精理亦道心"句。吕延济注："文府，谓文章为府库之富。"书勋，记录勋业。至尊，皇帝。

[8] 月斧，修月之斧。唐段成式《酉阳杂俎·天咫》载神话，月由七宝合成，常有八万二千户修之。

[9] 直方，公正端方。《韩诗外传》卷一云："廉洁直方，疾乱不治，恶邪不匡，虽居乡里，若坐涂炭。"廉隅，见查慎行诗注。

[10] 贞静，坚贞沉静。矩矱，规矩法度。汉严忌《哀时命》有"上同凿柄于伏羲兮，下合矩矱于虞唐"句。

[11] 歙岭螺纹，即罗纹，参见宋荦《松花江绿石砚歌》注和张玉书诗注。宁，哪能。

[12] 端溪蕉叶，见宋荦《松花江绿石砚歌》注。敢，哪敢。

[13] 沈，墨汁。米芾事，参见王顼龄《十一月二十九日……二十韵》诗注附。

[14] 编摹，编写。摹，照样子写画。宋晁公溯《师伯浑用韵复次》有"日翻蠹简书斋里，往往编摹自汉朝"句。报称，报答。《汉书·孔光传》有"诚恐一旦颠仆，无以报称"语，岳飞《奏乞出师札子》云："臣实何能，误荷神圣之知，如此敢不昼度夜思，以图报称。"

赐砥石砚[1]

曾颁片玉压洮琼（砚名，见《周必大集》）[2]，复拜天恩赐碧泓[3]。文杏匣开云郁律[4]，春蕉纹细缕回萦[5]。延津两剑奇终合[6]，韩子双环美忽并[7]。什袭岂徒藏箧衍[8]，濡毫时益砥坚贞[9]。

【注释与解析】

[1] 杨秉杷《应体诗话》（见《清诗话三编》）卷二有该诗摘句。砥石砚，见宋荦诗注。

[2] 颁，颁赐。片玉，喻指松花砚。洮琼，宋孝宗曾赐周必大洮河绿石砚，有御笔"洮琼"二字。① 查慎行《八月十九日皇太子睿赐初白庵扁额恭纪

① 徐应秋. 玉芝堂谈荟［M］//纪昀，永瑢. 文渊阁四库全书：第883册. 台北：台湾商务印书馆，1986：666.

十六韵》有"白卮传汉玉，绿砚琢洮琼"句。清钱载《六十七研铭拓本歌（乙丑）》序云："……若飞梁玉壶冰、庭坚之紫云、必大之洮琼、仲姬之玄琼、蒂之龙泓、富山樵侣之龙吟，又李洞之隐日堂、子充之乐园、景元之碧虚丹馆，皆题字之可喜者。前人既已集之，而余复观之，遂为歌之。"

[3] 碧泓，指绿色松花砚。

[4] 文杏，即银杏，俗称白果树，木质纹理坚密，是建筑和手工业的高级用材。汉司马相如《长门赋》："刻木兰以为榱兮，饰文杏以为梁。"《西京杂记》卷一："初修上林苑，群臣远方各献名果异树……杏二：文杏、蓬莱杏。"宋叶适《送卢简夫》有"文杏将非庙廊具，涧苹况是王公羞"句。郁律，烟雾蒸腾貌。《文选·郭璞》："察之无象，寻之无边，气滃渤以雾杳，时郁律其如烟。"李善注："郁律，烟上貌。"

[5] "春蕉"句，咏如同蕉叶纹脉的松花砚刷丝自砚堂至侧面和砚背回环萦绕。

[6] 延津两剑，《晋书·张华传》载："丰城令雷焕得龙泉、太阿两剑，以其一赠张华。后张华被诛，剑不知所踪。雷焕死，其子持剑行至延平津，剑忽跃出堕水。使人入水寻之，但见两龙蟠萦，波浪惊沸，剑亦从此亡去。"后人则以"延津剑合"比喻因缘会合。奇，单个不成对。

[7] 韩子双环，《左传·昭公十六年》载："晋韩宣子有一玉环，得知另一环在郑，欲求购。环为郑国商人所有。郑子产曰：若予环，郑必有'强夺商人'之嫌；晋得环，亦必'失诸侯'。韩宣子终于不再求购。"后因以"双环"喻珍爱之物。据杨瑄上一首诗可知，之前已获赐一方松花砚，此次再蒙赐，故有"奇终合""美忽并"之谓。

[8] 什袭，见王顼龄《十一月二十九日……二十韵》诗注。徒，只。篋衍，方形竹箱，盛物之器。《庄子·天运》云："夫刍狗之未陈也，盛以篋衍，巾以文绣，尸祝齐戒以将之。"

[9] 砥，砥砺。

睿赐砥石砚一方恭纪[1]

曾捧松花片玉温，储闱今喜拜新恩[2]。文回蕉叶红千缕[3]，光腻春波碧一痕。体示直方臣节在[4]，中含虚受（下有一格可容纸墨）睿怀存[5]。摩挲未敢轻濡墨，盛典还应及子孙[6]。

【注释与解析】

[1] 睿赐，太子所赐。砥石砚，见宋荦诗注。

[2] 储闱，太子所居之宫。

[3] 文，同"纹"。蕉叶，此处指松花砚的刷丝如同蕉叶的纹脉。红，疑似指紫红色。

[4] 体，指砚形。直方，见作者第一首诗注。臣节，人臣的节操。

[5] 虚受，虚心接受。南朝梁沈约《为南郡王侍皇太子释奠宴》（其二）有"义重师匡，业贵虚受"句。睿怀，太子的胸怀。

[6] 盛典，隆重的恩典。明田艺蘅《留青日札摘抄·宅》云："许令子孙永远居住，如此不惟厉仕者廉谨之心，亦祖父舍宅门荫子孙之盛典也。"

元弘（1首）

元弘（1658—?），字石庭，会稽（今浙江绍兴）人。平阳寺僧，俗姓姚，能诗善画。有《高云诗集》①，入《国朝画识》《清代画史增编》等。

乙酉四月初九日进呈弘觉禅师语录蒙恩召对西湖行宫恭纪五首（其五）[1]

何必于阗采绿云[2]，墨花未洒气氤氲。捧归越峤书龙藏[3]，三世恩波沐圣君（蒙赐砥石砚一方）。

【注释与解析】

[1] 见于《凤池集》②，1705年作于杭州。《高云诗集》卷六《季昭北上漫赋赠别》有夹注："圣驾南巡同李岳沈堡赋诗攀辇赐客食。"《寄梧州司马家翰臣公》有"砚赐行宫拜夕曛"句。卷七《秋日述怀》（其三）有"清贫固吾分，况叨赐砚恩"句，又有夹注云："乙酉春，圣驾南巡，召见西湖行宫，荷

---

① 元弘. 高云诗集［M］//谢冬荣，陈红彦，萨仁高娃. 清代诗文集珍本丛刊：第188册. 北京：国家图书馆出版社，2017.

② 吴陈琰，沈玉亮. 凤池集［M］//《四库全书存目丛书》编纂委员会. 四库全书存目丛书：集部第402册. 济南：齐鲁书社，1997：545.

蒙问及年齿,赐砥石砚。"砥石砚,见宋荦诗注。

[2] 于阗,古西域国名,在今新疆和田一带,玉龙喀什河以产玉名。

[3] 越峤,指今浙江一带的山地。唐吴融《松江晚泊》有"吴台越峤两分津,万万樯乌簇夜云"句,明程嘉燧《富阳桐庐道中早春即目柬吴中朋旧》有"吴江越峤千余里,春赏何由早寄闻"句。龙藏,龙宫的经藏,指佛家经典。佛经故事相传龙树入龙宫贵《华严经》。南朝沈约《内典序》有"足蹈慧门,学通龙藏"语。

鲁瑗(1首)

鲁瑗(1660—?),字建玉,号西村,江西新城人。康熙二十四年(1685)进士,改庶吉士,散馆授检讨。曾典山西乡试,任国子司业、侍讲、太常寺少卿、右通政司。有《砚贻堂诗钞》。

南书房赐砚恭纪[1]

奎文炳蔚等天球[2],砚捧松花异数稠[3]。拜赐瞻云依玉案,纪恩向日赋螭头[4]。希珍彩并千秋鉴[5],什袭光生百尺楼[6]。家有青箱昭世守[7],堂开绿野重贻谋[8]。

【注释与解析】

[1] 见于《凤池集》①,诗另见于《砚贻堂侍直草》② 之《侍直续草》,所赐为松花砚。《砚贻堂侍直草》不分卷,分为《侍直草》和《侍直续草》,前有1703年九月王思轼题词,题词中有"秘省颁来,太史捧松花之砚"语,该诗位于《侍直续草》倒数第二首,疑似作于1703年。

[2] 奎文,见张玉书诗注。天球,玉名,见蔡升元诗注"球图"。

[3] 异数,见查慎行《恩赐砥石山绿砚恭纪十韵》诗注。

[4] 瞻云、向日,指朝向皇帝。宋曹勋《夏云峰·圣节》有"班列立、

---

① 吴陈琰,沈玉亮. 凤池集 [M] //《四库全书存目丛书》编纂委员会. 四库全书存目丛书:集部第402册. 济南:齐鲁书社,1997:491.

② 鲁瑗. 砚贻堂侍直草 [M] //谢冬荣,陈红彦,萨仁高娃. 清代诗文集珍本丛刊:第183册. 北京:国家图书馆出版社,2017.

瞻云就日，职贡衣冠"句。螭头，指殿前雕有螭头形的石阶。唐姚合《寄右史李定言》有"才归龙尾含鸡舌，更立螭头运兔毫"句。

［5］希珍，稀有珍宝。鉴，照、借鉴、鉴戒。

［6］什袭，见王顼龄《十一月二十九日……二十韵》诗注。

［7］青箱，收藏书籍字画的箱箧。《宋书·王准之传》记载："曾祖彪之……博闻多识，练悉朝仪，自是家世相传，并谙江左旧事，缄之青箱。"唐贾耽《赋虞书歌》有"须知《孔子庙堂碑》，便是青箱中至宝"句。

［8］绿野堂，据《新唐书·裴度传》，堂为唐裴度的别墅名，故址在今河南省洛阳市南。裴度为唐宪宗时宰相，平定藩镇叛乱有功，晚年以宦官专权，辞官退居洛阳。于午桥建别墅，种花木万株，筑燠馆凉台，名曰绿野堂。裴度野服萧散，与白居易、刘禹锡等作诗酒之会，穷昼夜相欢，不问人间事。贻谋，父祖对子孙的训诲。《诗经·大雅·文王有声》有"贻厥孙谋，以燕翼子"句。晋陆机《吊魏武帝文》云："观其所以顾命冢嗣，贻谋四子，经国之略既远，隆家之训亦弘。"

史申义（2首）

史申义（1661—1712），榜名伸，字叔时，号蕉隐，江苏江都（今扬州）人。康熙二十七年（1688）进士，授编修，官至礼科掌印给事中。有《过江集》《芜城集》《使滇集》①，入《清史稿》《清史列传》《国朝耆献类征初编》《国朝诗人征略初编》《昭代名人尺牍小传》《词林辑略》等。

癸未正月初三日召至南书房赐松花石砚恭赋（二首）[1]

东风阊阖转三晨[2]，柳眼花须欲放春[3]。正好笙歌娱上苑[4]，早蒙橐笔念儒臣[5]。斫材星汉灵根远[6]，比德琅玕匠体新[7]。袍袖裹来还蹈舞[8]，愿函绨锦作家珍[9]。

绿玉新莹切鹏鹈[10]，照襟圆璧与方圭[11]。中官捧出刀球重[12]，禁殿擎来琬琰齐[13]。江水湿凝龙伯献[14]，松花香满圣人题[15]。如槌十指惭恩泽[16]，

---

① 史申义. 过江集，芜城集，使滇集［M］//《清代诗文集汇编》编纂委员会. 清代诗文集汇编：第206册. 上海：上海古籍出版社，2010：495-599.

也泛云烟春一犁[17]。

【注释与解析】

[1] 见于《过江集》卷二，1703 年作于北京。

[2] 阊阖，指宫门、宫殿、京城等。三晨，似应为"三辰"，即日月星。《左传·桓公二年》有"三辰旂旗，昭其明也"语。杜预注："三辰，日、月、星也。"宋梅尧臣《效阮步兵一日复一日》有"四序相盛衰，三辰运光魄"句。

[3] 柳眼，早春初生的柳叶如人睡眼初展，故云。唐元稹《生春》（其九）有"何处生春早，春生柳眼中"句。花须，花蕊。杜甫《陪李金吾花下饮》有"见轻吹鸟毳，随意数花须"句。

[4] 上苑，上林苑，指皇家园林。

[5] 橐笔，亦作"橐笔"，古代书史小吏，手持橐橐，簪笔于头，侍立于帝王大臣左右，以备随时记事，称作持橐簪笔，简称"橐笔"。后亦以指文士的笔墨耕耘。橐，袋子，口袋。

[6] "砚材"句，咏松花砚材产地。星汉，指天，松花江满语即天河之意。可参见弘历相关诗作。

[7] 比德，参见宋荦《松花江绿石砚歌》诗注"润德"。琅玕，亦作"瑯玕"，似珠玉的美石。《尚书·禹贡》云："厥贡惟球琳、琅玕。"孔传："琅玕，石而似玉。"孔颖达疏："琅玕，石而似珠者。"

[8] 蹈舞，拜舞。

[9] 绨锦，见吴廷桢诗注。

[10] 绿玉，形容松花砚。鸲鹆，鸲鹆膏，苏轼《谢曹子方惠新茶》诗中提到的一种刀油："囊间久藏科斗字，铦锋新莹鸲鹆膏。"此处形容松花砚的油润。

[11] 圆璧方圭，宋黄庭坚《满庭芳·茶》有"北苑春风，方圭圆璧，万里名动京关"句形容茶饼。此处指砚的形制。

[12] 中官，即中使，指宫内之官、宦官。刀球，指天球与赤刀。古代天子之宝器。参见蔡升元诗注"球图"。

[13] 琬琰，见廖腾煃诗注。

[14] 龙伯，指龙伯国的巨人。《列子·汤问》："龙伯之国有大人，举足不盈数步而暨五山之所，钓而连六鳌。"

[15] 圣人，指玄烨。

[16] 如槌十指，苏轼《答贾耘老四首》（其四）有"今日舟中无他事，十指如悬槌"语，一般解为形容手指粗笨不纤巧，但其实有无所事事之意。明程嘉燧的《毛锥行》有"只今十指如悬槌，生花吐颖将何为。床头大剑且无用，愧尔徒赠双毛锥"句，也是此意。

[17] 犁，以砚为田之意。

吴暻（1首）

吴暻（1662—1707），名或作璟，字元朗，号西斋，江苏太仓人。吴伟业之子，康熙二十七年（1688）进士，由户部主事历官兵科给事中，又入直武英殿。有《西斋集》①，入《清史列传》《国朝诗人征略初编》《清画家诗史》《国朝耆献类征初编》《昭代名人尺牍小传》等。

松花石砚歌[1]

天公北凿长白山，巨灵乘风过青海[2]。斧柯一夜斫山骨[3]，寒玉如天色不改[4]。松花江影绿于竹，鸭头唼唼生光彩[5]。江耶石耶不可知，但见玉堂匣底蛟龙在[6]。明光宫中无纤尘[7]，兴摇五岳石有神[8]。九门洞开天禄阁[9]，分赐视草金坡臣[10]。相如子云著词赋[11]，小窗弄笔不可嗔[12]。何为芭蕉夜半泼寒雨[13]，秀色亦到支离人[14]。钟王鲍谢吾何有[15]，天上烟云今落手[16]。归来拂拭置几案，春波一曲疑可取[17]。临川新样输匠巧[18]，洮河旧石惭形丑[19]。平生未能识奇字[20]，敢谓立言期不朽。绿章笺天天不语[21]，岂有气象干牛斗[22]。真灵自笑作顽仙[23]，何物鬼神为我守[24]。

【注释与解析】

[1] 见于《西斋集》卷十四，作于丙戌年（1706）。

[2] 巨灵，指神话中劈开华山、开辟河道的神祇，详见《搜神记》。张衡《西京赋》云："巨灵赑屃，高掌远跖，以流河曲。"青海，清代咏东北诗中常

---

① 吴暻. 西斋集［M］//《清代诗文集汇编》编纂委员会. 清代诗文集汇编：第 209 册. 上海：上海古籍出版社，2010：115-250.

见，一般指当时吉林所濒临之东海，即今地图所标"日本海"。

[3] 斧柯，山在端州（治所在今广东肇庆市），常用代指端溪、端砚。宋苏易简《文房四谱》云："世传端州有溪，因曰端溪。其石为砚至妙……其山号曰斧柯山，即观棋之所也。昔人采石为砚，必中牢祭之。不尔，则雷电勃兴，失石所在。其次有将军山，其砚已不及溪中及斧柯者。"高似孙《砚笺》云："斧柯山（苏易简谱云即观棋之所）在大江南（州东三十三里），与灵羊峡对，山峻峭壁立，下际潮水，江之湄山行三四里即砚岩。"山骨，见蔡升元诗注。

[4] 寒玉，刘禹锡《柳子厚寄叠石砚歌》有"清越敲寒玉，参差叠碧云"句。

[5] 鸭头，形容绿色。唼唼，水鸟或鱼的吃食声。唐张籍《春水曲》有"鸭鸭，觜唼唼；青蒲生，春水狭"句。

[6] 玉堂，见陈元龙诗注。

[7] 明光宫，建于汉武帝太初四年（公元前101年）秋，位于长乐宫北，具体地点不详。

[8] 兴摇五岳，似化自李白《江上吟》的"兴酣落笔摇五岳，诗成笑傲凌沧海"句。石，指松花砚。

[9] 九门，相传古天子九门。《礼记·月令》有"毋出九门"语，郑玄注："天子九门者，路门也，应门也，雉门也，库门也，皋门也，城门也，近郊门也，远郊门也，关门也。"明高启《送王推官赴谯阳》有"宸居岂遥远，咫尺天中央。鸡鸣列仙仗，九门洞开张。谓宜即召见，拜起随班行"句。天禄阁，位于汉未央宫前殿遗址以北，是中国最早的国家图书馆。此处用作代指。

[10] 视草，见熊赐履诗注。金坡，古时皇宫正殿称金銮殿，殿旁有坡称金銮坡，坡与翰林院相接，故以"金坡"借指翰林院。

[11] 相如子云，汉司马相如和扬雄均擅辞赋。

[12] 小窗弄笔，宋刘克庄《岁晚书事》有"日日抄书懒出门，小窗弄笔到黄昏"句。嗔，责怪。

[13] "何为"句，宋白玉蟾《泊头场刘家壁》有"人间孤舟多少恨，五更寒雨报芭蕉"句。何为，为何。

[14] 秀色，此处特指松花砚。

[15]"钟王鲍谢"和上句的"支离人",均出自苏轼《龙尾砚歌》,见王顼龄《三月十四日……恭纪》诗注附。

[16] 天上烟云,形容松花砚稀贵。

[17] 春波一曲疑可取,指洗砚,化用宋王安石《元珍以诗送绿石砚所谓玉堂新样者》中的"久埋瘴雾看犹湿,一取春波洗更鲜"句。

[18] 临川新样,语出王安石《元珍以诗送绿石砚所谓玉堂新样者》,诗见陈元龙诗注,另可参见陈元龙诗注"玉堂"。

[19] 洮河,代指洮砚,见宋荦《松花江绿石砚歌》诗注。

[20] 奇字,汉王莽时六体书之一,大抵根据古文加以改变而成,亦泛指古文字。

[21] 绿章笺天,唐李贺《绿章封事》有"绿章封事咨元父"句,绿章指可通达天帝的书简。明林弼《赠碧溪道士》有"绿章扣额笺天公,铁樾役兵驱旱鬼"句。

[22] 气象,气势。干,触犯,冲犯。牛斗,指二十八宿中的牛宿和斗宿,借指天空。岳飞《题青泥市壁》有"雄气堂堂贯牛斗,誓将真节报君仇"句。

[23] 真灵,真人、神仙。唐张贲《奉和袭美伤开元观顾道士》有"惆怅真灵又空返,玉书谁授紫微歌"句。顽仙,愚笨的神仙。南朝梁陶弘景《与梁武帝论书启》云:"每以为得作才鬼,亦当胜于顽仙。"

[24] 何物,哪一个。

沈堡（1首）

沈堡,字可山,号步陵、渔庄,浙江萧山人。高士奇外甥,诸生,有《渔庄诗草》《步陵诗钞》。《清人别集总目》言其生于1733年,似误。高士奇生于1645年,两人不可能相差八十多岁。据《清人诗文集总目提要》,《步陵诗钞》有高士奇序,又有康熙四十二年（1703）自序,其《渔庄诗草》等亦刻于康熙间,康熙五十四年（1715）尚游淮阴。沈堡见录于《清人诗文集总目提要》卷十五（约生于1661年至1665年）,当为是。

御赐砥石砚歌赠石庭上人[1]

道人昔岁游京邸[2]，天子召见离宫里[3]。赋就《初春瑞雪》词[4]，侍臣奏上龙颜喜。拂衣归卧高云中，仍向空山食松饵。万乘南巡明圣湖[5]，遂朝行在登丹陛[6]。临轩玉音何琅琅[7]，赐来砥石砚一方。绿质无玷浮玉色[8]，翠纹结秀生瑶光。我闻此石出辽水[9]，水碧为胎金作髓。温润无殊歙穴青[10]，坚良且迈端溪紫[11]。只今圣主重文章，珍物通灵皆异常。已见马肝贡殊域[12]，尤多凤咮罗岩廊[13]。皇情只眷此砚美，揇藻时时凭玉几[14]。拜爵应封即墨侯，锡名且号虚中子[15]。石公捧砚辞京师[16]，好磨松节临清池[17]。奈园秘笈日勤写[18]，颂扬帝德高巍巍。

【注释与解析】

[1] 见于《晚晴簃诗汇》卷七十。元弘（宏），字石庭，会稽僧人，俗姓姚，能诗善画。据《清稗类钞·方外类》记载，元弘于康熙庚辰（1700）曾赴京，"霁嵚永法师荐入内廷，召对畅春园，赋《初春瑞雪应制》，诗称旨"。沈堡诗开头即记此事。诗重点记载 1705 年元弘在西湖行宫被康熙帝召见赐砚一事，当时两人同在，可参见元弘 1705 年诗介绍。砥石砚，见宋荦诗注。

[2] 京邸，京都的邸舍。

[3] 离宫，正宫之外供帝王出巡时居住的宫室。《史记·刘敬叔孙通列传》有"孝惠帝曾春出游离宫"语。

[4]《初春瑞雪》词，即《初春瑞雪应制》。

[5] 乘，车。湖，杭州西湖。

[6] 朝，觐见。行在，专指天子巡行所到之地。《晋书·忠义传·嵇绍》有"绍以天子蒙尘，承诏驰诣行在所"语。丹陛，丹墀。陛，台阶旁边砌的斜石。

[7] 玉音，皇帝的话语。琅琅，金石相击的声音或响亮的读书声。

[8] 玷，玉的疵点。

[9] 辽水，作者被古书误导。详见陈元龙诗注。

[10] 歙穴，代指歙砚。

[11] 迈，超过。端溪，代指端砚。

[12] 马肝贡殊域，马肝，见宫鸿历诗注。贡殊域，《洞冥记》记载："元鼎五年，郅支国贡马肝石百斤，常以水银养之，半青半白，如今之马肝，舂

碎以和九转之丹，服之弥年不饥渴也，以之拂发，白者皆黑。"《本草纲目·石部》附录诸石二十七种，引郭宪《洞冥记》云："郅支国进马肝石百片，青黑如马肝，以金函盛水银养之。用拭白发，应手皆黑。云和九转丹吞一粒，弥年不饥。亦可作砚。"明张岱《夜航船·文学部·文具》云："汉元鼎五年，郅支国贡马肝石，和丹砂为丸，食之，则弥年不饥；以拭白发，尽黑；用以作研，有光起。"一说马肝石为何首乌。

[13] 凤咮，见廖腾煃诗注。罗，列。岩廊，高峻的廊庑，借指朝廷。宋李弥逊《次韵张嵇仲侍郎》有"岩廊正需公，料理及闲暇"句。

[14] 捵藻，铺张辞藻。

[15] 锡，同"赐"。即墨侯虚中子，唐文嵩曾以砚拟人作《即墨侯石虚中传》。

[16] 石公，元弘字石庭。

[17] 松节，王羲之《书论》云："墨用松节同研，久久不动弥佳矣。"

[18] 奈园，寺院。《维摩诘经·佛国品》云："一时佛游于维耶离奈氏树园，与大比丘众俱。"据《奈女经》，维耶离国梵志园中植奈树，树生一女，梵志收养，长大后颜色端正，天下无双；佛至其国，奈女率弟子五百出迎，佛与诸比丘乃到奈女园，具为说本原功德。后因称寺院为奈苑。

吴士玉（1首）

吴士玉（1665—1733），字荆山，江苏吴江（今苏州）人。康熙四十五年（1706）进士，改庶吉士，武英殿纂修、总裁，官至礼部侍郎、左都御史、礼部尚书，曾编纂《子史精华》，谥文恪。有《吹剑集》一卷，又宋荦辑《江左十五子诗选》内含吴诗一卷，入《汉名臣转》《清朝名家诗钞小传》《国朝耆献类征初编》等。

松花江绿石研歌[1]

松花江水鸭头绿[2]，宝气熊熊孕绿玉[3]。翠蛟飞涎喷浸足，谁探珠宫斫鳞屋[4]，片璧截来光炫目。元公长啸诗兴新[5]，宝物落手如有神。漪漪含风洮州珉[6]，玉堂洗出蛮溪春[7]。拂拭试近青玉案，青青圆荷跳珠乱（研作卷荷形）。易水松肪剡溪蔓[8]，擘破碧烟初染翰[9]。波涛惊翻扫电光，欻穿溟涬接混茫[10]。

【注释与解析】

[1] 见于《江左十五子诗选》卷八，诗似未录全，作于1700年。1712年三月十五日，吴士玉与查慎行、吴廷桢、廖赓谟、宋至在武英殿纂修，人各赐松花砚一方，详见查慎行相关诗作，但此诗应非谢恩之作。《宋荦文学考论》一书认为此诗与宋荦、宋至1700年同题诗"或作于同时"①，很有道理，参读宋至诗可知所咏砚就是荷叶形，吴士玉诗注与之相符，"潋潋"句亦然。

[2] 鸭头绿，此处不似指"鸭子河"，而是指颜色。参见宫鸿历诗注。

[3] 绿玉，指松花石。

[4] "谁探"句，屈原《九歌》有"鱼鳞屋兮龙堂，紫贝阙兮珠宫"句。此处显然指松花石采于水中。珠宫，龙宫。

[5] 元公，此处似指宋荦。明王问《谒功臣庙》有"清高崇庙貌，阶下礼元公"句。清彭孙遹《上曹村相国三十二韵》有"圣主垂裳日，元公补衮辰"句。

[6] 潋潋含风洮州珉，见宋至诗注。

[7] 蛮溪，应是出自王安石《元珍以诗送绿石砚所谓玉堂新样者》，见陈元龙诗注。蛮溪在这里指端溪，可参见张玉书诗注中所引阮元诗。虽然李尧《砚鉴》一书提及"蛮溪石（辰州）石砚"②，产于湖南常德、辰州间，但其石表面为淡青色，内深紫而带红，与此诗不符。

[8] 易水松肪，古代的易州就是现在的河北省易县。"易水墨"是易州产的一种墨的名称，此墨还有别称"易玄光"，"易"指易水，墨以黑而有光为佳，故称"玄光"。唐以后易州产名墨，制作者有祖、奚、李、张、陈诸家，世称"易水法"。易州墨也是当时的贡品。剡溪，在浙江省曹娥江上游。剡楮，剡纸，因用剡地所产藤、竹制造，故名。

[9] 染翰，见宋荦诗注。

[10] 欻，忽然、迅速。溟涬，水势无边际貌。《淮南子·本经训》云：

---

① 刘万华. 宋荦文学考论 [M]. 杭州：浙江古籍出版社，2014：304.
② 李尧. 砚鉴 [M]. 太原：三晋出版社，2011：231.

"舜之时，共工振滔洪水，以薄空桑，龙门未开，吕梁未发，江淮通流，四海溟涬，民皆上丘陵，赴树木。"高诱注："溟涬，无畔岸也。"宋洪迈《夷坚丙志·李铁笛》有"溟涬浪中求白云，昆仑山里采琼枝"句。混茫，混沌蒙昧，或指广大无边的境界。

顾嗣立（1首）

顾嗣立（1665—1722），字侠君，号闾丘，别号醉愚居士，江苏长洲（今苏州）人，顾予咸之子。康熙五十一年（1712）特赐进士，选翰林院庶吉士，改补中书舍人。有《秀野草堂诗集》①，入《皇清书史》《国朝耆献类征初编》《昭代名人尺牍小传》《国朝诗人征略初编》等。

宋太宰西陂招诸同人寓斋小集晚过龙泉寺南风氏园看古松限韵同赋[1]

丘壑道已忘[2]，风雅事如土[3]。京华夸燕会，一日或四五。宾主率应酬[4]，膻荤何足取。尚书文章伯，诗教东海溥[5]。崇班移日下[6]，选将整旗鼓。良辰文字饮[7]，新旧客参伍[8]。湘帘花艳艳，庭砖影过午。瓶荷折江皋[9]，盆兰种澧浦[10]。果珍八达杏[11]，餐制尚方腐[12]。传看鸭绿研[13]，秀骨铲玉斧[14]。鱼子涂硬黄[15]，大字健如虎。轻篦点雪山[16]，草木尽泼卤。明镜颇黎莹[17]，水纹碧千缕。四者见未曾，赐予出天府。醉眼照陆离[18]，斜阳到堂庑[19]。趁凉过城南，游兴聊一贾[20]。车轻马力骄，杂遝各飞舞[21]。招提临路隅[22]，萧散结村坞[23]。凭轩怀故相[24]，登坛礼佛祖。遥望风氏园，积翠浮天宇。篱落无人行[25]，矮屋牵萝补[26]。入门寒飕飕，青天落疏雨[27]。平地起伏龙[28]，径广相撑拄。圆顶拥高盖，曲枝弯强弩。霜皮裂寸理，空心积余怒。势欲凌苍穹，老犹卧荒圃。宛如隆中人[29]，抱膝吟梁甫[30]。簿书堆山丘，行动束规矩[31]。苟非心迹清，谁来披榛莽[32]。公言昔渔洋[33]，休沐于焉抚[34]。风流写新篇，韵事传牧竖[35]。移席坐邻槐，行厨擘脍脯[36]。摩挲想陈迹[37]，壮年乐堪数。小子辱齿牙[38]，推奖到愚鲁[39]。十年长史祠[40]，赓唱满檐柱[41]。穷途滞帝乡[42]，乃复接谈麈[43]。依然籍湜辈[44]，清啸韩门

---

① 顾嗣立. 秀野草堂诗集［M］//《清代诗文集汇编》编纂委员会. 清代诗文集汇编：第214册. 上海：上海古籍出版社，2010：1-434.

聚^[45]。尘怀顿消释^[46]，座映须眉古。授简步芳躅^[47]，胸臆试一吐。愿公续长篇，沧浪傲渔父^[48]。

【注释与解析】

[1] 见于《秀野草堂诗集》卷二十二《秋查集》（另见宋荦《西陂类稿》卷十九《夏日邀诸同人寓斋小集晚过龙泉寺南风氏园看古松限韵同赋》所附），1706 年夏作于北京。据宋荦诗作以及参加者和诗可知，席间宋荦向一众好友展示了多种"宠赐"，包括松花砚。此诗中"四者"，指作者未曾见过的四种赏赐物，其他珍玩还有很多，式丹诗称"宝翰出缥缇，家珍灿可数"（《后汉书·应劭传》：缥缇十重。《注》：缥缇，谓鲜明之衣。《楚辞·九怀》：袭英衣兮缥缇。《补注》：缇，缠衣也），杨开沅诗称"瞻仰赐书丽，摩挲法器古"，宫鸿历诗称"珍从亦古典，宠赐重璜琥。开函展缇袭，晶光照檐宇"，陈鹏年诗称"珍奇出尚方，宝翰开听睹"，再综合李崶瑞、陈琰、嵇曾筠、汪泰来、沈埈等人此次诗作可知，所赐包括松花砚、御书、画扇、眼镜、衣装、器皿、古玩（礼器沈埈称"商尊而周簠"）等，可参读宋荦《康熙乙酉扈从恭纪七首》（其五）。

[2] 丘壑，山峰与河谷，指山野幽僻的地方或深远的意境。宋黄庭坚《题子瞻枯木》有"胸中元自有丘壑，故作老木蟠风霜"句。《宣和画谱》云："于是落笔则胸中邱（丘）壑尽在眼前。"

[3] 风雅，《诗经》有《国风》《大雅》《小雅》，后世用风雅泛指诗文方面的事。

[4] 率，大抵。

[5] 尚书，宋荦曾任吏部尚书。文章伯，对文章大家的尊称。杜甫《戏赠阌乡秦少公短歌》有"同心不减骨肉亲，每语见许文章伯"句。诗教，本指《诗经》怨而不怒、温柔敦厚的教育作用，泛指诗歌的教育宗旨和风格。溥，广大。

[6] 崇班，高位。唐卢怀慎《奉和九日幸临渭亭登高应制得还字》有"无因酬大德，空此愧崇班"句。日下，京城。

[7] 文字饮，即雅集。

[8] 参伍，或三或五，指变化不定的数。

[9] 瓶荷，瓶养荷花。江皋，江岸。

［10］澧，屈原《九歌·湘夫人》有"沅有茝兮澧有兰"句。

［11］八达杏，即巴旦杏。八达，波斯语音译。杏的别种，其仁不苦。

［12］尚方腐，御厨豆腐，见宋荦《康熙乙酉扈从恭纪七首》（其五）自注。

［13］鸭绿研，即绿色松花砚。

［14］秀骨，即山骨，见蔡升元诗注。

［15］"鱼子"句，应是指御书福字，见宋荦《康熙乙酉扈从恭纪七首》（其五）。硬黄，古纸名，用以写经和临摹古帖。以黄檗和蜡涂染，质坚韧而莹澈透明，便于法帖墨迹之响拓双钩。又用以抄写佛经，以其色黄而利于久藏。

［16］箑，指御赐扇子，见宋荦《康熙乙酉扈从恭纪七首》（其五）。

［17］明镜，指松花石眼镜，见宋荦《扈从杂记十二首》（其八）。颇黎，即玻璃。

［18］照，日光。陆离，参差错综。

［19］堂庑，堂及四周的廊屋。

［20］贾，招引。

［21］杂遝，纷杂繁多貌。

［22］招提，民间私造的寺院。宋应麟《杂识》云："私造者为招提、若兰，杜牧所谓山台野邑是也。"路隅，路边。

［23］萧散，萧条、凄凉。唐韦应物《独游西斋寄崔主簿》有"秋斋正萧散，烟水易昏夕"句。村坞，村庄。

［24］相，相国。

［25］篱落，篱笆。

［26］牵萝补，牵萝补屋，拿藤萝补房屋的漏洞。喻生活贫困，挪东补西，又喻将就凑合。唐杜甫《佳人》有"侍婢卖珠回，牵萝补茅屋"句。

［27］"青天"句，喻寒意，并非真下雨。

［28］伏龙，以下几句皆写松。

［29］隆中人，指诸葛亮。

［30］吟梁甫，诸葛亮好为《梁甫吟》。

［31］簿书，文书簿册。此两句作者自言平日文案堆积，行为受到管束。

［32］榛莽，丛杂的草木，此处指荒园。

［33］渔洋，王士祯。

［34］休沐，休息洗沐，即休假，出自《汉书·霍光传》。抚，陶渊明

《归去来兮辞》有"抚孤松而盘桓"句。

［35］牧竖，牧童。《楚辞·天问》有"有扈牧竖，云何而逢"句。唐崔道融有《牧竖》诗。

［36］行厨，出游时携带酒食。北周庾信《咏画屏风诗》（其十七）有"行厨半路待，载妓一双回"句。掰，同"掰"。脍脯，肉制食品。

［37］陈迹，指风氏园。

［38］小子，自称谦辞。辱齿牙，不善言辞。苏轼《与王荆公书》（其二）有"愿公少借齿牙，使增重于世"语。

［39］推奖，推许奖誉。愚鲁，愚蠢粗鲁。

［40］长史，职官名，执掌事务不一，但多为幕僚性质的官员。明清时代的长史设于亲王、公主等府中，执管府中之政令。

［41］赓唱，诗歌相互赠答。

［42］帝乡，京城。

［43］谈麈，古人清谈时所执的麈尾，泛指清谈。宋黄庭坚《次韵奉送公定》云："每来促谈麈，风生庭竹枝。"史容注："鹿之大者曰麈，群鹿随之，视麈尾所转，故谈者挥之。"

［44］籍湜，唐文学家张籍和皇甫湜的并称。

［45］韩门，张籍和皇甫湜都是韩愈的学生。

［46］尘，世俗的意念。

［47］授简，奉命吟诗作赋。芳躅，本指前贤的踪迹，此处指诗的原唱或前作。

［48］沧浪、渔父，此处代指佳作。《孟子·离娄上》云："有孺子歌曰：'沧浪之水清兮，可以濯我缨；沧浪之水浊兮，可以濯我足。'"后遂以"沧浪"指此歌。《楚辞》有《渔父》。

李嶟瑞（1首）

李嶟瑞（1659—?），字苍存，又字簣斋，号后圃，盱眙人，李枝芃之子。康熙四十四年（1705）副榜，官直隶定县知县、安州知州。有《后圃编年稿》①，

① 李嶟瑞. 后圃编年稿［M］//《四库全书存目丛书》编纂委员会. 四库全书存目丛书：集部第234 册. 济南：齐鲁书社，1997：351-519.

入《清朝名家诗钞小传》《国朝诗人征略初编》等。

夏日诸同人小集晚过龙泉寺南风氏园看古松限韵同赋[1]

治安迈轩虞[2]，职业勤皋禹[3]。公来领铨衡[4]，吏事纷如雨。清通阅时贤[5]，简要超前古[6]。退朝惟杜门[7]，暇日还挥麈[8]。绛纱依然设，帐畔生徒聚[9]。谭芭侍樽罍[10]，彭戴环廊庑[11]。积阴气乍晴，蔚蓝见天宇。虚室尘不生，幽兰香正吐。公忽顾而笑，目有未尝睹。黄罗捧重重，小胥胜海贾[12]。镜明察秋毫[13]，砚润沾花雨[14]。戈法挺擘窠[15]，跳龙兼卧虎[16]。摩挲眼已饱，况复陈食谱。珍异传上方[17]，芳鲜出翠釜[18]。速未让萍齑[19]，清应敌钟乳[20]。酒酣披衣起，夕阳在南浦[21]。但爱觅林泉，何辞陟榛莽[22]。城隅有法宫[23]，道可迂回取。听梵出幽廊[24]，望松入荒圃[25]。鬐翁鳞甲老[26]，风霜耐凌侮。夭矫枝拿云[27]，轮囷根离土[28]。不污秦人封[29]，却逢陶公抚[30]。荒凉几百载，品题才得主[31]。声疑幽涧鸣[32]，势讶瘦蛟舞[33]。隔溪立丛槐，讵足称侪伍[34]。徘徊恋浓阴，曲折行小坞[35]。我闻京辇间[36]，名胜未胜数。康乐屐懒移[37]，元规兴稀鼓[38]。烟霞付渺茫[39]，水石归童竖[40]。非公丘壑怀[41]，看山笏谁拄[42]。

【注释与解析】

[1] 见宋荦《西陂类稿》卷十九《夏日邀诸同人寓斋小集晚过龙泉寺南风氏园看古松限韵同赋》所附，1706年夏作于北京，可与顾嗣立诗参读。

[2] 迈，超过。轩虞，轩辕和虞舜。

[3] 皋禹，皋陶和大禹。此两句歌颂盛世。

[4] 公，指宋荦。铨衡，品鉴衡量，喻指考核、选拔官员。宋荦是吏部尚书，故云。

[5] 清通，清和通泰、清明通达。时贤，当代贤者。

[6] 简要，节省简约。《世说新语·俭啬》云："司徒王戎，既贵且富。"刘孝标注引《晋诸公赞》："戎性简要，不治仪望，自遇甚薄。"

[7] 杜，闭。

[8] 挥麈，代指清谈，见顾嗣立诗注。

[9] 绛纱，绛帐，对师门、讲席之敬称。唐刘禹锡《送赵中丞自司金外郎转官参山南令狐仆射幕府》有"相府开油幕，门生逐绛纱"句。生徒，学生。

[10] 谭芭，清管庭芬《深庐学师招看牡丹赋呈》有"争如此地尘无哗，来看只许谭与芭"句。樽罍，酒杯。

[11] 彭戴，《汉书·张禹传》载，彭宣和戴崇都是张禹弟子，彭宣为人恭俭有度，戴崇和乐多智。

[12] 小胥，低级官员。海贾，海商。唐柳宗元《招海贾文》云："咨海贾兮，君胡以利易生而卒离其形？"

[13] 镜，松花石眼镜。

[14] 砚，松花砚。

[15] 戈法，戈脚，汉字笔法之一种。《宣和书谱·唐太宗》：释智永善義之书，而虞世南师之，颇得其体。太宗乃以书师世南，然尝患戈脚不工。偶作'戬'字，遂空其落戈，令世南足之，以示魏徵。徵曰："今窥圣作，惟'戬'字戈法逼真。"太宗叹其高于藻识。然自是益加工焉。擘窠，形容大的字样，通常用于赞美书法或印章中较大的文字。窠，穴，即大指中之窠穴。写大字时，须把握大笔在大指中之窠，即虎口中，故大字名擘窠书。或云因古人写碑版或题额，为求匀整，先以横直界线划为方格，然后书写于方格中，故称擘窠书。《西陂类稿》此诗中"擘"作"劈"，似误。此处指御书福字。

[16] 跳龙兼卧虎，王羲之《笔势论十二章并序·处戈章第五》云："夫斫戈之法，落竿峨峨，如长松之倚溪谷，似欲倒也。复似百钧之弩初张，处其戈意，妙理难穷，放似弓张箭发，收似虎斗龙跃，直如临谷之劲松，曲类悬钩之钓水，棱层切于云汉，倒载陨于山崖，天门腾而地户跃，四海谧而五岳封，玉烛明而日月皦，绣彩乱而锦纹翻。"

[17] 上方，指御厨所传豆腐秘方。

[18] 翠釜，指精美的炊器。

[19] 萍齑，韭萍齑。苏轼《豆粥》有"萍齑豆粥不传法，咄嗟而办石季伦"句。

[20] 钟乳，钟乳石，一种中药，孙思邈《备急千金要方》和《吴普本早》等早期医书即有记载。黄庭坚有《乞钟乳于曾公衮》诗。

[21] 南浦，南面的水边。

[22] 榛莽，见顾嗣立诗注。

[23] 法宫，寺院。

[24] 梵，诵经声。

[25] 荒圃，指风氏园。

[26] 鬑翁，此处指古松。

[27] 夭矫，屈伸貌。《淮南子·脩务训》云："木熙者，举梧槚，据句枉，蝯自纵，好茂叶，龙夭矫。"拿云，上揽云霄。李贺《致酒行》有"少年心事当拿云，谁念幽寒坐呜呃"句。

[28] 轮囷，盘曲貌。《文选·邹阳〈狱中上书自明〉》有"蟠木根柢，轮囷离奇"语，李善注引张晏曰："轮囷离奇，委曲盘戾也。"

[29] 秦人封，《史记》载秦始皇曾封泰山松为五大夫。

[30] 陶公抚，见顾嗣立诗注。

[31] 品题，品评题咏。

[32] 声，指松风。

[33] 讶，惊诧。

[34] 讵，岂。侪伍，做伙伴或者与同列。

[35] 坞，地势四周高而中间凹的地方。

[36] 京辇，京城。晋葛洪《抱朴子·讥惑》云："其好事者，朝夕放效，所谓京辇贵大眉，远方皆半额也。"

[37] 康乐，谢灵运，李白《梦游天姥吟留别》有"脚著谢公屐，身登青云梯"句。

[38] 元规，庾亮。《晋书·庾亮列传》载："亮在武昌，诸佐吏殷浩之徒，乘秋夜往共登南楼，俄而不觉亮至，诸人将起避之。亮徐曰：'诸君少住，老子于此处兴复不浅。'便据胡床与浩等谈咏竟坐。"兴，游兴。鼓，发动、振奋。

[39] 烟霞，山水、山林、胜景。

[40] 水石，犹泉石，多借指清丽胜景。童竖，小孩。

[41] 丘壑，见顾嗣立诗注。

[42] 笏谁挂，出自"挂笏看山"。《世说新语·简傲》云："王子猷作桓车骑参军。桓谓王曰：'卿在府久，比当相料理。'初不答，直高视，以手版拄颊云：'西山朝来，致有爽气。'"手版，即笏。后以"挂笏看山"形容在官而有闲情雅兴。

励廷仪（1首）

励廷仪（1669—1732），字令式，号南湖，直隶静海（今天津）人。康熙三十九年（1700）进士，改庶吉士，授编修，官至吏部尚书，谥文恭。有《双清阁诗稿》，入《清史稿》《清史列传》《国朝耆献类征初编》《汉名臣传》《昭代名人尺牍小传》《国朝先正事略》《词林辑略》《皇清书史》等。

恩赐砥石山绿砚一方[1]

良砚颁词馆[2]，殊荣满艺林[3]。雅能随珥笔[4]，时复伴清吟。质润神逾静，光凝涅不侵[5]。千秋资利用，从此砺臣心[6]。

【注释与解析】

[1] 见于《皇清文颖》卷六十九。砥石山，见宋荦诗注。

[2] 词馆，翰林院。

[3] 艺林，指文艺界或收藏汇集典籍图书的地方。

[4] "雅能"句，主语是砚。珥笔，戴笔，见查慎行诗注。

[5] 涅，黑泥，黑色染料。《荀子》云："蓬生麻中，不扶而直；白沙在涅，与之俱黑。"《淮南子·俶真》云："今以涅染缁，则黑于涅。"

[6] 砺，砥砺。

魏廷珍（1首）

魏廷珍（1669—1756），字君璧，一字董村，直隶景州（今河北景县）人。康熙五十二年（1713）进士，授翰林院编修，升侍讲、侍读、内阁学士，历任安徽、湖北巡抚，礼部尚书，兵部尚书，左都御史，工部尚书，卒谥文简。有《课忠堂诗钞》①。

---

① 魏廷珍. 课忠堂诗钞［M］//《清代诗文集汇编》编纂委员会. 清代诗文集汇编：第224册. 上海：上海古籍出版社，2010：483-586.

赐松花砚恭纪[1]

贡来鸭绿化工镌[2]，锦匣函光灵耀天。玉案翠霞拖凤尾，碧池金晕出龙涎[3]。镂螭侧影周轮郭，摹月长辉过上弦[4]。莹濯松华研滴露[5]，坚贞宝世纪恩年[6]。

【注释与解析】

[1] 见于《课忠堂诗钞·供奉集》，作于北京。诗题有注："砚长员形，周围镌以螭龙，盛以锦匣。"魏还曾蒙赐端砚一方，有诗记之，有阴镌"静以永年"，与松花砚通常御铭不同。

[2] 鸭绿，可解为鸭绿江，也可以解为砚色。化工，见陈廷敬诗注。

[3] 翠霞、碧池，指砚色。凤尾，凤凰的尾羽，引申为秀美的细纹，有时也指砚形。唐皮日休《以紫石砚寄鲁望兼酬见赠》云："石墨一研为凤尾，寒泉半勺是龙睛。"凤尾又指笔，宋张玉娘有《咏案头四后·凤尾笔》。龙涎，指墨。

[4] 螭，见王顼龄《康熙五十二年……恭纪六首》诗注"双螭虎池研"。上弦，农历的每月初七、初八时，月亮的一半被照亮，为半圆形，弦在左，弓背在右。此两句写砚的雕饰，参见诗题自注。

[5] 松华，指墨。

[6] 宝世，世代宝之。纪，同"记"。

纳兰揆叙（2首）

纳兰揆叙（1675—1717），字恺功，号惟实居士，满洲正黄旗人。自称长白揆叙，宰相纳兰明珠次子，纳兰性德之弟。康熙三十五年（1696）由佐领二等侍卫授翰林院侍读，后擢掌院学士，兼礼部侍郎，官至左都御使，谥文端，雍正间被追削。有《益戒堂自订诗集》《益戒堂诗后集》①，入《清史稿》《满名臣传》《国朝诗人征略初编》。1698 年玄烨东巡吉林，纳兰揆叙随扈，有咏吉林诗多首。其诗风"激发豪宕，才情高异，殆为满洲贵胄诗人中之铮铮

---

① 揆叙. 益戒堂自订诗集，益戒堂诗后集［M］//《清代诗文集汇编》编纂委员会. 清代诗文集汇编：第 236 册. 上海：上海古籍出版社，2010：1-308.

者"[1]，与纳兰性德迥异。

康熙癸未正月三日奉旨召臣揆叙等翰林院官六十七人齐集南书房钦赐砥石山绿砚人各一方恭纪圣恩诗二十四韵[1]

岁籥新金阙[2]，儒绅萃玉墀[3]。鸣珂趋禁近[4]，赐砚拜荣施[5]。瑞毓兴王地[6]，光腾驻辇时[7]。松花江浩瀚，砥石岫参差。因感山灵献[8]，爰征地产奇。精莹疑剖璞[9]，细腻极凝脂[10]。远借春波色，平分芳卓姿[11]。砮丹曾并贡[12]，翰墨转相宜。创造神谟运[13]，雕镌巧匠为。方形珪应矩[14]，圆体璧盈规[15]。磨出微凹面[16]，刳成半浅池[17]。润偏资不律[18]，坚岂拒隃糜[19]。玉案供挥洒，银钩助陆离[20]。下岩惭紫玉[21]，东海陋红丝[22]。宸藻星虹发[23]，王言琬琰垂[24]。敬窥天子学[25]，静验永年期（"以静为用，是以永年"）[26]。凤沼云霄近[27]，鸿钧雨露滋[28]。幸邀恩遍及[29]，真觉乐难支。俯念驽骀贱[30]，频叨造化慈[31]。循墙唯伛偻[32]，珥笔愧论思[33]。矢志勤追琢[34]，持躬戒磷缁[35]。心还同顾雅[36]，才本谢丘迟[37]。喜遇文明昼，亲承训诰辞[38]。愿将顽矿质[39]，长戴太平基[40]。

【注释与解析】

[1] 见于《益戒堂诗集》卷八之首，1703 年作于北京。《康熙起居注》记载："初三日己酉。早，上召翰林院掌院学士揆叙、侍郎吴涵及翰林陈论等六十人至南书房，赐砥石山石砚，人各一方。"章唐容《清宫述闻》记载："康熙四十二年（1703），命翰林院官六十七人齐聚南书房，每人赐砥石山绿砚一方。"砥石山，见宋荦诗注。

[2] 岁籥，岁月，见张廷枢《正月初三日南书房赐砚恭纪》（其一）注。

[3] 儒绅，指翰林院儒臣。玉墀，宫殿前的石阶，此处指皇宫。汉武帝《落叶哀蝉曲》有"罗袂兮无声，玉墀兮尘生"句，南朝宋颜延之《宋文皇帝元皇后哀策文》云："洒零玉墀，雨泗丹掖。"

[4] 鸣珂，显贵者（或所乘的马）以玉为饰，行则作响，因名。南朝梁何逊《车中见新林分别甚盛》有"隔林望行憧，下阪听鸣珂"句。趋，同"趋"，快走。禁近，指是禁中帝王身边。多指翰林院或官署在宫中的文学近

---

① 袁行云. 清人诗集叙录 [M]. 北京：文化艺术出版社，1994：685.

侍之臣。唐元稹《令狐楚衡州刺史制》云："早以文艺得践班资，宪宗念才，擢居禁近。"

[5] 荣施，誉人施惠之辞。《左传·昭公三十二年》云："俾我一人无征怨于百姓，而伯父有荣施，先王庸之。"

[6] 瑞，玉制的符信，此处指玉。毓，孕育。兴王地，见释元璟《喜砥石砚成》诗注。

[7] 驻跸，帝王出行途中停车或帝王出巡停留某地。1698 年玄烨东巡至吉林，作者随扈。

[8] 山灵，山神。

[9] 璞，含玉的石头，没有琢磨的玉。

[10] 凝脂，形容砚的油润。

[11] 春波、芳草，喻绿色。

[12] 砮丹，《尚书·禹贡》中并列砺、砥、砮、丹。砮，实为古肃慎供物。

[13] 创造，始造、建造。神谟，神谋。《三国志·吴志·周鲂传》："朝廷神谟，欲必致休于步度之中。"运，运筹。此处指皇帝参与谋划。

[14] 应矩，中矩。

[15] 盈规，合规。此句中的"璧"和上句中的"珪"，代指松花砚。

[16] 面，砚堂。

[17] 池，砚池。

[18] 不律，笔。《尔雅·释器》云："不律谓之笔。"郭璞注："蜀人呼笔为不律也，语之变转。"

[19] 隃糜，见张玉书诗注。

[20] 银钩，比喻遒媚刚劲的书法。杜甫《陈拾遗故宅》有"到今素壁滑，洒翰银钩连"句。陆离，绚丽。

[21] 下岩，端溪地名，代指端砚。紫玉，指端砚。

[22] 东海，代指方位。红丝，指红丝砚。红丝石产于山东省青州市邵庄镇的黑山和临朐县老崖崮，两地历史上均属青州，故又统称为青州红丝石或青州红丝砚。宋唐询《砚录》云："青州黑山红丝石为砚，人罕有识者。此石甚灵，非他石可与较议。故列之于首焉。"宋高似孙《砚笺》载："红丝石红

黄相参，不甚深，理黄者丝红，理红者丝黄。"《西清砚谱》录三款红丝砚。唐询《砚录》和高似孙《砚笺》均记载红丝石坑口有唐中和年间采石刻记。清人胡渭《禹贡锥指》卷四称："今青州黑山红丝石，红黄相参，文如林木，或如月晕，如山峰，如云霞，如花卉，即古怪石也。"

[23] 宸藻，帝王的诗文。星虹，形容藻绘。宋李石《李漕和诗次韵》有"微吟水雪镂，落墨星虹垂"句。

[24] 王言，君王的言语。琬琰，见廖腾煃诗注。

[25] 学，学识。

[26] 以静为用，是以永年，见张玉书诗注。

[27] 凤沼云霄，代指皇宫。凤沼，凤凰池。宋梅尧臣《次韵景彝祀高禖书事》有"君门赐胙予何有，不似矜夸凤沼傍"句。

[28] 鸿钧，指鸿恩。唐苏颋《代家君让左仆射表》有"非臣微命，能答鸿钧"语。

[29] 邀，逢。

[30] 驽骀，劣马，喻才能低劣。

[31] 叨，承受。造化，福分，幸运。

[32] 伛偻，恭敬貌。汉贾谊《新书·官人》云："柔色伛偻，唯谀之行，唯言之听，以睚眦之间事君者，厮役也。"

[33] 珥笔，戴笔，见查慎行诗注。

[34] 矢志，发誓。追琢，雕琢，见王鸿绪《十一月初十日赐磨礲山石砚一方并西洋漆匣御墨四锭恭纪》诗注。

[35] 持躬，指行为的自我管理和品德的自我提升。磷缁，见张玉书诗注。

[36] 顾雅，南朝宋太学博士。

[37] 谢，不如。丘迟，南朝文学家，以骈文著称。

[38] 训诰，训导告诫之类的文辞。

[39] 顽矿，顽石。

[40] 戴，尊奉。太平基，指治国的贤臣。《诗经·小雅·南山有台序》云："《南山有台》，乐得贤也。得贤则能为邦家立太平之基矣。"白居易《叙德书情四十韵上宣歙翟中丞》有"还将稽古力，助立太平基"句。宋黄庭坚《司马文正公挽词四首》（其一）有"公身与宗社，同作太平基"句。

康熙甲申夏六月朔颁御制宝砚二枚赐臣父明珠暨臣揆叙各一既撒玉案之奇珍兼出圣人之手琢旷典特超乎万古殊恩曲被乎一门拜赐屏营抚躬悚惕敬抒芜句用写葵诚十二韵[1]

御砚颁天上，形模傍帝鸿[2]。双呈琼玖质[3]，亲用琢磨功。运际文明盛[4]，恩沾父子同。开奁光吐月[5]，试墨彩腾虹。润比无瑕玉，贞如不变铜。端溪羞晕碧[6]，青社愧丝红[7]。铸铁卑桑相[8]，澄泥压吕翁[9]。须知成国宝，元必赖神工[10]。璧府分辉远[11]，纶音拜命隆[12]。识途非老马，学赋只雕虫[13]。渥宠逾题剑[14]，殊荣等赐弓[15]。矢心期比石[16]，戴德愿呼嵩[17]。

【注释与解析】

[1] 见于《益戒堂诗后集》卷一，作于 1704 年。《清宫述闻》记载此诗于上首之后，只言"御制宝砚"，并未指明为松花砚，然而据诗意可知，所赐系绿砚，排除其他名砚，故应仍为松花砚。据诗题，应为康熙御用砚。曲，不公正。屏营，惶恐的样子。抚躬，反躬自问。悚惕，惶恐。芜句，谦语，指诗句拙劣无条理。葵诚，忠诚，取葵性向日意。

[2] 帝鸿，指黄帝"帝鸿氏之砚"的铭文，见王顼龄《十一月二十九日……二十韵》诗自注。

[3] 双，指父子各受赐一砚。琼玖，泛指美玉。

[4] 运际，见蔡升元诗注。文明，见蔡升元诗注。

[5] 奁，匣。

[6] 端溪，代指端砚。晕碧，指绿砚的花纹。

[7] 青社，借指青州，辖境在今山东北部一带，为齐故地。《史记·三王世家》记载："元狩六年四月乙巳，皇帝使御史大夫汤庙立子闳为齐王。曰：於戏，小子闳，受兹青社！"司马贞《史记索隐》言："蔡邕《独断》云：'皇子封为王者，受天子太社之土。若封东方诸侯，则割青土，藉以白茅，授之以立社，谓之茅土。'齐在东方，故云青社。"宋梅尧臣《送张讽寺丞赴青州幕》有"富公镇青社，有来咸鞠育"句。丝红，指红丝砚，见上首诗注。

[8] 铸铁卑桑相，桑维翰，五代十国时期的后晋宰相。《新五代史·桑维翰传》载："（桑）著《日出扶桑赋》以见志，又铸铁砚以示人曰：'砚弊则改而佗仕。'卒以进士及第。"青州铁砚由是著名。

[9] 澄泥,见张廷枢《正月初三日南书房赐砚恭纪》(其三)注"澄泥"。

[10] 元,同"原"。

[11] 璧府,藏书之地。宋蒋之奇《和秘阁曝书会》有"中天开璧府,左海见鳌峰"句。分辉,分光。

[12] 纶音,帝王的诏令。拜命,拜谢厚命。

[13] 雕虫,比喻从事不足道的小技艺,常指写作诗文辞赋。

[14] 渥,优厚。题剑,典故名,典出《后汉书》卷四十五《韩棱传》。汉肃宗赐诸尚书宝剑,但只在韩棱等三人的宝剑题写了他们的名字,后以"题剑"表示君主对臣子的特殊恩宠。

[15] 赐弓,《诗经·小雅·彤弓》咏周天子以弓赏赐有功诸侯。《左传》襄公八年载:"季武子赋《彤弓》。宣子曰:'我先君文公献功于卫雍,受彤弓于襄王,以为子孙藏。'"

[16] 矢心,下决心。

[17] 呼嵩,见陈廷敬诗注"万岁嵩"。

彭廷训(1首)

彭廷训(?—1735),字尹作,江西南昌人。康熙四十五年(1706)进士,散官授编修,升詹事府右赞善,康熙五十九年(1720年)任山西学政,以书法受康熙帝赏识,1731年归田。入《皇清书史》。

壬辰分校礼闱揭晓御赐松花石砚一方西苑谢恩恭纪长句[1]

才喜开帘归沐日[2],又催赐砚谢恩时。四旬新命迟金榜(揭晓展限十日)[3],三锡殊荣拜玉墀[4]。自矢臣心坚比石[5],仰窥睿藻暇临池[6]。况饶春泽霑霜鬓[7],寿古铭辞慰寸私(臣父年九十母八十,仰瞻铭辞,感恩更切)[8]。

【注释与解析】

[1] 见于《皇朝词林典故》①卷三十六,1712年作于北京。诗作背景详见彭廷训之子彭元瑞诗注。分校礼闱,科举考试时校阅试卷的各房官,也称分校。礼闱,指古代科举考试之会试,因其为礼部主办,故称礼闱。此处指

---

① 朱珪,等. 皇朝词林典故 [M] //武英殿刻本第二十册. 国家图书馆藏,嘉庆十年:2.

彭廷训参与会试阅卷。

[2] 开帘，明清科举制度中乡试、会试批阅试卷的场所与考官，称为"内帘"。贡院内有至公堂，堂后有门通入，内为正副主考、房官、内提调、内监试、内收掌等内帘官批阅、保管试卷及居住之处，并有刻字房、印刷房，以刻印试卷。考试前三日，内帘官由至公堂后小门而入，监临立即封门并隔以帘，遂有内帘、外帘之名。封门后内、外帘官不得出入，公事于门前交洽，至放榜时方准开帘。归沐，回家洗发。《诗·小雅·采绿》有"予发曲局，薄言归沐"句。后用以指官吏休假。唐刘禹锡《浙西李大夫述梦四十韵并浙东元相公酬和斐然继声》有"五日思归沐，三春美众邀"句，苏轼《兴龙节侍宴前一日微雪与子由同访王定国小饮清虚堂定国出数诗皆佳而五言尤奇子由又言昔与孙巨源同过定国感念存没悲叹久之夜归稍醒各赋一篇明日朝中以示定国也》有"天风渐渐飞玉沙，诏恩归沐休早衙"句。

[3] 展限，放宽期限。宋岳珂《桯史·汪革谣谶》云："三省枢密院同奉圣旨，取谋反人，教练乃受钱展限耶？"

[4] 锡，同"赐"。玉墀，见揆叙诗注。

[5] 自矢，自誓，立志不移。明袁宏道《舒大家志石铭》云："族长者以其穉李恐不当霜雪，家以死自矢。"石，此处以砚石作比。

[6] 睿藻，见廖腾煃诗注。临池，见汪晋徵诗注。作者工书，此句亦是咏砚。

[7] 饶，多，增添。春泽，春雨，比喻恩泽。晋潘岳《西征赋》云："弛秋霜之严威，流春泽之渥恩。"

[8] 寿古铭辞，据诗意可知，砚应有御铭"寿古而质润，色绿而声清，起墨益毫，故其宝也"。私，内心。御铭正称合作者愿父母长寿之心。

郑任钥（1首）

郑任钥，字维启，号鱼门，福建侯官（今福州）人。康熙丙戌（1706）进士，改庶吉士，授编修，官至湖北巡抚。有《非蕣轩稿》。

拜砥石砚之赐恭纪[1]

守静尚默乃可久，不缁不磷无玷污。品方质厚砚之德，岂以瓦合矜时趋。

【注释与解析】

[1] 见于杨秉杷《应体诗话》（见《清诗话三编》）卷六，诗话云："郑任钥拜砥石砚之赐。"诗与《皇清文颖》卷六十四所录宫鸿历《赐砚纪恩诗》当中四句完全相同。砥石砚，见宋荦诗注。余见宫鸿历诗注。

─────────────── ❧{ **张汉（1 首）** }❧ ───────────────

张汉（1680—1759），字月槎，一字蜇存，云南石屏人。康熙五十二年（1713）进士，由检讨出为河南知府，罢归。乾隆二年复授检讨，迁山东道御史，有《留砚堂诗选》①。

庶子张鹏翀奏进经史蒙恩召对御赐书籍文绮次日谢恩恭进手画《春林淡霭图》并题绝句于其颠当即御赐宸章并次其韵又赐松花石砚千古殊荣词林嘉话恭和六首以志盛事（其五）[1]

上方绿砚赐亲承，拜领陶泓水一升[2]。自诩吾颠同米芾[3]，墨痕满袖喜难胜。

【注释与解析】

[1] 张鹏翀《南华诗钞》卷三附，作于1742年。题为编者参照其他作者诗题拟，和诗六首，其五涉松花砚，可参见张鹏翀诗。词林，见张廷枢《丁亥至日赐砚恭纪》诗注。

[2] 陶泓，此处泛指砚，见查慎行诗注。

[3] 自诩吾颠，自比"米颠"，参见王顼龄《十一月二十九日……二十韵》诗注附。

─────────────── ❧{ **朱稻孙（1 首）** }❧ ───────────────

朱稻孙（1682—1760），字稼翁、芋坡，号娱村，浙江秀水（今嘉兴）

───────────────

① 张汉. 留砚堂诗选［M］//《清代诗文集汇编》编纂委员会. 清代诗文集汇编：第248册. 上海：上海古籍出版社，2010：1-180.

人。朱彝尊孙，乾隆元年（1736）举博学鸿词，官州判。有《六峰阁诗稿》①，入《清史列传》《国朝耆献类征初编》《国朝诗人征略初编》《昭代名人尺牍小传》《湖海诗人小传》《皇清书史》等。

西湖行殿恭纪十二首（其六）[1]

新渥松花砚[2]，殊珍鹿尾浆[3]。恩加守土吏[4]，重叠拜天章[5]。

【注释与解析】

[1] 见于《六峰阁诗稿》卷一，作于 1705 或 1707 年康熙帝南巡时，参读宋荦诗，可知 1705 年的可能性似更大。

[2] 渥，沾润，指受赐。

[3] 鹿尾，梅花鹿或马鹿的尾巴，清代东北珍贵贡物之一。清宫将鹿尾"香糟作护"，做成保质期较长的即食品，外包装竟还标有生产日期。朱彝尊《鹿尾》有"尻截浆尤美，肴蒸味最奇"句。

[4] 守土吏，指地方官。

[5] 天章，帝王的诗文。

─────── ✧ **吴应棻（2首）** ✧ ───────

吴应棻（？—1740），原名应正、应祺，避世宗讳，改名，字小眉，号眉庵，又号青灵山人，浙江归安（今湖州）人。康熙五十四年（1715）进士，授编修，历官少詹事、顺天学政、湖北巡抚、兵部右侍郎。有《青瑶草堂诗集》②，入《国朝耆献类征初编》《汉名臣传》《词林辑略》《清代画史增编》《国朝画识》《国朝画征录》《清画家诗史》等。见录于《清人诗文集总目提要》卷十九（约生于 1681 至 1685 年）。

---

① 朱稻孙. 六峰阁诗稿 [M] // 《清代诗文集汇编》编纂委员会. 清代诗文集汇编：第 251 册. 上海：上海古籍出版社，2010：299-356.
② 吴应棻. 青瑶草堂诗集 [M] // 《清代诗文集汇编》编纂委员会. 清代诗文集汇编：第 246 册. 上海：上海古籍出版社，2010：339-366.

三月二十日诣圆明园谢恩奏事蒙赐松花石砚一方恭纪[1]

昨宵霢霂遍春城[2]，晓叩彤墀达下情[3]。帝泽已先甘澍溥[4]，臣心敢况玉泉清（连年屡持文柄，冰蘗自矢，区区臣节，分所应尔。蒙恩奖励备至，实切惭悚）[5]。御炉香近承恩切，宝砚光莹受宠惊。好是静中功力永，两行天篆语分明（砚有隶书御铭云：以静为用，是以永年）[6]。

【注释与解析】

[1] 见于《青瑶草堂诗集》之《倚云集》，1733 年作于北京。

[2] 霢霂，小雨。

[3] 彤墀，丹墀，指皇宫。

[4] 泽，恩泽。甘澍，甘雨。《后汉书·段颎传》云："臣动兵涉夏，连获甘澍，岁时丰稔，人无疵疫。"溥，广大、普遍。

[5] 况，比。文柄，考选文士的权柄。唐黄滔《上杨侍郎启》云："伏以侍郎荣司文柄，弘阐至公，历选滞遗，精求文行。"冰蘗，喻寒苦而有操守。自矢，自誓。臣节，人臣的节操。尔，罢了。惭悚，惭愧惶恐。

[6] 以静为用，是以永年，见张玉书诗注。

雍正七年十月十六日召见养心殿蒙恩赐貂皮四张御用
万寿无疆墨一匣泥金洋漆盒大砚一方镂管毫笔一匣恭纪[1]

圣皇弘畴咨[2]，辟门广明聪[3]。敷奏必亲试[4]，简任本至公[5]。采择及葑菲[6]，被诏蓬莱宫[7]。亲切聆玉音[8]，霁颜春和融[9]。咨询无巨细，吏治兼民风。仰惟宵旰切[10]，事事劳宸衷（是日上备问中州地方诸事）[11]。少顷奉恩命，锡予一何隆[12]。内府共传索[13]，所获至宝同。丰貂来塞外[14]，紫焰光熊熊。贡墨制工雅，玉玦盘乌龙[15]。大砚马肝石[16]，星精出磨礲[17]。雕管鼠须笔[18]，栗尾卓铦锋[19]。有生五十年，涵濡覆载中[20]。何者非君赐，偻指安能穷[21]。图报良难称，夙夜心忡忡[22]。颁赍复便蕃[23]，自问诚何功[24]。拜舞捧归舍[25]，辉光射帘栊。戴德愧鳌负，千载欣遭逢。

【注释与解析】

[1] 见于《青瑶草堂诗集》之《三使集》，1729 年作于北京。据诗中"星精出磨礲"句录此诗，磨礲，似指砥石山，见王鸿绪《十一月初十日赐磨礲

山石砚一方并西洋漆匣御墨四锭恭纪》诗注。而"泥金洋漆盒"之"洋"应是指东洋，这也与松花砚相符。故权且作为疑似咏松花砚诗录下备考。

[2] 弘，弘扬推广。畴咨，访问、访求。语出《尚书·尧典》。《晋书·司马虓传》云："若朝之大事，废兴损益，每辄畴咨。"

[3] 辟门，广罗贤才之意。《尚书·舜典》："询于四岳，辟四门。"孔颖达疏："开四方之门，大为仕路，致众贤也。"明聪，见闻。

[4] 敷奏，向君上报告。《尚书·舜典》云："敷奏以言，明试以功，车服以庸。"

[5] 简任，经过选择而任用官员。

[6] 采择，选用。及，到、涉及。葑菲，代指有一德可取的鄙陋之人，此处为谦辞。《诗经·邶风·谷风》有"采葑采菲，无以下体"句，郑玄笺："此二菜者，蔓菁与葍之类也，皆上下可食，然而其根有美时有恶时，采之者不可以其根恶时并弃其叶。"南朝鲍照《绍古辞》有"徒抱忠孝志，犹为葑菲迁"句。

[7] 蓬莱宫，代指皇宫。

[8] 玉音，皇帝的话语。

[9] 霁颜，和颜悦色。

[10] 仰惟，仰视所见。宵旰，宵衣旰食，天不亮就穿衣起来，天黑了才吃饭，形容勤于政务。

[11] 宸衷，帝王的心。

[12] 锡，同"赐"。

[13] 内府，指内务府。见劳之辨诗注。

[14] 丰貂，指貂皮。

[15] 玉玦盘乌龙，指墨形和纹饰。

[16] 马肝，指紫石砚。见宫鸿历诗注。

[17] 星精，星之灵气。北周庾信《周太子太保步陆逞神道碑》有"祥符云气，庆合星精"语。前蜀贯休《商山道者》有"澄潭龙气来萦砌，月冷星精下听琴"句。磨礲，此处如果解释为"磨制"，也能说通，参见劳之辨诗注。但此处更像是指产地，以"磨礲"代称砥石山，见王鸿绪诗注。

[18] 鼠须笔，以老鼠或松鼠胡须制作的笔。明李时珍《本草纲目》载：

"世所谓鼠须，粟尾者是也。"非老鼠之胡须所制。鼠须笔始于汉代，张芝、钟繇皆用之；晋王羲之用鼠须笔写下《兰亭序》。鼠须笔挺健尖锐，与紫毫相匹敌，今制法已失传。

[19] 粟尾，毛笔名，以鼬鼠毛制成。苏轼《孙莘老求墨妙亭诗》有"书来乞诗要自写，为把粟尾书溪藤"句。铦锋，刚锐的锋芒。

[20] 涵濡，沉浸。覆载，本指天地，比喻帝王的恩德。宋范仲淹《青州谢上表》有"涓尘未补，覆载何酬"语。

[21] 偻指，屈指而数。

[22] 忡忡，忧虑不安。

[23] 便蕃，亦作"便烦"或"便繁"，表示频繁或屡次。

[24] 诚，的确、实在。

[25] 拜舞，见王顼龄《三月十四日……恭纪》诗注。

吴应枚（2首）

吴应枚，字小颖，号颖庵，清浙江归安（今湖州）人。吴应棻弟，原任奉天府尹，雍正二年（1724）进士，官大理寺少卿。山水师王原祁，工诗，有《客槎集》《墨香幢诗》，入《清画家诗史》。

庶子张鹏翀奏进经史蒙恩召对御赐书籍文绮次日谢恩恭进手画《春林淡霭图》并题绝句于其颠当即御赐宸章并次其韵又赐松花石砚千古殊荣词林嘉话恭和六首以志盛事（其五、其六）[1]

如听箫韶奏九成[2]，六诗捧出荷殊荣[3]。斋罗赐物多珍重[4]，风味琅函几席清[5]。

张华《博物》恣研求[6]，妙手初成五凤楼[7]。他日玉堂传故事[8]，郑虔三绝重螭头[9]。

【注释与解析】

[1] 见于张鹏翀《南华诗钞》卷三附，作于1742年。诗题参照其他作者诗题拟，和诗六首，其五、其六涉松花砚，可参见张鹏翀诗。词林，见张廷枢《丁亥至日赐砚恭纪》诗注。

[2] 箫韶，见尤珍诗注。九成，九阕。乐曲终止为成。《尚书·益稷》云："箫韶九成，凤凰来仪。"

[3] 六诗，指弘历和诗六首。

[4] 罗，罗列、摆放。

[5] 凤味，指砚。见廖腾煃诗注。琅函，此处可能指砚匣，也可能指书函，因为张鹏翮获赐御书后即有"珍秘琅函特许求"句，当时尚未赐砚。几席，桌案。

[6] 张华，典见王顼龄《十一月二十九日……二十韵》自注。研求，研究探索。南朝梁刘勰《文心雕龙·指瑕》云："若夫注解为书，所以明正事理，然谬于研求，或率意而断。"此处指张鹏翮二月二十七日进奏经史。

[7] 五凤楼，宫城正门形制，上有崇楼五座，以游廊相连，东西各有一座阙亭，形如雁翅，俗称"五凤楼"。北京故宫午门上部为门楼一座，两翼俗称"雁翅楼"，整座建筑高低错落，左右呼应，形若朱雀展翅，也有"五凤楼"之称。

[8] 玉堂，此处指翰林院。

[9] 郑虔三绝，唐郑虔诗、书、画皆精妙。螭头，殿柱、殿阶之上的螭形雕饰，此处代指皇宫。

万承苍（1首）

万承苍（1683—1746），字宇光，号孺庐，江西南昌人。康熙五十二年（1713）进士，授编修，雍正间为实录馆纂修官，乾隆间累官至侍讲学士。有《孺庐集》，入《清史列传》《国朝耆献类征初编》《词林辑略》《国朝诗人征略初编》等。

庶子张鹏翮奏进经史蒙恩召对御赐书籍文绮次日谢恩恭进手画《春林淡霭图》并题绝句于其颠当即御赐宸章并次其韵又赐松花石砚千古殊荣词林嘉话恭和六首以志盛事（其四）[1]

天上新恩许数承[2]，玉阶日仅摄衣升[3]。琅函锦匣多珍赐[4]，载向兰单怯不胜[5]。

【注释与解析】

[1] 见于张鹏翀《南华诗钞》卷三附，作于1742年。诗题参照其他作者诗题拟，作者时为编修，和诗六首，其四涉松花砚，可参见张鹏翀诗。词林，见张廷枢《丁亥至日赐砚恭纪》诗注。

[2] 许，给予。

[3] 玉阶，玉石砌成或装饰的台阶，为台阶的美称。此处指宫门台阶。日仅，一日之内。摄衣，整饬衣装，提起衣襟。《管子·弟子职》云："少者之事，夜寐早作，既拼盥漱，执事有恪，摄衣共盥，先生乃作。"唐李朝威《柳毅传》云："乃促至山下，摄衣疾上。山有宫阙如人世。"

[4] 琅函锦匣，其中有松花砚的砚匣。参见吴应枚诗注。

[5] 兰单，精疲力竭的样子。卢照邻《释疾文》有"余独兰单兮不自胜"句。

纳兰常安（2首）

纳兰常安（1684—1747），姓叶赫纳兰氏，字履坦，满洲镶红旗人。康熙三十二年（1693）举人，雍正间由冀宁道迁广西按察使，历任云南、贵州布政使、江西、浙江巡抚。有《沈水三春集》① 和《受宜堂集》②，《沈水三春集》作者自序于乾隆五年七夕后一日，系乾隆四年授盛京兵部侍郎后作。入《清史稿》《八旗文经》等。

逐日蒙恩赐御物惶悚感激之余恭赋一十七首以志宠遇之隆·赐松花砚[1]

金坚玉润割端溪[2]，欲倩坡公为品题[3]。拜手擎将何处用，亲书圣德喻江西[4]。

【注释与解析】

[1] 见于《受宜堂集》卷三十五《豫章集》上，1734年五月作于北京。

---

① 纳兰常安. 沈水三春集［M］//谢冬荣，陈红彦，萨仁高娃. 清代诗文集珍本丛刊：第233册. 北京：国家图书馆出版社，2017.

② 纳兰常安. 受宜堂集［M］//《清代诗文集汇编》编纂委员会. 清代诗文集汇编：第255册. 上海：上海古籍出版社，2010：123-666.

［2］端溪，此处似应代指砚的颜色。可参见熊赐履、汤右曾诗注。

［3］倩，请别人代替自己做事。坡公，苏轼有多首咏砚诗。可参见王顼龄、廖腾煃诗注。

［4］圣德，皇帝的恩德。喻，告知，开导。江西，作者曾抚江西，有《豫章集》。

绿端石[1]

绿石平于掌，肌理腻且滑。灵气毓云根[2]，苍苍挺山骨[3]。出穴宝光生，开匣奇彩发。却笑于阗人，不畏秋涛汩（于阗有绿玉河，每秋后国人捞玉于此）[4]。

【注释与解析】

［1］见于《沈水三春集》，约作于 1740 年。《沈水三春集》咏今辽宁省风物，绿端石应指松花石，"灵气"句更与松花石相符，而"开匣"一语，又似咏砚，而非仅仅咏石。

［2］毓，孕育。云根，指山岩，见张玉书诗注。

［3］山骨，见蔡升元诗注。

［4］汩，水急流的样子。于阗，见元弘诗注。结句以玉比松花石。

赵大鲸（1 首）

赵大鲸（1686—1749），初字学川，后字横山，又字学斋，浙江仁和（今杭州）人。雍正二年（1724）进士，官左副都御史，工书法，任敷文书院山长。有《松轩随笔》，入《皇清书史》等。

庶子张鹏翀奏进经史蒙恩召对御赐书籍文绮次日谢恩恭进手画《春林淡霭图》并题绝句于其颠当即御赐宸章并次其韵又赐松花石砚千古殊荣词林嘉话恭和六首以志盛事（其六）[1]

诗中有画许研求[2]，长笛高吟愧倚楼[3]。宝匣松花曾拜赐，恩波纪沐凤池头[4]。

【注释与解析】

[1] 见于张鹏翀《南华诗钞》卷三附，作于 1742 年。诗题参照其他作者诗题拟，和诗其六涉松花砚，可参见张鹏翀诗。词林，见张廷枢《丁亥至日赐砚恭纪》诗注。

[2] 许，称赞。研求，研究探索。

[3] 长笛、倚楼，唐赵嘏《长安晚秋》有"云物凄清拂曙流，汉家宫阙动高秋。残星几点雁横塞，长笛一声人倚楼"句，时人因此称赵嘏为"赵倚楼"。

[4]"恩波"句，唐贾至《早朝大明宫呈两省僚友》有"共沐恩波凤池上，朝朝染翰侍君王"句。凤池，禁苑中的池沼，为中书省所在地。唐刘知几《史通·史官建置》云："暨皇家之建国也，乃别置史馆，通籍禁门，西京则与鸾渚为邻，东都则与凤池相接。"

戴永椿（1首）

戴永椿，字翼皇，号卯君，浙江仁和（今杭州）籍，乌程（今湖州）人。雍正元年（1723）进士，曾任监察御史、按察使，官至浔州知府。

庶子张鹏翀奏进经史蒙恩召对御赐书籍文绮次日谢恩恭进手画《春林淡霭图》并题绝句于其颠当即御赐宸章并次其韵又赐松花石砚千古殊荣词林嘉话恭和六首以志盛事（其四）[1]

文绮瑶函次第承[2]，气腾龙尾墨香生[3]。只缘身戴君恩重，拜舞翻愁力不胜[4]。

【注释与解析】

[1] 见于张鹏翀《南华诗钞》卷三附，作于 1742 年。诗题参照其他作者诗题拟，和诗其四涉松花砚，可参见张鹏翀诗。词林，见张廷枢《丁亥至日赐砚恭纪》诗注。

[2] 文绮，华丽的丝织物。《六韬·盈虚》云："帝尧王天下之时，金银珠玉不饰，锦绣文绮不衣。"见张鹏翀诗注。瑶函，或指书函，参见吴应枚诗注。次第，一个接一个。

　　［3］龙尾，指砚。见熊赐履诗注。

　　［4］拜舞，见王顼龄《三月十四日……恭纪》诗注。

钱陈群（2首）

　　钱陈群（1686—1774），字主敬，一字集斋，号香树，又号修亭，自号柘南居士，浙江嘉兴人。康熙六十年（1721）进士，授翰林院编修，官至刑部尚书，谥文端。有《香树斋诗集》①，入《清史稿》《国朝耆献类征初编》《国朝诗人征略初编》《汉名臣传》《昭代名人尺牍小传》《国朝先正事略》《词林辑略》《清代七百名人传》《皇清书史》《国朝书画家小传》《清画家诗史》等。

　　庶子张鹏翀奏进经史蒙恩召对御赐书籍文绮次日谢恩恭进手画《春林淡霭图》并题绝句于其颠当即御赐宸章并次其韵又赐松花石砚千古殊荣词林嘉话恭和六首以志盛事（其四、其五）[1]

　　凤味龙文恩屡承[2]，鲎樽曾拜两三升[3]。红绡扇是臣家事[4]，比并今朝恐未胜。

　　瑶华琢出本天成[5]，盛事留为馆阁荣[6]。香篆蟠坳帘乍卷[7]，诗情画意喜同清。

【注释与解析】

　　［1］见于张鹏翀《南华诗钞》卷三附。诗题参照其他作者诗题拟，钱陈群和诗六首，其四、其五涉松花砚，可参见张鹏翀诗。词林，见张廷枢《丁亥至日赐砚恭纪》诗注。

　　［2］凤味，见廖腾煃诗注。龙文，喻雄健的文笔。唐韩愈《病中赠张十八》有"龙文百斛鼎，笔力可独扛"句。此处指赐张鹏翀的"御书三部"。

　　［3］鲎樽，用鲎壳制的酒杯。陆游《近村暮归》诗云："莫笑山翁雪鬓繁，归休幸出上恩宽。鲎樽恰受三升酽，龟屋新裁二寸冠。"自注云："鲎樽，即皮袭美所云诃陵樽也。"张鹏翀六首诗其四有"金盏恩浓醉不胜"句，自注

――――――――――

　　① 钱陈群. 香树斋诗集［M］//《四库未收书辑刊》编纂委员会. 四库未收书辑刊：第9辑第18、19册. 北京：北京出版社，2000：133-792，1-426.

云："问及饮量，以三蕉辄醉为对。"

[4] 红绡扇，用北宋张咏典。"咸平年间，宰相张齐贤诬御史中丞张咏文章假手于人，张咏自辩。上（真宗）曰：'卿平生著述几多，可进来。'公遂以所著进，上阅于龙图阁，未竟，赐坐。上曰：'今日暑甚。'顾黄门于御几取常所执红绡金龙扇赐公，且称文善。公起再拜，乃纳扇于几，上曰：'便以赐卿，美今日献文事。'"事见宋江少虞《宋朝事实类苑》卷七。

[5] 瑶华，美玉。见王鸿绪《十一月初十日赐磨礲山石砚一方并西洋漆匣御墨四锭恭纪》诗注。此处既指松花砚，又是暗喻张鹏翀。

[6] 馆阁，本指房屋建筑。宋有史馆、昭文馆、集贤院，称为三馆；又有秘阁、龙图及天章等阁，统称为馆阁。明清两代称翰林院为馆阁，分掌图书经籍和编修国史等事务。

[7] 香篆，指焚香时所起的烟缕，因其曲折似篆文，故称。宋张孝祥《水调歌头》有"缓带轻裘多暇，燕寝森严兵卫，香篆几徘徊"句，金萧贡《拟回文》有"风幌半萦香篆细，碧窗斜影月笼纱"句。螭坳，宫殿螭阶前坳处，朝会时为殿下值班史官所站的地方。宋司马光《奉和始平公喜闻昌言修注》有"晓提麟笔依华盖，日就螭坳记圣言"句。

张鹏翀（5首）

张鹏翀（1688—1745），字天扉、天飞，一字抑斋，号南华、南华山人、南华散仙，人称漆园散仙，江苏嘉定（今上海）人。雍正五年（1727）进士，官至詹事府詹事、翰林院侍讲，以诗画受知于乾隆帝。有《南华山人诗钞》等①，入《清史稿》《国朝耆献类征初编》《国朝诗人征略初编》《昭代名人尺牍小传》《国朝先正事略》《词林辑略》《清代画史增编》《国朝画识》《国朝画征录》《清画家诗史》等。

和诗重进蒙恩赏松花石砚归途恭纪再叠前韵（其一、其二、其三、其六）[1]

宫树春浓晓露垂，恩光稠叠喜浮眉[2]。永年更荷君王赐[3]，捧砚归来日

---

① 张鹏翀. 南华山人诗钞［M］//《清代诗文集汇编》编纂委员会. 清代诗文集汇编：第264册. 上海：上海古籍出版社，2010：95-337.

午时（御铭"以静为用，是以永年"）[4]。

人间才藻剧如毛[5]，身到云霄始觉高[6]。赓载君恩真旷世[7]，直将琼玖报投桃[8]。

奇石摩挲霭绿云[9]，金花石竹绣成文[10]。从今读《易》研朱露（昨所进系《易·系辞》）[11]，点滴皆从巨瀣分[12]。

宣赐频仍不待求[13]，胜将仙乐下珠楼[14]。诗成天上携龙尾[15]，画绝人间说虎头[16]。

【注释与解析】

[1] 见于《南华诗钞》卷三《金莲荣遇集》，1742 年作于北京。此诗背景堪称词林一件盛事。二月二十七日，张鹏翀进奏经史，蒙恩召对，温语移时，兼赐御书三部文绮一联，张作纪恩诗六首。二十八日，张鹏翀又将自己画的《春林淡霭图》进呈，就将这六首纪恩诗题在画上。宫门候旨时，乾隆帝当即作了《题庶子张鹏翀所进〈春林淡霭图〉即用其韵》赐出。张鹏翀于是又用前韵和了六首重进，这次又蒙御赐松花石砚一方，其时已到中午，于是才有本组诗六首，其中四首涉及松花砚。《皇朝词林典故》卷二十五作"松花绿石砚"，与《词林典故》同。张鹏翀诗对于砚本身描述不多，据他人和诗可知，此松花砚色绿有纹，有铭，有嵌珠函匣。"词臣荣遇，旷古稀逢"，此事轰动一时，同僚纷纷和诗，皆附录于《南华诗钞》中。乾隆帝《题庶子张鹏翀所进〈春林淡霭图〉即用其韵》是事件中的焦点，赐砚还在其次。正如沈德潜和诗之后的《叙》所言，唐宋君臣间"皆君倡臣和，罕有臣作诗而君仍其韵者"，"皇上于臣下题画纪恩之作，俯赐和章，从古帝王未闻有此"。因而诸同僚和诗皆咏此盛事，兼及所赐松花砚。兹将钱陈群、齐召南、杭世骏、蒋溥、张汉、赵大鲸、闻棠、许佩璜、胡定、彭启丰等人相关诗作辑录，可供参读。另有阮学濬、张叙、张进、许希孔、刘纶、蔡书升、武启图等人诗中虽提及赐砚，但无描述，此处不录。张鹏翀此诗入杨秉把《应体诗话》（《清诗话三编》）卷二。

[2] 恩光，恩泽。稠叠，稠密重叠，密密层层。

[3] 荷，蒙。

[4] 以静为用，是以永年，见张玉书诗注。

[5] 才藻，才思文采。《三国志·魏志·阮籍传》有"籍才藻艳逸，而倜

傥放荡"语。剧，多。《荀子·非十二子》有"略法先王而不知其统，犹然而材剧志大，闻见杂博"语。《后汉书·南匈奴传》有"而耿夔征发烦剧，新降者皆忐恨谋畔"语。

[6] 云霄，指宫廷。

[7] 赓，连续。

[8] 将，拿。琼玖，美玉，代指松花砚。投桃，投桃报李，投桃指作者自己进呈的经史和诗画。

[9] 奇石，指松花砚。霭，云气。

[10]"金花"句，指受赐之文绮。

[11] 朱露，指朱砂，朱笔一般用于批校。

[12] 巨瀚，大海。

[13] 频仍，连续不断，频繁发生。待，需要。

[14]"胜将"句，化用李白《宫中行乐词》（其六）"春风开紫殿，天乐下朱楼"句。将，助词。

[15] 天上，指宫廷。龙尾，见熊赐履诗注和王顼龄诗注附，此处作者有自比苏轼之意。

[16]"画绝"句，作者自比顾恺之（顾小字"虎头"），可见自信与自得。画绝，世人评价顾恺之以"三绝"，即"才绝""画绝"和"痴绝"。

[附张诗其四云："炬撤金莲讵感承，清班每侍玉阶升。上元尚忆陪春宴，金盏恩浓醉不胜（问及饮量，以三蕉辄醉为对）。"其五云："谢恩俄顷复诗成，天奖春逾草木荣。更愿雨膏施万汇，鳞畴如画镜波清（时近耕藉）。"]

送励衣园银台扈驾谒陵二十六韵[1]

侍朝承玉案（是日御门侍班）[2]，下直访银台[3]。扈从桥陵谒[4]，趋跄法驾陪[5]。祖行方整暇[6]，留饮共徘徊。稚子紫衣袂[7]，门生奉酒杯（北陶甫诸公饯行）。抽豪添虎仆[8]，市骏溢龙媒[9]。装重分曹异[10]，衣轻称体裁。大高凭远眺，秋爽绝氛埃[11]。长白山尊岳[12]，兴京室比邰[13]。五陵佳气满[14]，万乘晓光开[15]。百战遗谟在[16]，三驱远略恢[17]。霜凌汉庙柏[18]，云护禹梁梅[19]。山翠浮浓黛，江流泻玉醅[20]。城留丹凤辇[21]，塞接白龙堆[22]。岛子饶鱼鲙[23]，松花足砚材[24]。班联皆涞济[25]，朋好亦谈诙[26]。宣唤频中使[27]，赓飏接上台[28]。歌风轶丰沛[29]，赋雪陋邹枚[30]。跋涉诚劳矣，游观亦壮哉。雄锋鸣剑铗，朗咏丽珠胎[31]。酒倩驼峰送[32]，书随雁足来[33]。彤缨良足羡[34]，隐几只堪咍[35]。竣事霓旌拂[36]，遄归驿骑催[37]。赐珍余绎络[38]，跋马未虺隤[39]。藉甚诸公贵[40]，风流素论推[41]。庆成瞻玉座[42]，欢会酌金罍[43]。拟奏铙歌曲[44]，遥迎御跸回[45]。

【注释与解析】

[1] 见于《南华诗钞》卷六《双清阁集》，1743 年乾隆帝东巡之前送励宗万，作于北京。

[2] 侍朝，自注之御门侍班，即值班。

[3] 下直，在宫中当值结束。五代李中《献中书张舍人》有"下直无他事，闲游恣逸情"句。银台，宫门名。唐时翰林院、学士院都在银台门附近，后因以银台门指代翰林院。李白《赠从弟南平太守之遥》（其一）有"承恩初入银台门，著书独在金銮殿"句。

[4] 扈从，随从皇帝出巡。唐宋之问《扈从登封途中作》有"扈从良可赋，终乏揽天才"句。桥陵，泛指帝王陵墓。此处指兴京和盛京皇陵。

[5] 趋跄，指奔走侍奉。宋苏舜钦《应制科上省使叶道卿书》云："阁下以高文闳才都盛位，而某以吏属，时得趋跄左右。"法驾，天子车驾的一种。《史记·吕太后本纪》有"乃奉天子法驾，迎代王于邸"语。

[6] 祖行，饯行。整暇，形容既严谨而又从容不迫。《左传·成公十六年》云："日臣之使于楚也，子重问晋国之勇，臣对曰：'好以众整。'曰：'又何如？'臣对曰：'好以暇。'"

[7] 稚子，幼子。

[8] 抽豪，选拔出众者。

[9] 市，买。溢，增。龙媒，骏马。

[10] 装，装备。分曹，分别、分类。赍，携带。

[11] 氛埃，污浊之气、尘埃。《楚辞·远游》有"风伯为余先驱兮，氛埃辟而清凉"句。

[12] 山尊岳，长白山尊于诸岳。

[13] 兴京，在今辽宁新宾西老城。天命元年（1616），努尔哈赤定后金第一个都城于此，曰赫图阿拉（满语横岗或横甸之意）。其地为清肇基之地，

附近有永陵。室比部，用郃氏女姜嫄履迹而孕生后稷的传说，喻仙女食朱果而诞努尔哈赤先祖的传说。

[14] 五陵，本指汉代皇帝陵园，此处系代指。

[15] 万乘，周代制度规定，天子地方千里，能出兵车万乘，因以“万乘”指天子。

[16] 谟，谋略。

[17] 三驱，古王者田猎之制。谓田猎时须让开一面，三面驱赶，以示好生之德。《易经·比》有“王用三驱”语。恢，大。

[18] 汉庙柏，指泰山岱庙汉柏。

[19] 禹梁梅，指会稽（今浙江绍兴）禹庙的大梁。《太平御览》引汉应劭《风俗通》云：“夏禹庙中有梅梁，忽一春生枝叶。”唐徐浩《谒禹庙》有“梅梁今不坏，松祏古仍留”句。此处两句皆喻历史久远。

[20] 玉醅，指美酒。醅，没滤过的酒。

[21] 丹凤辇，指仙人或皇帝的车驾。唐宋之问《扈从登封途中作》有“愿陪丹凤辇，率舞白云衢”句。

[22] 白龙堆，本指西域，此处代指塞外，如纳兰性德《满庭芳》有“堠雪翻鸦河冰跃，马惊风吹度龙堆”句，即是咏东北地区。

[23] 岛子，指白鱼，鲤形目鲤科，今松花江流域仍有“三花一岛”之称。饶，多。

[24] 松花，松花石。

[25] 浃济，周济。

[26] 谈诙，戏谑谈笑。

[27] 中使，宫中派出的使者，多指宦官。

[28] 赓飏，亦作“赓扬”，飞扬轻举连续而歌。上台，指宫廷、朝廷。白居易《病中辱张常侍题集贤院诗因以继和》有“骑省通中掖，龙楼隔上台”句。

[29] 歌风，刘邦有《大风歌》。轶，超越。丰沛，刘邦是沛丰邑人，借指刘邦。

[30] 邹枚，汉代邹阳、枚乘的并称。

[31] 朗咏，朗声吟咏。珠胎，蚌体中正在成长的珠子。唐张说《卢巴驿闻张御史张判官欲到不得待留赠之》有“旧庭知玉树，合浦识珠胎”句。

[32] 驼峰，骆驼。

[33] 书，信。雁足，以大雁为信使，将信件绑缚于雁足，见《汉书·苏武传》。

[34] 影缨，冠缨飘动，形容人在朝为官的样子。

[35] 隐几，伏案。《孟子·公孙丑下》云："有欲为王留行者，坐而言，不应，隐几而卧。"哂，笑。

[36] 竣事，了事、完事。霓旌，缀有五色羽毛的旗帜，为古代帝王仪仗之一。杜甫《哀江头》有"忆昔霓旌下南苑，苑中万物生颜色"句。

[37] 遄归，迅速返回。陆游《幽居杂题》有"雅意元知止，遄归喜遂初"句。

[38] 绎络，络绎，接连不断。

[39] 跋马，骑马驰逐。宋韩元吉《六州歌头·桃花》有"草软莎平跋马，垂杨渡，玉勒争嘶"句。虺聩，也作"虺隤"，疲劳之病态。《诗经·国风·周南·卷耳》有"陟彼崔嵬，我马虺隤"句。

[40] 藉甚，盛大、卓著。《史记·郦生陆贾列传》云："陆生以此游汉廷公卿间，名声藉甚。"

[41] 风流，风雅潇洒。论推，论述推详。

[42] 庆成，指皇帝祭祀、封禅之礼告毕。玉座，皇帝的御座，代指皇帝。

[43] 金罍，饰金的大型酒器。

[44] 铙歌，军中乐歌，相传由黄帝或岐伯创作，汉乐府有郊祀歌《铙歌十八曲》，属鼓吹曲。

[45] 御跸，皇帝的车驾。

张照（3首）

张照（1691—1745），初名默，字得天，又字长卿，号泾南，别号梧囟、天瓶居士，华亭（今上海）人。康熙四十八年（1709）进士，改庶吉士，授检讨，官至刑部尚书。有《得天居士集》①，入《清史稿》《汉名臣转》《清七百名人传》《国朝耆献类征初编》《国朝诗人征略初编》《皇清书史》《清代画

---

① 张照. 得天居士集［M］//《清代诗文集汇编》编纂委员会. 清代诗文集汇编：第268册. 上海：上海古籍出版社，2010：435-498.

史增编》《清画家诗史乙》等。

五十一年三月戊戌赐砥石研恭纪（二律）[1]

一片奇珍出尚方[2]，巧追砥石镇文房[3]。云英映日秋凝碧[4]，玉质沉渊老变苍[5]。邺瓦相传空古色[6]，端溪新琢逊寒光[7]。捧归百徧摩挲剧，试叩清声铿尔长[8]。

阖馆山呼拜帝仁，葵忱感激倍诸臣[9]。八年执役叨三赐[10]，庶士蒙恩只一人[11]。水气乍涵滋瑞露，笔花欲发应阳春。编摩何术酬高厚[12]，洒墨芸窗夜达晨[13]。

【注释与解析】

[1] 此砚见于 2021 年西泠秋拍，名为"御铭赐张照祥云捧日纹松花石砚"。砚有铭文："寿古而质润，色绿而声清。起墨益毫，故其宝也。"印文为："体元主人，万几余暇。"砚盒铭文为《五十一年三月戊戌赐砥石研恭纪二律》，末署"翰林院庶吉士臣张照恭纪"。诗中"八年执役"与康熙五十一年（1712）、张照生年、张照中进士时间皆难以圆通。然而如果赐砚发生在康熙六十一年，则情况就不同了。张照是康熙五十四年入直南书房，到康熙六十一年（1722）正好八年。关于八年之说，张照另有康熙帝挽词其四和《康熙六十年随驾谒陵恭纪诗有序》《题董思翁行楷书唐诗宋词卷》为旁证。问题是，如果事在 1722 年，《得天居士集》却未见录，令人生疑。暂录备考。砥石研，见宋荦诗注。

[2] 尚方，制造帝王所用器物的官署，见王顼龄《四月朔日……恭纪》诗注。

[3] 追，追琢，雕琢。

[4] 云英，云气的精华。碧，碧云。

[5] 苍，深绿色。

[6] 邺瓦，代指铜雀台瓦砚，参见王鸿绪《十一月初十日赐磨礲山石砚一方并西洋漆匣御墨四锭恭纪》诗注"雀台"。

[7] 端溪，代指端砚。

[8] 清声，参见王顼龄《三月十四日……恭纪》诗注附。尔，而。

[9] 阖，全。山呼，嵩呼，臣子祝颂皇帝的礼仪。葵忱，向日的诚心。

[10] 执役，服役。

[11] 庶士，众士。《书·毕命》："兹殷庶士，席宠惟旧。"孔传："此殷众士，居宠日久。"《诗经·召南·摽有梅》有"求我庶士，迨其吉兮"句。

[12] 编摩，编辑。元刘埙《隐居通议·杂录》云："其编摩之勤，意度之新，诚为苦心。"高厚，指恩德。

[13] 芸窗，指书斋。唐萧项《赠翁承赞漆林书堂诗》有"却对芸窗勤苦处，举头全是锦为衣"句。

奉敕题画二十四首·砚[1]

东南之美珣玗琪[2]，翠若陇右鹦鹉衣[3]。王气所钟宝为徙[4]，化工无作出于机[5]。绿云不用踏天割[6]，玉札时见蛟龙飞[7]。圣默然中寥天一[8]，千秋万里同斯归[9]。

【注释与解析】

[1] 见于《得天居士集》丁字编，1737年作于北京。首二句以端砚、洮砚作比，可排除两者，而"王气"句则说明这是松花砚。

[2] 珣玗琪，指夷玉，珣，一种玉。《淮南子》云："东方之美者，有医无闾之珣玗琪焉。"《说文·玉部》云："医无闾之珣玗琪，《周书》所谓夷玉也。"然而《盛京通志》（1684）却这样记载："《尔雅》：石之美者，有医亚闾之珣玗琪焉。今山上亦不闻有此。经典所载，不敢遗也。"其后雍正、乾隆《盛京通志》和民国《奉天通志》皆本此说。

[3] 鹦鹉衣，指绿色的洮砚。首句出自朱彝尊《曝书亭集》卷六十一的《松花江石砚铭》："东北之美珣玗琪，绿如陇右鹦鹉衣。琢为平田水注兹，三真六草无不宜。"元好问《元遗山诗集笺注》卷三《赋泽人郭唐臣所藏山谷洮石砚》云："旧闻鹦鹉曾化石，不数鸊鹈能莹刀。县官岁费六百万，才得此砚来临洮。玄云肤寸天下偏，璧水直上文星高。辞翰今谁江夏笔，三钱无用试鸡毛。"《中州集》卷五录有金冯延登《洮石砚》，诗云："鹦鹉洲前抱石归，琢来犹自带清辉。芸窗尽日无人到，坐看元云吐翠微。"洮砚有"鸭头绿""鹦鹉绿""柳叶青"等，"鹦鹉绿"色泽深绿，石质细润，有的带有"湔墨点"。

[4] 王气，见陈廷敬诗注。徙，迁移。

[5] 化工，自然造化。汉贾谊《鹏鸟赋》云："且夫天地为炉兮，造化为

工。"无作，佛教语，谓无因缘之造作。《央掘魔罗经》卷二云："如来性是无作。"《百喻经·索无物喻》云："第二人言无物者，即是无相、无愿、无作。"机，机缘。

[6] 绿云，指松花石。此句由李贺《杨生青花紫石砚歌》"端州石工巧如神，踏天磨刀割紫云"化出，见张玉书诗注附。

[7] 玉札，对文书的敬称。晋葛洪《抱朴子·内篇·明本》云："五经之事，注说炳露，初学之徒，犹可不解。岂况金简玉札，神仙之经，至要之言，又多不书。"蛟龙，喻书法。唐钱起《送傅管记赴蜀军》有"飞书许载蛟龙笔"句，明郑若庸《赠郑十二草书》有"海波起立飞蛟龙"句。

[8] 圣默然，宋杨简《大哉》有"默然即圣无他巧"语，此处似咏"以静为用"御铭。寥天，寥廓苍天，宋辛弃疾《千年调》有"径入寥天一"语。

[9] 千秋万里，指时空。斯，这。

汪由敦（3首）

汪由敦（1692—1758），初名良金，字师茗，又作师敏，号谨堂、松泉居士。原籍安徽休宁，后改籍浙江钱塘，雍正二年（1724）进士，改庶吉士，历任工部、刑部尚书、左都御史、军机大臣、吏部尚书，参与编纂《明史》《大清一统志》等历史文献。逝后加赠太子太师，谥文端，入祀贤良祠。有《松泉诗集》《松泉文集》①，2016年黄山书社出版《松泉集》。入《清史稿》《汉名臣转》《清七百名人传》《国朝耆献类征初编》《国朝诗人征略初编》《皇清书史》等。

十一日重华宫元宵联句恭纪[1]

阁道银潢界[2]，封峦紫盖高[3]。云生龙跃沼，天近鹤鸣皋[4]。帝所身难到[5]，词林宴许叨[6]。舞呈千样锦，乐奏八琅璈[7]。赋物征佳节[8]，联吟斗彩毫[9]。归来开赐砚，犹自涌苍涛（是日各赐松花石砚一方）[10]。

---

① 汪由敦. 松泉诗集，松泉文集 [M] // 《清代诗文集汇编》编纂委员会. 清代诗文集汇编：第272册. 上海：上海古籍出版社，2010：1-432.

【注释与解析】

[1] 见于《松泉诗集》卷十一，1743 年正月作于北京。题注云："重华宫在大内东北第二家巷之北，上龙潜时所御也。"重华宫，在紫禁城月华门西百子门之北，弘历为王子时所居，弘历继位后，每岁新正，赐内廷词臣茶宴于此。

[2] 阁道，复道。《史记·秦始皇本纪》云："先作前殿阿房，东西五百步，南北五十丈，上可以坐万人，下可以建五丈旗。周驰为阁道，自殿下直抵南山。"银潢，天河、银河。

[3] 封峦，封禅。《汉书·司马相如传下》："依类托寓，谕以封峦。"颜师古注引文颖曰："寓，寄也。峦，山也。言依事类托寄，以喻封禅。"紫盖，紫色车盖，帝王仪仗之一，借指帝王车驾。南朝梁沈约《齐故安陆昭王碑文》云："陪龙驾于伊洛，侍紫盖于咸阳。"

[4] "天近"句，鹤鸣九皋，祥瑞的象征。《诗经·小雅·鹤鸣》有"鹤鸣于九皋，声闻于天"句。天近，此处指离天子近。此前几句皆写重华宫。

[5] 帝所，天帝或天子居住的地方。

[6] 词林，见张廷枢《丁亥至日赐砚恭纪》诗注。叨，承受。

[7] 八琅璈，琅璈，古玉制乐器。《汉武帝内传》云："王母乃命诸侍女王子登弹八琅之璈，又命侍女董双成吹云和之笙。"明高启《蔡经宅》有"冷风吹动天乐鸣，琭箫琅璈和鸾笙"句。

[8] 征，验证。佳节，指正月十五元宵节。

[9] 联吟，指题中众人联句。斗，比赛，争胜。毫，笔。

[10] 苍涛，指松花砚颜色青苍。

恭和御制《驻跸吉林将军署复得诗三首》元韵（其三）[1]

神尧过沛驻新衔[2]，八十年来更可夸[3]。繁息闾阎乐休养[4]，流遗风俗异浮奢[5]。银鳞出网均分赐[6]，宝砚镌铭旧拜嘉（松花石砚材最佳曾蒙恩赐）[7]，信是物华多异产[8]，丰貂珠蚌草三桠[9]。

【注释与解析】

[1] 作于 1754 年八月初七今吉林市，时作者扈从乾隆帝东巡。三首比元韵有更多溢美吉林风物之语，其一讲江山之胜，其二言江城之秀，其三提及

江鱼、松花石、貂鼠、东珠、人参等物产，由远而近，由大及微，确是有心之作。弘历原诗其三云："皇祖当年驻棨衡，迎銮父老尚能夸。讵无洒扫因将敬，所喜朴淳总不奢。木柱烟筒犹故俗，纸窗日影正新嘉。盆中更有仙家草，五叶朱葳苗四桠。"

[2] 神尧，指玄烨。过沛，明梁楠有《过沛》诗咏刘邦。沛，刘邦家乡，此处代指清帝故乡。衡，衙署。

[3] 八十年来，指距离玄烨 1682 年东巡驻跸已七十多年。

[4] 繁息，繁衍生息。闾阎，原指古代里巷内外的门，后泛指平民百姓。《史记·列传·李斯列传》有"李斯以闾阎历诸侯，入事秦"语。

[5] 浮奢，浮薄奢侈，与淳朴相对。

[6] 银鳞，松花江鱼。

[7] 嘉，嘉奖。

[8] 物华，万物精华，物华天宝之意。

[9] 丰貂，指貂皮。珠蚌，指东珠。草三桠，指人参。陶弘景《本草经集注》载高丽人参赞："三桠五叶，背阳向阴。欲来求我，椵树相寻。"后多以三桠五叶描述人参的植物特征。五叶，即五片掌状复叶。

[附汪诗其一云："万家山郭霁烟轻，朝爽凉飔习习生。地以钟灵开胜境，天因留跸快新晴。迎銮近效欢呼意，与宅遐思眷顾情。天作高山应望秩，清斋先日致虔诚。"其二云："澄江如练带清流，载毫当年第一州。节帅轩辕开画里，水虞渔艇聚沙头。千门灯火通深夜（街市居人门外悬灯率至竟夜），万树丹黄绚素秋。衢术自来皆藉板，爱听屧响似登楼。"]

恭和御制《松花江》元韵[1]

经志何征纪不咸[2]，漫论郭璞与陶潜（郭璞注《山海经》，陶潜有《读山海经》诗）[3]。源通星汉横秋皎[4]，派异岷峨倒峡添[5]。吹浪嘉鱼于牣跃[6]，圆流珠蚌媚川恬[7]。更看玉质新裁砚，那问支机卜肆严[8]。

【注释与解析】

[1] 作于 1754 年八月初八今吉林市。弘历诗言山河大势，汪诗又留心江中物产。弘历原诗云："滚滚遥源出不咸，大东王气起龙潜。劈空解使山原折，接上那辞雾雨添。两岸参差青嶂印，一川萦缪碧波恬。地中呈象原檐鼓，

石辨支机孰是严。"

[2] 经志，经史志传。征，迹象。纪，记录。不咸，长白山。

[3] 漫论，随便谈论。郭璞《山海经校注》其实只对"大荒之中，有山名曰不咸。有肃慎氏之国"中的"肃慎"做出注解，指出即为挹娄。陶渊明《读山海经》组诗也没有提及长白山。弘历诗中明确指出不咸即长白山，应是据《金史》推知，远早于《吉林通志》和吴士鉴的《晋书斠注》。

[4] 星汉，指天，松花江满语即天河之意。

[5] 派，水的支流。岷峨，岷山和峨眉山的并称。倒峡，江水倾峡而出。宋朱熹《同子澄及诸僚友游三峡过山房登折桂分韵得万字》有"凭栏快倒峡，跻壑困脱挽"句。

[6] 于牣跃，即于牣鱼跃，出自《诗经·大雅·灵台》"王在灵沼，于牣鱼跃"句。牣，满。

[7] 珠蚌，指东珠。媚川，五代南汉刘鋹据岭南，于海门镇置兵八千人，专以采珠为事，号为"媚川都"。此处似代指当时吉林的珠轩。恬，恬静。

[8] "那问"句，卜肆，指西汉时以卖卜为生的星相家严君平，传说织女以支机石送张骞，并要他去成都找严君平询问因由。唐杜光庭《道教灵验记》记载："成都卜肆支机石，即海客携来，自天河所行，织女令问君平者也。君平卜肆，即今成都小西门之北，福感寺南严君平观是也……支机石存焉。太尉敦煌公好奇尚异，多得古物，命工人所取支机一片欲为器用，以表奇异，工人镌刻之际，若风磬坠于石侧，如此者三。公知其灵物，不复敢取。至今所刻之迹存焉。复令人穿掘其下，则风雷震惊，咫尺昏噎，遂不敢犯。"唐岑参有《严君平卜肆》诗。此句意为，更不多问，直接琢松花石为砚。

杭世骏（2首）

杭世骏（1696—1772），字大宗，号堇浦，又号秦亭老民，自称杭人杭子、秦亭山人、秦亭山民、杭州老民、杭州阿骏，浙江仁和（今杭州）人。乾隆元年（1736）举博学鸿词，官翰林院编修，改御史，以直言罢官，后主扬州安定书院、广州粤秀书院讲席。今有《浙江文丛·杭世骏集》[①]，入《清

---

① 杭世骏. 杭世骏集 [M]. 蔡锦芳，唐宸，点校. 杭州：浙江古籍出版社，2015.

史列传》《国朝耆献类征初编》《国朝诗人征略初编》《国朝先正事略》《清画家诗史》等。

张庶子鹏翀经进《春林淡霭图》敬题六绝句其上蒙恩俯和
邀同馆遍和余亦继作（其四、其六）[1]

赐出陶泓恩敬承[2]，金壶好泼墨三升。玉珂莫笑归鞍缓[3]，褒得璠玙力不胜[4]。

不用登床张洎求[5]，衔来凤尾自彤楼[6]。琅函夜夜荣光发[7]，知有骊珠在上头[8]。

【注释与解析】

[1] 见于《道古堂诗集》卷九《翰苑集》，又见张鹏翀诗附，作于 1742 年。

[2] 陶泓，此处泛指砚。见查慎行诗注。

[3] 玉珂，马络头上的装饰物，多为玉制，也有用贝制的。

[4] 褒，同"袖"。

[5] 登床，《太平御览》卷七四九引《唐书》："刘洎除散骑常侍。洎性疏俊敢言。太宗工王羲之书，尤善飞白。尝宴三品以上于玄武门，帝操笔作飞白字赐群臣。或乘酒争取于帝手。洎登御床，引手得之。皆奏曰：'洎登御床，罪当死。请付法。'帝笑而言曰：'昔闻婕妤辞辇，今见常侍登床。'"

[6] 凤尾，见魏廷珍诗注。彤楼，此处指皇宫。明石珤《元康宫词》有"紫殿彤楼锁阿薰，药囊提碎夜行云"句。明陆深《立春后一日午门宴罢有述》有"金殿彤楼白玉台，芳春风日暖初回"句。

[7] 琅函，此处指砚匣。

[8] 骊珠，此处指宝珠。《西清砚谱》载有"旧端石骊珠砚"。

周长发（1首）

周长发（1696—?），字兰坡，一字朗庵，号石帆，浙江山阴（今绍兴）人。雍正二年（1724）进士，选庶吉士，改教谕。乾隆元年（1736）召试博学鸿词，授翰林院检讨，入直上书房，官至侍讲学士，有《赐书堂诗钞》[1]，

---

① 周长发. 赐书堂诗钞［M］//《清代诗文集汇编》编纂委员会. 清代诗文集汇编：第 279 册. 上海：上海古籍出版社，2010：349-466.

入《清史列传》《国朝耆献类征初编》《国朝诗人征略初编》《昭代名人尺牍小传》《皇清书史》《国朝先正事略》《词林辑略》等。

庶子张鹏翀奏进经史蒙恩召对御赐书籍文绮次日谢恩恭进手画《春林淡霭图》并题绝句于其颠当即御赐宸章并次其韵又赐松花石砚千古殊荣词林嘉话恭和六首以志盛事（其四）[1]

松砚瑶函拜手承，曈昽晓日正初升[2]。赓歌喜起逢殊遇[3]，报国文章力可胜。

【注释与解析】

[1] 见于《赐书堂诗钞》卷三，1742 年二月作于北京，又见张鹏翀《南华诗钞》卷三附。词林，见张廷枢《丁亥至日赐砚恭纪》诗注。

[2] 曈昽，日初出渐明貌。

[3] 赓歌，酬唱和诗，此处指与皇帝唱和。殊遇，指皇帝的特殊恩遇，参见张鹏翀诗题解。

方学成（1 首）

方学成，字武工，号松台，安徽旌德人。康熙间廪生，雍正七年（1729）举人，历官夏津、栖霞、武城知县。有《松华堂集》①，见录于《清人诗文集总目提要》卷二十二（约生于 1696 至 1700 年），似不确，作者 1710 年已有诗作。

刘翼屏孝廉以松花石寄许大玉载属好手琢砚作诗报谢索和
适玉兄时以玉带砚见贶并成长句寄之[1]

长白山接昆仑邱[2]，下有鸭绿水油油[3]。珣玕琪出医无闾[4]，松花石应比琳球[5]。今入天府最难得[6]，紫岩有此如珍投[7]。欲成长吉青花砚[8]，须求巧匠寻端州（李贺《青花紫石砚歌》有端州匠巧如神云云）。远寄檀干托攻错[9]，上镂墨海蟠螭蚪[10]。博物张华重青铁[11]，红丝马肝讵寡俦[12]。今比玉

_____

① 方学成. 松华堂集［M］//《清代诗文集汇编》编纂委员会. 清代诗文集汇编：第 283 册. 上海：上海古籍出版社，2010：251-670.

堂得新样，荆公绿石工雕搜（荆公诗"玉堂新样世争传，何似蛮溪绿石
镌"）[13]。徒吟报谢切磋意（原诗有"也知良璞贵裁成"及"怀君劘切对君
多"之句）[14]，妙笔光炫珊瑚钩[15]。惟我有愧白玉带，结邻虽好难言酬（李
卫公砚名结邻，言与绿结为邻也）[16]。不敢上拟信国相[17]，又岂七客能兼收
（文山有砚名玉带，生后为杨铁崖所得，即七客寮之一）[18]。暂且什袭归即
墨[19]，看君健鹘凌高秋[20]。

【注释与解析】

[1] 见于《松华堂集·栗山诗存》卷四，《松华堂集》之《梅川文衍》自
序于乾隆二年，其他子集自序亦均在乾隆二年之前。潘伟序"松华馆合集"
于乾隆元年。《栗山诗存》以体分卷，卷三、卷四为七古，卷三有1719年诗
作。此首之后，卷四还有诗题标癸未（1703，疑为癸卯或丁未误）诗作。七
律、七绝皆有1729年诗作。综上可知，此诗作于康熙末或雍正间。这是又一
首关于民间得松花石料制砚的诗作，可与释元璟诗参读。贶，赠给，赐予。
鲍照《拟古》有"羞当白璧贶"句。

[2] 邱，同"丘"。其实在地质上长白山与昆仑山无关。

[3] 鸭绿，应是指水色，此水似应指松花江。隋《册府元龟》确实称鸭
绿江为"鸭绿水"，此句中鸭绿是否指鸭绿江，待考。

[4] 珣玗琪，见张照《奉敕题画二十四首·砚》诗注。

[5] 琳球，亦作"琳璆"，指美玉。《宋书·傅亮传》有"饯离不以币，
赠言重琳球"语。唐元稹《阳城驿》有"何以持为赠，束帛藉琳球"句。另
可见劳之辨诗注"球琳"。

[6] 天府，天子的府库。

[7] 紫岩，紫色山崖，通常代指隐居之所，此处是否指石材颜色，存疑。
珍投，贵重的赠物。苏轼《代书答梁先》诗有"感子佳意能无酬，反将木瓜报
珍投"句。

[8] 长吉，李贺。李贺诗参见张玉书诗注附。

[9] 檀干，安徽歙县有檀干园，建于清初。托，委托。攻错，琢磨玉石。
《诗经·小雅·鹤鸣》云："它山之石，可以为错……它山之石，可以攻玉。"

[10] 蟠螭，见王顼龄《康熙五十二年……恭纪六首》诗注"双螭虎池
研"。蚪，指蝌蚪文，又名"蝌蚪书""蝌蚪篆"，汉后期出现，其笔画起止皆

以尖锋来书写，字形也是头粗尾细，看似蝌蚪。

[11] "博物"句，见王顼龄《十一月二十九日……二十韵》诗自注。

[12] 红丝，见揆叙诗注。马肝，见宫鸿历诗注。

[13] 荆公诗，见陈元龙诗注。

[14] 切磋，本意为器物加工工艺，多喻研讨互勉，此处用本意。

[15] 珊瑚钩，用珊瑚所做的帐钩，比喻文章书画华丽珍贵。《孝经援神契》云："珊瑚钩，瑞宝也，神灵滋液，百珍宝用则见。"

[16] 结邻，见王顼龄《四月朔日……恭纪》诗注。

[17] 信国相，文天祥曾任南宋右丞相兼枢密使，祥兴元年（1278）卫王赵昺继位后，拜少保，封信国公。

[18] 文山玉带砚，详见《谢氏砚考》之"玉带砚"，参见宋荦《松花江绿石砚歌》注。七客寮，蒋一葵《尧山堂外纪》记载："杨廉夫尝得古断剑于洞庭湖上，炼以为笛，名之曰'洞庭铁龙'。又得胡琴于大陵吕氏；得宋徽宗象管于杭老宫人；得文文山石砚，上有玉带文；得贾丞相古琴于赤城；得秦始皇古陶瓮，盛酒其中，经岁不变，而折花其中，又能自葩实不死，名之曰'陶氏太古春'。以六物为客，而自居其间，总而颜之曰'七客寮'，撰《七客者志》，而六客各为诗以歌之。"

[19] 什袭，见王顼龄《十一月二十九日……二十韵》诗注。即墨，唐文嵩曾以砚拟人作《即墨侯石虚中传》。

[20] 健鹘，勇猛矫健的鹘。

允礼（1首）

允礼（1697—1738），清宗室，康熙帝第十七子，原名胤礼，号雪窗、春和主人。封和硕果亲王，官宗人府宗正，主理藩院事务，管理工部户部事务，谥毅。有《静远斋诗集》《自得园文钞》[①] 等，入《清史稿》《清皇室四谱》《八旗文经》《八旗画录后编》。

---

① 允礼. 自得园文钞［M］//《清代诗文集汇编》编纂委员会. 清代诗文集汇编：第283册. 上海：上海古籍出版社，2010：825-860.

赋得朝朝染翰侍君王[1]

殿阁笼烟晓露零，龙池瑞色到书扃[2]。轻捻柔翰裁春帖[3]，趋侍璇宵趁曙星[4]。天颜最喜新成赋[5]，敕给松花砚有铭[6]。

【注释与解析】

[1] 见于《静远斋诗集·辛卯》，作于 1711 年。赋得，古人与朋友分题赋诗，分到题目称为"赋得"，如唐韦应物《赋得暮雨送李曹》。如摘取古人成句为诗题，题首也多冠以"赋得"二字，如南朝梁元帝有《赋得兰泽多芳草》。此首即是如此，唐贾至《早朝大明宫呈两省僚友》结句为"共沐恩波凤池上，朝朝染翰侍君王"，诗题就摘于此。染翰，见宋荦诗注。

[2] 龙池，此处指宫中之池。唐沈佺期《龙池篇》有"龙池跃龙龙已飞，龙德先天天不违"句。唐苏颋《龙池篇》有"西京凤邸跃龙泉，佳气休光镇在天"句。朱鹤龄笺注："《雍录》：'明王为诸王时，故宅在京城东南角隆庆坊。宅有井，井溢成池，中宗时数有云龙之祥。后引龙首堰水注池，池面益广，即龙池也。开元二年七月，以宅为宫，是为兴庆宫。'"唐陈子昂《为陈舍人让官表》有"司言凤绰，挥翰龙池"语。书扃，书房。

[3] 柔翰，毛笔，左思《咏史》有"弱冠弄柔翰，卓荦观群书"句。春帖，见王鸿绪《十二月二十七日蒙恩赐……恭纪》诗注。

[4] 趋侍，侍奉，《北齐书·裴让之传》云："帝欲让之为黄门侍郎，或言其体重，不堪趋侍，乃除清河太守。"璇宵，璇，北斗第二星，璇宵，亦作"璿霄"，意思是碧空。《宋史·乐志七》云："璇霄来下，羽卫毵毵。"元周巽《郊祀曲》诗有"瑶阶降甘露，璇霄罗景星"句。此处"宵"指夜晚，此句写在皇宫值夜。曙星，晨星。

[5] 天颜，天子的容颜，汉赵晔《吴越春秋·勾践归国外传》有"群臣拜舞天颜舒，我王何忧能不移"句，此处天子指康熙帝。

[6] 敕，皇帝的诏令，可知皇子也不是可以轻易得到松花砚的。

方观承（1首）

方观承（1698—1768），字遐谷、宜田，号问亭，祖父方登峄，方式济次子，安徽桐城人，雍正监生。1733 年参与西北平叛，授中书舍人，后官至直

隶总督加太子太保，谥恪敏。有《述本堂诗集》《述本堂诗续集》①（黑龙江大学出版社 2014 年版《述本堂诗集·宁古塔纪略》未收续集），事迹入《清史稿》《汉名臣传》《国朝诗人征略初编》《皇清书史》《昭代名人尺牍小传》等。

松花江行送给谏赵奏功先生巡察稽林[1]

稽林何地名何从[2]，古称肃慎金黄龙[3]。王畿直北三千里[4]，辽海严关复几重[5]。开原以外无州县[6]，沙白云黄迷远传[7]。大东首镇控要荒[8]，镇倚边江作天堑[9]。松花水泻碧涛长，混同北下天茫茫[10]。极边更有诺尼水[11]，南流亦到混同江。混同横接艨艟渡[12]，诺尼棹溯松花路[13]。三千犀甲重防羌[14]，岁岁楼船饬坚固（水师专为防俄罗斯而设）[15]。庙廊本重筹边计[16]，玉斧牙旌盟带砺[17]。一从专阃筑三城[18]，坐使单于归节制[19]。健儿驱马尽归田[20]，井灶丛生阛阓烟[21]。鞭梢鹿子秋风猎，手底鱼苗夜月筌[22]。长林远岭延江岸，龙蛇气吐青苍乱[23]。鸿蒙窟宅毓珍奇[24]，芮鞠云霞蒸灿烂[25]。江头大木郁千章[26]，曾献王家作栋梁。万牛力致九天上，长杨五柞相辉煌（康熙中修宫殿曾取木于此）[27]。先朝更宝松花石[28]，琢成凤尾同和璧[29]。拜赐簪毫侍从臣[30]，歙洞端溪俱避席[31]。松花江，江对面，布塔年年采珠献[32]。清泥破雾有多名，渔人偷识光如电[33]。松花江，江远脉，宁古台山真气苗[34]。三桠五叶紫团芝[35]，玉椀金浆好颜色[36]。川岳精英效圣朝[37]，舆书包甌纪全辽[38]。敖登城倚藩篱近[39]，长白山连王气遥[40]。黑水之间称乐土[41]，渐闻靺鞨修章甫[42]。韩范宁劳百万兵[43]，帝简清华宪文武[44]。鸾台乌集诏初颁[45]，云骑星轺出汉关[46]。大弁雄军遵约束[47]，湩浆酪酒欢迎攀[48]。郇卿持节家声旧[49]，何用金城严斥堠[50]。喉舌星瞻北斗遥[51]，榆关鹰羽飞章奏[52]。吾闻塞上五月吹薰风[53]，凌澌江豁波溶溶[54]，公好布德流无穷[55]。又闻八月边江冰早结，寒威凛凛光莹彻，跂公之政严且洁[56]。浙潮莫忆故乡津[57]，高拥星旄向朔庭[58]。试看沮漆朝宗水[59]，常与周京作翰屏[60]。

【注释与解析】

[1] 见于《述本堂诗集》之《竖步吟》，是方观承咏吉林诗中最重要的一

---

① 方观承. 述本堂诗集, 述本堂诗续集 [M] //《清代诗文集汇编》编纂委员会. 清代诗文集汇编: 第 287 册. 上海: 上海古籍出版社, 2010: 43-256.

首,多大气磅礴之语,其时吉林已是奉天以北最重要的政治、经济、军事中心,语不为过。该诗入《雪桥诗话续编》卷四和郭则沄《十朝诗乘》(《民国诗话丛编》)卷七,又入《清诗纪事》,又入徐鼐霖主修的《永吉县志》,惜多本并未录全,今据《竖步吟》辑得全璧。据《竖步集》自序可知集中诗作于1723或1724年,此首应是1723年作于北京。郭则沄《十朝诗乘》卷七有说明:"宁古塔、伯都纳间有船厂,为发祥旧地。故事,岁遣满汉官各一人前往巡视,方恪敏有《〈松花江行〉送给谏赵奏功先生巡察稽林》,稽林者,即今之吉林也……所述形胜物产,皆足资考证。"① 郭所记"岁遣满汉官各一人前往巡视"与《清实录》同。诗小序言:"船厂本名稽林,在奉天东北八百里,和宁古塔、白都纳为一镇。"赵殿最(1668—1744),字奏功,浙江仁和(今杭州)人,1703年进士,授内阁中书,此行以刑科给事中巡视宁古塔。由于太仓人王玠(1678—1749)于雍正二年(1724)巡视吉林②,则赵殿最应是1723年巡视吉林。该诗在集中位置也说明是作于癸卯年(1723)端午之后。

[2]"稽林"句,即鸡林、吉林。张福有《长白山诗词史话》对鸡林、吉林考证较详③,可参阅。笔者所见最早的"稽林"一称,出自方式济1713年诗作。清初文人对吉林的"阿稽林子"(窝集、窝稽)多有记述,稽林是否本此,俟考。

[3]肃慎,既为古代民族名,又为古代地域名,亦称息慎、稷慎、朱申、珠申,其先为玄夷。肃慎民国见于《山海经·大荒北经》,是夏商时期生活在今黑龙江和松花江流域一带一个古老部族。可参见《吉林通志》、金毓黻《东北通史上编》、李澍田《中国东北通史》、张博泉《东北地方史稿》等。黄龙,黄龙府,在今长春农安。

[4]王畿,古指王城周围千里的地域,此处指京城。

[5]严关,险要的关门、关隘。《乐府诗集·郊庙歌辞四·隋五郊歌》有"严关重闭,星回日穷"句。

[6]开原,1664年置县,属奉天府,在今辽宁开原市。赵殿最赴吉林需要经过开原。

---

① 张寅彭.民国诗话丛编:第四册 [M].上海:上海书店出版社,2002:216-217.
② 李峰,汤钰林.苏州历代人物大辞典 [M].上海:上海辞书出版社,2016:21.
③ 张福有.长白山诗词史话 [M].长春:时代文艺出版社,2001:82-95.

　　[7] 传，驿站所备的车，也指驿站。《韩非子·外储说右上》有"周公旦从鲁闻之，发急传而问之"语。《后汉书·陈忠传》有"发人修道，缮理亭传"语。

　　[8] 大东，指遥远的东方，但与《诗经》中的《閟宫》《大东》所指不同。当时吉林将军辖境濒临东海（今地图通常标"日本海"）。首镇，指首府或第一重镇。要荒，王畿外极远之地。要，要服；荒，荒服。汉刘向《新序·杂事二》云："昔者唐虞崇举九贤，布之于位，而海内大康，要荒来宾，麟凤在郊。"

　　[9] 边，边远。天堑，天然的壕沟，指江河。

　　[10] 混同，即松花江。北下，松花江西北流，至今吉林市。

　　[11] 诺尼水，又称脑温江，即嫩江。

　　[12] 艨艟，亦作"艨冲"，古代战船。三国魏曹操《营缮令》有"诸私家不得有艨冲等船"语。

　　[13] 诺尼棹溯松花路，当时今齐齐哈尔和吉林间战船可通行。

　　[14] 犀甲，犀牛皮制的铠甲，借指军队。羌，老羌、老枪，指俄罗斯。

　　[15] 楼船，中国古代战船，因船高首宽、外观似楼而得名。饬，整治。故吉林有船厂之名。《诗经·小雅·六月》有"戎车既饬"句。

　　[16] 庙廊，朝廷。筹边，筹划边境的事务。

　　[17] 玉斧牙旌，指军械军旗。牙旌有多种解释，如将军之旗、官署之旗等。明胡应麟《送赵太史之岭南》有"牙旌驰绝域，绣斧出中朝"句。盟带砺，带砺，衣带和砥石。《史记·高祖功臣侯者年表》记载："封爵之誓曰：'使黄河如带，泰山若砺。国以永宁，爰及苗裔。'"裴骃集解引汉应劭曰："封爵之誓，国家欲使功臣传祚无穷。带，衣带也；厉，砥石也。河当何时如衣带，山当何时如厉石，言如带厉，国乃绝耳。"《晋书·汝南王亮等传序》云："汉祖勃兴，爰革斯弊，于是分王子弟，列建功臣，锡之山川，誓以带砺。"

　　[18] 专阃，专主京城以外的权事。语出《史记·张释之冯唐列传》。三城，指受降城，又称三降城，唐时亦称河外三城。汉朝时为外长城进攻系统的一部分，初以接受匈奴贵族投降而建，至唐朝时因后突厥汗国的兴起，成为黄河外侧驻防城群体。唐许浑《吴门送振武李从事》有"嫖姚若使传书檄，坐筑三城看受降"句。

[19] 单于，汉时匈奴人对其君主的称呼。

[20] 健儿，泛指强健的人。《乐府诗集·横吹曲辞五·折杨柳歌辞》有"健儿须快马，快马须健儿"句。

[21] 阛阓，指街市或店铺。

[22] 筌，捕鱼的竹器。

[23] 青苍，指山色。

[24] 鸿蒙，见陈廷敬诗注。

[25] 芮鞫，《诗经·大雅·公刘》有"止旅乃密，芮鞫之即"（移民定居稠密，往就河之两岸）。朱熹《诗集传》："芮，水名，出吴山西北，东入泾。《周礼·职方》作汭。鞫，水外也。"

[26] 大木，大树。千章，千株。杜甫《陪郑广文游何将军山林》有"百顷风潭上，千章夏木清"句。

[27] 长杨五柞，汉长杨宫、五柞宫的省称，此处代指宫殿。汉扬雄《长杨赋》有"振师五柞，习马长杨"句。

[28] 先朝，指康熙朝，诗作于雍正元年。

[29] 凤尾，见魏廷珍诗注。和璧，和氏璧。

[30] 簪毫，以笔为簪，此处代指文臣。

[31] 歙洞端溪，代指歙砚端砚。避席，回避、避退。

[32] "布塔"句，布塔哈乌喇即打牲乌喇，在今吉林市乌拉街满族镇。方式济《布塔哈乌喇》诗有自注："珠江也，官岁采珠于此，采参于山，采貂于野，并为东镇宝产。"

[33] 光，眼光。

[34] 宁古台，即宁古塔，在今黑龙江省宁安市。

[35] 三桠五叶，指人参。见汪由敦《恭和御制〈驻跸吉林将军署复得诗三首〉元韵》（其三）注。紫团，指人参。紫团山在今长治壶关县东南60公里。《潞州志》（明弘治八年）载："山顶常有紫气，团圆如盖，旧产人参，名紫团参。"

[36] 玉椀金浆，汉佚名《汉武故事》载，刘彻向西王母求不死神药。西王母言："太上之药，有中华紫蜜、云山朱蜜、玉液金浆，其次药有五云之浆、风实、云子、玄霜、绛雪。"

[37] 效，献给。

[38] 舆书，舆地书，地理书。包匦，贡物的代称。晋左思《吴都赋》有"职贡纳其包匦"句。

[39] 敖登城，敖东古城，在今敦化市。藩篱，比喻国界或屏障。

[40] 王气，见陈廷敬诗注。

[41] 乐土，安乐的地方，出自《诗经·魏风·硕鼠》。

[42] 靺鞨，古代居住在东北地区长白山、松花江、黑龙江一带的民族，先世可追溯到商周时的肃慎和战国时的挹娄，北魏称勿吉，隋唐时写作靺羯，即后来女真族的祖先。靺鞨曾分为七部，分别为粟末靺鞨、伯咄部、安车骨部、拂涅部、号室部、黑水部、白山部。修，培养、整治。章甫，儒者之冠，又代指儒者仕宦。《礼记·儒行》云："丘少居鲁，衣逢掖之衣；长居宋，冠章甫之冠。"

[43] "韩范"句，韩范，宋名臣韩琦和范仲淹的并称。《宋史·韩琦传》云："琦与范仲淹在兵间久，名重一时，人心归之，朝廷倚以为重，故天下称为'韩范'。"明韩雍《图韩范二公经略西夏事迹于正心堂之壁各系以诗著志也》（其二）有"面受阃外寄，胸中百万兵"句。

[44] 简，选择。清华，清高显贵者。唐蒋防《霍小玉传》云："生门族清华，少有才思，丽词佳句，时谓无双。"宪，宪章、效法。《汉书·艺文志》有"祖述尧舜，宪章文武"语。文武，指周文王、周武王。

[45] 鸾台，宫殿高台的美称，又为唐时门下省的别名，后借指朝廷高级政务机构。乌集，偶然相遇之人，此处指赵殿最并无裙带关系。语出《汉书·邹阳传》之"秦信左右而亡，周用乌集而王"。

[46] 云骑，众多骑兵。星轺，使者所乘的车，亦借指使者。唐宋之问《奉和梁王宴龙泓应教》有"水府沦幽壑，星轺下紫微"句。

[47] 弁，武官。

[48] 湩，乳汁。

[49] "邠卿"句，以汉赵岐比同姓的赵殿最。《后汉书·吴延史卢赵列传》载："汉献帝时李傕专政，使太傅马日磾抚慰天下，以太仆赵岐为副。日磾行至洛阳，表别遣赵岐宣扬国命。赵岐所到郡县，百姓皆喜曰：今日乃复见使者车骑。"

[50] 金城，坚固的城池，出自《管子·度地》。斥堠，即斥候，侦查候望。宋苏洵《心术》有"谨烽燧，严斥堠"语。

[51] 喉舌，比喻掌握机要、出纳王命的重臣。《诗经·大雅·烝民》有"出纳王命，王之喉舌"句。北斗，喻帝王。《晋书·天文志上》云："北斗七星在太微北……斗为人君之象，号令之主也。"

[52] 榆关，山海关。飞章，迅急上奏章。

[53] 薰风，和风。

[54] 凌澌，流动的冰凌，此处指开江。

[55] 好，爱好。布德，广施恩德。

[56] 跂，抬起脚后跟站着，盼望之意。公，指赵殿最。洁，廉洁。

[57] 浙潮，赵殿最是浙江人。

[58] 星旃，亦作"星施"，泛指旌旗。朔庭，泛指北方。

[59] 沮漆，沮水与漆水的并称，也指此两水之间的地区。此处喻指松花江。朝宗，比喻小水流注大水。《诗经·小雅·沔水》有"沔彼流水，朝宗于海"句，唐张九龄《饯王司马入计同用洲字》有"独叹湘江水，朝宗向北流"句。

[60] 周京，指洛阳。翰屏，屏障。漆沮水东流注于洛水，洛水为洛阳屏障。

闻棠（1首）

闻棠（1699—1749），字静儒，乾隆元年（1736）进士，改庶吉士，授编修，充明史馆纂修，有《静儒遗诗》。

庶子张鹏翀奏进经史蒙恩召对御赐书籍文绮次日谢恩恭进手画《春林淡霭图》并题绝句于其颠当即御赐宸章并次其韵又赐松花石砚千古殊荣词林嘉话恭和六首以志盛事（其三）[1]

九天敷藻似春云[2]，出岫无心淡夏文[3]。满砚松花轻着雨，笔丝闲吐翠螺分[4]。

【注释与解析】

[1] 见于张鹏翀《南华诗钞》卷三附，作于1742年。诗题参照其他作者诗题拟。词林，见张廷枢《丁亥至日赐砚恭纪》诗注。

[2] 敷藻，敷文，铺陈文辞。三国魏阮籍《与晋王荐卢播书》云："潜心图籍，文学之宗；敷藻载述，良史之表。"

[3] 出岫无心，语出陶渊明《归去来兮辞并序》"云无心以出岫"。此两句言张鹏翀无意邀宠，一切自然而然。夏，更加。文，有文采。

[4] 翠螺，山峦，此处指画中山峦。

周正思（1首）

周正思，闽县（今福州）人，绍龙子，雍正八年（1730）进士，授编修，典试河南，行、楷亦有父风，入《福州府志》。一说周正思原名周正峰，清雍正十年（1732）中举人，雍正十一年（1733）登进士，今查《明清历科进士题名碑录》，当为是。

次韵（其十五）[1]

文成《谕蜀》重相如[2]，报国非关赋《子虚》。记得南床亲赐研[3]，松花垂露滴蟾蜍（先大人使蜀复命，召对便殿，温语移时，赐松花研一方，御制"以静为用，是以永年"八字）[4]。

【注释与解析】

[1] 见于林在峨《砚史》卷八，所次为黄任《题〈陶舫砚铭〉册后十八首》，《陶舫砚铭》指林在峨《砚史》。约作于1734年之后至乾隆初。

[2]《谕蜀》，即《谕蜀敕》，是后唐李存勖创作的一篇散文。相如，汉司马相如，其《子虚赋》《上林赋》是汉赋标志性作品。

[3] 南床，唐侍御史食坐之南所设的床榻，代指侍御史。《通典·职官六》云："（侍御史）食坐之南设横榻，谓之南床。殿中监察不得坐也，唯侍御坐焉。凡侍御史之例，不出累月而迁南省者，故号为南床。"

[4] 蟾蜍，指砚滴，见宫鸿历诗注。

许佩璜（1 首）

许佩璜，字渭符，号双渠，江都（今扬州）人。乾隆丙辰（1736）举博学鸿词，官卫辉同知。有《抱山吟》。

庶子张鹏翀奏进经史蒙恩召对御赐书籍文绮次日谢恩恭进手画《春林淡霭图》并题绝句于其颠当即御赐宸章并次其韵又赐松花石砚千古殊荣词林嘉话恭和六首以志盛事（其三）[1]

绿玉云腴琢砚成[2]，词臣受赐有殊荣[3]。自今碧简书名氏[4]，仙籍分明列上清[5]。

【注释与解析】

［1］见于张鹏翀《南华诗钞》卷三附，作于1742年。诗题参照其他作者诗题拟。词林，见张廷枢《丁亥至日赐砚恭纪》诗注。

［2］绿玉，指松花砚。云腴，形容松花砚的润。

［3］词臣，见张廷枢《正月初三日南书房赐砚恭纪》（其一）注。

［4］自今，从此。碧简，玉简，指珍贵的佛道经书。南朝梁武帝《方丈曲》有"金书发幽会，碧简吐玄门"句，唐孟郊《送李尊师玄》有"口诵碧简文，身是青霞君"句。

［5］仙籍，仙人的名籍。唐李商隐《重过圣女祠》有"玉郎会此通仙籍，忆向天阶问紫芝"句。上清，道家的三清境之一，即天界，亦泛指仙境。白居易《梦仙》有"人有梦仙者，梦身升上清"句。此处喻张鹏翀一步登天。

彭启丰（1 首）

彭启丰（1702—1784），字翰文，号芝庭、香山老人，江苏长洲（今苏州）人。雍正五年（1727）进士，授修撰，擢都察院左副都御史，官至兵部尚书，归后主紫阳书院，谥文勤。有《芝庭先生集》①，入《清史稿》《清史列

---

① 彭启丰. 芝庭先生集［M］//《清代诗文集汇编》编纂委员会. 清代诗文集汇编：第296册. 上海：上海古籍出版社，2010：407-645.

传》《国朝耆献类征初编》《国朝诗人征略初编》《汉名臣传》《碑传集》《国朝先正事略》《词林辑略》《清代画史增编》《清画家诗史》等。

庶子张鹏翀奏进经史蒙恩召对御赐书籍文绮次日谢恩恭进手画《春林淡霭图》并题绝句于其颠当即御赐宸章并次其韵又赐松花石砚千古殊荣词林嘉话恭和六首以志盛事（其四）[1]

天上褒题异数成[2]，骊珠探得已盈升[3]。陶泓更比璠玙重[4]，缓袖归鞍恐不胜[5]。

【注释与解析】

[1] 见于张鹏翀《南华诗钞》卷三附。诗题参照其他作者诗题拟。

[2] 褒题，褒奖题咏。异数，见查慎行《恩赐砥石山绿砚恭纪十韵》诗注。

[3] 骊珠，宝珠，此处代指珍宝。

[4] 陶泓，见查慎行诗注。此处泛指砚。璠玙，美玉，见王顼龄《十一月二十九日……二十韵》诗注。

[5] 不胜，不能承受。与上句的"重"字呼应。

沈廷芳（4首）

沈廷芳（1702—1772），字畹叔、萩林，号椒园，浙江仁和（今杭州）人。乾隆元年（1736）考取博学鸿词，改庶吉士，官山东按察使，历主鳌峰、端溪、乐仪、敬敷、粤秀等书院讲席。有《隐拙斋集》①，入《清史稿》《清史列传》《国朝耆献类征初编》《国朝诗人征略初编》《碑传集》《昭代名人尺牍小传》《国朝先正事略》《词林辑略》《清儒学案小传》《皇清书史》《国朝书画家笔录》等。

题汤西崖少宰《赐研诗》卷后次原韵（四首）[1]

黎溪老研锡鹓行[2]，抃舞题诗忆侍郎[3]。一纸传家已三世，文孙珍袭过

---

① 沈廷芳. 隐拙斋集［M］//《清代诗文集汇编》编纂委员会. 清代诗文集汇编：第298册. 上海：上海古籍出版社，2010：193-606.

干将[4]。

不须纸尾更书鹢[5]，姿致真堪内史齐[6]。尚想墨池清兴在[7]，乌丝红烛手亲题[8]。

公为先子丈人行[9]，书局追随似夕郎[10]。频有清词相属和[11]，摩挲此砚拟携将（研赐于康熙丙申岁，时先大夫从公校书，获观此研，并有和章）[12]。

品高鸭绿等鸳鹭（砚产松花江）[13]，铜雀香姜未敢齐[14]。我昔彤廷曾拜赐[15]，愧无佳什枉留题（乾隆二年蒙赐龙池浴日砚）[16]。

【注释与解析】

[1] 见于《隐拙斋集》卷二十八，卷中前有 1762 年诗作，卷二十九有 1763 年诗作。可参见汤右曾原诗二首。

[2] 黎溪，溪在广东高要，此处借端砚代指绿色松花砚。锡，同"赐"。鹓行，指朝官的行列。见张廷枢《丁亥至日赐砚恭纪》（其一）注。

[3] 抃舞，高兴得手舞足蹈，语出张华《博物志》。唐牛凤及《奉和受图温洛应制》有"微臣矫羽翮，抃舞接鸳鹭"句。侍郎，汤右曾曾任吏部右侍郎。

[4] 文孙，本指周文王之孙，后泛用为对他人之孙的美称。《尚书·立政》有"继自今文子文孙"语。孔传："文子文孙，文王之子孙。"珍袭，珍藏。干将，古代宝剑名，常跟"莫邪"并提，泛指宝剑。

[5] 纸尾，书面文字结尾处，常署名或写年月日等。苏轼《西新桥》有"嗟我久阁笔，不书纸尾鹢"句，明张萱《夏四月九日社集李将军园亭得栖字二十四韵》有"螭头雄视文中虎，麟角光摇纸尾鹢"句。书鹢，见汤右曾诗注。

[6] 姿致，容貌举止。内史，官名。西周始置，协助天子管理爵、禄、废、置等政务，春秋时沿置，见《周礼·春官·内史》。

[7] 清兴，清雅的兴致。

[8] 乌丝，年轻时。

[9] 公，汤右曾。先子，称亡父。《孟子·公孙丑上》云："曾西蹴然曰：'吾先子之所畏也。'"焦循正义："称'先子'者，谓父，非谓祖父也。"丈人，古时对年长者的尊称。《易·师》："贞，丈人，吉。"孔颖达疏："丈人，谓严庄尊重之人。"

［10］夕郎，亦称"夕拜"，黄门侍郎的别称。汉时黄门郎可加官给事中，因亦称给事中为夕郎。

［11］清词，清丽的词句。

［12］携将，携带。和章，和诗、和作。

［13］品，石品。鸭绿，鸭头绿，似代指洮砚。参见宫鸿历、张照诗注。鸾鷟，鸾鸟与鷟鸟，皆凤属，用以比喻君子。张衡《思玄赋》有"感鸾鷟之特栖兮，悲淑人之稀合"句，李善注："鸾鷟，喻君子也……《山海经》曰：'蛇山有鸟，五色，飞蔽日，名鷟鸟。'《广雅》曰：'鷟，凤属也。'"《宋书·谢灵运传》："企山阳之游践，迟鸾鷟之栖托。"

［14］铜雀，指铜雀台瓦砚。参见王鸿绪《十一月初十日……恭纪》诗注。香姜，朱栋《砚小史》卷二有"香姜阁瓦"，引杨慎语云："曹操台瓦已不可得，宋人所收乃高欢避暑宫、冰井台、香姜阁瓦也。"香姜阁，北齐阁名。

［15］彤廷，原汉代宫廷，因以朱漆涂饰，故称，泛指皇宫。汉班固《西都赋》有"于是玄墀扣砌，玉阶彤庭"句。

［16］佳什，好诗，优美的诗作。唐许浑《酬钱汝州》诗序云："汝州钱中丞以浑赴郢城，见寄佳什。"元辨才《题安分轩·跋》云："敬观诸大老所题安分轩佳什，理趣宏深，立义浩博。"留题，涉及观感的纪念性诗作。龙池浴日砚，乾隆二年五月十一日赐博学鸿词庶吉士沈廷芳，齐召南有砚铭，其事见于林在峨《砚史》卷七。

齐召南（3首）

齐召南（1703—1768），字次风，号琼台、一乾，晚号息园，浙江天台人。乾隆元年（1736）举博学鸿词，改庶吉士，授检讨，官至礼部右侍郎，参修《大清一统志》《续文献通考》。有《宝纶堂诗钞》①，入《清史稿》《国朝耆献类征初编》《国朝诗人征略初编》《昭代名人尺牍小传》《国朝先正事略》《词林辑略》《皇清书史》等。

---

① 齐召南. 宝纶堂诗钞［M］//《清代诗文集汇编》编纂委员会. 清代诗文集汇编：第300册. 上海：上海古籍出版社，2010：291-356.

松花砚歌[1]

长白之麓千里松[2]，江流直北趋黑龙。下有水玉不受攻[3]，千年光炯烛银虹[4]。真人受命开紫濛[5]，拜图始观绿芙蓉[6]。制为砚石凡石空[7]，譬猎陈仓获其雄[8]。笔扫六合无蒿蓬[9]，自兹络绎来九重[10]。磊砢珪璧并河宗[11]，诏讨巧匠金沙砼[12]。肌理腻滑兼丰融[13]，翠牵苻叶花戎戎[14]。端溪歙岭徒费工[15]，洮河秀色夸葱茏[16]，神采亦让元菟东[17]。昨者赐出乾清宫，开匣泼眼云容容[18]。乍觉烈日生清风，波涛隐现想混同[19]。张侯夙懋稽古功[20]，才华挥霍凌严终[21]，五色更擅永兴公[22]。得砚讵屑耽雕虫[23]，墨海一滴甘霖从[24]。沾濡下上俱年丰[25]，不枉制作传帝鸿[26]。

【注释与解析】

[1] 见于《宝纶堂诗钞》卷二，据诗意可知咏赐砚，同卷《忝馆修外藩属国书呈同馆诸公得占字》有"砚拂松花滑"句。诗无纪年，查卷五《臣进观射诗上即赐俯和臣韵四章神妙得所未有臣伏读之余赞叹不能自己再用前韵以纪其事》"频有殊恩赐砚田"句自注云："臣于丁巳及今年俱蒙赐砚。"今年指戊辰（1748），丁巳是1737年。卷五《纪恩二首》（1748年迁礼部侍郎）自注有"丁巳赐凤池端砚，臣因名书室韦赐砚堂，荣君恩也，今复蒙赐龙文大砚"语，因此《松花砚歌》有可能作于1748年。不过，根据最后数句语气，该诗似咏友人受赐的松花砚，如果咏张鹏翀受赐砚，则应作于1742年。

[2] 千里松，指千里松花江。

[3] 攻，加工，取"他山之石，可以攻玉"意。

[4] 银虹，白虹，日月周围的白色晕圈。《周礼·春官·眂祲》有"七曰弥"语，汉郑玄注："弥者，白虹弥天也。"明孙蕡《南园歌寄王河东彦举》有"裁诗复作夜游曲，银烛飞光如白虹"句。

[5] 真人，指玄烨。紫濛，鸿蒙，见陈廷敬诗注。

[6] 拜图，指祭祀。宋真宗《景祐亲享太庙二首》（其一）有"操瑞拜图，封天祀地"句。绿芙蓉，指松花石。

[7] 凡石，一般的石材。

[8] 陈仓，在今陕西宝鸡。李商隐《寄令狐学士》有"赓歌太液翻黄鹄，从猎陈仓获碧鸡"句。司马迁《史记·封禅书》记载："文公获若石云，于陈仓北阪城祠之。其神或岁不至，或岁数来，来也常以夜，光辉若流星。从东

南来，集于祠城，则若雄鸡，其声殷云。野鸡夜雏。以一牢祠，命曰陈宝。"西晋《晋太康地志》记载："秦文公时，陈仓人猎得兽若彘，不知名，牵以献之。逢二童子。童子曰：'此名为媦，常在地中食死人脑。'即欲杀之，拍捶其首。媦亦语曰：'二童子名陈宝。得雄者王，得雌者霸。'陈仓人乃逐二童子，化为雉，雌上陈仓北阪，为石。秦祠之。"此处喻指松花砚在砚林称王。

[9] 六合，指上下和东南西北四方，泛指天下或宇宙。此处指清王朝一统天下。蒿蓬，杂草，喻指草野遗贤。

[10] 九重，指宫门、朝廷。

[11] 磊砢，指众多委积的石头。珪璧，古代祭祀朝聘等所用的玉器。河宗，古代以黄河为四渎之宗，因称黄河为"河宗"。又指黄河的水神。《穆天子传》卷一："河宗伯夭逆天子燕然之山……天子授河宗璧，河宗伯夭受璧西向沉璧于河。"

[12] 金沙砻，以金沙磨砻。

[13] "肌理"句，形容松花砚的润。丰融，盛美貌。

[14] "翠牵"句，形容松花砚的颜色和花纹。荇叶，荇菜为水生植物，叶略呈圆形浮在水面。戎戎，茂盛浓密貌。

[15] 端溪歙岭，代指端砚歙砚。

[16] 洮河，代指洮砚。葱茏，草木青翠茂盛。

[17] 元菟东，即东方元菟。元菟，即玄菟，汉武帝灭朝鲜所设的郡。今分属朝鲜及我国辽宁东部和吉林南部。此处亦用地名代指松花砚。

[18] 泼眼，耀眼、满眼。苏轼《送陈睦知潭州》有"白鹿泉头山月出，寒光泼眼如流汞"句。陆游《霜寒不能出户偶书》有"篝火烘裘暖，油窗泼眼明"句。容容，烟云浮动貌。《楚辞·九歌·山鬼》有"表独立兮山之上，云容容兮而在下"句。

[19] 混同，松花江。

[20] "张侯"句，此句之后似咏作者友人。夙，向来。懋，极其用力。稽古，考察古事。《汉书·武帝纪赞》云："高祖拨乱反正，文景务在养民，至于稽古礼文之事，犹多阙焉。"《晋书·裴颜传》："博学稽古，自少知名。"

[21] 挥霍，豪奢、洒脱。凌，超过。严终，汉代严助与终军均以年少有才而为世所注目，并因此入仕，后借指受朝廷重用的贤士。苏轼《和欧阳少

师会老堂次韵》有"一时冠盖尽严终，旧德年来岂易逢"句。《汉书·严助传》记载："严助，会稽吴人……郡举贤良，对策百余人，武帝善助对，由是独擢助为中大夫。后得朱买臣、吾丘寿王、司马相如、主父偃、徐乐、严安、东方朔、枚皋、胶仓、终军、严葱奇等，并在左右。"

[22] 五色，中国书法讲究墨分五色，有称青、赤、黄、白、黑五色，有称焦、浓、重、淡、清五色，又有指浓、淡、干、湿、黑。李商隐《江上忆严五广休》有"征南幕下带长刀，梦笔深藏五色毫"句。永兴公，虞世南（558—638），著名书法家，曾官秘书监，赐封永兴县子，人称"虞永兴""永兴公"。

[23] 讵，岂。耽，沉溺。雕虫，比喻从事不足道的小技艺，常指写作诗文辞赋。

[24] 甘霖，久旱之后下的雨。

[25] 年丰，与上文"甘霖"照应。

[26] 帝鸿，指黄帝"帝鸿氏之砚"的铭文，见王顼龄《十一月二十九日……二十韵》诗自注。

志馆修外藩属国书呈同馆诸公得占字（节录）[1]

秘阁连瑶殿[2]，明廊敞画檐……砚拂松花滑[3]，瓜尝蜜样甜[4]。细挥银管笔，高揭水精帘[5]……诏语频催进，光阴漫久淹。诸公休便息，归骑趁凉蟾（外藩书从前徐昆山韩长洲二本俱未及撰述。后吾师王艮斋侍御创稿，又以艰归。至是志书次第告成，惟此书阙如，总裁始以见属也）[6]。

【注释与解析】

[1] 见于《宝纶堂诗钞》卷三。诗前后记述修书情景，中间感慨疆域广大，物产丰饶。诗中松花砚应该也是御赐。

[2] 秘阁，古代宫中收藏珍贵图书之处。瑶殿，指皇宫。

[3] 滑，润。

[4] 瓜，似指哈密瓜。

[5] 水精帘，亦作"水晶帘"，用水晶制成的帘子，或比喻晶莹华美的帘子。唐温庭筠《菩萨蛮》有"水精帘里颇黎枕，暖香惹梦鸳鸯锦"句。

[6] 归骑趁凉蟾，戴月而归。

庶子张鹏翀奏进经史蒙恩召对御赐书籍文绮次日谢恩恭进手画《春林淡霭图》并题绝句于其颠当即御赐宸章并次其韵又赐松花石砚千古殊荣词林嘉话恭和六首以志盛事（其五）[1]

松花佳制尚方成[2]，拜赐真叨稽古荣[3]。开匣试看纹似水[4]，可知四海揔澄清[5]。

【注释与解析】

[1] 见于张鹏翀《南华诗钞》卷三附，作于1742年。诗题参照其他作者诗题拟，齐召南和诗六首，其五涉松花砚，可参见张鹏翀诗。词林，见张廷枢《丁亥至日赐砚恭纪》诗注。

[2] 尚方，制造帝王所用器物的官署，见王顼龄《四月朔日……恭纪》诗注。

[3] 叨，承受。稽古，指张鹏翀所进《易·系辞》。

[4] 纹，松花砚花纹。

[5] 揔，同“总”。

周天度（1首）

周天度（1708—?），字心罗、尚公，号让谷、西隒，仁和（今杭州）人。乾隆十七年（1752）进士，官河南许州知州，有《十诵斋集》，入《词科余话》《湖海诗人小传》等。《清人诗集叙录》载其殁于乾隆三十五年（1770）之前。

次韵（其十）[1]

羚羊峡口独建标[2]，山灵长苦日鋑雕[3]。凭君为琢洮琼句[4]，移赠松花绿玉蕉[5]。

【注释与解析】

[1] 见于林在峨《砚史》卷八，所次为黄任《题〈陶舫砚铭〉册后十八首》，《陶舫砚铭》即指林在峨的《砚史》。约作于1734年之后至乾隆初。

[2] 羚羊峡，代指端溪。

[3] 鋑，同"镌"。

[4] 凭君，请君。唐韩愈《早春呈水部张十八员外二首》（其二）有"凭君先到江头看，柳色如今深未深"句。洮琼，见杨瑄诗注。

[5] "移赠"句，言松花砚堪比端砚和洮砚。

蒋溥（1首）

蒋溥（1708—1761），字质甫，又字哲甫，号恒轩，江苏常熟人。雍正八年（1730）进士，改庶吉士，官至东阁大学士兼户部尚书，工山水花鸟画，卒加太子太保，谥文恪。有《恒轩诗钞》，入《清史稿》《国朝先正事略》《清画家诗史》等。

庶子张鹏翀奏进经史蒙恩召对御赐书籍文绮次日谢恩恭进手画《春林淡霭图》并题绝句于其颠当即御赐宸章并次其韵又赐松花石砚千古殊荣词林嘉话恭和六首以志盛事（其六）[1]

珠函玉笈许谁求[2]，紫气群瞻出凤楼[3]。宣赐一方青玉砚[4]，谢恩重拜殿前头。

【注释与解析】

[1] 见于张鹏翀《南华诗钞》卷三附，作于1742年。诗题参照其他作者诗题拟，和诗六首，其六涉松花砚，可参见张鹏翀诗。词林，见张廷枢《丁亥至日赐砚恭纪》诗注。

[2] 珠函，或指书函。参见吴应枚诗注。玉笈，玉饰的书箱。此处指受赐的弘历御书。

[3] 紫气，此处指宝物的光气。白居易《李都尉古剑》有"白光纳日月，紫气排斗牛"句。凤楼，指皇宫。

[4] 青玉砚，即松花砚。

胡定（1首）

胡定（1709—1789），字敬醇，一字登贤，号静园，江西泰和人，以广东保昌籍中雍正十一年（1733）进士改庶吉士，授检讨，历官陕西道监察御史、兵科给事中、福建道监察御史，有《双柏庐文集》。

庶子张鹏翀奏进经史蒙恩召对御赐书籍文绮次日谢恩恭进手画《春林淡霭图》并题绝句于其颠当即御赐宸章并次其韵又赐松花石砚千古殊荣词林嘉话恭和六首以志盛事（其五）[1]

七步无须赋已成[2]，松花砚赐沐殊荣。从兹墨渖淋漓处[3]，苍翠云岚泼眼清[4]。

【注释与解析】

[1] 见于张鹏翀《南华诗钞》卷三附，作于1742年。其五涉松花砚，可参见张鹏翀诗。词林，见张廷枢《丁亥至日赐砚恭纪》诗注。

[2] 七步，用曹植七步成诗典。

[3] 墨渖，墨汁。

[4] 苍翠云岚，指松花砚的颜色和花纹。泼眼，耀眼、满眼。

弘历（6首）

弘历（1711—1799），即清高宗，年号乾隆，清宗室，雍正第四子，号长春居士、信天主人、古稀天子、十全老人。1736—1796年在位六十年，禅位后又继续训政，实际行使最高权力长达六十三年零四个月，是中国历史上统治时间最长的皇帝。弘历在位期间，极力捍卫国家西北、西南、南方、东南边疆，清朝的版图由此达到了最大化。他于1743年、1754年、1778年、1783年四次东巡，其中前两次都曾到达今吉林境。有《御制诗》初集、二集、三集、四集、五集、余集①，据《御制诗五集》后编者所记，前五集已有434卷42778首诗作（弘历在《御制诗余集》卷十九《鉴始斋题句》中自言41800首，颙琰《御制诗二集》卷二十五注释中统计与此相同），《余集》尚有二十卷（颙琰《御制诗二集》卷二十五注释中统计为642首），又有登基前在藩邸

---

① 弘历. 御制诗［M］//《清代诗文集汇编》编纂委员会. 清代诗文集汇编：第319-329册. 上海：上海古籍出版社，2010.

所作诗文收入《乐善堂全集》（初刻本四十卷，含古今体诗二十二卷）①，集中涉及吉林诗作之多，在清代堪称翘楚。入《清史稿》《清皇室四谱》等。

翠云砚歌[1]

松花江水西北来[2]，摇波鼓浪殷其雷[3]。波收浪卷滩石出，高低列翠如云堆[4]。蜀相八阵此其种[5]，江间水流石不动。日月临照晶光华[6]，波涛濯洗如璧珙[7]。长刀槎枒绳修蛇[8]，刀割绳缚出滩沙，他山之石为之碬[9]。毡包车载数千里[10]，远自关东来至此[11]。横理庚庚绿玉篸[12]，长方片片清秋水[13]。爰命玉人施好手[14]，质坚不受相攻剖[15]。磨礲几许研乃成[16]，贮以檀匣陈左右[17]。龙尾凤咮且姑置[18]，铜雀旧瓦今何有[19]。自憙得此迥出群[20]，锡以嘉名传不朽[21]。

【注释与解析】

[1] 见于《乐善堂全集》卷二十一，作于北京。据《御制诗五集》卷六十九之《题乾清宫所藏五砚》诗注和砚铭可知，作于雍正壬子（1732）春。诗序云："松花江之涯有石，质坚色绿，磨而为砚，不减端溪，爰以翠云名之而歌以诗。"翠云砚，《西清砚谱》卷二十二说云："砚为钟形通纽，高九寸，上宽三寸九分，下宽六寸四分，厚一寸四分。松花石为之。受墨处绿如翠羽，墨池作偃月形，池底及砚面俱淡黄色，砚首刻作蒲牢形，左向为纽，侧面四周俱绿黄色相间，覆手从上削下，两跗离几六分许，色黄绿相错，如松皮纹，上镌'翠云砚'三字隶书，中镌上在潜邸时所题诗一首，楷书，钤宝二，曰'会心不远'，曰'德充符匣'，盖并镌'翠云研'及是诗，钤宝二，曰'得佳趣'曰'乐善堂'。"砚背《翠云研》诗全文后署"雍正壬子春长春居士题"，《西清砚谱》未及。

[2] 西北来，指松花江发源长白山，流向西北方。

[3] 鼓浪，鼓起波浪。晋崔豹《古今注·鱼虫》："（鲸）鼓浪成雷，喷沫成雨，水族惊畏。"殷，雷声。《诗经·召南·殷其雷》："殷其雷，在南山之阳。"明徐弘祖《徐霞客游记·黔游日记二》云："雷声殷殷，天色以云幕而暗。"

［4］如云，形容盛多。《诗·郑风·出其东门》有"出其东门，有女如云"句，毛传言："如云，众多也。"汉李陵《答苏武书》有"当此之时，猛将如云，谋臣如雨"语。唐白居易《轻肥》诗云："夸赴军中宴，走马去如云。"

［5］八阵，《孙膑兵法·八阵》云："用八阵战者，因地之利，用八阵之宜。"班固《封燕然山铭》："勒以八阵。"李善注引《杂兵书》："八阵者，一曰方阵，二曰圆阵，三曰牝阵，四曰牡阵，五曰冲阵，六曰轮阵，七曰浮沮阵，八曰雁行阵。"可见八阵由来已久，在三国时期之前便已存在，八阵图则是由诸葛亮推演兵法所成，《三国志·蜀书卷五·诸葛亮传》有"推演兵法，作八阵图，咸得其要云"之语。

［6］临照，天日之照耀，多喻指君王的仪范或恩德。《左传·桓公二年》："君人者，将昭德塞违，以临照百官。"唐陈鸿《东城老父传》云："朝觐之礼容，临照之恩泽，衣之锦絮，饲之酒食，使展事而去，都中无留外国宾。"宋曾巩《请令长贰自举属官札子》云："以陛下之临照，谁敢不应之以公？"晶光，鲜明的色彩。唐高适《单父逢邓司仓覆仓库因而有赠》有"炎炎伏热时，草木无晶光"句。

［7］璧琪，即珙璧、拱璧，大璧之意，见张玉书诗注。

［8］长刀，此代指采石工具。槎枒，即槎牙，形容错落不齐之状。修蛇，长蛇，大蛇，常比喻坏人。《汉书·扬雄传上》云："蝼蚁般首，带修蛇。"南朝陈徐陵《劝进梁元帝表》云："铜头铁额，兴暴皇年；封豨修蛇，行灾中国。"唐李白《荆州贼平临洞庭言怀作》有"修蛇横洞庭，吞象临江岛"句。此处用本意，喻绳。

［9］他山之石，《诗经·小雅·鹤鸣》："他山之石，可以为错。"毛传："错，石也，可以琢玉。举贤用滞，则可以治国。"郑玄笺："他山喻异国。"又："他山之石，可以攻玉。"毛传："攻，错也。"本谓别国的贤才也可用为本国的辅佐，正如别的山上的石头也可为砺石，用来琢磨玉器，后喻指能帮助自己改正错误缺点或提供借鉴的外力。明李贽《复陶石篑》："生因质弱，故仅一生气力与之敌斗，虽犯众怒，被谤讪，不知正是益我他山之石。"此处用"他山之石"的本意。碬，礚碬，高下。元王恽《觅风字歙砚诗赠侍其府尹》有"山高溪水清，其芒例如碬"句。

［10］毡包，以毡布包裹。车载，用车载运。《三国志·魏志·华佗传》：

"佗行道，见一人病咽塞，嗜食而不得下，家人车载欲往就医。"

[11] 关东，我国东北地区，以位于山海关之东而得名，亦称"关外"。

[12] 横理，横的纹理。唐段成式《酉阳杂俎·肉攫部》云："（白兔鹰）一变，背上翅尾微为灰色，臆前纵理变为横理。"宋辛弃疾《鹧鸪天·徐衡仲惠琴不受》词："玉音落落虽难合，横理庚庚定自奇。"此处指松花砚的刷丝。庚庚，纹理横布貌。《史记·孝文本纪》云："卜之龟，卦兆得大横。占曰：'大横庚庚，余为天王，夏启以光。'"玉簪，即玉簪。

[13] 长方片片，指松花石加工成砚板，等待雕琢。

[14] 玉人，雕琢玉器的工人。《周礼·考工记·玉人》有"玉人之事"语，贾公彦疏："云玉人之事者，谓人造玉瑞、玉器之事。"《荀子·大略》："和之璧，井里之厥也。玉人琢之，为天子宝。"宋刘克庄《江西诗派序·吕紫微》："余以宣城诗巧之如锦工机锦，玉人琢玉，极天下之巧妙。"好手，妙手，好的手法。

[15] 攻剖，剖开。宋何薳《春渚纪闻·丁晋公石子砚》云："（砚工）即丛手攻剖，果得一石于泓水中，大如鹅卵，色紫玉也。"

[16] 磨礲，磨制。见劳之辨诗注。几许，多少。

[17] 左右，身边，在帝左右。

[18] 龙尾，参见熊赐履诗注和王顼龄诗注附，此处代指名砚。凤咮，见廖腾煃诗注。此处代指名砚。

[19] 铜雀旧瓦，铜雀台瓦砚，见王鸿绪诗注。何有，哪里有，没有。汉张衡《西京赋》云："泽虞是滥，何有春秋？"《后汉书·贾琮传》云："刺史当远视广听，纠察美恶，何有反垂帷裳以自掩塞乎？"唐韩愈《与孟尚书书》："凡君子行己立身，自有法度……何有去圣人之道，舍先王之法，而从夷狄之教以求福利也？"

[20] 自憙，自喜。迥出，亦作"迴出"，突出，超群。南朝梁钟嵘《诗品》卷下云："子阳诗奇句清拔，谢朓常嗟颂之。洪虽无多，亦能自迥出。"金王若虚《清虚大师侯公墓碣》："（师）年十四已克主大醮，词音清亮，迥出一时，侪辈翕然推服。"

[21] 锡，通"赐"。嘉名，好名字，好名称。《楚辞·离骚》云："皇览揆余于初度兮，肇锡余以嘉名。名余曰正则兮，字余曰灵均。"三国魏何晏

《景福殿赋》云："缀以万年，綷以紫榛，或以嘉名取宠，或以美材见珍。"《旧唐书·后妃传下·肃宗章敬皇后吴氏》："伏以山陵贞兆，良吉有期，虞祔之仪，式资配享。率由故实，敬奉嘉名。"

　　[附：《西清砚谱》简介。乾隆四十三年（1778）于敏忠等奉敕编撰《钦定西清砚谱》，主要依据宫廷旧藏对中国砚史进行的一次系统性整理，确立了新的砚史统系。该书《凡例》称："洪惟我朝发祥东土，混同绿砥，德比玉温，琢砚进御，经列圣暨皇上御题者甚富，谨择其质良制佳者，谱诸附录之首，以见文运肇兴，扶舆彰瑞。"该书将松花石砚作为附录之首刊出，盖因松花石砚砚史无载，则以"附录"形式新作砚史。《西清砚谱》卷二十二《附录》载有康、雍、乾三帝御题的松花石砚共计6方，前两方砚松花石双凤砚、松花石甘瓜石函砚为康熙帝御题，第三方为雍正帝御题，后三方则是乾隆帝御题，翠云砚就是其一。康熙朝"松花石双凤砚"的编者按语最为著称，常被引用："松花石，出混同江边砥石山，绿色，光润细腻，品埒端歙。自明以前无有取为砚材者，故砚谱皆未之载。我朝发祥东土，扶舆磅礴之气，应候而显，故地不爱宝，以翊文明之运。自康熙年至今，取为砚材，以进御者。内府所藏，琳琅满目，仅择列祖暨皇上，曾经御用有款识者，恭采六万，绘图著说，冠于砚谱之首，用以照耀万古云。"注释可参见《盛京土产杂咏十二首有序·松花玉》注附。]

题乾清宫所藏五砚[1]

　　乾清两（东西）暖阁[2]，书案披二酉[3]。案各陈名砚（乾清宫东暖阁书案陈晋玉兰堂砚一，西暖阁书案陈晋王厎璧水砚一，高案陈元澄泥龙珠砚一）[4]，染翰三代久（是三砚皆国初所有，每一濡毫，式钦手泽）[5]。兹五乃散置[6]，较向觉自丑[7]。爰命荟于一[8]，漆匣藏珍玖[9]。多福（一汉砖多福砚）钦敛锡[10]，是用为之首[11]。九芝（二宋端石九芝砚）并次之[12]，恰与兰为友。荷叶（三宋端石荷叶砚）宜夏净[13]，睿思（四宋睿思东阁砚）实宋有[14]。翠云（五松花江玉翠云砚）松花玉（是砚乃松花江玉，予即位以前所用，雍正壬子曾为长歌），书屋陪予旧（叶）。拭目观故人[15]，惭在斯诚厚[16]。长言纪颠末[17]，龙宾庶不负[18]。五合拟过庭[19]，更恧挥毫手[20]。

【注释与解析】

[1] 见于《御制诗五集》卷六十九，1792 年正月作于北京。所咏其他四砚分别是汉砚一（多福），宋砚三（九芝、荷叶、睿思），已足见弘历对于松花砚的重视程度，而诗中尤其情有独钟地吟咏松花砚，更是难得。据诗中翠云砚夹注和"拭目观故人，惭在斯诚厚。长言纪颠末，龙宾庶不负"可知，五砚中，弘历对翠云砚感情最深，多年后又咏翠云砚，视其为故人和守墨之神（龙宾），"长言纪颠末"即指六十年前所作《翠云砚歌》。

[2] 暖阁，为防寒取暖而从大房间中隔出的小间。

[3] 书案，长形写桌。二酉，本指大酉、小酉二山，在今湖南省沅陵县西北。二山皆有洞穴，相传小酉山洞中有书千卷，秦人曾隐学于此，见《太平御览》卷四九引《荆州记》。后以"二酉"代称丰富的藏书。唐陆龟蒙《寄淮南郑宝书记》有"五丁驱得神功尽，二酉搜来秘检疏"句。《古今小说·闲云庵阮三偿冤债》云："请个先生教他读书，到一十六岁，果然学富五车，书通二酉。"

[4] 晋玉兰堂砚，见于《西清砚谱》："砚高五寸五分，宽三寸五分，厚八分许，似端石而有芒，中多黄点，如漱金。受墨处宽平微凹，斜通墨池，中蟲石柱一，而窍其首，当是先有水蛀痕，而脱落如管。上方左角刓剥，左侧镌玉兰堂三字。"晋王廙璧水砚，《西清砚谱》载"晋王廙璧水暖砚""砚圆如璧，外环以渠，径五寸八分，厚一寸五分，旁缀兽面铜环二，直透砚背，坚致古朴"。砚有晋王廙铭。元澄泥龙珠砚，见于《西清砚谱》："砚高四寸八分，宽三寸三分，厚一寸二分。澄泥制，通体刻作蟠龙，受墨处正圆如龙抱珠，墨池正当龙口，鳞甲之而势含风雨。"

[5] 染翰，见宋荦诗注。三代，指康熙帝、雍正帝和弘历自己。式钦，唐皮日休《补周礼九夏系文·九夏歌九篇》有"紧彼臣庶，钦王之式"语。岳珂《高宗皇帝舞剑赋御书赞》有"帝有训，誓臣节。式钦承，谁制肘"句。手泽，先辈存迹。《礼记·玉藻》云："父没而不能读父之书，手泽存焉尔。"孔颖达疏："谓其书有父平生所持手之润泽存在焉，故不忍读也。"晋潘岳《皇女诔》云："披览遗物，徘徊旧居，手泽未改，领腻如初。"

[6] 散置，分散放置。汉王充《论衡·书虚》云："岂分橐中之体，散置三江中乎？"《晋书·艺术传·麻襦》："乞得米榖不食，辄散置大路，云饴天马。"

[7] 向，先前。

[8] 爰，于是。

[9] 玖，似玉的黑色美石。《诗经·卫风·木瓜》有"报之以琼玖"句。

[10] 多福砚，《西清砚谱》卷二有"汉砖多福砚"图说："砚高五寸许，宽七寸许，厚五分，横斜曲直因其自然，成侧翅蝙蝠形，色淡黄，质理细腻如玉。"此处不可与多福石砚混淆。多福石又名蝙蝠石、鸿福石、燕子石，因石上有化石形如飞燕，状如蝙蝠而得名。清王士禛《池北偶谈》卷二十谈异之《蜥虫墨砚》篇详述多福石砚来历："名儒张华东公（延登），崇祯丁丑三月游泰山，宿大汶口，偶行饭至河滨，见水中光芒甚异，出之，则一石可尺许。背负一小蝠、一蚕，腹下蝠近百，飞者伏者，肉羽如生。蚕右天然有小凹，可以受水，下方正受墨，公制为砚，名曰：多福砚。铭之曰：泰山所钟，汶水所浴。坚劲似铁，温莹如玉。化而为鼠耳，生生百族。不假雕饰，天然古绿。用以作砚，龙尾继躅。文字之祥，自求多福。《尔雅》蝙蝠服翼。郭璞注，齐人呼为知墨。因又名曰：知墨砚。公门人刘文正（理顺）、马文忠（世奇）、夏考功（允彝）、高中丞（名衡）诸公皆为铭赞，亦奇物也。"康熙四十年腊月。孔尚任应文友张敬止中丞招饮日涉园之斗室，醉后得观张氏所藏多福石砚，作《醉观多福砚》五言长诗记之。敛，收藏。《周礼·夏官·缮人》云："既射则敛之。"注："敛，藏也。"锡，通"赐"。

[11] 是用，因此。《左传·襄公八年》云："如匪行迈谋，是用不得于道。"汉张衡《东京赋》云："百姓弗能忍，是用息肩于大汉，而欣戴高祖。"清李渔《闲情偶寄·词曲上·结构》："是用沥血鸣神，剖心告世。"

[12] 宋端石九芝砚，《西清砚谱》载"旧端石云芝砚"："砚高四寸六分，上宽二寸七分，厚五分许。旧端溪天然子石，质紫而润，通体刻作芝形，受墨处为一大芝如盂，上方攒生八芝，茎旁微凹为墨池，砚背枝蒂岐生，四芝轮囷浑古，真有瑞液潜蒸，紫云层缀之象。"

[13] 宋端石荷叶砚，《西清砚谱》载"旧端石荷叶砚"："砚圆而扁，高六寸二分，宽六寸六分，厚六分许。旧坑端石，色紫而黑，琢为荷叶形，仰而边卷，中受墨处微凹，周为墨池，上方刻作蟹，叶边半卷，双螯四跪，致极生动。"

[14] 宋睿思东阁砚，《西清砚谱》载"宋端石睿思东阁砚"："砚圆而扁，

高六寸七分，宽四寸四分，厚一寸九分。端溪水岩石也。面宽平直，下为墨池，深八分，边宽四分许，四角俱微有刓缺处，侧面周刻通景山水，行笔简古，境趣萧疏。下署马远二字。"

[15] 拭目，擦亮眼睛，形容殷切期待或注视。《汉书·张敞传》："今天子以盛年初即位，天下莫不拭目倾耳，观化听风。"《南史·张融传》："出入朝廷，皆拭目惊观之。"宋陆游《上殿札子》："天下倾耳拭目之时，所当戒者，惟嗜好而已。"故人，旧交，老朋友，此指翠云砚。

[16] 惭，惭愧。斯，指翠云砚。诚厚，诚实敦厚。唐权德舆《奉送从叔赴任鄱阳序》云："叔父端懿诚厚，退然自牧，博洽前载，不以沽名待价为心。"唐元稹《唐故越州刺史兼御史中丞薛公神道碑文铭》："性诚厚温重，然而欢爱亲戚，及为大官，远近多归之。"

[17] 长言，引长声音吟唱。语出《礼记·乐记》："言之不足，故长言之；长言之不足，故嗟叹之。"郑玄注："长言之，引其声也。"唐元稹《善歌如贯珠赋》有"长言逦迤，度曲缠绵"语。颠末，本末，前后经过。宋张世南《游宦纪闻》卷六云："世南既登览山川之奇秀，且得考核其事之颠末，故详纪之，以告来者。"

[18] 龙宾，见王顼龄《四月朔日……恭纪》注。庶，但愿、或许。

[19] 过庭，孙过庭，名虔礼，字过庭，唐代书法家、书法理论家，著有《书谱》，中有"五乖""五合"之论，揭示了书法创作中精神状态、创作情绪、创作环境、工具材料、创作欲望五个方面的问题。"五合"包括"神怡务闲""感惠徇知""时和气润""纸墨相发""偶然欲书"。"五乖"为"心遽体留""意违势屈""风燥日炎""纸墨不称""情怠手阑"。

[20] 恧，惭愧。《后汉书·张衡传》有"苟中情之端直兮，莫吾知而不恧"语。挥毫，写毛笔字或作画。

盛京土产杂咏十二首有序·松花玉[1]

长白分源天汉江（混同江发源长白山，国语曰松阿哩江，松阿哩，汉语天河也。俗呼为松花江。而金史乃有宋瓦江之称，皆音转之讹耳）[2]，方流瑞气孕灵庬[3]。琢为砚佐文之焕[4]，较以品知歙可降[5]。起墨益毫功有独[6]，匪奢用朴德无双[7]。昨来偶制龙宾谱[8]，宝重三朝示万邦（近集内府所藏旧砚，绘图系说，辑为《西清砚谱》，而松花玉砚，则择其曾经皇祖、皇考题识，及余所铭咏者入之)[9]。

【注释与解析】

[1] 见于《御制诗四集》卷五十四，1778 年九月初东巡时作于今沈阳。该组诗易被误读，以为单咏沈阳或辽东，其实不然。细看各首标题和小序可知，该组诗其实是泛咏东北的。此诗就并未言及盛京。该组诗入《雪桥诗话续编》卷四。诗序及诗注被《西清砚谱》编者化用入凡例和卷二十二附录按语中。《松花玉》小序云："混同江产松花玉，色净绿，细腻温润，可中砚材，发墨与端溪同，品在歙坑之右。"

[2] 天汉，银河。弘历有《松花石砚铭》（见于《御制文二集》卷三十九卷首）云："出天汉，胜玉英。琢为研，纯粹精。敕几摛藻屡省成。"铭有小序云："吉林松阿里江产此石。松阿里者，汉语'天汉'之谓，江源出长白山，故自古以美名称之。"弘历为此还刻有二行篆体方印："永宝用之。"

[3] 方流，作直角转折的水流，相传其下有玉。颜延之《赠王太常》诗云："玉水记方流，璇源载圆折。"李善注："《尸子》曰：'凡水，其方折者有玉，其圆折者有珠也。'"因用为玉的代称，亦喻指诗文。前蜀韦庄《〈又玄集〉序》云："今更采其玄者，勒成《又玄集》三卷，记方流而目眩，阅丽水而神疲。"此处用本意。瑞气，吉祥之气。厖，据《说文解字》，石头大的样子。

[4] 焕，放射光芒。

[5] 降，降服，驯服。

[6] 起墨，研墨产生墨汁。宋高似孙《砚笺·洮石砚》云："洮河绿石，性软不起墨，不耐久磨。"又《砚笺·砚说》云："龙尾石得墨迟，久不燥，罗纹石起墨过龙尾。"益毫，不伤笔毫。清陈恭尹《端溪砚考跋》云："砚之用，发墨不损毫，二者尽之矣。"

[7] 匪，非。无双，没有可相比的。《玉台新咏·古诗为焦仲卿妻作》有"精妙世无双"句。

[8] 昨来，近来。唐岑参《河西春暮忆秦中》诗："别后乡梦数，昨来家信稀。"《续资治通鉴·宋神宗元丰四年》："臣闻昨来西师出界，中缀而还，将下师徒，颇有饥冻溃散。"龙宾，见王顼龄《四月朔日……恭纪》注。

[9] 宝重，珍惜重视。《元史·欧阳玄传》："片言只字，流传人间，咸知宝重。"明李贽《寄京友书》："中有最号真切者，犹终日皇皇，计利避害，离实绝根，以宝重此大患之身，是尚得为学道人乎？"三朝，指前后三代君主统治的时期。唐李德裕《离平泉马上作》有"十年紫殿掌洪钧，出入三朝一品身"句。唐李远《赠写御容李长史》有"三朝供奉无人敌，始觉僧繇浪得名"句。苏轼《题永叔会老堂》有"三朝出处共雍容，岁晚交情见二公"句。"三朝"在此诗中犹"三代"，见《题乾清宫所藏五砚》注。万邦，所有诸侯封国，后引申为天下。《书·尧典》云："协和万邦，黎民于变时雍。"《诗经·大雅·文王》："仪刑文王，万邦作孚。"郑玄笺："仪法文王事，则天下咸信而顺之。"三国魏曹植《上责躬应诏诗表》云："君临万邦，万邦既化。"内府，见劳之辨诗注。

（附：《盛京土产杂咏十二首有序》总序云："盛京山川浑厚，土壤沃衍。盖扶舆旁薄，郁积之气所钟，洵乎天府之国，而佑启我国家亿万年灵长之王业也。是以地不爱宝，百产之精，咸萃于斯。农殖蕃滋，井里熙皐。而且环珍可以耀彩，嘉珉可以兴文，丰毳可以章身，灵苗可以寿世。刈采于山，猎于原，瀿于江，不可胜食，不可胜用。稽古图经志乘，罕得而详焉。余昔再莅陪都，颂扬光烈，惟物产阙而未咏，兹展谒珠邱三至此地，念夫《豳风》之陈衣食，《生民》之溯艺植，抚百昌而昭大美，亦述祖德者所不能忘也，爰举十二事，各纪以诗，且系之引具梗概云。"序中嘉珉，即指松花石。沃衍，土地肥美平坦。《隋书·地理志下》："然数郡川泽沃衍，有海陆之饶，珍异所聚，故商贾并凑。"宋秦观《财用策下》云："今天下之田称沃衍者莫如吴、越、闽、蜀。"扶舆旁薄，语出唐韩愈《送廖道士序》："气之所穷，盛而不过，必蜿蟺扶舆，磅礴而郁积。""扶舆"亦作"扶于""扶与"，犹扶摇，盘旋升腾貌。汉王褒《九怀·昭世》有"登羊角兮扶舆，浮云漠兮自娱"句。旁薄，即磅礴，广大无边。晋陆机《挽歌》有"磅礴立四极，穹崇效苍天"句，《宋史·乐志八》云："块圠无垠，磅礴罔测。"郁积，蓄积或积聚，《后汉书·郎𫖮传》云："今宫人侍御，动以千计，或生而幽隔，人道不通，郁积之气，上感皇天。"宋苏洵《极乐院造六菩萨记》有"悲忧惨怆之气郁积而未散"语。钟，聚集。洵，确实，《诗经·陈风·宛丘》有"洵有情兮"句。天府，天子的府库，比喻某地物产丰饶。《华阳国志》："水旱从人，不知饥馑，时无荒年，天下谓之天府也。"灵长，广远绵长。晋袁宏《后汉纪·献帝纪一》云："夫天地灵长，不能无否泰之变；父子自然，不能无天绝之异。"地不爱宝，见宫鸿历诗注。农殖，亦作"农植"，劝民种植，后泛指种植。《书·吕刑》云："稷降播种，农殖嘉谷。"《汉书·食货志上》云："食谓农殖嘉谷可食之物。"蕃滋，繁殖增益。《国语·越语下》云："五谷睦熟，民乃蕃滋。"井里，乡里，里巷。古代同井而成里，故称里巷。《荀子·大略》云："和之璧，井里之厥也。"杨倞注："井里，里名。"熙阜，兴盛，《陈书·沉不害传》云："浊流已清，重氛载廓，含生熙阜，品庶咸亨。"环珍，指东珠。丰毳，指貂皮。灵苗，指人参。矧，另外，况且。歔，即渔。胜，尽。稽，考核，核查，《周礼·宫正》有"稽其功绪"语，注云："犹考也。"图经，是指附有图画、地图的书籍或地理志。志乘，志书。陪都，清陪都即今沈阳。陪都，是指首都以外另设的副都，也称为辅都，陪都一般和首都一起被称为"两京"，其制度称为两京制度或者两京制、陪都制度等。光烈，大业，伟绩。《书·洛诰》云："王命予来，承保乃文祖受命民，越乃光烈考武王，弘朕恭。"阙，缺。汉王符《潜夫论·赞学》云："凡欲显勋绩、扬光烈者，莫良于学矣。"展谒，敬辞，即拜见，拜谒。珠丘，传说中的古迹。晋王嘉《拾遗记·虞舜》云："舜葬苍梧之野，有鸟如雀……时来苍梧之野，衔青砂珠，积成垄阜，名曰'珠丘'。"三至，弘历此前1743年、1754年曾东巡至盛京。《豳风》，《诗经》十五国风之一，《汉书·地理志下》云："其民有先王遗风，好稼穑，务本业，故豳诗言农桑衣食之本甚备。"《生民》，《诗经·大雅》第十一篇。艺植，耕种、栽植。《北史·铁勒传》："近西边者，颇为艺植，多牛而少马。"唐王维《寄荆州张丞相》有"方将与农圃，艺植老丘园"句。百昌，指各种生物。《庄子·在宥》云："今夫百昌，皆生于土而反于土。"陆德明释文引司马彪曰："犹百物也。"大美，大功德，大功业。《庄子·知北游》云："天地有大美而不言。"陆德明释文："大美，谓覆载之美也。"祖德，祖宗的功德。《管子·四称》云："循其祖德，辩其顺逆，推育贤人，谗慝不作。"）

松花石屏歌[1]

卞璞蔺璧纷纵横[2]，锦囊宝椟缄瑶瑛[3]。坐令玩物丧厥志[4]，楚贾吴商空复情[5]。松花之源产石子（松花江自长白山而流）[6]，由来王气常钟美[7]。

含奇韫灵正此时[8]，疑有烟云绕江水。制为石屏胜荆玉[9]，非夸雕琢夸淳朴。慎勿蔽彼贤[10]，慎勿遮吾目。但令长陪几席间，直者见直曲者曲[11]。

【注释与解析】

[1] 见于《御制诗初集》卷六，1741 年夏作于北京。

[2] 卞璞，指和氏璧，亦泛指美玉，见《韩非子》卷四。汉焦赣《易林·渐之萃》云："西行求玉，冀得卞璞。"蔺璧，蔺相如所持和氏璧，此用完璧归赵典，详见《史记·卷八十一·廉颇蔺相如列传》。纵横，指合纵连横，《淮南子·览冥训》云："纵横间之，举兵而相角。"高诱注："苏秦约纵，张仪连横。南与北合为纵，西与东合为横，故曰纵成则楚王，横成则秦帝也。"《史记·平津侯主父列传》云："主父偃者，齐临菑人也。学长短纵横之术。"

[3] 锦囊，用绸、缎、帛等做的袋子，古人多用以藏诗稿或信函等。《南史·徐湛之传》："以锦囊盛武帝纳衣，掷地以示上。"《新唐书·文艺传下·李贺》："每旦日出，骑弱马，从小奚奴，背古锦囊，遇所得，书投囊中。"椟，木柜，木匣。《论语·季氏》云："龟玉毁于椟中。"《韩非子·外储说左上》云："楚人有卖其珠于郑者，为木兰之柜，薰以桂椒，缀以珠玉，饰以玫瑰，辑以翡翠。郑人买其椟而还其珠。此可谓善卖椟矣，未可谓善鬻珠也。"瑶瑛，即瑶英，玉的精华。晋张协《七命》云："错以瑶瑛，镂以金华。"元吴全节《获玉印》有"瑶瑛篆刻镇华阳，犹带宣和雨露香"句。

[4] 坐令，致使、空使。玩物，《尚书·旅獒》云："玩人丧德，玩物丧志。"意思是把玩无益之器物易于丧失意志，贻误大事。厥，其。

[5] 楚贾吴商，指商人，《史记·货殖列传》记载："楚文王时五大贾人：巫咸、巫贤、尹吉甫、卜商、熊通。"苏州元明间有沈万三、王惟贞、朱良佑、席端攀、金汝鼐等名商。空复情，枉自多情。李白《沙丘城下寄杜甫》有"鲁酒不可醉，齐歌空复情"句。杜甫《奉济驿重送严公四韵》有"远送从此别，青山空复情"句。

[6] 石子，璞中的玉。宋何薳《春渚纪闻·丁晋公石子砚》："石既登岸，转仄之间若有涵水声。砚工视之，贺曰：'此必有宝石藏中，所谓石子者是也。相传天产至珍，滋荫此潭，以孕崖石，散为文字之祥，今日见之矣。'即丛手攻剖，果得一石于泓水中，大如鹅卵，色紫，玉也。"

[7] 由来，历来、从来。王气，见陈廷敬诗注。钟美，集美。《左传·昭

公二十八年》："子貉早死，无后，而天钟美于是，将必以是大有败也。"南朝梁刘勰《文心雕龙·才略》："潘岳敏给，辞自和畅，钟美于《西征》，贾余于哀诔。"隋王通《中说·礼乐》："虽然，久于其道，钟美于是也，是人必能叙彝伦矣。"

［8］韫，包含，包藏，《汉书·叙传上》有"韫于荆石"语，陆机《文赋》有"石韫玉而山晖"语。

［9］荆玉，荆山之玉，即和氏璧。晋卢谌《览古》有"连城既伪往，荆玉亦真还"句。明何景明《送石秀才下第还赵州》有"荆玉已三献，冀群当一空"句。

［10］"慎勿"句，屏风除装饰作用外，还有改变空气流向和遮挡视线的作用，此处弘历意为避免被蒙蔽。

［11］直、曲，即是非、善恶，《史记·李斯列传》云："今取人则不然，不问可否，不论曲直，非秦者去，为客者逐。"

松花玉石屏歌[1]

鬼工磨刃劚山骨[2]，女娲乏材补天窟[3]。琉璃罘罳失颜色[4]，光夺青铜凛毛发。不圆而方宰且屼[5]，都尉戆直绛侯讷[6]，勤思负扆其可忽[7]。

【注释与解析】

［1］见于《御制诗初集》卷二十三，1744 年秋作于北京。

［2］鬼工，谓事物精妙高超，非人工所能为者。唐李贺《罗浮山人与葛篇》："博罗老仙时出洞，千岁石床啼鬼工。"《云笈七签》卷一二二云："其上錾鸟兽花卉，文理纤妙，邻于鬼工。"清沈初《西清笔记·纪庶品》云："窗栏檐铎，层层周密，内设佛像，面面端整，细处几不可辨，以显微镜烛之，称为鬼工所作。"山骨，见蔡升元诗注。

［3］女娲，见蔡升元诗注。

［4］琉璃，见王顼龄《三月十四日……恭纪》注释。罘罳，古代的一种屏风，设在门外。《汉书·文帝纪》有"未央宫东阙罘罳灾"语，颜师古注："罘罳，谓连阙曲阁也，以覆重刻垣墉之处，其形罘罳然，一曰屏也。"汉桓宽《盐铁论·散不足》云："今富者积土成山，列树成林，台榭连阁，集观增楼。中者祠堂屏阁，垣阙罘罳。"南朝梁王筠《和卫尉新渝侯巡城口号》有

"罢罳分晓色，睥睨生秋雾"句。

[5] 圆，此处指圆滑。方，此处指方直、棱角。峯，高、险峻。鲍照《芜城赋》有"峯若断岸"语。岘，高耸。峯岘，同"峯兀""崒岘"。宋邵雍《大笔吟》有"鸾凤翔翔，龙蛇盘屈，春葩暄妍，秋山崒岘"句。

[6] 都尉，指汲黯，汉武帝时期的名臣，位列九卿之一的主爵都尉，《史记·汲郑列传》记载汉武帝有"甚矣，汲黯之戆也"语。戆直，迂愚、刚直。绛侯，《史记·绛侯周勃世家》记载："周勃以布衣从汉高祖定天下，赐爵列侯，剖符世世勿绝。食绛八千一百八十户，号绛侯。勃为人朴质敦厚，高祖以为可托大事。高祖崩，勃与陈平定计诛诸吕，立文帝，以功为右丞相。"唐李华《杂诗》之五有"绛侯与博陆，忠朴受遗顾"句。讷，木讷。

[7] 勤思，勤苦思索、时时想念。《孔丛子·居卫》云："禹、汤、文、武及周公，勤思劳体，或折臂望规，或秃骭背偻，亦圣。"三国吴韦昭《博弈论》有"劳神苦体，契阔勤思"语。负宸，亦作"负依"，背靠屏风，指皇帝临朝听政。在先秦典籍中就有关于"宸"或"依"的记载，屏风之名为后起。扬之水研究指出："屏风之称不见于《诗》，它出现在先秦经典中时通常名之为'宸'或'依'，又或用鸟羽装饰而称作'皇邸'。不过后之史籍述前朝故事，已径自称屏风。"刘熙《释名·释床帐》云："宸，倚也，在后所依倚也。屏风，言可以屏障风也。"《荀子·正论》云："居则设张容负依而坐。"《礼记·明堂位》曰："天子负斧宸，南面而立。"郑玄曰："斧宸画屏风"。又《三礼图》曰："宸纵广八尺，画斧文。今之屏风，则其遗象也。"杨倞注："户牖之间谓之依，亦作宸，宸、依音同。"《淮南子·氾论训》云："周公继文王之业，履天子之籍，听天下之政，平夷狄之乱，诛管蔡之罪，负宸而朝诸侯。"高诱注："负，背也。宸，户牖之间。言南面也。"白居易《采诗官》有"一人负宸常端默，百辟入门两自媚"句。此处"勤思"和"负宸"特指天子所为。其可忽，不可忽视。

松花石屏[1]

质似崒山玉[2]，磨为敞座屏[3]。清防名雅称[4]，画饰俗堪停[5]。明厌琉璃脆[6]，暗通风月灵[7]。勤思班伯对[8]，亦可藉为铭。

【注释与解析】

[1] 见于《御制诗二集》卷七十三，1757年秋作于北京。

[2] 峚山，山名，在陕西省商州区。《山海经·西山经》云："又西北四百二十里，曰峚山，其上多丹木，员叶而赤茎，黄花而赤实，其味如饴，食之不饥。丹水出焉，西流注于稷泽，其中多白玉。是有玉膏，其原沸沸汤汤，黄帝是食是飨。是生玄玉。玉膏所出，以灌丹木，丹木五岁，五色乃清，五味乃馨。黄帝乃取峚山之玉荣，而投之钟山之阳。瑾瑜之玉为良，坚粟精密，浊泽有而光。五色发作，以和柔刚。天地鬼神，是食是飨；君子服之，以御为祥。"郝懿行笺疏："郭注《穆天子传》及李善注《南都赋》《天台山赋》引此经俱作密山，盖峚，密古字通也。"晋陶潜《读〈山海经〉》其四有"丹木生何许，乃在峚山阳"句。

[3] 敞座屏，指隔断厅室的大屏风。座屏，有底座而不能折叠的屏风，古代常用它作为主要座位后的屏障，借以显示其高贵和尊严。后来人多设在室内的入口处，尤其是室内空间较大的建筑物内，进门常用大型的座屏做陈设，起遮掩视线的作用，也即现代所称的"地屏"。座屏屏扇还有三扇、五扇式的；又有独扇屏与底座可装可卸的，一般分别称为："山字式""五扇式"与"插屏式"座屏风。

[4] 清防，犹清禁，指皇宫。颜延之《直东宫答郑尚书》有"踟蹰清防密，徙倚恒漏穷"句。李善注："夏侯冲《答潘岳诗》：'相思限清防，企伫谁与言。'"刘良注："清防，谓屏风也。"祝廉先《〈文选六臣注〉订讹》云："五臣注：'清防，谓屏风也。'非。按清防，指皇宫，犹言清禁，夏侯冲《答潘岳诗》'相思限清防'，谓限于宫禁也。"明杨慎《古怨》有"游树正丰茸，清防深几重"句。雅称，素称。《后汉书·韦彪传》云："好学洽闻，雅称儒宗。"宋柳永《永遇乐》有"甘雨车行，仁风扇动，雅称安黎庶"句。

[5] 画饰，彩画装饰。《隋书·礼仪志三》云："轺车……七品已上油幰，施襈，两箱画云气，垂四疏苏。八品已下，达于庶人，鳖甲车，无幰襈疏苏画饰。"

[6] 琉璃，见王顼龄《三月十四日……恭纪》注释。此处似指玻璃。脆，指玻璃易碎。

[7] "暗通"句，屏风可改变气流路线却并不影响通风。

[8] 勤思，见上首诗注。班伯，西汉扶风安陵人，班况长子。以王凤荐，拜中常侍。成帝河平中，单于来朝，帝使伯持节迎于塞下。后出为定襄太守，有治绩。迁水衡都尉。卒年三十八。宋程俱《生第三儿》有"生儿如班伯，绝业出全华"句。除障风外，由于屏风常置于人之左右，又具有礼教与鉴戒意义。屏风上多书古代名文，或绘有具有鉴戒意义的图画。此处用典，系本《汉书》（卷一百叙传第七十）记班伯借殿上屏风画，向汉成帝进谏之事（班伯以侍中光禄大夫养疾。久之，成帝出，过临侯伯，伯乃再视事）："自大将军（王凤）薨后，富平、定陵侯张放、淳于长等始爱幸，出为微行，行则同舆执辔，入侍禁中，设宴饮之会，及赵、李诸侍中，皆引满举白，谈笑大嚼。时乘舆幄，坐张画屏风，画纣醉踞妲己作长夜之乐。上以（班）伯新起，数目礼之，因顾指画而问伯：纣为无道，至于是乎？伯对曰：《书》云：乃用妇女之言，何有踞肆于朝？所谓众恶归之，不如是之甚者也。上曰：苟不若此，此图何戒？伯曰：沉湎于酒，微子所以告去也。式号式呼，《大雅》所以留连也。《诗》《书》淫乱之戒，其原皆在于酒。上乃喟然叹曰：吾久不见班生，今日复闻谠言！放等不怿，稍自引起更衣，因罢出。"弘历结句之意，当以班伯对答成帝之言"淫乱之戒，其原皆在于酒"为座右铭。弘历不饮酒。

冯浩（4首）

冯浩（1719—1801），一名学浩，字养吾，号孟亭，浙江桐乡人。乾隆十三年（1748）进士，改庶吉士，授编修，官至山东道监察御史。有《孟亭居士诗稿》[①]，入《国朝耆献类征初编》《碑传集补》《词林辑略》《皇清书史》等。

咸馥林属题《宝砚图》系令卒学士瓶谷先生雍正初元赐砚敬题（四首）[1]

松花石砚玉同珍，静寿淡含帝德仁（铭镌以静为用是以永年圣庙宸翰）[2]。治化醲敷六十载[3]，文房宝示万千春。

学士虞庭拜赐初[4]，鼎湖龙远泪霑裾[5]。堂廉异数关忠孝[6]，莫道循常

---

① 冯浩. 孟亭居士诗稿 [M] // 《清代诗文集汇编》编纂委员会. 清代诗文集汇编：第 345 册. 上海：上海古籍出版社，2010：483-574.

赐予如[7]。

流传什袭属文孙（曾失去，馥林求得之）[8]，诒厥才华盛到门[9]。他日玉堂能继武[10]，飞毫磨墨重书恩[11]。

世庙恩知大父叨[12]，非常受赐守江浒（雍正五年先祖以知州开复，蒙世庙特达之恩，超授庐州知府，更命请训赐貂绮砚帖诸珍）[13]。藏来一砚浑相似（松花石砚铭字悉同），尔我应师石作交[14]。

【注释与解析】

[1] 见于《孟亭居士诗稿》卷四，雍正初元即 1723 年，诗作于六十年后的 1783 年。可与蒋云龙诗参读。戚麟祥字圣来，号瓶谷。戚芸生，字修洁，号馥林，戚麟祥孙。戚芸生颜其斋曰宝砚，并绘为图。详见后面蒋元龙诗注。

[2] 淡，水流的样子。以静为用，是以永年，见张玉书诗注。圣庙，指圣祖庙号，此处代指玄烨。宸翰，帝王的墨迹。

[3] 治化醲敷，治，治理；"醲"与"浓"同。《后汉书·马援传》有"明主醲于用赏，约于用刑"句。三国魏阮籍《与晋王荐卢播书》云："应期作辅，论道敷化。"唐张钦敬《仲冬时令赋》云："维敷化布和，设明堂以听政；发祥储祉，坐宣室而受釐。"敷化，指布行教化。

[4] 学士，戚麟祥官侍讲学士（《红楼梦新证》作"侍读学士"）。虞庭，即虞廷，指虞舜的朝廷，此处代指康熙朝。

[5] 鼎湖龙远，此处指玄烨崩逝。传说黄帝在鼎湖乘龙升天。唐顾况《相和歌辞·短歌行》有"轩辕皇帝初得仙，鼎湖一去三千年"句，杜甫《骊山》有"鼎湖龙去远，银海雁飞深"句。裾，衣襟。

[6] 堂廉，殿堂的侧边，泛指殿堂，又借指朝廷。宋王安石《和平甫舟中望九华山》（其二）有"毅然如九官，罗立在堂廉"句。异数，见查慎行《恩赐砥石山绿砚恭纪十韵》诗注。

[7] 循常，寻常。

[8] 什袭，见王顼龄《十一月二十九日……二十韵》诗注。文孙，本指周文王之孙，后泛用为对他人之孙的美称。

[9] 诒厥，流传、遗留。《诗经·大雅·文王有声》有"诒厥孙谋，以燕翼子"句。后人因称子孙为"诒厥"。

[10] 玉堂，指翰林院。继武，谓足迹相接。武，足迹。比喻继续前人的

事业。《礼记·玉藻》有"大夫继武"语，孔颖达疏："继武者，谓两足迹相接继也。"

[11] 重，重新。

[12] 世庙，雍正帝庙号世宗，此处代指雍正帝。大父，祖父，指戚麟祥。

[13] 漅，《康熙字典》解："漅，湖名，在今庐州合肥县。"开复，恢复原官。

[14] 尔，你，指戚芸生。师，效法。石作交，一语双关，除砚石之缘外，还指如石头般坚固的深厚情谊。《史记·苏秦传》云："燕无故而得十城，必喜。秦王知以己之故而归燕之十城，亦必喜。此所谓弃仇雠而得石交者也。"

张九钺（1首）

张九钺（1721—1803），字度西，号陶园、紫岘、罗浮花农，湖南湘潭人。乾隆二十七年（1762）举人，官江西、广东多地知县，晚主昭潭书院。有《紫岘山人全集》①，入《清史列传》《国朝耆献类征初编》《国朝诗人征略初编》《新世说》等。

送兴宫谕朴山先生扈从盛京十五首（其十五）[1]

狼尾银毫大似椽[2]，松花江石绿纹妍[3]。他时示我新游句[4]，快写辰韩日砸笺[5]。

【注释与解析】

[1] 见于《紫岘山人诗集》卷二《都讲集》，作于1743年，乾隆帝此次东巡曾到吉林。此首咏松花砚。

[2] 狼尾银毫大似椽，语出《晋书·王珣传》："珣梦人以大笔如椽与之，既觉，语人曰：'此当有大手笔事。'俄而帝崩，哀册谥议，皆珣所草。"后常以"大笔如椽"夸赞别人文笔雄健有力或文章气势宏大。清陈恭尹《观唐僧贯休画罗汉歌》有"大笔如椽指端揽，贝叶行间才数点"句。狼尾，指毛笔，

---

① 张九钺. 紫岘山人全集［M］//《续修四库全书》编委会. 续修四库全书：第1443册. 上海：上海古籍出版社，2002：485-659.

采用东北冬季的黄鼠狼尾，尾毛坚韧。董越《朝鲜赋》自注云："《一统志》载所产有狼尾之笔，其管小如箭苛，须长寸余，锋颖而圆。询之，乃黄鼠毫所制，非狼尾也。"银毫，指毛笔。清孔尚任《桃花扇·寄扇》有"挥洒银毫，旧句他知道"语。

[3] 妍，美丽。

[4] 示，出示、展示。新游，指东北之行。

[5] 辰韩，古代东北部族名。《后汉书·东夷传》记载："辰韩者老自言秦之亡人，避苦役，适韩国，马韩割东界地与之。"《北史·新罗传》云："新罗者，其先本辰韩种也。地在高丽东南，居汉时乐浪地。"章炳麟《訄书·序种姓下》云："新罗本辰韩种。辰韩耆老，自言秦时亡命至此。"辰韩有时指代朝鲜。硾笺，即"硾纸"，研光纸。唐齐己《寄敬亭清越》有"鼎尝天柱茗，诗硾剡溪笺"句。宋米芾《十纸说》云："唐人浆硾六合慢麻纸，书经明透，岁久水濡不入。"米芾《书史》云："唐人背右军帖，皆硾熟软，纸如绵，乃不损及古纸。"高丽也生产类似硾笺的纸，称为白硾纸。

纪昀（1首）

纪昀（1724—1805），字晓岚，别字春帆，号云石、孤石老人，道号观弈道人，直隶河间（今河北献县）人。乾隆十九年（1754）进士，改庶吉士，授编修，官至礼部尚书、《四库全书》总纂官、协办大学士，谥文达。有《纪文达公遗集》①，今有《纪晓岚全集》，入《清史稿》《清史列传》《碑传集》《国朝耆献类征初编》《国朝诗人征略初编》《昭代名人尺牍小传》《国朝先正事略》《词林辑略》《新世说》《大清畿辅先哲传》等。

郑编修际唐出其曾祖赐砚见示敬赋古诗二十六韵[1]

三江注大瀛[2]，艮维钟浩气[3]。珠胎既炜煌[4]，砚璞尤瑰异[5]。土贡或效珍[6]，词臣恒被赐[7]。荣逾青铁砚[8]，品胜红丝腻[9]。什袭侔天琛[10]，子孙守不替[11]。小臣获敬观[12]，幸睹帝鸿制[13]。其阳作墨池[14]，巧借篆刻字。

---

① 纪昀. 纪文达公遗集［M］//《清代诗文集汇编》编纂委员会. 清代诗文集汇编：第 354 册. 上海：上海古籍出版社，2010：149-628.

其阴龙画分[15]，奎藻亲铭识[16]。申明延年理[17]，阐示新民义[18]。一物不徒然[19]，道也寓诸器[20]。侧闻蒙赉时[21]，初服久已遂[22]。固宜戒颐养[23]，俾作熙朝瑞[24]。云何林下人[25]，兼勉淑斯世[26]。寓训当有由[27]，沉思今阅岁[28]。偶披苍姬典[29]，乃悟圣人意[30]。司徒佐庙廊[31]，固赞时雍治[32]。退为乡大夫，綮宁型子弟[33]。里闾后进风[34]，多秉老成议[35]。著书宣教化，是亦儒臣事。仰惟赉予心[36]，实切风俗计。非以翰墨资[37]，徒佐文章丽。康成逝已遥[38]，小同经术继[39]。簪毫步玉堂[40]，儤直登丹地[41]。鸿宝藉世传[42]，奉持其勿坠[43]。永言念圣恩，黾勉绳先志[44]。他日跻纶扉[45]，用兹当内制[46]。

【注释与解析】

[1] 见于《纪文达公遗集》卷十《三十六亭诗》，该诗前有1771年和1772年诗作，后有1784年诗作，卷十一有1793年诗作。首两句"三江注大瀛，艮维钟浩气"指明产地方位是艮维（东北），砚为松花砚。由对铭文的阐发可知，铭为"以静为用，是以永年"。

[2] 三江，指松花江、鸭绿江和图们江。大瀛，大海。

[3] 艮维，艮隅，指东北方。《后汉书·崔骃传》云："遂翕翼以委命兮，受符守乎艮维。"钟，聚集。

[4] 珠胎，指蚌体中正在成长的珠子，指东珠。炜煌，辉煌。

[5] 砚璞，砚材。璞，含玉的石头，没有琢磨的玉。瑰异，奇异、珍异。《水经注·庐江水》云："有孤石，介立大湖中……矗然高峻，特为瑰异。"

[6] 土贡，古代地方臣民或藩属向君主进献的土产。效，献。

[7] 词臣，见张廷枢《正月初三日南书房赐砚恭纪》（其一）注。

[8] 青铁，指青铁砚，用张华典，见王顼龄《十一月二十九日……二十韵》诗自注。

[9] 品，石品。红丝，指红丝砚，见揆叙诗注。

[10] 什袭，见王顼龄《十一月二十九日……二十韵》诗注。侔，等同。天琛，天然出产的珍宝。《文选·木华〈海赋〉》云："其垠则有天琛水怪，鲛人之室。"李善注："天琛，自然之宝也。"

[11] 替，废弃。

[12] 小臣，自谦语。

[13] 帝鸿，指黄帝"帝鸿氏之砚"的铭文，见王顼龄《十一月二十九日……二十韵》诗自注。

[14] 其阳，砚堂。

[15] 其阴，砚背。

[16] 奎藻，帝王的诗文书画。宋岳珂《桯史·宣和御画》云："（康与之）书一绝于上曰：'玉辇宸游事已空，尚余奎藻绘春风。'"识，款识。

[17] 延年理，御铭应为"以静为用，是以永年"。

[18] 新民义，新民，使民更新、教民向善。《尚书·康诰》云："亦惟助王宅天命，作新民。"孔传："居顺天命，为民日新之教。"

[19] 徒然，偶然、无缘无故。

[20] 道也寓诸器，宋洪皓《聚道斋》有"古人以道寓诸器，今人谓器与道异"句。也，助词。

[21] 侧闻，听说。汉贾谊《吊屈原赋》有"侧闻屈原兮，自沉汨罗"句。

[22] 初服，未入仕时的服装，与"朝服"相对。遂，亡，往。此句指入仕已久。

[23] 固宜，确实应当。戒，警惕着不要做（错事）或不要犯（错误）。颐养，保养、保护调养。此句与"以静为用，是以永年"相照应。

[24] 熙朝，指兴盛的朝代。瑞，人瑞，指有德行的人或年寿特高者。

[25] 林下人，退隐或出家之人。

[26] 勉，勉励。淑，清。《诗经·大雅·桑柔》有"其何能淑"句。

[27] 寓，寄托。训，说教。由，因由。

[28] 阅岁，经年。

[29] 苍姬，周为木德，周姓为姬，木色为苍，故以苍姬指周。宋彭止《四贤古风寿帅闻》有"帝降以逮王，嬴氏接苍姬。更革非一代，隐见不可知……愿言踵高躅，寿命一如斯"句。

[30] 圣人意，《孟子注疏·序》云："孟子亦自知遭苍姬之讫录，值炎刘之未奋，进不得佐兴唐虞雍熙之和，退不能信三代之余风，耻没世而无闻焉，是故垂宪言以诒后人。"

[31] 司徒，古代官名，执掌教化，此处指郑际唐。庙廊，指朝廷。

[32] 赞，辅佐、帮助。时雍，指和熙、时世太平。治，安定。

[33] 繄，语气词，相当于"惟"。型，楷模。

［34］里间，乡里。后进，后辈。

［35］秉，保持。老成，指年高有德之人。

［36］仰惟，仰慕。赉予，给予。《诗经·周颂》有《赉》，《毛诗序》云："《赉》，大封于庙也。赉，予也。言所以赐于善人也。"

［37］资，帮助。

［38］康成，汉郑玄字康成。唐郑愔《哭郎著作》有"诗礼康成学，文章贾谊才"句。

［39］小同，郑玄孙郑小同。经术，经学。

［40］簪毫，以笔为簪，此处代指文臣。玉堂，指翰林院。

［41］曝直登丹地，曝直，亦作"曝值"。丹地，帝王宫殿中涂饰着红色的地面，因用以指朝廷。此处指在宫内值宿。

［42］鸿宝，大宝，珍宝。此处指松花砚。

［43］奉，捧。

［44］黾勉，坚持、努力。绳，同"承"，继承。

［45］跻，跻身。纶扉，犹内阁，明清时称宰辅所在之处为"纶扉"。明谢肇淛《五杂俎·事部三》云："弘成以前，内阁尚参用外秩，如陈山以举人，杨士奇以荐辟……皆入纶扉，五十年以来，遂颛用词臣矣。"清袁枚《随园诗话》卷十记载："（赵仁圃）平生爱时文，虽入纶扉，犹手校成宏诸大家，孜孜不倦。"

［46］当，负责、担当。内制，唐宋时称由翰林学士所掌的皇帝诏令为"内制"。唐朱庆馀《上翰林蒋防舍人》有"清重可过知内制，从前礼绝外庭人"句。宋赵彦卫《云麓漫钞》卷五云："至唐置翰林学士，以文章侍从，而本朝因之。翰林学士司麻制批答等为内制，中书舍人六员分房行词为外制云。"

王杰（1首）

王杰（1725—1805），字伟人，号惺园、畏堂、葆淳，陕西韩城人。乾隆二十六年（1761）进士，官至兵部尚书、东阁大学士，谥文端。有《葆淳阁集》①，入《清史稿》《清史列传》《国朝耆献类征初编》《国朝诗人征略初编》

---

① 王杰.葆淳阁集［M］//《清代诗文集汇编》编纂委员会.清代诗文集汇编：第357册.上海：上海古籍出版社，2010：221-566.

《碑传集》《昭代名人尺牍小传》《国朝先正事略》《词林辑略》《皇清书史》《新世说》等。

恭和御制《盛京土产杂咏十二首》元韵之松花玉[1]

分派多应自鸭江[2]，产来绿玉色无庞[3]。敷文应运常腾彩，奋武当年此受降[4]。压倒红丝名第一（唐李石《续博物志·砚谱》载，天下砚四十余品，以青州红丝砚为第一）[5]，删除黄络美称双（《端砚谱》：石有黄膘胞络，凿去方见砚材，所谓子石。歙砚亦然）[6]。拜恩欲诮温公陋[7]，淄砚徒传海岱邦（宋熙宁中尚淄砚，温公修《资治通鉴》，神宗择其尤者赐之，当时有"韫玉""黑玉"等名，见《闻见后录》）[8]。

【注释与解析】

[1] 见于《葆淳阁集》卷九《赓扬集一》，1778年十月作于奉使沈阳（不是东巡随扈）途中，组诗的跋语提到弘历三巡盛京。

[2] 派，支流。鸭江，指鸭子河，即松花江。此为和作，弘历诗小序已明言石产混同江。

[3] 色无庞，言松花玉碧绿无杂色。庞，多而杂乱。《旧唐书·李勉传》有"邑居庞杂，号为难理"语。

[4] "敷文"两句，张福有《长白山诗词选》认为这两句是说松花砚在弘历手中起了非凡的作用。前一句说用这种砚作出了顺应天命的华章妙文，后一句是说曾用这种砚签写过受降的文书条约。当为正解。

[5] 红丝，指红丝砚，见揆叙诗注。李石，应为宋人。

[6] 称双，指松花砚与端砚称双。

[7] 温公，指司马光。

[8] 淄砚，产于今山东淄博，古人评砚有端石尚紫，淄石尚黑之说，由于淄砚金星遍体，又有"金星砚"之称。苏东坡、高似孙称其为"淄石砚"，米芾称其为"淄州砚"，有人评其可与端歙相上下，亦有人言其损笔。乾隆间盛百二有《淄砚录》，资料甚富，记载了司马光受赐事，又记载除了王杰诗自注提到的两个名字，淄砚还有"金星""青金"二称。自注出自米芾《砚史》。海岱邦，指今山东省。海岱，指今山东省渤海至泰山之间的地带。《尚书·禹贡》有"海岱惟青州"语。孔传："东北据海，西南距岱。"杜甫《登兖州城楼》有"浮云连海岱，平野入青徐"句。

彭元瑞（3首）

彭元瑞（1731—1803），字掌仍，一字辑五，号芸楣，一作云楣，晚号身云居士，江西南昌人，廷训子。乾隆二十二年（1757）进士，改庶吉士，授编修，入直南书房，曾督江苏、浙江学政，典试顺天、江苏、江南，官历礼、工、户、兵、吏五部尚书、太子太保、协办大学士，谥文勤。是当时目录学家、藏书家、楹联名家。纪昀为《四库全书》总纂官时，彭元瑞是副总裁之一。嘉庆间修《高宗实录》，充总裁。与蒋士铨合称"江右两名士"。有《恩余堂经进初稿》《恩余堂经进续稿》《恩余堂经进三稿》《恩余堂辑稿》①，入《清史稿》《国朝耆献类征初编》《国朝诗人征略初编》《国史列传》《国朝先正事略》《昭代名人尺牍小传》《词林辑略》《清代七百名人传》《皇清书史》等。

松花石双研诗六首并序（其一、其五、其六）[1]

康熙壬辰三月十五日，先臣以南书房翰林分校礼闱揭晓[2]，谢恩西苑，赐御铭松花石砚，恭纪七言一章，且以'赐砚'名堂，用志弗谖[3]。越雍正辛亥归田[4]，元瑞始生，四岁出嗣[5]，乙卯先臣见背，授此研为遗，念谫陋无似服官四十年、内直三十年遭际[6]，慈渥逾格逾望[7]。越嘉庆丙辰正月四日，预千叟宴[8]，蒙召至扆前[9]，手卮命酹[10]，锡类多珍，内松花石砚一，镌铭如前，黄纸签记，曾陈静明园之影湖楼者[11]。被君恩之稠[12]，叠思父志之留贻，捧砚而泣，此中真有不可思议因缘。谨同箧并弄[13]，作诗六章，用告后之人，引申感慕[14]，守兹勿替[15]。

长白灵源发大东[16]，江流粟末涧瀍同（松花江《魏书》之粟末水）[17]。由来王气飞星化[18]，雅合文筵画日工[19]。色夺鸭头洮水活[20]，品争龙尾歙溪雄[21]。题名寿古声清宝[22]，墨海春波曡帝鸿[23]。

共荷承筐十赉周[24]，佛珠宫绮杖扶鸠[25]。松花琢玉碧翡翠，文石装池黄粟留[26]。犹认尧年修内制[27]，曾陈舜殿影湖楼[28]。捧归膜拜持将较[29]，未启雕函已涕流。

① 彭元瑞. 恩余堂经进初稿，恩余堂经进续稿，恩余堂经进三稿，恩余堂辑稿［M］//《清代诗文集汇编》编纂委员会. 清代诗文集汇编：第374册. 上海：上海古籍出版社，2010：1-770.

素业成家阅四朝[30]，心殷手泽自垂髫[31]。父书已老何曾读，主德云酬总觉遥[32]。什袭宜联双珙珏[33]，流传珍重百琼瑶[34]。石田付与菑畬者[35]，回问儿孙孰范乔[36]。

【注释与解析】

[1] 见于《恩余堂辑稿》卷四，1796 年正月初四作于北京，又见诸《皇朝词林典故》卷四十。据诗序，其父彭廷训康熙壬辰（1712）三月十五日蒙赐御铭松花石砚一方，1735 年去世时"授此砚为遗"。彭元瑞再次蒙赐，认为"此中真有不可思议因缘"，诗其二之"八十五年成旧事"即言此。

[2] 分校礼闱，见彭廷训诗注。

[3] 志，记。弗谖，不忘。《诗经·卫风·考槃》有"考槃在涧，硕人之宽。独寐寤言，永矢弗谖"句。

[4] 归田，辞官归里。

[5] 出嗣，过继给他人为子。唐皎然《唐苏州开元寺律和和尚坟铭》云："我师出嗣兮遗教张，如何斯人兮天不臧。"

[6] 谫陋，浅陋。宋刘攽《为傅学士谢除直昭文馆启》云："致兹谫陋，骤尔甄收，谨当勉懋初心，坚持壹意。"无似，谦辞，犹言不肖。《礼记·哀公问》："寡人虽无似也，愿闻所以行三言之道，可得闻乎？"郑玄注："无似，犹言不肖。"服官，为官、做官，《礼记·内则》云："五十命为大夫，服官政。"内直，在宫内值勤，宋梅尧臣有《七夕永叔内翰遗郑州新酒言值内直不遐相邀》诗。遭际，际遇、经历。

[7] 慈渥，恩泽。《南史·江夷传》："慈渥所覃，实有优忝。"唐常衮《谢妻封弘农郡夫人表》云："仰酬国恩，分寸未展，内省家事，慈渥过丰。"逾格逾望，超出成规和期望。

[8] 预，参加。《旧唐书·于志宁传》云："太宗命贵臣内殿宴，怪不见志宁，或奏曰：'敕召三品已上，志宁非三品，所以不来。'太宗特令预宴，即加授散骑常侍，行太子左庶子。"千叟宴，清宫大宴之一，旨在弘扬孝德，康熙朝第一次举行千人大宴，玄烨赋《千叟宴》诗，故得宴名。

[9] 宸前，皇帝座位（屏风）面前。《周礼·司几筵》云："凡大朝觐、大飨射，凡封国命诸侯，王位设黼扆。宸前南向，设莞筵纷纯，加缫席画纯，加次席黼纯，左右玉几。"

[10] 手厄命醑，持杯敬酒。

[11] 陈，放置。影湖楼，乾隆间拆卸畅春园西花园内的先得月楼，迁建于高水湖中央，命名为"影湖楼"。清代《都畿水利图卷》记录西山水系风光："高水湖位于园（指静明园）外东南方，湖面宽广，影湖楼倒映其中，登楼观赏玉泉山、万寿山以及远近的田畴、湖泊，面面得景俱佳。"北京今有影湖楼公园。

[12] 被，受。

[13] 箧，小箱。弆，收藏。

[14] 引伸，延展推广，由一事一义推延而及他事他义，语出《易·系辞上》："引而伸之，触类而长之，天下之能事毕矣。"感慕，感念仰慕。《三国志·吴志·陆逊传》云："若亡其妻子者，即给衣粮，厚加慰劳，发遣令还，或有感慕相携而归者。"《南史·张邵传》云："生而母亡，年数岁问知之，虽童蒙便有感慕之色。"

[15] 替，废弃。《左传·僖公三十二年》有"不替孟明"语，《诗·小雅·楚茨》有"勿替引之"句。

[16] 大东，遥远的东方。

[17] 涧瀍，二水名，均流经今洛阳市境注入洛水，后以代指都城洛阳。此句与前面的"灵源"和后面的"王气"相照应。杜甫《秋日夔府咏怀奉赠郑监李宾客一百韵》有"露菊斑丰镐，秋蔬影涧瀍"句，陆游《长歌行》有"巍巍天王都，九鼎奠涧瀍"句。

[18] "由来"句，指松花砚带有王气。王气，见陈廷敬诗注。

[19] 文筵，亦作"文燕"，是指赋诗论文的宴会。筵，席。画日，指为帝王草拟诏令。袁枚《随园诗话》卷三载有元人"袖中笔得朝天笔，画日归来又画眉"句。

[20] 鸭头，指洮砚的"鸭头绿"，见宫鸿历诗注。

[21] 龙尾，见熊赐履诗注。

[22] "题名"句，指砚有御铭"寿古而质润，色绿而声清。起墨益毫，固其宝也"。

[23] 鬯，古代祭祀用的香酒。帝鸿，指黄帝"帝鸿氏之砚"的铭文，见王顼龄诗《十一月二十九日……二十韵》自注。

[24] 荷，拿、持。承筐，《诗经·小雅·鹿鸣》云："我有嘉宾，鼓瑟吹笙。吹笙鼓簧，承筐是将。"朱熹集传："承，奉也。筐，所以盛币帛者也。"十赉，道教指便于修炼的十种赏赐，见南朝梁陶弘景《授陆敬游十赉文》。周，全。

[25] 杖扶鸠，《周礼》记载，罗氏献鸠养老，汉无罗氏，故作鸠杖以扶老。鸠杖，杖头刻有鸠形的拐杖。宋郭应祥《踏莎行·七月十六日寿胡季海》有"斯辰聊用祝龟龄，他年端合扶鸠杖"句。句中几种均为赏赐物。

[26]"文石"句，咏砚匣，参见结句。文石，有花纹的石头。装池，《匡缪正误》云："池者，缘饰之名，今所谓被池装池是也。"黄栗，见宫鸿历诗注。

[27] 尧年，指康熙朝。内制，内府所制。可参见劳之辨诗注"内府"。

[28] 舜殿，指乾隆间建影湖楼。

[29] 膜拜，合掌加额，长跪而拜，表示尊敬或畏服的礼式。较，检验。

[30] 素业，先世所遗之业，多指儒业。四朝，指康雍乾嘉。

[31] 心殷，深厚。此处指长辈关爱的深厚。《诗经·小雅·正月》有"念我独兮，忧心殷殷"句。手泽，手汗，多喻指先辈存迹。垂髫，儿童。

[32] 主德，皇恩。云，言。

[33] 什袭，见王顼龄《十一月二十九日……二十韵》诗注。琇，参见张玉书诗注。珏，合在一起的两块玉。

[34] 琼瑶，见宫鸿历诗注。

[35] 石田，指砚。蓄畬，耕田种植。

[36] 范乔，西晋人。年二岁时，祖馨临终，抚乔首曰："恨不见汝成人。"因以所用砚与之。至五岁，祖母以告乔，乔便执砚涕泣。范乔好学不倦，凡一举孝廉，八荐公府，再举清白异行，又举寒素，一无所就。

[附，其二云："趋台云气地清严，侍史趋朝彻棘帘。张茂先豪麟角管，王师心纸象牙黏。为嘉欧九持衡佐，宣赐陶泓滴露沾。八十五年成旧事，词林典故未轻拈。"其三云："归田结组六旬强，日暖茅檐竹簟凉。乍慰乡心仍鞠子，为荣君赐特颜堂。稚犹待哺鸡分栅，老喜将雏雁接行。五岁已怀孤露痛，付遗此石嘱勿忘。"其四云："藐孤敢望继家声，识字耕田句揭楹（'家有赐书多识字，饼无储粟力耕田'乃遗句，书为楹牍）。同母两人登翰苑，承恩再世到西清。乌私竟遂鸾封晋，驽策难前马齿更。六十曰耆踰六岁，也随千叟宴瑶京。"]

蒋元龙（1首）

蒋元龙（1735—1799），字乾九、云卿，号春雨。浙江秀水（今嘉兴）人，乾隆三十六年副贡，举孝廉方正不就。从学于钱载（1708—1793），有《春雨斋诗集》，入《清代画史增编》《清画家诗史》《续印人传》等。

宝砚纪事[1]

君家学士选中秘[2]，声振銮坡翔凤翅[3]。严徐庾薛何足论[4]，能使至尊频宠异。《龙鱼河图》《火珠林》[5]，人间不见穷文字[6]。承明朝夕与论思[7]，先帝私人烦重寄[8]。李谪仙应号鉴湖[9]，元才子亦传宫侍[10]。一自鼎湖龙上升[11]，哀缠弓剑藏桥陵[12]。天子亲呼旧侍从[13]，文房携具各拜登。松花之砚乃其一，铭辞煌煌长服膺[14]。想当肘砚值几暇[15]，五云华盖玉几凭[16]。《秋风》《瓠子》日月焕[17]，龙书穗迹云烟蒸[18]。天章宸翰接时出[19]，金门雨露同分承[20]。归田以之为嘉话，梦回铃索通舻棱[21]。后来学士遭家难，火炎不分玉石烂[22]。图书杯棬尽飘散[23]，头白身为万里窜[24]。覆巢之下无卵完，何况区区一文玩。君也名孙生太晏[25]，文采风流擅词翰[26]。念祖长思手泽存，搜寻不惜兼金换[27]。卿家惟有故笏尔[28]，抚砚犹当作三叹。

【注释与解析】

[1] 见于《清诗纪事》，纪事引《雪桥诗话续集》记载，此松花砚为康熙朝遗物，楷书铭文八字"以静为用，足以永年"。今查《雪桥诗话续集》卷四原文，确为"足"而不是"是"，郭则沄《十朝诗乘》卷八亦录此诗。此诗应与冯浩《戚馥林属题〈宝砚图〉系令卒学士瓶谷先生雍正初元赐砚敬题四首》参读。《雪桥诗话续集》卷四记载："德清戚麟祥圣来，号瓶谷。康熙己丑通籍，官侍讲学士。雍正元年，拜仁皇遗物之赐，有玛瑙、水中丞、珠笔架、鸳鸯荷包、鼻烟瓶，而一砚尤所宝藏。砚背御制'以静为用，足以永年'八楷字铭。尝以事戍宁古塔，及归，而室储尽，遗书荡然，久之乃得赐砚。孙芸生馥林，生距瓶谷九年，思慕勿谖，因取以颜其斋曰宝砚，并绘为图。秀水蒋春雨系以长句，有云……馥林为春雨编次遗稿，有诗云：'风义师兼友，情怀弟与兄。何曾相尔汝，只自磬平生。'馥林为诗，从春雨得宗法，或连日

夕交相折，其交契良非恒泛也。"戚麟祥，《吉林汇征》(1914) 记载其事，误作戚祥麟①。通籍，指初作官，意谓朝中已有了名籍，又指进士初及第。仁皇，玄烨。谖，忘记。图，指《宝砚图》，见冯浩诗注。颜其斋曰宝砚，为其斋取名"宝砚斋"，元张仲深有《倪仲权宅城北隅凿池植莲环以翠竹友人乌继善颜其斋曰花香竹影盖取慈湖杨氏之言曰花香竹影无非道妙因赋十韵》，明王世贞有《沈翁归自给谏迭石为二山居之后卒而其子参议君颜其斋曰存石志不忘也王子为作歌》。交契，交情。恒泛，泛泛、一般。

[2] 学士，戚麟祥。中秘，中秘书，指宫廷藏书，或掌理宫廷藏书的机构。唐常衮《晚秋集贤院即事寄徐薛二侍郎》有"穆穆上清居，沈沈中秘书"句。

[3] 銮坡，见查慎行《恩赐砥石山绿砚恭纪十韵》诗注。

[4] 严徐庾薛，唐常衮《晚秋集贤院即事寄徐薛二侍郎》有"北朝荣庾薛，西汉盛严徐"句。汉武帝时严安、徐乐上书言事，皆拜郎中，后遂以"严徐"并称。庾信、薛道衡分别为北周、北齐的著名文学侍臣。

[5]《龙鱼河图》，汉代纬书之一。《火珠林》，唐麻衣道者所著小说。

[6] 穷，穷尽。

[7] 承明，天子左右路寝称承明，因承接明堂之后，故称。

[8] 重寄，重大的托付。

[9] "李谪仙"句，李白有《子夜吴歌·夏歌》咏镜湖（鉴湖）。

[10] "元才子"句，唐元稹有《宫词》百首。

[11] "一自"句，以黄帝事喻指玄烨驾崩。

[12] 哀缠弓剑，隋牛弘《隋文帝颂》有"慕深考妣，哀缠弓剑"语。传说黄帝骑龙仙去，群臣攀附欲上，致坠帝弓。又黄帝葬桥山，山崩，棺空，唯剑存。事见《史记·封禅书》《列仙传·黄帝》。后因以"弓剑"为对已故帝王寄托哀思之词。桥陵，桥山。

[13] 天子，指胤禛。

[14] 铭辞，以静为用，是以永年。服膺，铭记在心。

[15] 肘砚，指御用砚。肘，写字时用肘（如托肘、枕腕、悬肘）。几暇，即万几之暇，指日常处理纷繁的政务时的一点空闲时间。玄烨有《几暇随笔

① 李澍田. 吉林纪略初集 [M]. 长春：吉林文史出版社，1993：239.

书怀》诗，弘历有《几暇》诗，胤禛《几暇偶题》云："识得几暇趣，丝纶不假言。孰知宵旰里，却是绝尘喧。"《西清砚谱》康熙朝"松花石双凤砚"条记载玄烨有"万几余暇"钤印。

[16] 五云华盖，代指皇帝，此处指玄烨。玉几，御案。

[17]《秋风》《瓠子》，指董其昌书汉武帝《秋风辞》《瓠子歌》。

[18] 龙书，古代书体。相传伏羲氏时，有龙负图出河，因以龙纪事，创立文字，称龙书。穗迹，宋朱长文《墨池编》记载："炎帝因上党羊头山始生嘉禾，作穗书，用颁时令。"此处两句用典皆代指皇帝的书法佳作。

[19] 天章，帝王的诗文。宸翰，帝王的墨迹。

[20] 金门，饰以黄金的门，指天子之门。又指唐金明门，门内为翰林院所在。明徐庸《溪山书屋为钱惟常作》有"金门一登喜平步，鹓鹭致身沾雨露"句。

[21] 铃索，唐翰林院禁署严密，不得随意出入，须掣铃索打铃以传呼或通报。唐韩偓《雨后月中玉堂闲坐》有"夜久忽闻铃索动，玉堂西畔响丁东"句。甋棱，宫阙上转角处的瓦脊成方角棱瓣之形，亦借指宫阙。

[22] 火炎，火焰。

[23] 杯棬，一种木质的饮器，尤指酒杯。

[24] 万里窜，谴戍穷边。窜，放逐。

[25] 名孙，名人之后。晏，晚。

[26] 词翰，诗文、辞章。

[27] 兼金换，参见冯浩诗自注。兼金，价值倍于常金的好金子，亦泛指多量的金银钱帛。

[28] 笏，朝笏。古代臣子朝见君主时臣手中所拿的狭长的手板。宋仇远《次萧饶州韵》有"家犹传故笏，梦不到安车"句。

[附：兹简单介绍戚麟祥、戚芸生与戚蓼生的亲属关系及戚门与"红学"发生的关系，仅供参考。戚蓼生是红学史上著名人物，他保存了带有脂砚斋批语的早期《红楼梦》抄本并为之序，即《戚蓼生序本石头记》，简称为"戚本"。依据周汝昌《红楼梦新证》的《附录编·本子与读者》[①] 将三人关系梳

---

① 周汝昌. 红楼梦新证（增订本）[M]. 北京：人民文学出版社，1976：941-1124.

理如下：

三人的共同先祖是戚维屏，戚维屏是戚麟祥祖父，是戚芸生、戚蓼生的高祖。

戚维屏生子戚玫，戚玫生子戚麟祥。戚麟祥字圣来，号瓶谷，康熙四十四年乙酉科举人，四十八年己丑科进士，官至翰林院侍读学士，有文才，精数理，资望和查慎行、汤右曾相埒。又能诗，著有《红稻书屋遗稿》《四六撷藻》《舆地纂要》等。后来因为纳了故礼部尚书蔡升元的遗妾，他出身本是蔡的门下，犯了"卑幼擅娶尊长妾"的罪名，发遣宁古塔，到乾隆元年才赦还（周汝昌没有给出戚麟祥的卒年，现根据《雪桥诗话续集》的记述及戚芸生的生年，可推知戚麟祥约卒于1741年）。戚麟祥初事康熙朝，雍正帝继位后（现根据《雪桥诗话续集》可知即雍正元年），曾把"先皇帝"的一块遗研赐他，这块研传到他小儿子戚朝桂手里，因此取了"研斋"的别号。戚芸生，字修洁，号馥林，生于乾隆十四年（1749），卒于嘉庆二十三年（1818），是戚朝桂独子，五十八岁绝而复苏，乃号余斋，唯好山水泉石，积书数万卷，有诗三千首。许畹香，名兰，字畹香，戚芸生继室，女诗人，善书欧体，铁画银钩，一笔不懈。《画舫余谭》记载："雨香云：畹香有《白秋海棠和红楼梦韵》一韵，颇有逸韵，俟寄稿来，当为刊之。"雨香宫姓，名福龄，担水者女。畹香姓许，元和人，通文艺，喜谈说故事。

戚维屏的次一辈的戚依，即是戚蓼生的曾祖。戚依是戚维屏的儿子，还是侄子，已不可考。戚维屏有子名"玫"，与"依"不相排属，且以下两辈，名字也不排字或偏旁，戚依与戚维屏的关系可能较远。戚依有子戚祖庸，戚祖庸有子戚振鹭，戚振鹭生子戚蓼生。戚蓼生，字功言，号晓塘，乾隆三十四年（1769）进士（周汝昌推想此时正是雪芹死后五六年，《石头记》正在已出不久、大为盛行之时，庙市争售钞本，他便买得一部），授刑部主事，荐至郎中。乾隆四十七年，自刑部郎中出守江西南康府知府，甫到官即擢福建盐法道。乾隆五十四年去盐法道，丁忧返里。乾隆五十六年服阙，依例起复候补，擢福建按察使。为人倜傥，不修威仪，使酒好狎侮人，强干有吏才，案无留牍。乾隆五十七年（1792）冬月，以劳卒官（亦即"程乙本"刊印之年）。周汝昌推算戚蓼生年长于戚芸生，暂假定戚蓼生是雍正十年生人，比曹雪芹小不了几岁，正是同时人。他中举是乾隆二十七年，约当三十一岁；登进士第在乾隆三十四年，当为三十八岁。此后一直在京做刑部官，到四十七年，约为五十一岁时出守南康，做盐法道；五十六年，合六十岁，做按察使，次年卒于任，约得年六十余岁。

根据周汝昌《红楼梦新证》的《附录编·本子与读者》，有学者提出评《红楼梦》的"脂砚斋"可能就是许豌香的假说，认为脂砚斋之砚，即指史料中所说的"先皇遗砚"。又言"脂砚"两字或许用拆字法，取"风月之旨，因石而见"之寓意，"至脂砚斋甲戌抄阅再评"是指嘉庆甲戌（1814）许豌香在戚序本基础上的抄阅"再评"。]

姚颐（2 首）

姚颐（？—1788），字雪门，号震初、息斋，江西泰和人。乾隆三十一年（1766）进士，改庶吉士，授编修，官至湖南、甘肃按察使。有《雨春轩诗草》①，入《国朝耆献类征初编》《词林辑略》《皇清书史》等。见录于《清人诗文集总目提要》卷三十（约生于 1736 至 1740 年）。

郑云门编修出其先宫赞承赐松花石研传观敬题（二律）[1]

一片仙江石[2]，清门世守之[3]。宛然仁寿化[4]，即在御铭词[5]。宝墨光犹湿，春波润久滋。先臣亲拜赐，不比范家遗[6]。

文星两浙重[7]，老宿八闽传[8]。晚节清风在，家声此日延。光华轶龙尾（公尝订刻《黄石斋先生经解》，石斋旧有米芾龙尾砚，见《曝书亭集》）[9]，述作有鸿编[10]。为共西园值[11]，摩挲思渺然。

【注释与解析】

[1] 见于《雨春轩诗草》卷七，卷中此诗后有 1775 年、1777 年诗作，可为创作时间参考。宫赞，赞善，"赞善大夫"的省称。唐在太子宫中设左右赞善大夫掌侍从、讲授。白居易《白牡丹》有"应似东宫白赞善，被人还唤作朝官"句。清赞善分属左右春坊，秩从六品。

---

① 姚颐. 雨春轩诗草［M］∥《清代诗文集汇编》编纂委员会. 清代诗文集汇编：第 391 册. 上海：上海古籍出版社，2010：305-446.

〔2〕仙江，指松花江。

〔3〕清门，指寒素之家或书香门第。

〔4〕仁寿，仁者寿，即德者寿，道德崇高、怀有仁爱之心的人容易长寿。《礼记·中庸》引孔子云："故大德……必得其寿。"

〔5〕御铭，应为"以静为用，是以永年"。

〔6〕范家遗，《义田记》记载范仲淹事云："殁之日，身无以为敛，子无以为丧。惟以施贫活族之义，遗其子而已。"

〔7〕文星，即文昌星，又名文曲星。相传文曲星主文才，后亦指有文才的人。唐裴说《怀素台歌》有"杜甫李白与怀素，文星酒星草书星"句。两浙，浙东和浙西的合称。唐肃宗时析江南东道为浙江东路和浙江西路，钱塘江以南称浙东、以北简称浙西。宋代有两浙路。

〔8〕老宿，年老而资深的人。《北史·齐平秦王归彦传》云："归彦曰：'元海、乾和，岂是朝廷老宿？'"八闽，福建别称。福建古为闽地，宋时始分为八个府、州、军，元分八路，明改八府，清仍之，因有八闽之谓。

〔9〕轶，超过。龙尾，参见熊赐履诗注和王顼龄诗注附。黄石斋，即明黄道周。米芾龙尾砚，朱彝尊《和程邃龙尾砚歌为方侍御亨咸作即送其入粤》诗题有自注云："砚有辛卯米芾四字印，旧藏黄公道周家。"诗有"流传迄今六百载，山骨完好无纤瑕。黄公昔年在漳浦，以此注易纬苍牙"句。

〔10〕述作，著述。鸿编，巨著。

〔11〕西园，汉上林苑的别名，此处代指皇宫。《文选·张衡〈东京赋〉》云："岁维仲冬，大阅西园，虞人掌焉，先期戒事。"薛综注："西园，上林苑也。"值，值班。

和珅（1首）

和珅（1750—1799），本名善保，姓钮祜禄氏，字致斋，号嘉乐堂、十笏园、绿野亭主人。满洲正红旗人，文生员，清乾隆时期官至文华殿大学士、军机大臣。历史上著名的贪官。其《嘉乐堂诗集》收入《长白英额氏三先生诗集》中。入《清史稿》《清史列传》《国史列传》《贪官污吏传》《新世说》等。

圣驾四诣盛京恭谒祖陵礼成恭纪（其二十七）[1]

三桠五叶矗如林[2]，气韫精含岁月深[3]。匝地霜华晨哨鹿[4]，掀天雪浪夜登鲟[5]。壤赢五沃尤宜谷[6]，产甲中邦合贡琳[7]。采得松花江上玉，帝鸿墨海好摹临[8]。

【注释与解析】

[1] 共三十首见于《钦定盛京通志》①（1789）卷一百二十四，作于1783年。

[2] 三桠五叶，指人参。见汪由敦《恭和御制〈驻跸吉林将军署复得诗三首〉元韵》（其三）注。矗，直立。

[3] 韫，包含。

[4] 匝地，遍地。唐王勃《还冀州别洛下知己序》有"风烟匝地，车马如龙"语。哨，叫。鹿，此处或指驼鹿。

[5] 鲟，鲟鳇鱼。

[6] 赢，获胜。五沃，沃土。《管子·地员》云："粟土之次曰五沃。五沃之物，或赤、或青、或黄、或白、或黑。五沃五物，各有异物则。五沃之状，剽怸橐土，虫易全处，怸剽不白，下乃以泽。"谷，五谷。

[7] 产，物产。甲，位居第一。中邦，中国。《尚书·禹贡》有"成赋中邦"语。孔传："成九州之赋。"蔡沈集传："中邦，中国也。"合，应该。琳，美玉。

[8] 帝鸿墨海，指砚。见王顼龄《十一月二十九日……二十韵》诗自注。

胡长龄（1首）

胡长龄（1758—1814），字西庚，号印渚，江苏通州（今南通）人。乾隆五十四年（1789）进士，授修撰，历官侍读学士、国子监祭酒、山东学政、左副都御史、工部侍郎、礼部尚书。有《三余堂存稿》②，入《国史列传》《国朝耆献类征初编》《词林辑略》等。

---

① 阿桂，等. 钦定盛京通志 [M] //纪昀，永瑢. 文渊阁四库全书：第503册. 台北：台湾商务印书馆，1986：520-536.

② 胡长龄. 三余堂存稿 [M] //《清代诗文集汇编》编纂委员会. 清代诗文集汇编：第453册. 上海：上海古籍出版社，2010：31-71.

圣驾东巡幸盛京谒陵礼成恭纪陪都风雅词一百首谨序（其八十八）[1]

玉水方流气贯虹[2]，绿云一片付磨礲[3]。《西清》旧谱松花砚[4]，手泽常留纪帝鸿[5]。

【注释与解析】

[1] 见于《三余堂经进稿》，作于 1805 年。序云："洪惟我皇上御极之十年，礼明乐备，百度具修，大化翔洽，中外禔福。乃以秋七月始举时巡之典，东莅盛京，展谒祖陵，盖所以绍丕基、缵旧服，其为典也至钜极慎，群臣咸第颂以歌咏鸿仪。而臣尝佐尹奉天，宣风述职固所司存。窃惟我朝盛京，则周之豳岐也，诗有豳风豳雅，详述祖宗功德，制度典章，以及山川土地民风物产，胥胪载焉。说者谓恩明谊美，豳颂即寓其中。臣窃取斯义，敬献陪都风雅词一百首，用附太史陈诗之列，以抒下情而通讽喻，宣上德而尽忠孝云尔。"该组诗其七十三咏威呼，其七十四至八十四分别咏呼兰、法喇、斐兰、赛斐、额林、施函、拉哈、糠灯、豁山、罗丹、周斐。其八十七咏人参，其八十九至九十六分别咏貂、鹿、熊黑、堪达罕、海东青、鲟鳇鱼、松子、温普。

[2] 玉水，产玉的水。《文选·颜延之〈赠王太常〉》有"玉水记方流，璇源载圆折"句，李善注："《尸子》曰：'凡水，其方折者有玉，其圆折者有珠也。'"

[3] 绿云，指松花石。磨礲，指砥石山，见王鸿绪诗注。

[4] 《西清》，《西清砚谱》。

[5] 手泽，先辈存迹。帝鸿，指黄帝"帝鸿氏之砚"的铭文，见王顼龄《十一月二十九日……二十韵》诗自注。

颙琰（3 首）

颙琰（1760—1820），原名永琰，即清仁宗，年号嘉庆，清宗室，高宗十五子，1796—1820 年在位。乾隆晚期，清王朝已经处于"盛世"之末，吏治废弛、贪贿成风、国库空虚等社会矛盾已经显现。嘉庆期间爆发过白莲教、天理教、黔湘苗民等起义，"守成"是对颙琰的恰当评价，也在其诗作中反复体现。有《御制诗》初集、二集、三集、余集共 182 卷①，入《清史稿》《清

---

① 颙琰. 御制诗 [M] // 《清代诗文集汇编》编纂委员会. 清代诗文集汇编：第 459-462 册. 上海：上海古籍出版社，2010.

皇室四谱》《八旗画录后编》等。颙琰两次出行盛京举行谒陵典礼，未到达吉林，但一些诗作涉及吉林。两次东巡事迹见于《清实录》和《嘉庆帝起居注》。

文房四事联句（节录）[1]

（御制）凤篆龙图一画先[2]，典谟训诂著心传（文字之兴，肇于上古……因题咏四事，先述文章与政治相为表里如此）[3]。石煤毫楮佐功用（砚笔墨纸，世称为文房四宝……皆因物自然之质，制为文具，以撰述文辞，发抒义理，其功用亦可谓溥矣）[4]，（臣永璇）生长收藏妙解诠（高宗纯皇帝曾以笔墨纸砚各题以诗……即一物之微而阐发义蕴，有非儒生诠解所能上窥万一者）……（御制）篚衍留贻寿集仙（大内所藏四事极为繁伙，其中多有先朝留贻者，皆数百年物，世宝永存，尤深珍重）[5]。一笔苍生蒙厚福（旧藏"赐福苍生"笔，管絜以黝漆，镌正书四字，填以金泥。每岁嘉平月朔，开笔书第一福字，御用一次即珍弄檀匣。我皇考曾于匣面镌铭曰："敛时五福，敷锡庶民，子孙保之，万禩千春。"款曰："乾隆敬铭。"是笔相传为皇曾祖御用，留贻至今，已阅百数十载。经用四朝而毫颖圆健如新，将传之亿万年，常承手泽，为率土敷天，子孙臣庶，普锡嘉祥福祉，洵属文房上瑞壁府奇珍也）[6]，三朝法物耀珠躔（端凝殿为乾清宫之东配殿，其南三楹尊贮圣祖世宗高宗三朝收藏砚墨。其砚悉以松花江绿砥石为之，三朝各四十余枚，其体式为方为圆，为椭为壶，为匏为瓶，为尊为凤池，为玉堂为叠璧，为天然为石函，为瓜瓞为竹根，为花药为竹胎，为鱼为蝉。其石函有错以琉璃螺蚌瑟瑟之属。就石质黄紫间色，雕几为文彩，有树石有人物，有禽鱼有花鸟，有古篆文有连环佩。砚背函盖间有镌铭，曰："寿古而质润，色绿而声清，起墨益毫，故其宝也。"又铭曰："以静为用，是以永年。"又铭曰："出天汉，胜玉英。琢为研，纯粹精，歘几摛藻屡省成。"其墨为御书处所制，三朝各二千锭……此三朝收藏砚墨也。祖宗克勤小物，于壁府藏珍，亦研择精良，留传无极，斯继体守文者所当是则是效也）[7]。书媒石友继藏贮（皇曾祖创始以松花江绿砥石制砚，镌铭识款，用佐文房，又精选是砚若干枚，俪以松烟若干铤，袭以吴绫之屉，盛以文木之椟，弆藏斯室。皇祖、皇考相继收藏，一如前制。予于嘉庆乙丑检阅旧贮及此，因思先朝制作皆足垂为法守，予虽不敏，何敢不仰法文教留贻至意。用是亦简点内府旧有诸砚，得松花石若干枚，端石若干枚，绿玉古玉若干枚，仍四十之数，并命御书处，按照皇考所藏之墨形制款识，造墨二千锭，另为一楼，继藏室中。予之事事缵承鸿绪者，亦视此书媒石友之藏而益自矗勉云）[8]，（臣苏楞额）潜璞（砚）淳烟（墨）萃百千[9]……（臣黄钺）砥石擎来碧草芊（松花石砚）。七宝温炉嵌凤味（大暖砚砚海常用暖砚）[10]，百床霜颖饰螺钿[11]。万年青管凌云汉（常用各色大小笔），（臣戴殿泗）十样蛮笺写蕙茎（常用各色纸绢。懋勤殿承值供御之文房四事，别类称名，不可胜纪……砚之属，古铜珐琅砚海各一分，一为松花江绿砥石，一为紫端石。每分为砚二，一刳深为沼，一平治如常砚。规为正圆，范铜为函。此供大书所用……文房之富，古未有也）[12]……（御制）道洽飞翾及动蠉[13]。治总万几守大业[14]，吟联四事起文筵[15]。典章教化本诸此[16]，布德抒猷考泽宣（予仰荷考慈付畀，嗣守大业，不独用人行政诸大端恪守成谟，罔敢或贰，即一节例之举行，一文筵之肆启，亦皆详考旧章，率循故事。今兹岁首联吟，以文房四事属咏，非徒逞文人学士华缛藻丽之为，实以前代之大经大法，典章教化，悉本诸此。予之崇文事，正以敦实政，即席珍之灿设，征道器之相资，亦惟事事慎其所发，本诸身，征诸庶民，布德抒猷，勤宣考泽于无既耳）[17]。

【注释与解析】

[1] 见于《御制诗二集》卷二十五，1807年正月作于北京，为弘扬文道之作，这已与雍正朝的文武理念产生了巨大反差。

[2] 凤篆龙图，喻上古文字。凤篆，也称云篆、凤文。本指道家所用的文字，引申为对古文字的美称。《古今篆隶文体》云："凤篆，白帝朱宣氏有凤鸟之瑞，文字取以为象。"龙图，龙文，喻指书法、书体。唐李峤《书》有"削简龙文见，临池鸟迹舒"句。唐太宗《帝京篇》（其二）有"玉匣启龙图，金绳披凤篆"句。一画，见张玉书诗注。

[3] 典谟，见王鸿绪《十二月二十七日……恭纪》诗注。训诂，解释古书中字句的意义。

[4] 石煤毫楮，砚墨笔纸。

[5] 篚衍，方形竹箱，用于盛放物品。

[6] 弆，收藏。敛，聚集。时，承受。锡，通"赐"。万禩，万年。敷天，普天下。《诗经·周颂·般》有"敷天之下，裒时之对，时周之命"句。

壁府，此处指皇宫中藏书的场所。

[7] 法物，本指古代帝王用于仪仗、祭祀的器物，此处泛指帝王所用器物。躔，星辰运行。宋晏殊《奉和圣制除夜》有"珠躔回碧落，绛燎烛青规"句。砥石，见宋荦诗注。匏，匏瓜，葫芦的一种。凤池，砚形，见彭定求诗注。玉堂，砚形，见陈元龙诗注。叠璧，砚形，《西清砚谱》载"旧龙尾日月叠璧砚"："砚高六寸三分，高四分许，厚七分许。旧歙溪龙尾石也，琢为日月合璧形，外环石渠为墨池。"瓞，小瓜。花药，芍药，又泛指花木。竹胎，笋的别称。唐皮日休《夏景无事因怀章来二上人》（其一）有"水花移得和鱼子，山蕨收时带竹胎"句。琉璃，见王顼龄《三月十四日……恭纪》注释。螺蚌，故宫博物院林欢《乾隆朝"造办处"档案中所见清代宫廷御砚的整理活动》一文讲述："在松花玉石砚上嵌蚌丁是自康熙以来清宫御砚装饰的一个特色，据档案记载，凡松花石砚配石盒者，其砚所嵌者为'蚌丁'，松花砚配漆匣者，其砚所嵌者为'银母'。"① 瑟瑟，碧色宝石。《周书·异域传下·波斯》记载："（波斯国）又出白象、师子……马瑙、水晶、瑟瑟。"明沈德符《野获编·外国·乌思藏》云："其官章饰，最尚瑟瑟；瑟瑟者，绿珠也。"雕几，亦作"雕玑"，刻画漆饰成凹凸花纹。《礼记·少仪》："国家靡敝，则车不雕几，甲不组縢，食器不刻镂，君子不履丝屦，马不常秣。"《孔子家语·问礼》云："车不雕玑，器不彤镂。"连环佩，指由同一玉料对剖雕琢而成之连环玉器。敕，帝王的诏书。摛藻，铺陈辞藻。屡省，汉扬雄《扬子云州箴十二首·扬州箴》有"尧崇屡省，舜盛钦谋"语。宋陈普有《屡省乃成》诗。

[8] 内府，见劳之辨诗注。缵承，继承。《周书·明帝纪》有"今朕缵承大业，处万乘之上"语。鸿绪，大统、王业。《后汉书·顺帝纪》有"陛下践祚，奉遵鸿绪"语。唐肃宗《授彭王仅等节度大使制》有"朕以薄德，缵承鸿绪"语。亹，勤勉。《诗经·大雅·崧高》有"亹亹申伯，王缵之事"句。

[9] 潜璞，语出傅玄《砚赋》"采阴山之潜璞，阅众材之攸宜"。璞，含玉的石头，没有琢磨的玉。

[10] 七宝温炉，指暖砚。七宝，即指以珐琅为饰。温炉，即指下文中的"范铜为函"。详见下一首《文房杂咏》（节录）自注。凤味，见廖腾煃诗注。

---

① 上海博物馆. 砚学与砚艺学术研讨会论文集 [M]. 上海：上海书画出版社，2016：303.

[11] 霜颖，喻银白。明袁宏道的《舟中看月仍用前韵》有"诗魂将化石，霜颖发于硎"句。螺钿，见"螺蚌"注。

[12] 蛮笺，蜀笺。唐时指四川地区所造彩色花纸。蕙荃，蕙与荃，皆香草名，常喻贤淑的人。砚海，即墨海，指大砚。范铜，铸铜。清刘献廷《广阳杂记》卷四云："（岛）复有一亭，范铜为之。"

[13] 飞翾及动蠕，即蠕飞蠕动，昆虫飞翔、爬行，亦指飞翔、爬行的昆虫。《淮南子·本经训》云："覆露照导，普汜无私，蠕飞蠕动，莫不仰德而生。"

[14] 万几，指帝王日常处理的纷繁的政务。《尚书·皋陶谟》云："无教逸欲有邦，兢兢业业，一日二日万几。"孔传："几，微也，言当戒惧万事之微。"

[15] 文筵，亦作"文燕"，指赋诗论文的宴会。

[16] 典章，法令制度。教化，教育感化。

[17] 布德，施德。猷，计划、谋划。考泽，皇考（指弘历）的恩泽。考慈，皇考的仁慈。付畀，授予或交给。《书经·康王之诰》云："皇天用训厥道，付畀四方。"嗣，继承。谟，策略。敱，败坏。《汉书·薛宣传》云："得其人则万姓欣喜，百僚说服；不得其人则大职堕敱，王功不兴。"唐李华《吊古战场文》云："秦汉而还，多事四夷，中州耗敱，无世无之。"道器，《易经·系辞上》云："形而上者谓之道，形而下者谓之器。"相资，相助。征，验证，证明。《论语·八佾》："夏礼吾能言之，杞不足征也。"猷，谋略。无既，无穷、不尽。唐李迪《锻破骊龙珠赋》有"酌斯事之为言，繄可以用之而无既"句。

文房杂咏（节录）[1]

三坟五典皆抄录[2]，肇自开皇始刻雕[3]。《四库全书》法古制，辉连七阁艺林超（古书《燕闲录》：开皇十三年，敕废像遗经，悉令雕撰，此印书之始。高宗纯皇帝右文稽古，嘉惠士林，纂辑《四库全书》，分贮文渊等七阁，搜罗之富，古无伦比焉）……金稜玉海聚来多[5]，终日濡毫不复磨[6]。广积觚牍任挥洒[7]，嘉平锡福溥春和（墨海。嘉平书福所用墨海二分，一松花江绿砥石，一紫端石。每分砚二，一平治如常砚，一刳深为沼，皆范铜为匣三层，上为盖，中贮水承砚，下宿火取温。广积隃糜，取之不尽，用以浓濡宝沭，普锡春和，盖纵笔所之，无不如意云)[8]……清坚耐久产松花（江名），绿孕云纹结赤霞。朱晕圆融时洒翰，立言务实黜浮华（朱砚。松花江源出长白山，产石精妙，皇曾祖创制为砚，三朝以来所用皆是端凝殿所藏，每朝各四十枚，识款镌铭如曰："寿古而质润，色绿而声清"，又曰："出天汉，胜玉英。琢为研，纯粹精"之类，予亦简点旧有诸砚，得此石若干枚，和端石绿玉诸制，亦成四十之数，继藏室中。其石清坚耐久，用以磨丹洒翰，举实点华，朱晕霞圆，绿纹云起，允属文房异品云)[9]……漫诩九天散珠玉，政闲咏物偶描摹（……日制数篇，用消清暇，隐寓黜奢崇俭之心，期不负古人制器之意，非奢文词之靡丽也)[10]。

【注释与解析】

[1] 见于《御制诗三集》卷四十八，1817年冬作于北京。诗咏御用文房所布置的典籍、法帖、书画、陈设和器物计四十种，包括古书、法帖、画卷、韵牌、绨几、书架、书帙、书签、书灯、烛盘、都承盘、笔管、笔架、笔匣、笔筒、笔洗、墨囊、墨壶、墨海、朱锭、砚山、砚屏、砚匣、暖砚、朱砚、砚滴、镇纸、镇尺、臂搁、画叉、书刀、印章、印泥、色池、花插、香炉、香合、茗椀、拂尘、唾壶。

[2] 三坟五典，传说中最早的文献。《左传·昭公十二年》有"是能读三坟、五典、八索、九丘"语，杜预注："皆古书名。"孔颖达疏："孔安国以《尚书序》云：'伏羲、神农、黄帝之书谓三坟，言大道也。少昊、颛顼、高辛、唐虞之书，谓之五典，言常道也。'"

[3] 开皇，隋文帝杨坚的年号。

[4] 七阁，1782年第一部《四库全书》缮写完成，藏于大内文渊阁。继而又缮写三部，置于盛京故宫文溯阁、圆明园文源阁、避暑山庄文津阁。后又续写三部，藏于扬州文汇阁、镇江文宗阁、杭州文澜阁，是为"四库七阁"。艺林，指文艺界或收藏汇集典籍图书的地方。士林，文人士大夫阶层、知识界。

[5] 稜，即棱。玉海，本指酒器，此处指墨海，大砚。

[6] "终日"句，形容墨海盛墨多，不必频繁磨墨。

[7] 隃糜，指墨，见张玉书诗注。

[8] 嘉平，腊月。锡，同"赐"。墨海，砚海，指大砚，可参见上首诗注。范铜，见上首诗注，此处描述暖砚较详。渖，汁，《说文解字》云："墨渖未干。"

[9] 立言，著书立说。朱砚，指松花砚用作朱砚。傅秉全《松花石砚》一文认为，清宫松花砚"石质过于坚硬，砚面太光滑，不易受墨。如有的松花石砚，砚面开为砚堂，不再细磨上蜡，就是一例。从使用此砚的情况看，适宜用朱（墨），不宜用墨，发墨不如端、歙"。① 这与诗中"清坚耐久"之语相合。

[10] 黜，废除、取消。

盛京风土联句有序（节录）[1]

（御制）定统开基肇沈阳[2]，大清万祀集祯祥（国家诞膺景命，肇启大东，毓瑞凝祥，同符《雅》《颂》……盖奕禩之升平景命，皆昔日艰难开创所留，际兹韶序祥和，庥祯协应，以盛京风土拈题联咏，能不憬然于定统开基之始乎）[3]。祖宗时迈东巡典（省方时迈，国有常经。况盛京为我朝发祥重地……圣祖仁皇帝御极十年……康熙二十一年及三十七年……我皇考……自乾隆八年十九年四十三年上仪三述，越癸卯岁，四举东巡……予小子于乾隆癸卯之秋，恭随銮辂，敬叩乔山。嘉庆十年，绍修前典，距今星纪一周，依慕之忱，与时俱积。今秋诹吉重举升馨之礼，展恪致诚，追惟祖德考恩永永无极，兴怀数典，感仰弥殷）[4]，（臣永瑆）继述成规《下武》章（我皇上缵述成规，孝思维则……所谓通于神明、光于四海者，又岂歌风沛泽、赐复南阳所能拟追本敬始之诚哉）[5]。天地奥区瞻王气（天命十年上谕曰……盖盛京王气所钟，山川环卫，原隰沃饶，洵天地之奥区也……）[6]，尾箕分野耀星芒（分野之说，自古有之，推星定度，经纬昭然……盛京为箕尾之躔，寅宾出日，福德之所钟也。《春秋元命苞》曰：箕星散为幽州，分为燕国。《帝王世纪》：黄帝始推分星次，以定律度，自尾十度至斗七度，百三十五分而终。曰析木之次，于辰在寅，为摄提格，于律为应钟，今燕之分野。《唐书·天文志》：古幽冀二州之域为陬訾大梁，析木津分尾当九河之下流，滨与渤澥，箕

① 傅秉全. 松花石砚 [J]. 故宫博物院院刊，1981（3）：95.

为辽水之阳，尽朝鲜三韩之地）[7]……（御制）载咏充盈土物臧（《淮南子》曰：欲知天道察其数，欲知地道物其树……盛京山海奥区，古称上腴之地……兹于山川形胜之后，特拈物产一门，用陈土物之宜，以见芸生之盛焉）[8]。参草含英采邃谷（《礼·斗威仪》曰：下有人参，上有紫气。《春秋运斗枢》曰：瑶光星散而为人参。《本草纲目集解》曰：人参生上党山谷及辽东，二月四月八月上旬采根，竹刀刮，曝干，无令见风。三月生叶小锐，枝黑茎有毛，三月九月采根，根有手足面目如人者神。《金史·地理志》曰：辽阳府产人参。《契丹国志》曰：宁江州榷场以人参为市，新罗贡成形人参。按：今盛京东北大山及宁古塔黑龙江界内俱产人参。凡初夏得者曰芽参，花时得者曰朵子，霜后得者曰黄草参。皇考圣制《咏人参》诗曰："性温生处喜偏寒，一穗垂如天竺丹。五叶三桠云吉拥，玉茎朱实露甘溥。地灵物产资阴骘，功著医经注大端。善补补人常受误，名言子产悟宽难。"又圣制《盛京土产杂咏·人参》诗序曰："深山邃谷中，参枝滋苗，岁产既饶，世人往往珍为上药，盖神皋钟毓，厥草效灵，亦王气悠长之一征耳。"注曰："昔陶弘景称，参上党者佳。今惟辽阳吉林宁古塔诸山中所产者神效，上党之参直同凡卉矣。"）[9]，松花孕石佐文房（松花玉亦曰松花石，出混同江边砥石山，圣祖时始创为砚，三朝以来，所用皆是大内端凝殿所藏，每朝各四十枚，识款镌铭如曰："寿古而质润，色绿而声清"，又曰："出天汉，胜玉英。琢为研，纯粹精"。皇考圣制《盛京土风杂咏·松花玉》诗曰："长白分源天汉江，方流瑞气孕灵厖。琢为砚佐文之焕，较以品知歙可降。起墨益毫功有独，匪奢用朴德无双。昨来偶制龙宾谱，宝重三朝示万邦。"注曰："近集内府所藏旧砚，绘图系说，辑为《西清砚谱》，而松花玉砚，则择其曾经皇祖、皇考题识，及余所铭咏者入之。"予曾于嘉庆乙丑年检阅旧藏及此，因思先朝制作皆足垂为法守，亦简点内府旧有诸砚松花石者若干枚，合之端石绿玉诸制，亦成四十之数，继藏室中。其石温润如玉，绀绿无瑕，质坚而细，色嫩而纯，滑不拒墨，涩不滞笔，能使松烟浮艳，毫颖增辉，允属文房异品云）[10]……（御制）风土诗陈宴式张。创业艰难思勿替[11]，守成不易凛无遑[12]。君臣交儆勤为政[13]，岂效联吟续柏梁（《诗》咏《生民》，《书》陈观德。自来大统光昭，必推本王业之所由，隆以禋祀，承而光前烈……予惟思创业之艰难，凛守成之不易。畴咨图治，上阐前微，用是茗宴联赓，胪陈风土，固非效汉殿柏梁之句寄情声韵也)[14]。

【注释与解析】

[1] 见于《御制诗三集》卷四十九。1818 年正月初二作于北京重华宫茶宴诸王大学士及内廷翰林时。诗有长序，大致与诗咏内容契合，通过"溯王业之由建"讲述沈阳（实为东北）之地理风土是其要旨。序首先介绍辽沈地理位置和历史沿革，回顾先王开基，继而讲述东北"产物宏多，生材饶裕"，提及东珠、人参、松花玉、貂、五谷、林木、鱼、麋鹿、熊黑、海东青、佳卉、果蔬等。在记述松花玉时有"采嘉珉而制砚，文苑堪资"语。在讲述"土风之淳古"时强调器用"质而无华"，制度"俭而不过"，提及法拉、周斐、哈拉、豁山、霞绷、施函、斐兰、赛斐等。序中免不了提及圣祖三巡，纯皇四至，以及颙琰本人 1783 年随扈、1805 年东巡之事。诗后又附类似跋语，与前序相呼应。

[2] 定统，指成就帝业。开基，开国、创立基业。肇，肇始。

[3] 万祀，万年。南朝鲍照《芜城赋》有"观基扃之固护，将万祀而一君"语。祯祥，吉祥的征兆。《礼记·中庸》有"国家将兴，必有祯祥"语，孔颖达疏："祯祥，吉之萌兆。祥，善也。言国家之将兴，必有嘉庆善祥也。"诞膺，指承受（天命或帝位）。《尚书·周书·武成》王若曰："呜呼，群后，惟先王建邦启土，公刘克笃前烈，至于大王肇基王迹，王季其勤王家。我文考文王克成厥勋，诞膺天命，以抚方夏。"《三国志·吴书·陆逊传》云："陛下以神武之姿，诞膺期运，破操乌林，败备西陵，禽羽荆州。"奕禩，世代。景命，指授予帝王之位的天命。出自《诗·大雅·既醉》："君子万年，景命有仆。"郑玄笺："天之大命。"韶序，美好的节序，此处指新春佳节。麻祯，吉祥。麻，同"休"。憬然，形容醒悟的样子。

[4] 时迈，按时巡行。《诗经·周颂·时迈》有"时迈其邦，昊天其子之"句，朱熹集传："迈，行也……言我之以时巡行诸侯也。"省方，巡视四方。见释元璟《应诏诗二十首有序》诗注。常经，固定不变的法令规章。《战国策·赵策二》云："国有固籍，兵有常经。变籍则乱，失经则弱。"上仪，隆重的礼节。汉班固《典引》云："洋洋乎若德，帝者之上仪，诰誓所不及已。"述，遵循。銮辂，銮驾。此处指弘历銮驾。乔山，即黄帝葬地桥山，此处喻指清祖陵。绍修，继承。星纪一周，指十二年。星纪，星次名，十二次

之一，与十二辰之丑相对应，嘉庆十年岁在乙丑，十二年后的 1817 年为丁丑，颙琰于 1818 年再次东巡。诹吉，择吉日。升馨，指祭祀。弘历《祈谷礼成述事》有"升馨陶爵行三献，应律箫韶奏九成"句，《春祭社稷坛礼成述事》有"礼玉圭有邸，升馨豆及笾"句。恪，恭敬。致，表达。考，皇考，此处指弘历。兴怀，引起感触。数典，引证解释、列举典故。

[5]《下武》，《诗经·大雅》中的一篇，是赞美周武王等继承先王文德的宴会雅歌。歌风沛泽，刘邦回故里作《大风歌》。赐复南阳，弘历有《叠道盛京以西向多沮洳其近沈阳者自太祖命修叠道百二十里太宗复建永安桥以便行旅至今赖之而广宁之柳河沟当夏月阴雨尚患泥泞丙申岁承德锦县宁远广宁四属商民损赀筑治叠道中间多架木杓以通污潦今过其地居然坦途虽时已八月且晴霁旬馀固可安行无阻而修道成梁王政所尚矧近市之人能知大义分所有以利人淳风亦足嘉也因记以诗》，结句"大胜南阳诸父老，不求逭赋急公听"有自注云："昔汉光武幸南阳，赐复南顿租一岁，父老前叩顡言愿赐复十年，光武曰：天下重器，常恐不任，安敢远期十岁乎？吏民又言曰：陛下实惜之，何言谦也？光武大笑，复增一岁。兹余三莅盛京，前两次俱已蠲租一年，今岁奉天田赋既轮值普蠲，复将降旨免明年正供，是赐复两岁，并不待父老之请，其捐赀治道之商人，并令核实优奖之。"

[6] 王气，见陈廷敬诗注。原隰，泛指广阔的原野。

[7] 尾箕分野，推星定度经纬，盛京为尾箕之躔，福德所钟。尾宿与箕宿，分野属幽州和三韩之地。《帝王世纪》原文云："自尾十度，至斗七度，百三十五分而终。曰析木之次，于辰在寅，谓之摄提格，于律为应钟，斗建在亥，今燕分野。"陬訾大梁，《新唐书》卷二十一有云："奎为大泽，在陬訾下流，当钜野之东阳，至于淮、泗。娄、胃之墟，东北负山，盖中国膏腴地，百谷之所阜也。胃得马牧之气，与冀之北土同占。胃、昴、毕，大梁也。"

[8] 奥区，腹地，深处。《大清一统志》卷三十五云："盛京形势崇高，水土深厚，长白峙其东，医闾拱其西，沧溟鸭绿绕其前，混同黑水萦其后，山川环卫，原隰沃饶，洵所谓天地之奥区神皋也。"

[9] 邃，深。

[10] 砥石山，见宋荦诗注。内府，见劳之辨诗注。"其石"句，《西清砚谱》卷二十二附录按语云："松花石，出混同江边砥石山，绿色，光润细腻，

品埒端歙。自明以前无有取为砚材者，故砚谱皆未之载。我朝发祥东土，扶舆磅礴之气，应侯而显，故地不爱宝，以诩文明之运。自康熙年至今，取为砚材，以进御者。"康熙末年陈元龙所编《格致镜原》记录松花石砚特性："松花石砚，温润如玉，绀绿无瑕，质坚而细，色嫩而纯，滑不拒墨，涩不滞笔，能使松烟浮艳，毫颖增辉，昔人所称砚之神妙无不兼备，洵足超轶千古"。《砚林脞录》言其"温润如玉，绀绿无瑕，质坚而细，色嫩而纯，滑不拒墨，涩不滞笔，砚之神妙甚备"。

[11] 替，停止。

[12] 凛，严肃、敬畏的样子。无逴，无暇。

[13] 交儆，交相儆戒。《国语·楚语上》云："左史倚相曰，唯子老耄，故欲见以交儆子。"

[14] 柏梁，汉武帝筑柏梁台，与群臣联句赋诗，句句用韵，即《柏梁诗》，后因称此类诗为柏梁体。《生民》，《诗经·大雅》篇章，讲述周民族始祖后稷的事迹。观德，《尚书》云："七世之庙，可以观德。万夫之长，可以观政。"大统，指天下一统，成就帝业。王业，帝王的基业。亹祗，勤勉恭敬。前烈，前人的功业。畴咨，访问、访求。前徽，即前徽，前人美好的德行。南朝宋颜延之《宋文皇帝元皇后哀策文》有"钦若皇姑，允迪前徽"语。茗宴，茶宴。联赓，指联句。胪陈，逐一陈述。

龚守正（2首）

龚守正（1776—1851），初名诒正，字象曾，号季思，浙江仁和（今杭州）人。嘉庆七年（1802）进士，改庶吉士，授编修，官至礼部尚书加太子太保，谥文恭。有《日下赓歌集》①，入《词林辑略》等。

圣驾东巡盛京祗谒祖陵礼成恭纪上陵歌一百二十首恭集
《味余书屋全集》《御制诗初集》（其一百一）[1]

典籍观心养太和[2]，兰膏五夜照偏多（抟谷糠和膏为烛谓之霞绷）[3]。色

---

① 龚守正.日下赓歌集［M］//《清代诗文集汇编》编纂委员会.清代诗文集汇编：第518册.上海：上海古籍出版社，2010：443-638.

合翡翠钟嘉质[4]，棐几闲看古砚罗（混同江产松花玉，色绿可为砚）[5]。

【注释与解析】

[1] 见于《日下旧闻歌集》卷一《经进文》一，此处上陵歌不是乐府，皆是七绝，作于1805年。除松花砚外，还咏及五谷、人参、海东青、斐兰、堪达罕，鹿、貂、松花砚、糠灯、威呼、周斐、拉哈、鲟鳇鱼、赛斐等。

[2] 观心，观察心性。白居易《咏怀》有"所以见道人，观心不观迹"句。太和，天地间冲和之气。《易经·乾》："保合大和，乃利贞。"大，一本作"太"。朱熹本义："太和，阴阳会合冲和之气也。"《汉书·叙传上》有"沐浴玄德禀印太和"语。

[3] "兰膏"句，指燃糠灯夜读。

[4] 色，砚色。钟，聚集。嘉质，优良品质。

[5] 棐几，棐木几桌，也泛指几桌。罗，放置。

松花玉得江字[1]

巧制松花砚，名材出旧邦。色如温润玉，产自混同江[2]。彩映青藜杖[3]，辉腾绿绮窗[4]。豁山裁素纸[5]，糠烛灿银缸[6]。价比端溪重，珍教歙水降[7]。清华登艺苑[8]，采琢命兰艭[9]。鸿戏书初展[10]，龙文笔可扛[11]。研朱供御座[12]，壁府价无双[13]。

【注释与解析】

[1] 见于《日下旧闻歌集》卷七《试帖诗》。试帖诗，诗体名。源于唐代，受"帖经""试帖"影响而产生，为科举考试所采用，其诗大都为五言六韵或八韵的排律。明胡震亨《唐音癸签》卷十八《进士故实》云："唐进士初止试策。调露中，始试帖经，经通，试杂文，谓有韵律之文，即诗赋也。"

[2] 混同江，松花江。

[3] 青藜，见宫鸿历诗注"青藜"。

[4] 绿绮，司马相如琴名，出自晋傅玄《琴赋》，又泛指琴。

[5] 豁山，纸。弘历《吉林土风杂咏十二首·豁山》小序云："夏秋间，捣败苎楮絮入水沤之成氄，沥芦帘，匀暴为纸，坚韧如革，谓之豁山。凡纸笺皆以名之。"

［6］糠烛，即糠灯，杨宾《柳边纪略》云："糠灯，俗名虾棚。以糠和水，顺手粘麻秸（逆手粘则不可燃）晒干，长三尺余，插架上（以三杈木为架，凿空其端，横糠灯于中，可进退）或木牌（削木牌，凿数眼于上，悬三梁下，用与架同）燃之，光与烛等而省费，然中土人多用油灯。"弘历《吉林土风杂咏十二首·霞绷》小序云："蓬梗为干，拤谷糠和膏，傅之以代烛，燃之青光荧荧，烟结如云，俗呼糠灯。"银缸，指银白色的灯盏、烛台。南朝梁元帝《草名》有"金钱买含笑，银缸影梳头"句。

［7］端溪、歙水，代指端砚、歙砚。

［8］清华，此处指松花砚清秀美丽。艺苑，文学艺术荟萃的处所。《宋书·傅亮传》云："余以暮秋之月，述职内禁，夜清务隙，游目艺苑。"

［9］采琢，指雕琢。《晋书·戴逵传》云："贵游之子……不及盛年讲肆道义，使明珠加磨莹之功，荆璞发采琢之荣，不亦良可惜乎！"兰艭，用木兰树制成的小船。

［10］鸿戏，即"飞鸿戏海"，形容笔法矫健活泼。《法书要录》卷二云："臣谓钟繇书意气密丽，若飞鸿戏海，舞鹤游天。"书，书法。

［11］龙文，喻雄健的文笔。唐韩愈《病中赠张十八》有"龙文百斛鼎，笔力可独扛"句。

［12］研朱，指用作朱砚，见顒琰《文房杂咏》诗注"朱砚"。

［13］壁府，此处指皇宫中藏书的场所。

李宗昉（2首）

李宗昉（1779—1846），字静远，号芝龄，江苏山阳人。嘉庆七年（1802）一甲二名进士，授编修，官至礼部尚书，兼署兵部尚书。有《闻妙香室诗》①，入《清史稿》等。

上陵诗四言二百韵谨序（节录）[1]

皇极肇建[2]，苍灵启规[3]。鄂谟辉野[4]，钟毓神奇[5]……七宝松塔[6]，

---

① 李宗昉. 闻妙香室诗［M］∥《清代诗文集汇编》编纂委员会. 清代诗文集汇编：第530册. 上海：上海古籍出版社，2010：467-584.

五叶参枝[7]。桃花美玉[8]，碕岸珣琪[9]……微臣载笔[10]，窥管测蠡[11]。遭遇盛典，渥荷皇慈。拜手稽首，敬陈颂辞。一人有庆，兆民赖之[12]。

【注释与解析】

[1] 见于《闻妙香室经进集》卷四，作于 1805 年。序云："皇帝御极之十载，东巡盛京，展谒三陵。是举也，上以绍列圣之重光，下以合万国之壹志。际重熙累洽升平之盛，裕承先启后继述之思，繄古泰山梁父雍畤南阳，方斯蔑矣。夫皇矣，歌功《七月》，陈俗东都，苗狩乔岳翕河，莫不义取揄扬，垂诸《雅》《颂》。皇上孝治天下，首举上仪，明德馨香，神人和畅，推恩赐类，雷动景从。昭格之诚既通，而仁孝之义尽矣。臣备员讲幄，渥被温纶，泥首天衢，祗迎豹尾。谨随声于击壤，庶通悃于瞻尘，敬陈诗一篇，稽首再拜以闻。"诗回顾创业开基历程和先皇东巡事迹，继而歌咏东北风俗物产，皆歌功颂德之语。有"鄂谟辉野，钟毓神奇"句咏今敦化地区，又有"柳条边外，松花水涯"句，又咏拉哈、赛斐、罗丹、威呼、施函、霞绷、颏林、松子、人参、松花石等，再咏长白蜿蜒、混同浩瀚、图们渺弥，并咏东珠、糠灯等。上陵诗，《上陵》是汉乐府《铙歌十八曲》中的一首诗，属鼓吹曲辞。

[2] 皇极，帝王统治天下的准则，即所谓大中至正之道。又指皇位。汉荀悦《汉纪·高祖纪一》云："昔在上圣，唯建皇极，经纬天地。"晋干宝《晋纪总论》有"至于世祖，遂享皇极"语。肇建，创建、始创。

[3] 苍灵，青帝。古代神话中的五天帝之一，是位于东方的司春之神。《文选·颜延之》有"春官联事，苍灵奉涂"语。李善注："苍灵，青帝也。"启规，创启规范。唐武则天《唐明堂乐章·皇嗣出入升降》有"洪规载启，茂典方陈"句。

[4] 鄂谟辉野，清史相关典籍均记载，清皇族始祖布库里雍顺居鄂谟辉之野鄂多里城。光绪《吉林通志》记载："鄂谟辉之野鄂多理城在兴京东一千五百里，宁古塔城西甫一百一十里。"即位于今敦化市。

[5] 钟，聚集。毓，孕育。

[6] 七宝松塔，七宝塔，即多宝塔。宋李纲《彩塔赞》记载："释迦佛于灵鹫山说法华时，忽于地下涌现七宝塔，高五百由旬，纵横二百五十由旬。"此处松塔代指松子。

[7] 五叶参枝，指人参。见汪由敦《恭和御制〈驻跸吉林将军署复得诗

三首〉元韵》（其三）注。

[8] 桃花美玉，此处系代指玉石，并无特指。桃花玉，今有桃花玉产青海省境内，内部含量为蔷薇辉石，颜色主要为浅红色至浅粉红色，显然与此诗无关。通过参阅了多种志书关于东北"赤玉"的记载，详见后面黄兆枚诗注。但问题是，根据此处辑录作者的两首诗整体吟咏内容看，皆不出弘历的《吉林土风杂咏》《盛京土风杂咏》《盛京土产杂咏》，故诗中所咏玉，应是指松花玉，而与赤玉无关。另有下一首诗中的"砚"字为旁证。

[9] 碕岸，指曲折的河岸。晋左思《吴都赋》云："碕岸为之不枯，林木为之润黩。"珣琪，珣玗琪，见张照诗注。结合"碕岸"二字，此处应是以美玉和珣玗琪代指松花石。

[10] 载笔，携带文具以记录王事。《礼记·曲礼上》："史载笔，士载言。"孔颖达疏："史，谓国史，书录王事者。王若举动，史必书之；王若行往，则史载书具而从之也。"南朝齐谢朓《始出尚书省》有"趋事辞宫阙，载笔陪旌棨"句。

[11] 窥管测蠡，比喻对事物的观察和了解很片面。《汉书·东方朔传》有"以管窥天，以蠡测海"语。

[12] 赖，敬辞，幸而蒙受之意。

上陵五声曲谨序·羽调曲（其三）[1]

龙盘虎踞雄关，土厚水深天府[2]。应时懿美全臻[3]，备物珍奇毕聚。七宝松塔成文[4]，五叶参枝竞树[5]。大泽可以采珠[6]，长江于以产笤[7]。桃花玉砚称良[8]，碕岸珣琪可数[9]。咸辉媚于奥区[10]，信恬熙于乐土[11]。

【注释与解析】

[1] 见于《闻妙香室经进集》卷四，作于1805年，共三十五章。序仍是歌颂嘉庆帝东巡之事，与上一首类似。序云："臣拜手言。臣闻圣人祭则受福，孝子为能飨亲，古之麻德昭清，延世曼寿，形诸歌咏，厥声茂焉。我皇上稽古同天，旧典时式，御极之十载秋七月，东巡盛京，祗谒三陵，情深文明，礼交乐举，甚盛典也。伏惟礼以道志，乐以和声，故有歌颂之文，揄扬盛美，以被诸管弦，若汉之《上陵》《重来》二曲尚已。顾《重来》歌已不传，《上陵》徒侈神怪，揆诸《雅》《颂》，其义阙如。昔周臣庾信作《五声

调》二十四首，以宫、商、角、徵、羽之韵，陈君臣民事。物之宜于胪声，纂实之义有获焉。臣幸遭逢盛世，仰规隆仪，才愧搞毫，识惭窥管，不揣冒昧，仅拟其意而广其辞，为三十五章以献。"《宫调曲》共五章，其一咏鄂谟辉，今敦化地区。《商调曲》，共九章。《角调曲》八章，其二咏霞绷、赛斐、额林、法喇、斐兰、钮勘、拉哈、呼兰等；其四咏威呼、施函。《徵调曲》七章，其三咏祭长白山和三江。《羽调曲》六章，其三咏松花砚、东珠、人参、松子等。

[2] 天府，天子的府库，比喻某地物产丰饶。

[3] 懿美，美好、美善。臻，到、达到。

[4] "七宝"句，实咏松子，见上一首注释。

[5] 五叶，指人参。

[6] 珠，指东珠。

[7] 砮，石制的箭镞，《国语·鲁语》云："肃慎氏贡楛矢、石砮。"

[8] 玉砚，指松花砚。

[9] 碔岸，珣玗，见上一首注释。

[10] 咸，全。"奥区"和下一句中的"乐土"，是奥壤灵区、福壤之意，参见王杰和颙琰诗注。

[11] 信，果真、确实。恬熙，安乐，元王逢《览周左丞伯温拜御史扈从集》有"游豫循常度，恬熙属累朝"句。

沈承瑞（1首）

沈承瑞（1783—1840），字香余，吉林（今吉林市）汉军旗人。曾游京师，从学于与袁枚、赵翼并称"乾隆三大家"的蒋士铨。蒋士铨诗文、词曲均擅，为当时诗坛盟主，沈承瑞"得其三昧，遂以诗名"，优贡考授训导，后返乡讲学终老。有《香余诗钞》①，是吉林诗坛有贡献的开拓者之一，《晚晴簃诗汇》评其诗"清远高亮，有慷慨悲歌之气"，宋小濂认为他是吉林诗坛"奋然兴起，润色荒陋"之人。

---

① 沈承瑞. 香余诗钞［M］. 长春：吉林文史出版社，1988.

松花石砚歌[1]

长白山下一泓水[2]，流出松花几万里。松花江上一片石，割取长白千古碧。石纹觇缕松纹鲜[3]，青花片片凝寒烟。圣人人情以为田[4]，此砚得之不记年。何必龙之鳞，何必凤之咮[5]。何必琳之腴[6]，何必玉之绶[7]。何必太公符黄帝纽[8]，李氏为邻唐人友。古砚不下百十类，瓦砾同功良玉碎[9]。斧柯山暮铜台荒[10]，烺烺此砚出松江[11]。生不必附毛颖传，五色丝纶侍染翰[12]。贵不愿封即墨侯[13]，岁寒守此足千秋。池上清泉落松影，松间明月一圭冷[14]。何年更见松化人，山色苍苍江水深。

【注释与解析】

[1] 见于《香余诗钞》，诗作于 1804—1817 年间。作者以歌行体首先渲染了松花砚出身长白山的高贵，但随即笔锋一转，连用了五个"何必"，从实用性出发，指出砚的功用相同，因而不必立传封侯。实为作者以砚自比，"岁寒守此足千秋"一句，恰是诗人"返璞归真""君子固穷"思想之写照。此处注释与《长白丛书》本《香余诗钞》注释略有不同。

[2] 泓，水深的样子。

[3] 觇缕，次序，条理。

[4] 人情以为田，《礼记·礼运第九》云："故圣人作，则必以天地为本，以阴阳为端，以四时为柄，以日星为纪，月以为量，鬼神以为徒，五行以为质，礼义以为器，人情以为田，四灵以为畜。以天地为本，故物可举也；以阴阳为端，故情可睹也；以四时为柄，故事可劝也；以日星为纪，故事可列也；月以为量，故功有艺也；鬼神以为徒，故事有守也；五行以为质，故事可复也；礼义以为器，故事行有考也；人情以为田，故人以为奥也；四灵以为畜，故饮食有由也。"元唐桂芳《耕读堂辞》有"以人情而为田兮，滋雨露而润之"句。文人以砚为田，作者这里则强调应以人情为田。

[5] 龙之鳞，即龙鳞砚，见王顼龄《十一月二十九日……二十韵》诗注。凤之咮，即凤咮砚，见廖腾煃诗注。

[6] 琳之腴，代指端砚，"一片琳腴截紫青"出自宋代宋无《端石砚》。

[7] 玉之绶，即玉带生，详见宋荦《松花江绿石砚歌》诗注。

[8] 太公符，宋苏易简《文房四谱》云："《太公金匮·砚之书》曰：'石墨相著而黑，邪心谗言，得无污白。'是知砚其来尚矣。"太公，本姓姜，其

先封于吕，以其封姓，故名吕尚，字子牙，年老隐于钓，文王出猎，遇于渭水之阳，与语，大悦曰："吾太公望子久矣。"因号太公望。文王立为师，武王尊为师尚父。《大戴礼记》所引《金匮》砚铭是已知最早的砚铭，其铭曰："石墨相著而黑，邪心谗言，无得污白。"《古诗源》中先秦古诗《书砚》亦作"无得污白"。清谢慎修《谢氏砚考》作"武王砚"。黄帝纽，苏易简《文房四谱》云："昔黄帝得玉一纽，治为墨海焉，其上篆文曰：'帝鸿氏之研'。"黄帝，指上古黄帝轩辕氏。

[9] 同功，是指各种不同质地的砚都起着研墨的功用。

[10] 斧柯山，代指端砚，见吴暻诗注。铜台，铜雀台，代指瓦砚，见王鸿绪诗注。

[11] 烺烺，明朗、明亮。松江，松花江。

[12] 毛颖传，唐韩愈作《毛颖传》，以笔拟人，后因用毛颖为笔代称。五色丝纶，天子的诏书。五色，青黄赤白黑。宋史浩《和夜直》有"五色丝纶朝入奏，天街花露已阑干"句，元胡奎《送别峰上人之京》有"五色丝纶下九天，师今又蹋大江船"句。染翰，以笔蘸墨书写。

[13] 即墨侯，砚之别名。唐人文嵩曾以砚拟人作《即墨侯石虚中传》，后遂称砚为即墨侯。

[14] 圭，珪，玉器。南朝梁江淹《别赋》云："至乃秋露如珠，秋月如珪。明月白露，光阴往来。"

张燮（1首）

张燮（1753—1808），字子和、菱友，江苏常熟人。乾隆五十八年（1793）进士，改庶吉士，授刑部主事，官至浙江宁绍台道。有《味经书屋诗稿》①，入《词林辑略》《清代画史增编》。

奉天杂咏三十首（其十八）[1]

松花秀色孕灵泷[2]，白鹭文登未许双。高作屏风低作案，笑他顽砾弃空

---

① 张燮. 味经书屋诗稿 [M] //《清代诗文集汇编》编纂委员会. 清代诗文集汇编：第 434 册. 上海：上海古籍出版社，2010：509-642.

江（松花江石浅绿色，淡墨文，细腻无瑕）[3]。

【注释与解析】

[1] 见于《味经书屋诗稿》卷三，作于 1783 年前后，诗咏松花石。

[2] 浤，湍急的河流，此处读 shuāng。

[3] 顽砾，此处指顽石。宋欧阳修《古瓦砚》有"金非不为宝，玉岂不为坚。用之以发墨，不及瓦砾顽"句。

王贞仪（1首）

王贞仪（1768—1797），字德卿，原籍安徽天长，随祖父迁居金陵，因自号"江宁女史"，王锡琛女，詹枚妻。王贞仪学识广博，在天文历法、数学、医学、史学方面均有建树，崇圣贤，重忠孝，又工诗文。其祖父王者辅乾隆初年获罪，遣戍今吉林市，时"贞仪年十一"，王贞仪自言"年十一二"曾到吉林。王贞仪年十四，其祖父卒，王贞仪随祖母董氏和父亲王锡琛到吉林奔丧，"十六还江南"。入《清史稿》《碑传集补》《清代闺阁诗人征略》，有《德风亭初集》[①] 存世，2020 年肖亚男点校本出版[②]。

环翠园十咏为卜太夫人作·松石汧[1]

谁种松花石，玲珑曲沼分[2]。闲来堪煮服，片片切成云[3]。

【注释与解析】

[1] 见于《德风亭初集》卷十。诗 1782 年作于吉林无疑，如《绿荫窗》《丛桂坪》《古梅园》所述似与东北气候不合，不过王贞仪认为陈宛玉小园确有梅树（见《过宛玉姊二律》和《宴卜太夫人杯海亭次韵》），而《松石汧》所咏松花石则为吉林特产。汧，古同"畔"，岸边。

[2] 玲珑曲沼，指园中小池。

[3] "片片"句，宋董嗣杲《茶花》有"花埋叶底寓春先，便想烹云煮活泉"句，明文徵明《夏日睡起》有"石鼎烹云顾渚香"句。

---

① 王贞仪. 德风亭初集［M］//金陵丛书丁集. 蒋氏慎修书屋校印，1914.

② 王贞仪. 德风亭初集［M］. 肖亚男，点校. 北京：中华书局，2020.

童槐 (1首)

童槐（1773—1857），谱名传林，字晋三、树眉，号萼君、眉叟，浙江鄞县（今鄞州区）人。嘉庆十年（1805）进士，官至通政使司副使，有《今白华堂诗集》①。

盛京篇嘉庆十年恭进代 (节录)[1]

乾基巩辰北，震寓极天东[2]。永受三灵祉，长为万域崇……宣风载省方[3]，名物遍周详[4]……黄参夜结瑶光彩[5]，绿玉松纹缠宿海[6]。珠产荣区明月圆[7]，貂眠福壤庆云在[8]……摛诚矢歌咏[9]，述德著长篇。

【注释与解析】

[1] 见于《今白华堂诗集》卷首上，作于1805年。有序云："洪维我大清龙兴辽左，发祥肇基，皇图式扩，闿兆临焉。圣祖世宗递修展谒，逮高宗纯皇帝，化成久道，銮辂四勤。岁癸卯，皇帝侍辇东巡，承荷恩慈，默祈主器，即于缔造之丕基，俨示嗣业之蘦大。自丙辰继序于今十载，万化匜洽，福应备臻。迺以孟秋吉日，圣驾恭诣陪都，祗谒祖陵，告成功于神明，光孝治于天下也。维时翠华所莅，嵝原如昔。感贻谋，抒缱慕，恢崇茂典，滂仁广惠，敷天阗泽，千载一时。虽翦《雅》切《颂》，未由道扬万一焉。臣幸际昌会，仰绎圣恩，窃效管蠡之愚，考次古律，托播长言，著为《盛京篇》。"序中圣祖世宗指康熙帝和雍正帝。纯皇帝，即乾隆帝。銮辂四勤指弘历曾四次东巡。癸卯为1783年，颙琰随乾隆帝东巡；丙辰为1796年，颙琰继位，年号嘉庆。诗有"元鸟祥征鹊果朱，丹陵源导鸭江绿"句咏安图园池传说，继而咏布库哩山（安图赤峰）、俄朵里城（在今敦化市），又有"白山为嵩岳，黑水为沧溟"句。除松花石外，还提及糠灯、呼兰、法喇、豁山、赛斐、人参、东珠、貂等。

---

① 童槐. 今白华堂诗集［M］//《清代诗文集汇编》编纂委员会. 清代诗文集汇编：第511册. 上海：上海古籍出版社，2010：583-700.

［2］乾基，帝业，国基。后燕慕容德《上慕容暐疏》云："伏惟陛下则天比德，揆圣齐功，方阐崇乾基，纂成先志。"辰北，北极星。震，东方，《说卦》云："万物出乎震。震，东方也。"

［3］宣风，指宣扬风教德化。唐杜甫《鹿头山》有"仗钺非老臣，宣风岂专达"句，白居易《薛伾鄜坊观察使制》云："俾宣风于廉察，庶乎劳徕诸部纲纪列城。"省方，巡视四方。见释元璟《应诏诗二十首有序》诗注。

［4］名物，有名的物产。宋梅尧臣《和答韩奉礼饷荔枝》有"韩盛人所希，四海馈名物"句。

［5］黄参，人参，《本草纲目》记载："辽东参，黄润纤长有须，俗名黄参，独胜。"瑶光，《太平御览》卷九九一《药部八》引《春秋运斗枢》云："摇光星散为人参。废江淮山渎之利，则摇光不明，人参不生。"

［6］"绿玉"句，咏松花石砚的色与纹。

［7］荣区，荣盛之地。《宋书·符瑞志下》云："擢秀辰畦，扬颖角泽。离毬合豪，荣区荫斥。"

［8］福壤，见王杰诗注。庆云，五色云，即祥云、吉祥之气。《列子·汤问》有"庆云浮，甘露降"语。

［9］摛，铺陈。矢，放。

刘位坦（1首）

刘位坦（？—1861），字宽夫，大兴（今北京）人。道光五年（1825）拔贡，由刑部郎中补湖广道监察御史，咸丰元年出守湖南辰州府，富藏金石书画，有《叠书龛遗稿》①，入《昭代名人尺牍续集小传》《清画家诗史》。见录于《清人诗文集总目提要》卷四十三（约生于1801至1805年）。

乌喇绿石砚[1]

入目讶洮琼（洮石亦有绿色者。洮琼，宋理宗研，见《南宋杂事诗》），

① 杨健．北京师范大学图书馆藏稀见清人别集丛刊：第21册［M］．桂林：广西师范大学出版社，2007：89．

寻求乃得名。产从乌喇远，采映翠华明[2]。和璧当时宝，家珍外氏清。蓼莪今欲废[3]，重感渭阳情（高詹事砚铭云，康熙三十八年圣祖南巡以绿石砚赐之，谕云石为去冬巡行乌喇山中所得。此砚有"康熙年制"四小篆，当是同时制）[4]。

【注释与解析】

[1] 见于《叠书龛遗稿》。诗序云："先妣潘太恭人奁中物也。舅氏尊行，家凤饶裕，颇重友，于今替零矣。吾家子孙宜仰体先志，图有以赒恤而维持之，庶几以忠厚绵世泽而长守此砚也。忆丁卯随先大人宰彭县时，小婢秋蕙浴砚误折其一角，家人让之，而太恭人温慰焉，弗怒也。复举莲池大士破瓯事曰：留此足警我精进之事也。不惟可为家范，亦足见深入佛海矣。太恭人仁明超越，笔墨莫殚，偶念前徽，书传后裔。"序中丁卯为 1807 年，时作者尚年幼。

[2] 采，同"彩"。

[3] 蓼莪，《诗经·小雅》篇名，诗表达了子女追慕双亲抚养之德的情思，后以"蓼莪"指对亡亲的悼念。

[4] 渭阳情，典出《诗经·秦风·渭阳》，诗有"我送舅氏，曰至渭阳"句，言秦康公送其舅舅重耳返回晋国事。此典后被用来比喻甥舅之间的深厚情谊。高詹事，即高士奇。2008 年 5 月，北京万隆拍卖公司拍卖一方松花石砚，砚背铭文云："康熙三十八年春三月十有八日，皇上驻跸吴门，是日恭遇万寿圣节，臣士奇家居侍养，仍叨扈从之班，蒙示绿石研，谕曰：'此朕去冬巡行乌喇山中所得石也。治为研二，颇能适用。一留御前，此特赐尔，以旌文学侍从之劳。'臣敬奉珍藏拜手为铭曰：'混同分绿，长白输苍。山辉泽媚，气属虹光。斫而成研，制出维皇。润宜翰墨，重比珪璋。式砺臣节，永守坚刚。'日讲官起居注詹事兼侍读学士臣高士奇并书。"该砚与一般的松花砚不同，色呈棕褐，难称"绿石研"，或为拍照色差所致；铭文则似照录《霖村砚录》。《霖村砚录》，据称是高士奇著，有学者见过抄本，未见于浙江古籍出版社的《高士奇全集》目录，亦未被《清人诗文集总目提要》《清人别集总目》提及。因此，刘位坦此诗具有重要意义，成为确定玄烨制砚时间的有力证据。

马玶林（1首）

　　马玶林（1813—1881），字仲玉，号西冈、养花种菜跛叟、自在州民，先世岫岩人，寄籍承德（沈阳），道光至同治间辽阳著名文士，年弱冠中秀才，丁酉（1837）乡试不第，遂不复应举，在乡以课读为业。曾与刘文麟等结成诗社，有《西冈诗草》。

北镇庙瓦砚歌为刘漱泉石麟作（节录）[1]

　　刘郎示予古瓦砚[2]，厚寸三分长尺半……吾乡久称佳砚薮，滑俱波涛光雷电。安石枯松入水化[3]，绿端石产混同岸[4]。斯皆希奇世罕觏[5]，一拳索价高纪甗[6]……纵不淬以笔锋肆滂葩[7]，犹能墨渖淋漓恣吞咽[8]。

【注释与解析】

　　[1]　见于《辽阳县志》①（1928）卷三十八。作者好友刘文麟有《北镇庙瓦砚歌》作于1846年。

　　[2]　刘郎即题中刘石麟，作者好友刘文麟的族兄。

　　[3]　作者显然误将松花石认为是松化石。

　　[4]　绿端，指松花砚，参见宋荦诗注。混同，松花江。

　　[5]　觏，遇见。

　　[6]　一拳，指体积小而形如拳头的物件。《礼记·中庸》有"今夫山，一卷石之多"语（卷，同"拳"）。唐黎逢《石砚赋》有"一拳之石取其坚"语。纪甗，古代纪国宝器名。《左传·成公二年》云："齐侯使宾媚人赂以纪甗、玉磬与地。"杜预注："甗，玉甑，皆灭纪所得。"

　　[7]　淬，磨。肆，极尽。滂葩，即磅礴。

　　[8]　墨渖，墨汁。

---

　　①　斐焕星修；白永贞纂. 辽阳县志［M］. 1928年铅印本.

刘文麟（1首）

刘文麟（1815—1867），字仁辅，号仙樵，奉天辽阳沙浒屯（今灯塔市）人，道光十八年（1838）进士。历任广东平远、长乐、文昌、河南沈丘知县，有政绩，罢官后主沈阳萃升书院。有《仙樵诗钞》，入《清史稿》。

和马生《松花石砚歌》用昌黎《石鼓歌》韵[1]

马生善诗赋石砚，诗成索我赓其歌[2]。我辞浅陋乏文藻，贻笑石砚吁如何[3]。兴朝龙跃起长白，文明运启韬弧戈[4]。江神效灵贡石砚，沙镂浪啮坚不磨[5]。骚人墨客嗜成癖，悬金购买争搜罗。是谁劖取白山髓，一拳气已吞岷峨[6]。岛夷探索冒百险，腰绳手炬穷阴阿[7]。肆贾居奇等球璧，向人夸诧频嘘呵[8]。又云石乃古松化，试述其语姑传讹[9]。松生不知几亿载，苔篆遍体文蟠蜿[10]。孤根下插江底裂，中有窟穴宫蛟鼍[11]。年深往往现光怪，雷斧怒斫青铜柯[12]。化石非石木非木，绿锦截下天孙梭[13]。湘帘斐几小斋静，携归抚弄情委蛇[14]。更欣山客赠碑拓，妙迹正好临曹娥[15]。曲池注水绝清泚，潆洄有类江中沱[16]。叩弹隐隐发声韵，泠然泗磬清且和[17]。我闻宋时采端砚，役使千指官程科[18]。琳腴剖尽下岩闭，纷纷赝璞今空多[19]。汉砖魏瓦亦芜没，久矣榛棘悲铜驼[20]。岂若兹砚足珍惜，连城璧价无能过。读书万卷破奥窔[21]，愿与石友同切磋。但嫌一片未满意，竟思戽竭东江波[22]。遍颁宝物利天下，怀瑜握瑾人无颇[23]。澄泥青铁尽捐弃，得此遑复知其他[24]。对之如见骨鲠士，气象刚懔殊婀娜[25]。又如贞女肌理腻，曷禁晨夕三摩挲[26]。挥毫洒墨倍奇快，扫壁自写幽人哦[27]。第惭书乏右军圣，何由笼取双红鹅[28]。嗟余抱砚老蓬荜，志违作颂赓猗那[29]。烟尘澒洞暗天地，隐忧文教沦尼轲[30]。安能草檄用兹砚，净洗兵甲倾银河[31]。和君歌罢意激越，人生那可长蹉跎。

【注释与解析】

[1] 见于《〈刘仙樵诗抄〉校注》①卷十二，作于1862年。韩愈《石鼓

---

① 杨铸，等校注.《刘仙樵诗抄》校注［M］.沈阳：辽宁民族出版社，2011：540.

歌》可参见宫鸿历诗注。

[2] 赓，酬答、应和。宋张耒《屋东》有"赖有西邻好诗句，赓酬终日自忘饥"句。

[3] 吁，叹息。

[4] 兴朝，指清朝发祥于长白山。韬，掩藏。弧，弓。此句言清朝以武定天下后开始注重文教。

[5] 锼，蚀、侵削。

[6] 剞，凿。一拳，见马俘林诗注。岷峨，岷山和峨眉山。

[7] 岛夷，古代指我国东部近海一带及海岛上的居民，这里指开采松花石的土著。阴阿，山北。《古谣谚·武陵绿萝山土歌》有"朝日丽兮阳岩，落景梁兮阴阿"句。

[8] 球璧，珍宝，参见劳之辨诗注。夸诧，夸耀，语出汉王符《潜夫论·浮侈》。嘘呵，爱护。明李东阳《寄李知县遂之》有"向来嘘呵力，力尽意有余"句。

[9] 讹，松花石并非"松化石"，"松化石"为硅化木，也称木变石。

[10] 苔篆、蟠蚪，此处皆喻指花纹。清弘历《夏日含经堂》有"砌润苔篆青，盆香兰箭紫"句，明袁华《拜石坛歌》有"娄东朱圭铁作画，字字玉屈蟠蚪虫"句。

[11] 宫，此处为动词，居住、栖息之意。蛟鼍，指水中凶猛的鳄类动物，韩愈《石鼓歌》即咏及。

[12] 雷斧，传说中雷神发霹雳的工具，又用来形容器物制作精巧，非人工所能为。明宋濂《滩哥石砚歌》有"鬼工雷斧琢削古，天光电影生新容"句。青铜柯，杜甫《古柏行》有"孔明庙前有老柏，柯如青铜根如石"句。以上几句仍咏树。

[13] 天孙，即织女星。此处以织锦喻松花石。

[14] 斐几，几桌。委蛇，雍容自得貌。《诗经·召南·羔羊》有"退食自公，委蛇委蛇"句，郑玄笺："委蛇，委曲自得之貌。"苏轼《谢三伏早出院表》有"遽蒙假借之私，得遂委蛇之乐"语。

[15] 曹娥，东汉上虞孝女，传言其墓碑为晋王羲之所书。

[16]"潆洄"句咏砚池。沱，江水支流。

[17]泗磬，泗水边上的可以做磬的石头，语出《禹贡·徐州》。古人通过敲击鉴定砚的质量，参见王顼龄《三月十四日……恭纪》诗注附。

[18]千指，百夫千指，形容人多。苏轼《端砚铭》有"千夫挽绠，百夫运斤"语。程，衡量、品评。科，考较、核查。

[19]下岩，见张玉书诗注。下岩于宋治平四年崩压封闭。赝璞，假冒的砚材。

[20]汉砖魏瓦，指汉魏瓦砚。榛棘悲铜驼，喻时代变迁。唐房玄龄《晋书·索靖传》云："靖有先识远量，知天下将乱，指洛阳宫门铜驼，叹曰：'会见汝在荆棘中耳？'"

[21]奥窔，奥妙精微之处。宋钱仲鼎《题静春堂集》有"六经穷窔奥，万象工雕锼"句。

[22]庰，用庰汲水。东江，是否指鸭绿江，俟考。

[23]怀瑜握瑾，多喻具有高尚的品德和卓越的才能，此处用本意。屈原《楚辞·九章·怀沙》有"怀瑾握瑜兮，穷不知所示"句。颇，偏，不公正。

[24]澄泥，指澄泥砚，参见张廷枢《正月初三日南书房赐砚恭纪》（其三）注。青铁，指青铁砚，见王顼龄《十一月二十九日赐汉尚书侍郎松花砚各一方恭纪二十韵》诗自注。遑，不必。

[25]骨鲠士，刚直的人。《新唐书·李栖筠李鄘传赞》云："君有忠臣，谓之骨鲠。"媕婀，无主见的人。宋洪迈《容斋四笔·会合联句》云："媕婀当位，左掣右壅。"

[26]曷，何。摩挲，抚摸。以上几句咏松花砚的坚与润。

[27]哦，吟咏。

[28]第，只是。乏，《〈刘仙樵诗抄〉校注》作"之"，兹依同治九年刻本第四册和《辽阳县志》（1928）改。双红鹅，《晋书·王羲之列传》记载："山阴有一道士，好养鹅，羲之往观焉，意甚悦，固求市之。道士云：'为写道德经，当举群相赠耳。'羲之欣然写毕，笼鹅而归，甚以为乐。其任率如此。"

[29]蓬荜，贫陋的居室。志违，违背意愿。猗那，柔美、盛美貌，此处代指马生原作。

[30] 烟尘，指战乱。颎洞，绵延、弥漫。沦，没落、丧亡。尼轲，孔子与孟子的并称。

[31] 草檄，草拟檄文。兵甲，指战乱。作者集中有多首诗忧虑南方战事。

沈兆褆（1首）

沈兆褆，字钧平，号再沂，江西南昌人。光绪二十三年（1897）举人，官江南两江学务处文案、江苏甘泉知县，1910 年春到吉林，有《吉林纪事诗》①四卷十类共 206 首，"加注数万言"，1911 年印行。1913 年五月在依兰曾序《吉林汇征》。

吉林纪事诗·物产（其一）[1]

会昌一丈松风石[2]，树影凉生绿玉屏。宋瓦真堪作砚铭[3]，临池经好写《黄庭》（松花江，金史作宋瓦江，产松花玉，色净绿，细腻温润，可中砚材。发墨与瑞溪同品，在歙坑之右。唐武宗会昌元年，扶余国贡松风石，方一丈，莹澈如玉，中有树形若古松偃盖，飒飒焉而凉爽生于其间。盛复置诸殿内，稍秋风飕飕即令撤去）[4]。

【注释与解析】

[1]《吉林纪事诗》作于 1910—1911 年间，分列《发祥》《巡幸》《天文》《舆地》《岁时风俗附》《职官》《人物》《金石》《物产》《杂俎》条目等，其中物产部分按语可谓集吉林物产之大成，作者在此将"松花玉"和"绿端石"并称，言其"产于水"。物产诗第一首即咏松花砚，后咏东珠、宝石、矿产、木材、稻米、芙蓉糕、蘑菇、芸豆、蕨菜、白菜、人参、乌拉草、花草树木、吉林龙潭山神树、夜光木、海东青、雕翎、貂鼠、土豹、鹿茸、江獭、鲟鳇鱼、大马哈鱼、鲵、蝲蛄（哈什马和蝲蛄不是一类，作者为《扈从日录》传讹）、珲春巨蟹、蜂蜜等。在"职官"类贡品诗中还咏及鹿尾。《吉林纪事诗》中一部分收入《清诗纪事》。

---

① 沈兆褆. 吉林纪事诗 ［M］. 李亚超，点校. 长春：吉林文史出版社，1988.

[2]"会昌"句，诗句次序原文如此，《长白山诗词选》与此相同，应也是本照《长白丛书》。但实际上此诗按韵律应为："宋瓦真堪作砚铭，临池经好写《黄庭》。会昌一丈松风石，树影凉生绿玉屏。"这也与自注的次序相同。会昌一丈松风石，见自注。关于扶余国贡松风石事，唐苏鹗《杜阳杂编》卷下云："会昌元年，扶余国贡松风石。石方一丈，莹彻如玉，其中有树形若古松，偃盖飒飒焉，而凉飙生于其间。至盛夏，上令置于殿内，稍秋风飔飔，即令撤去。"

[3]"宋瓦"句，指松花江水色绿清凉，以江名称松花玉十分恰当。

[4]"临池"句，将松花砚与书法名家相提并论。临池，见汪晋徵诗注。《黄庭》，《黄庭经》，道教经典，有《黄庭内景玉经》及《黄庭外景玉经》之分。

黄兆枚（1首）

黄兆枚（约1867—?），字宇逵，号芥沧、蜕庵（辛亥以后自号）、蘧庵，湖南长沙人。光绪二十九年（1903）进士，授吏部主事，官安徽直隶州知州，曾任武汉大学教授，后依郭宗熙来到吉林，1920年离开。有《芥沧馆诗集》，① 其中卷四的《鸡林杂咏》② 收入《长白丛书》。

鸡林杂咏·物产·松花石[1]

东珠不敌海南珠，赤玉青精今有无[2]。惟问松花一方石，白头来拭可能乌（东珠出混同江及乌拉诸江河中，生于蚌蛤。大可半寸，小亦如菽。惟其光莹不如南海之珍珠。宁安出青玉、赤玉，今不多见。松花玉，亦曰松花石，出混同江边砥石山，绿净细腻，色嫩而质坚，可充砚材。清高宗曾录入《西清砚谱》。汉武帝时，郅支国贡马肝石，以之拭发，白者皆黑，亦可作砚）[3]。

【注释与解析】

[1]《鸡林杂咏》作于1919—1920年间，分列《疆域》《外交》《内政》

① 黄兆枚. 芥沧馆诗集 [M]. 长沙罗博文堂1923年刻本，1923.
② 黄兆枚. 鸡林杂咏 [M]. 李宏光，整理. 长春：吉林文史出版社，1991.

《物产》《器物》《风俗》《古迹》《人物》《自述》等条目，《物产》分别咏山林、桑蚕、乌拉草、米类、豆类、小根蒜、萝卜、蘑菇、松榛、灯笼果、酒、酸菜、冻鱼禽、鱼、珲春海产、船碇子、倒鳞鱼、鹿茸、人参、紫貂、皮货、海东青、东珠、松花石。

[2] 赤玉青精，诗有自注。作者应是参考了相关志书。《盛京通志》(1684) 载："按《汉书》夫余挹娄皆云出赤玉。《太平御览》云：夫余出赤玉，挹娄出青玉。今赤玉乌喇宁古塔诸处不少概见，冻青玉间有之。"《盛京通志》(1736) 表述有变："今宁古塔乌喇诸处间有青玉。"未提赤玉，但增加了"绿端石出宁古塔"条。《钦定盛京通志》物产部分又云："今乌拉宁古塔赤玉不多见也，冻青玉则间有之。"该志增加了"松花玉"条，又云："绿端石，出宁古塔诸河边。"光绪《吉林通志》记载与《钦定盛京通志》略同。

[3] 乌拉，今吉林市。宁安，即宁古塔，今属黑龙江省宁安市。清宣统元年将绥芬厅升改为绥芬府，移驻宁古塔城，隶属吉林省东南路道，同时裁撤宁古塔副都统。宣统二年，以府治移驻宁古塔城，就宁古塔取意，改为宁安府。菽，豆类。砥石山，见宋荦诗注。郅支国贡马肝石，见沈堡诗注。

余　论

本书系作者 2022 年承担的吉林省社会科学基金项目"清代咏吉林诗词整理研究"的阶段性成果（项目编号：2022C124）。

众多咏吉林省物产的诗词中，吟咏人参和松花砚的作品最多，这两者又恰恰是至今仍具有重要经济、文化意义的吉林省特产。然而，从今天的产业规模来看，松花砚与人参却有天壤之别。主要原因是松花砚受制于资源的不可再生性。二十世纪九十年代，国家出于创汇和交流目的，消耗了大量宝贵的砚材，珍品最终流入日本尤多。今天吉林省松花砚面临的问题应该有两大方面。一是总体资源趋向枯竭，翡翠绿、苹果绿尤其少见。松花石（奇石）挤占资源问题其实是市场问题，如果松花砚效益提高，资源回流应是水到渠成之事。二是市场规模较小。宣传不足显然是症结之一。观之某厂家随附商品的简介材料，历史简介部分二十世纪九十年代（有电报挂号者）提及御用和《砚林脞录》，二十一世纪初（取得省非遗后有网址者）仅增加了玄烨御铭。一些网站的宣传语，有的增加了康熙朝宫廷制砚的记述，有的提及《格致镜原》《西清砚谱》，有的提及弘历评语和御铭，偶见引用御制诗，却是弘历游医巫闾山所作。因为资料所限，对于松花砚历史和文化的宣介缺乏突破。另外，当前的分散化、作坊化生产经营，与当年拥有强大设计团队的工厂经营，已经大不相同。商品本身的问题，包括设计、包装、广告、物流等，又是另一个症结。

毕竟不同于已基本在吉林省绝迹的东珠，松花砚今天在我省多地仍有生产。如何有效利用有限的资源，维持甚至振兴发展相关产业，其实不仅是个经济问题，而且具有历史文化意义，值得各方面统筹谋划，献计献策。

"砚的审美价值、文化价值、收藏及经济价值，事实上已远远超出始于以用为宗的实用价值。"① "说到底，砚台不像黄金或者钻石制品，其价值主要不

---

① 俞鹏飞. 砚谈［M］. 昆明：云南人民出版社，2005：7.

在于原材料，而是文化含量。"① 松花砚以其特殊的历史文化底蕴、地域独有性和鲜明的石质特征，理应为吉林省文旅产业增光添彩。写成《吉林地志》《鸡林旧闻录》《宁安县志》等的魏声龢曾说："唐时，扶余国贡火玉及松风石，皆吉林旧产也。又松花江向产松花石，可当砚质。今则此等宝物皆不可得，岂地质有变易耶？抑人不能知而弃藏于地耶？"② 清末曾任安图知县并著有《长白山江岗志略》的刘建封《砚乘》中有《十年不一见，塞上马多驽》，有"十年塞山一无获，辜负'砚佣'两字名"句，自注在东北三省多年，其中广收博采，终未获一奇品。③ 查慎行曾言松花砚"出应逢盛际""有用逢时出"。松花砚在清代虽风靡一时，但其辉煌的顶点，应是 1997 年赠予香港人民的"松花紫荆情系根砚"，其超大体量固然引人注目，其中的吉林历史文化元素才是根本。相信魏声龢百余年前所言不虚，还有更多美轮美奂的松花石仍沉睡于吉林大地而不为人知，等待着下一个回归。

---

① 黄振平. 砚铭与砚雕［M］. 广州：岭南美术出版社，2012：3.

② 魏声龢，等. 吉林地志 鸡林旧闻录 吉林乡土志［M］. 长春：吉林文史出版社，1986：65.

③ 刘建封. 刘大同诗集［M］. 刘自力，曲振明，整理. 天津：天津古籍出版社，2017：439.